Petra Ivanov
KRYO
Die Verheißung

Petra Ivanov

KRYO
Die Verheißung

Thriller

Die KRYO-Trilogie I

Unionsverlag

Im Internet
Aktuelle Informationen, Dokumente und Materialien
zu Petra Ivanov und diesem Buch
www.unionsverlag.com

© by Petra Ivanov 2023
© by Unionsverlag 2023
Neptunstrasse 20, CH-8032 Zürich
Telefon +41 44 283 20 00
mail@unionsverlag.ch
Alle Rechte vorbehalten
Umschlagmotiv: Image navi, QxQ images (Alamy Stock Photo)
Umschlaggestaltung: Peter Löffelholz
Lektorat: Susanne Gretter
Satz: Sven Schrape
Druck und Bindung: GGP Media GmbH, Pößneck
ISBN 978-3-293-00596-9

Der Unionsverlag wird vom Bundesamt für Kultur mit einem
Verlagsförderungs-Strukturbeitrag für die Jahre 2021–2024 unterstützt.

Auch als E-Book erhältlich

Für Aljoscha

»Wir experimentieren mit uns,
wie wir es uns mit keinem Tiere erlauben würden,
und schlitzen uns vergnügt und neugierig
die Seele bei lebendigem Leibe auf.«
Friedrich Nietzsche

Personenverzeichnis

Hauptfiguren USA

JULIA SANDERS Dolmetscherin, Mutter von Michael

MICHAEL WILD Arzt, Sohn von Julia

HENRY SANDERS Professor für Astrophysik, Ehemann von Julia

Hauptfiguren Russland

ANDREJ STANISLAWOWITSCH DANILOW Dolmetscher

PAWEL STANISLAWOWITSCH DANILOW Geschäftsmann, Besitzer von KrioZhit, Bruder von Andrej, Ehemann von Vita

STANISLAW IWANOWITSCH DANILOW Militärchemiker, Vater von Andrej und Pawel

VIKTORIJA (VITA) SERGEJEWNA DANILOWA Ex-Model, Ehefrau von Pawel

OLEG WOLKOW Oligarch, Ehemann von Irina

IRINA WOLKOWA Ex-Model, Ehefrau von Oleg Wolkow

Nebenfiguren USA

JESSE verstorbener Junge

CODY obdachloser Junge

AMBER	Schwester von Cody
ERIC	Freund von Cody
SHARI	Mutter von Jesse
MARGARET FREEMAN	Professorin für Cybersicherheit, Kollegin von Henry
KENJI TAKAHASHI	Vorsitzender von Denkfabrik Futura+, Professor in Harvard
NEIL MUNZO	Kryoniker
GIDEON LARSEN	Transhumanist, Mormone
CHARLES BALDWIN	CEO von Rejuvena
DINAH IZATT	Labormitarbeiterin bei Rejuvena
RICHARD WITTHAUS	Arzt, Ehemann von Caroline Witthaus
CAROLINE WITTHAUS	Immobilienmaklerin, Ehefrau von Richard Witthaus
MARY ELLEN	Mitarbeiterin der Hope Church Seattle

Nebenfiguren Russland

BOGDAN RADU	Arzt bei KrioZhit
TSCHURKA (DSCHACHONGIR)	Jugendfreund von Vita
TANJA	russische Austauschstudentin
KATARZYNA SZEWIŃSKA	Neuroinformatikerin bei KrioZhit
TRAPEZIUS	Wächter

I

Juni 2021

Sie waren da. Andrej beschleunigte seine Schritte. Die Birken hoben sich vom Himmel ab, die Stämme hell, die Baumkronen die einzigen Farbtupfer im Grau. Andrej hatte sie immer als Wegweiser zu Gott empfunden, jetzt bedeuteten sie für ihn Schutz. Er verließ den Feldweg und verschwand in den Wald. Das Moos gab unter seinen Füßen nach, schon nach wenigen Metern war ihm klar, dass er nicht weit kommen würde. Er sank auf die Knie. Die Mückenschwärme, denen er durch zügiges Gehen entkommen konnte, holten ihn ein, eine surrende Wolke, die seine Sinne benebelte.

Blutsauger. Wie sie alle. Der Vater. Der Bruder. Die Welt, der er den Rücken gekehrt hatte. Glaubten einzig an die Allmacht des Geldes, erhofften sich davon Erlösung und Freiheit. Nicht einmal vor der Grenze des Todes schreckten sie zurück. Mühsam rappelte sich Andrej hoch. Er würde es nicht zulassen, dass sie seine Seele gefangen nahmen.

Möwengeschrei. Wenn er die Küste erreichte, wäre er gerettet. Er kämpfte sich durch das Dickicht, schob mit bloßen Händen Brennnesseln und Brombeerranken beiseite. Lungenkraut bedeckte den Boden, zarte Blüten, violettblau, die Blätter weiß gepunktet. Darunter die Gebeine der Gulag-Opfer. Andersdenkende, wie er.

Solowezki war noch immer ein Ort des Todes.

Sie kamen näher. Andrej drehte sich nicht um. Er wusste, wie sie aussahen. Kurz geschorene Haare, undurchdringliche Mienen und Hände, die zupacken konnten. Die Tadschiken waren ihm erstmals am vergangenen Sonntag aufgefallen, als die Mönche in festlicher Prozession um das Kloster zogen. Die fahle Sonne spiegelte sich in dem goldenen Knauf des Stocks, den der Archimandrit hielt. Geblendet hatte Andrej den Blick abgewandt. Da hatte er sie bemerkt. Sie standen inmitten einer Schar Touristen, passten jedoch ebenso wenig zu ihnen wie die Mönche in ihren Brokatgewändern. Tadschiken. Früher hatte sein Bruder ausschließlich Russen mit heiklen Aufgaben betraut. Der Firma ging es offenbar schlechter, als er gedacht hatte.

Nach der Prozession hatte Andrej alles darangesetzt, die Sache rasch zu Ende zu bringen, doch das Wetter durchkreuzte seine Pläne. Der Wind peitschte die Wellen in die Höhe, ungewöhnlich für diese Jahreszeit. Die Fähre legte nicht an, Flugzeuge hoben nicht ab. Die Solowezki-Inseln waren von der Welt abgeschnitten.

Er hörte das Glucksen der Eiderenten. Der Wald wurde lichter, Andrej kam an blühenden Moltebeerensträuchern vorbei. Er atmete schwer, die feuchte Hose klebte ihm an den Beinen. Die offene Tundra bot keine Deckung, er gab ein leichtes Ziel ab.

Da vorne, endlich, das Meer! Vereinzelte Schaumkronen zeugten davon, dass das Wasser noch nicht zur Ruhe gekommen war. Keine Schiffe am Horizont, keine Fischerboote. Polarseeschwalben stoben auf, schwangen sich in die Höhe und glitten davon. Sehnsüchtig sah Andrej ihnen nach.

Ein Schuss fiel. Andrej rannte auf das Ufer zu, stürzte über die Böschung, zog sich hoch und stolperte weiter. Der Sand war hart, Andrej kam jetzt schneller voran. Er streifte die Jacke ab, zerrte den Pullover über den Kopf, riss sich die Schuhe von den Füßen. Das Meer empfing ihn wie ein alter Feind. Eiskalt und abweisend. Hektisch bewegte er Arme und Beine, er musste weiter hinausschwimmen, bevor die Kälte ihn lähmte. Noch ein Schuss. Abtauchen, der Körper taub, die Gedanken glasklar.

Schwamm er noch? Dunkel, überall, ein Rauschen in den Ohren, Salz auf der Zunge. Ein Glücksgefühl.

Stimmen. Schaukeln. Ein Betonklotz auf der Brust.

»Er kommt zu sich!«, sagte eine raue Männerstimme.

Warmer Atem hauchte seinem Körper Leben ein. Der Betonklotz auf seiner Brust verschwand. War wieder da. Verschwand.

»Haben sie ihn getroffen?«

Schnauben. »Diese Kanaken treffen nicht einmal den Boden unter ihren Füßen.«

Andrej blinzelte. Ein gerötetes Gesicht, grobporig, darüber der graue Himmel. Jemand führte ihm eine Flasche an den Mund.

»Weg mit dem Wodka!«, sagte die raue Stimme.

»Das arme Schwein schlottert!« Jemand schraubte den Deckel auf.

»Merkt doch keiner.«

»Idiot! Mit dem ist nicht zu spaßen! Kein Alkohol, hat er gesagt.«

Das Gesicht verschwand, die Flasche auch. Andrej versuchte, sich zu bewegen. Er war festgefroren im ewigen Eis. Ein anderes Gesicht tauchte über ihm auf, wettergegerbt, rissige Lippen. Er wurde mit einer Plane zugedeckt, die nach Fisch roch.

»Willst du ihm auch noch das Händchen halten?« Die raue Stimme klang spöttisch.

Ein wenig Wärme kehrte in Andrejs Körper zurück. Seine Zähne begannen, aufeinanderzuschlagen. Man hatte ihn aus dem Wasser gezogen. Aber da war doch gar kein Boot gewesen. Er versuchte, sich aufzusetzen. Sein Arm gab unter ihm nach, und er landete auf dem Rücken. Am Himmel jagten sich die Wolken, ihm wurde schwindlig. Er schloss die Augen, wartete ein paar Minuten, stemmte sich wieder hoch. Diesmal schaffte er es auf die Knie. Abgeblätterte Farbe, ein mehrfach geflicktes Netz. Er befand sich auf einem Fischerboot. Hinter der Reling sah er den Strand.

»Die Tadschiken sind weg.« Zwischen den rissigen Lippen steckte jetzt eine Zigarette.

Andrej hörte Bedauern in der Stimme seines Retters. War er … Andrej versuchte, den Gedanken zu Ende zu denken, doch auf einmal fühlte er sich so müde, dass er nur noch schlafen wollte.

Bleib wach!
Wer hatte das gesagt?
Traue niemandem!
Der Motor tuckerte, und das Boot änderte seinen Kurs. Gischt spritzte an Deck. Warum kreisten keine Vögel über ihnen? Wo war der Tagesfang? Andrej drehte den Kopf. Die Insel war weg.

»Archangelsk«, flüsterte er. »Muss nach … Archangelsk.«

Der Motor wurde gedrosselt. Backbord tauchten die Umrisse einer Jacht auf. Andrejs Unruhe wuchs. Der Motor befand sich jetzt im Leerlauf. Der Fischer mit der rauen Stimme rief dem Kapitän der Jacht etwas zu, Taue flogen durch die Luft.

»Zeit umzusteigen, Kumpel.«

Die beiden Fischer zogen ihm eine Rettungsweste an und halfen ihm auf die Beine. Sie führten ihn zur Reling. Das Boot schlug gegen die Fender der Jacht, Andrej musste sich mit beiden Händen festhalten, um nicht hinzufallen. Dieselgestank. Männer mit Bootshaken griffen nach ihm. Andrej schwebte in der Luft. Das Fischerboot wendete.

Auf einmal begriff er, dass er dem Feind direkt in die Arme gelaufen war. Mit klammen Fingern fummelte er an den Verschlüssen der Weste. Zwei Männer packten ihn unter den Achseln und zogen ihn hoch.

»Willkommen an Bord!« Der Mann, der ihn begrüßte, sah gepflegt aus. Er trug teure Kleidung und strahlte Zuversicht aus.

Andrej erkannte ihn sofort. Er wollte zurückweichen, es waren nur wenige Schritte bis zur Reling, ein Sprung, und er wäre gerettet. Warum gehorchte ihm sein Körper nicht?

»Du brauchst keine Angst zu haben, du wirst nichts spüren.« Der Mann lächelte und zeigte dabei gleichmäßige, weiße Zähne.

»Nein!«, rief Andrej. »Nein! Bitte …« Der Wind trug seine Stimme fort, und sie verlor sich über dem Weißen Meer.

Unter Deck hatte man eine Koje für ihn eingerichtet. Ein Tiefkühler stand bereit.

»Bitte!«, flehte Andrej. »Alles, nur das nicht!«

Der Mann neigte den Kopf zur Seite, als denke er über Andrejs Bitte nach. »Eine Leiche im Boden zu vergraben, wo sie von Würmern und Bakterien verdaut wird, ist viel grausamer.«

»Ihr nehmt meine Seele gefangen!«

»Wir gönnen ihr nur eine Pause«, sagte der Mann freundlich. »Damit du dich über das ganze Universum ausbreiten kannst.«

Andrej schrie auf, warf sich auf die Knie und faltete die Hände.

Der Mann beugte sich vor. »Du wirst deinem gefallenen Zustand entkommen. Das ist es doch, was du willst? In den Urzustand zurückkehren, wie vor dem Sündenfall.«

O Ihr Heiligen Körperlosen Gewalten, gewährt mir die Kraft, über das Böse zu siegen.

Andrejs Gebet wurde nicht erhört.

2

September 2021

Julia hörte auf zu tippen und schaute aus dem Fenster. Der Ahornbaum wiegte sich sanft im Wind, seine Blätter glitzerten in der Sonne. Nicht mehr lange, und das Grün würde in Goldgelb und Tiefrot übergehen. Sie liebte das Spektakel, das sich im Herbst in Upstate New York abspielte und ihr abwechslungsreicher erschien als jede Kunstausstellung in Manhattan. Samson spürte ihren Stimmungswechsel und hob erwartungsvoll den Kopf.

»Nur noch drei Seiten, Sam«, sagte Julia.

Mit einem Grunzen legte der Hund die Schnauze auf die Vorderpfoten und schloss die Augen. Julia widmete sich wieder der Übersetzung, an der sie arbeitete.

Der Reinigungsprozess des WC-Sitzes wird automatisch ausgelöst. Der ...

Sie hielt inne. »*Wiper* ... wie sagt man dazu auf Deutsch?«

Der Hund drehte den Kopf weg.

»Nicht sehr hilfreich«, murmelte sie.

Sie ahmte die Bewegung, die sie zu beschreiben versuchte, mit den Händen nach, um ihrem Gedächtnis auf die Sprünge zu helfen. Abstreifer, jetzt fiel es ihr ein.

Der Abstreifer besteht aus hochflexiblem Spezialkunststoff.

Eine knappe Stunde später streckte sie sich gähnend. Sam sprang auf. Mit seinem zotteligen Fell ähnelte er dem Teppich, den Julia für ihn gekauft hatte und der jetzt die Holzdielen vor dem Bücherregal bedeckte. Sam trottete zu ihr hinüber und legte den Kopf auf ihren Schoß.

»Bin gleich so weit.« Julia sicherte den Text.

Eine Drossel landete auf dem Fenstersims, und Sam presste sich gegen Julias Bein. Noch immer fürchtete er sich vor fast allen Lebewesen. Die Wunden, die ihm sein früherer Besitzer zugefügt hatte, waren zwar verheilt, doch sie hatten tiefe Narben hinterlassen. Im Tierheim hatte man ihr davon abgeraten, den misshandelten Hund zu adoptieren, doch Julia wusste, wie es sich anfühlte, jemandem ausgeliefert zu sein. Schutzlos. Der Hund war eine verwandte Seele. Sie hatte ihn Samson genannt, nach der biblischen Figur, die sich durch ihre Stärke auszeichnete.

»Fertig!« Julia schob den Stuhl zurück.

Schwanzwedelnd sprang Sam aus dem Büro. Julia hörte das Klacken seiner Krallen auf der Treppe. Sie ging ins Bad und trug Sonnencreme auf. Ihre Haut war so hell, dass sie sich sogar im Wald verbrannte. Heute würde sie einen ausgedehnten Spaziergang machen, sie hatte sich eine längere Pause verdient. Seit Tagen arbeitete sie fast ununterbrochen. Wie so oft waren die Unterlagen zu spät bei ihr eingetroffen, dennoch hatte der Auftraggeber auf dem vereinbarten Abgabetermin bestanden. Manchmal fragte sie sich, warum es einigen Menschen so schwerfiel zu planen. Ihr Mann amüsierte sich über ihre Erwartungen. »Du bist und bleibst eine Deutsche«, pflegte er zu sagen. Julia quittierte die Bemerkung stets mit einem Augenrollen. Sie wusste, dass Henry sie bloß neckte. Er war ein feinfühliger Mensch, der weder in Stereotypen dachte noch einfache Erklärungen suchte.

Sam stand mit der Leine im Maul am Fuß der Treppe. Julia ging in die Küche. Der Kühlschrank war leer. Sie hatte wieder einmal vergessen, Lebensmittel einzukaufen. Seit sie ihren Geruchs- und Geschmackssinn verloren hatte, bedeutete ihr Essen wenig. Sie fischte eine Scheibe Toastbrot aus dem Gefrierfach und biss hinein. Sie mochte die raue Oberfläche und die Kälte auf der Zunge.

»Sorry, Sam, ich muss noch einmal nach oben. Portemonnaie holen. Dafür gehen wir dann bis zum Hofladen.«

Ihre Handtasche stand auf der Kommode. Sie nahm einige Dollarscheine heraus und schob sie in die Gesäßtasche ihrer Jeans. Sie war schon an der Treppe, als der vertraute Klang einer eingehenden E-Mail ertönte. Sie blieb stehen. Zögerte. Drehte sich um. Manchmal verfluchte sie ihre Gründlichkeit.

Im Büro beugte sie sich über den Schreibtisch und griff nach der Maus. Eine neue Nachricht. Julia las den Absender.

Michael.

Ein Adrenalinstoß durchfuhr sie, siedend heiß. Benommen ließ sie sich auf den Stuhl fallen.

3

»Das wird schon«, sagte Henry.
Sein Zwirnjackett hing locker über den Schultern, der angespannte Zug um seinen Mund verriet jedoch, dass auch er nervös war. Der Flug aus Berlin war vor einer halben Stunde gelandet. Nicht mehr lange, und Michael würde durch die Schiebetür kommen, die den Blick in die Gepäckausgabe versperrte. Julia musterte die Reisenden. Bunte Fragmente aus anderen Welten. Sie führte den Daumen an den Mund und knabberte an der Nagelhaut, eine schlechte Angewohnheit, die sie nach Michaels E-Mail wieder aufgenommen hatte.

Fünf Jahre war es her, dass sie ihn im Foyer des Javits Convention Centers, wo er einen Chirurgie-Kongress besuchte, zum letzten Mal traf. Die gläserne Fassade. Das Licht, das durch die Decke strömte und Muster auf den glatten Boden zeichnete. Der Monitor, der die Saalbelegung anzeigte. Dort hatte sie gestanden und sich der Vorstellung hingegeben, dass er sich über ihren Überraschungsbesuch freuen würde.

Aber er hatte ihr nur eine einzige Frage gestellt. »Hast du deine Meinung geändert?«

»Michael, bitte, lass uns –«

»Dann haben wir uns nichts zu sagen.«

Es war ihr letzter Versuch, den zerrissenen Faden ihrer Beziehung neu zu knüpfen. Als er drei Jahre später in Deutschland sein Medizinstudium abschloss, lud er sie nicht zur Feier ein. Auch nicht, als er den Doktortitel erwarb. Dr. Michael Sanders. Wild, korrigierte sie sich. Er hatte ihren Mädchennamen angenommen. Sie fröstelte. Begriff er denn nicht, wie gefährlich das war?

Die Tür ging auf, und ein Ehepaar mit Gepäckwagen sah sich suchend um. Sie sprachen Deutsch. Julia reckte den Hals und sah die lange Warteschlange am Zoll. Das Labor-Day-Wochenende bedeutete das Ende der Sommerferien, übermorgen begann das neue Schuljahr. An den New Yorker Flughäfen herrschte Hochbetrieb.

»Vielleicht hat er es sich anders überlegt«, sagte sie.

Henry drückte ihre Schulter. »Wenn Michael schreibt, dass er kommt, dann kommt er auch.«

Julia nickte. Man konnte ihrem Sohn viel vorwerfen, nicht aber Unzuverlässigkeit. Henry witzelte manchmal über Michaels Zielstrebigkeit und die Sturheit, mit der er seine Vorhaben umsetzte, das habe er von ihr, sagte er. Julia wusste es besser. Im Gegensatz zu Michael strebte sie nicht auf ein Ziel zu. Sie lief vor der Vergangenheit davon.

Wieder ging die Tür auf, zwei Männer mit Schläfenlocken kamen heraus. Hinter ihnen, halb verdeckt von einem schwarzen Hut mit breiter Krempe, Michael. Die Geräusche um Julia herum wurden dumpf, als trüge sie Ohrstöpsel. Dann stand er vor ihr. Sein Haar war länger, stellte sie fest, und nachlässig nach hinten gekämmt. Er fuhr sich mit der Hand über den Kopf, eine Verlegenheitsgeste, die ihr vertraut war.

Als sie einen Schritt auf ihn zuging, wich er kaum merklich zurück. Er hatte ihr noch immer nicht verziehen.

Henry klopfte ihm auf den Rücken. »Schön, dich zu sehen.«

Michaels Mund verzog sich zu einem Lächeln. Seine Augen erreichte es nicht. Diese Höflichkeit war schlimmer als seine Zurückweisung. Er behandelte sie wie Fremde.

»Wie war der Flug?«, fragte Henry.

»Gut.«

»Konntest du ein wenig schlafen?« Julia sprach Englisch, um Henry nicht auszuschließen.

»Ja.«

Henry machte einen Schritt zum Ausgang, wo die Taxis standen.

Michael deutete auf die Rolltreppe in der Mitte der Ankunftshalle. »Die Bahn ist schneller.«

Henry warf Julia einen Blick zu.

Sie fragte sich, ob Michael die Nähe im Taxi unangenehm war. Oder wollte er sie herausfordern, ihr zu verstehen geben, dass er nicht bereit war, sich nach ihren Bedürfnissen zu richten?

»Wir können auch mit der Bahn fahren«, sagte sie.

Sie nahmen die Long Island Railroad nach Manhattan. Während Julia sich in den Anblick der schäbigen Häuser mit ihren winzigen Vorgärten vertiefte, unterhielten sich Henry und Michael über den Wechselkurs des Dollars. Als wäre Michael ein Tourist. Je näher sie der Stadt kamen, desto dichter standen die Häuser, schließlich gab es nur noch mehrstöckige Backsteinbauten. Schwarze Feuertreppen verliefen in Zickzacklinien über die Fassaden, wie chirurgische Fäden über Wunden. Der Zug tauchte in den East River Tunnel.

An der Penn Station bot Julia an, Michael einen Metropass zu besorgen.

»Nicht nötig«, sagte er. »Ich fliege morgen weiter.«

»Morgen schon?«

Sie hatte mit Henry besprochen, dass sie heute in seiner Stadtwohnung übernachten und erst am nächsten Tag mit Michael in das Haus in Upstate New York fahren würden.

Michael schwieg.

Henry rieb die Handflächen gegeneinander. »Dann schlage ich vor, dass wir das Beste aus der Zeit machen, die wir zusammen haben.«

Michael sah auf die Uhr. »Wollen wir uns zum Abendessen treffen? Ich bringe mein Gepäck ins Hotel, dann —«

»Du übernachtest im Hotel?«, stieß Julia aus.

»Prima«, sagte Henry rasch. »Um sieben bei uns?«

Julia rechnete schon damit, dass Michael ablehnen und fürs Abendessen ein Restaurant vorschlagen würde, aber er stimmte zu. Dann hob er die Hand, winkte zum Abschied und wandte sich ab.

Julia sah die Menschen an sich vorbeiströmen. Starr stand sie da, unfähig, weiterzugehen. Die niedrige Decke erdrückte sie, die massiven Stützpfeiler versperrten ihr die Sicht auf Michael, der die Rolltreppe betreten hatte. Sie wollte gerade Luft holen, um etwas zu sagen, als ein Polizist auf sie zukam. Dunkelblaue Uniform. Steife Schirmmütze. Breiter Einsatzgürtel. Das Neonlicht brachte das goldene Schild auf seiner Brust zum Blitzen. Julias Kehle schnürte sich zu, und ihr Herz begann zu rasen.

Renn! Die Stimme kam tief aus der Vergangenheit. Achtundzwanzig Jahre lösten sich in nichts auf.

Julia rannte.

Schmutzige Fliesen, gleichgültige Menschen, Kaffee in Pappbechern, Brezelbude. Rolltreppe, Reinigungspersonal, Musik, ein offener Geigenkasten, Münzen auf Samt. Warme Luft blies ihr von einer Subwaystation entgegen, sie hörte ein Rattern, ein Quietschen. Zeitungskiosk, Blumenladen, Damentoiletten.

Ein gelbes Schild: Vorsicht, nasser Boden.

Abrupt blieb Julia stehen. Der Schweiß rann ihr den Körper hinunter, sie atmete in kurzen, schnellen Stößen. Ihr Haar hatte sich aus dem Gummiband gelöst, einzelne Strähnen klebten ihr am Nacken, an der Wange. Mit zittrigen Beinen hastete sie zur ersten freien WC-Kabine. Gelbe Spritzer auf dem Ring. Papierfetzen im Wasser. Sie übergab sich.

»Julia?« Henrys Stimme kam von weit her.

»Sir, Sie können hier nicht –«

»Julia, bist du da drin?« Näher jetzt.

Er war ihr nachgerannt, trotz seines hohen Blutdrucks. Eine andere Angst ergriff sie. Im Gegensatz zu der blinden Panik, die der Polizist in ihr ausgelöst hatte, ließ diese Angst klare Gedanken zu. Henry war das Bollwerk zwischen ihr und der Welt. Seit sie als junge Frau aus Europa geflohen war und er sie bei sich aufgenommen hatte, sorgte er dafür, dass ihr niemand zu nahe kam. Er war der einzige Mensch, dem sie hundertprozentig vertraute. In letzter Zeit machte ihm das Herz zu schaffen. Er hatte versprochen, einen Arzt aufzusuchen, es aber immer wieder hinausgeschoben.

Julia wischte sich das Gesicht mit Toilettenpapier ab und verließ die Kabine. Henry löste sich von der Bahnangestellten, die ihm den Zugang zur Damentoilette verwehrte, und führte Julia zum Ausgang an der 8th Avenue, möglichst weit weg von den engen Straßen und Hochhäusern Midtown Manhattans. Sie setzten sich auf die Treppe vor dem Postamt.

»Entschuldige.« Julia atmete tief ein. »Mir ist klar, dass man mich schon längst aufgespürt hätte, wenn ich immer noch zur Fahndung ausgeschrieben wäre, aber ...«

»Ich weiß.«

Sie lehnte den Kopf an seine Schulter. Ja, er wusste. Obschon sie ihm nie die ganze Geschichte erzählt hatte. Anfangs, weil sie nicht darüber sprechen konnte. Tag für Tag übersetzte sie Texte, aber für das, was ihr widerfahren war, fand sie die Worte nicht. Später, weil sie die Wunden, die langsam zu heilen begonnen hatten, nicht aufreißen wollte. Sie hatte in den USA ein neues Leben aufgebaut. Julia Wild existierte nicht mehr. Aber ihre Angst vor der Polizei hatte sie nicht ablegen können.

Henry sah sie fragend an.

Julia schloss kurz die Augen. Er hatte ein Recht darauf, endlich alles zu erfahren, doch schon beim Gedanken, darüber zu sprechen, wurde ihr wieder übel.

»Michael hat abgenommen«, sagte sie stattdessen.

Henry ließ sich seine Enttäuschung nicht anmerken. »Ein Assistenzarzt hat keine Zeit zu essen. Das ist in Deutschland vermutlich nicht anders als hier.«

»Ja.«

Henry blickte zu einem Verkaufswagen, der am Fuß der Treppe stand. »Möchtest du eine Cola? Du zitterst immer noch.«

Sie schüttelte den Kopf. Schweigend sahen sie dem Verkehr zu. Gegenüber befand sich der Madison Square Garden, ein Plakat warb für ein bevorstehendes Konzert. Wann hatte sie zuletzt mit Henry ein Konzert, ein Musical oder ein Theater besucht? Sie kam nur in die

Stadt, wenn es sich nicht vermeiden ließ. Das Risiko, jemandem zu begegnen, den sie von früher kannte, war ihr zu groß. Außerdem gab es an jeder Ecke Überwachungskameras.

Sie stand auf. »Gehen wir? Ich muss noch den Truthahn füllen.« Michaels Lieblingsspeise. Für ihn feierte sie Thanksgiving auch im September.

Henry winkte ein Taxi herbei. Inwood, wo er seit seiner Kindheit lebte, lag im Norden Manhattans. Als Julia zu ihm gezogen war, hatte sie sich dort sicher gefühlt. Das Viertel wurde auf drei Seiten von Flüssen begrenzt, es gab fast mehr Grünflächen als Häuser. Für ein Kind wie Michael, das gerne draußen spielte, war es geradezu ideal. Im Laufe der Jahre wanderten die irischen und jüdischen Familien ab, und Einwanderer aus der Dominikanischen Republik zogen zu. Die Synagogen wurden nicht mehr genutzt, der Gottesdienst in den Kirchen fand auf Spanisch statt. Die Veränderungen machten Julia zu schaffen. Sie hatte gerade erst wieder Boden unter den Füßen gewonnen. Dass sich dieser Boden bewegte, kam ihr vor, als habe sie ihr neues Leben auf einem fliegenden Teppich aufgebaut.

Das Haus, das sie daraufhin in Upstate New York erwarben, war von der Hauptstraße aus nicht zu sehen. Nur im Winter, wenn die Laubbäume ihre Blätter verloren, schimmerte die hellgraue Holzfassade zwischen den Ästen durch. Sie hatten ursprünglich bloß die Wochenenden dort verbringen wollen. Für Henry dauerte die Fahrt zu seinem Arbeitsplatz an der Columbia University zu lang. Bald aber war Julia jede Ausrede recht, um auch unter der Woche im Haus zu bleiben.

Das Taxi hielt vor einem vierstöckigen Wohnblock, dessen Fassade kürzlich renoviert worden war. Henrys Wohnung lag im dritten Stock und bestand aus einem L-förmigen, fensterlosen Flur, von dem zwei Schlafzimmer und ein Bad abgingen. Am Ende des Flurs lagen das Wohnzimmer und die Küche, dazwischen gab es eine Essnische. Durch die Fenster im Schlafzimmer blickte man auf eine Backsteinmauer, nur vom Wohnzimmer aus war ein Stückchen Himmel zu sehen.

Sam begrüßte sie mit einem leisen Winseln. Er fühlte sich in der Stadt genauso unwohl wie Julia und zuckte bei jedem fremden Geräusch zusammen. Obwohl es erst drei Uhr war, machte sich Julia in der Küche zu schaffen. Sie musste sich beschäftigen, wenigstens die Hände bewegen, wenn die Zeiger auf der Uhr schon stillzustehen schienen. Sie schnitt Brotwürfel, fügte Gewürze dazu, knetete die Masse und bereitete den Truthahn vor.

Henry trat in die Küche. »Brauchst du Hilfe? Soll ich etwas kosten?«, fragte er hoffnungsvoll.

Julia hielt ihm einen Löffel mit Truthahnfüllung hin.

»Vielleicht noch eine Prise Salz«, schlug er vor und tauchte den Löffel in die Masse.

Julia musste trotz ihrer Anspannung schmunzeln. »Möchtest du etwas Süßkartoffelpüree?«

Sie füllte eine Schale, ohne eine Antwort abzuwarten. Er nahm sie mit in Michaels ehemaliges Schlafzimmer, wo er seinen Arbeitsplatz eingerichtet hatte.

Um sechs war der Tisch gedeckt. Um halb sieben stand Julia am Fenster. Michael erschien pünktlich. Obwohl er einen Schlüssel besaß, klingelte er. Er begrüßte als Erstes Sam, der bellend zurückwich. Julia hatte sich den Hund erst angeschafft, nachdem Michael nach Deutschland gezogen war.

»Bist du mit der Subway gefahren?«, fragte Henry, während er Michael durch den Flur folgte.

»Die letzte Station bin ich zu Fuß gegangen. Am Broadway verkauft eine Frau Tamales.« Michael klang überrascht.

»Inwood hat sich verändert«, sagte Julia. »Wie lange ist es her, seit du das letzte Mal hier warst?«

Die Frage war überflüssig. Sie wusste auf den Tag genau, wann Michael das letzte Mal hier gewesen war. Und er wusste, dass sie es wusste.

Sie holte den Truthahn aus dem Ofen. Das Essen schmeckte ihm, er bat um einen Nachschlag. Als er ihr seinen Teller hinhielt, zitterte seine Hand.

»Fliegst du morgen nach Berlin zurück?«, fragte Henry.

»Nein, weiter nach San Francisco.«

»Machst du dort Urlaub?«

»Ich recherchiere für einen Artikel. Ich habe mir eine Auszeit genommen. Im Moment arbeite ich als Journalist.«

Solange Julia zurückdenken konnte, wollte Michael Arzt werden. Er hatte sein Privatleben seinem Berufswunsch untergeordnet, Freizeit und Freunde dafür geopfert. Warum unterbrach er die Facharztausbildung, um als Journalist zu arbeiten?

Henry räusperte sich. »Worüber schreibst du?«

»Über den Traum vom ewigen Leben. Der Optimierung des Menschen.«

»Aus medizinischer Sicht?«

»Nein, aus transhumanistischer.« Michael griff nach seinem Glas und trank einen Schluck Wasser.

Henry sah Julia an. »Transhumanisten wollen den Menschen durch Technik verbessern. Sie sind davon überzeugt, dass wir mit genetischen oder neurotechnologischen Eingriffen unsere biologischen Grenzen sprengen können.«

Die Erklärung war unnötig, Julia wusste, welche Ziele Transhumanisten verfolgten. Sie begriff, dass Henry versuchte, sie in das Gespräch mit einzubeziehen, doch sie war zu sehr mit Michaels Abweisung beschäftigt und konnte sich nicht konzentrieren.

»Klingt für mich nach Eugenik«, nahm Henry den Faden wieder auf.

»Ist es in gewisser Weise auch«, antwortete Michael. »Nur, dass nicht der Staat dahintersteckt, wie in der Zeit des Nationalsozialismus, sondern der Markt. Oder besser gesagt, die Leistungssteigerungsgesellschaft.«

Julia lehnte sich zurück. Wie viele Abende hatten sie am Tisch gesessen und über Gott und die Welt gesprochen? Als Jugendlicher hatte Michael alles hinterfragt, eine unbedachte Äußerung ihrerseits konnte zu heftigen Diskussionen führen. Manchmal war sie es leid

gewesen, sich darauf einzulassen, Henry aber hatte sich immer die Zeit genommen, sich mit Michaels Gedanken auseinanderzusetzen.
»Geht es wirklich darum, die Leistung zu steigern?«, fragte er jetzt. »Ist es nicht vielmehr die Angst vor dem Tod, die Transhumanisten antreibt? Es fiel den Menschen schon immer schwer, sich mit ihrer Endlichkeit abzufinden.«
»Für Transhumanisten ist der Tod bloß ein technisches Problem«, erwiderte Michael. »Erinnerst du dich an die Straßenaktion, die vor ein paar Jahren auf dem Google-Campus stattgefunden hat? Die Demonstranten verlangten, dass Google eine Lösung für den Tod findet. *Den Tod lösen.* Die Wortwahl ist doch bezeichnend.«
Henry schüttelte verwundert den Kopf.
»Was machst du in San Francisco?«, fragte Julia.
Ihre Stimme war wie Sand im Getriebe des Gesprächs.
»Ich besuche eine Konferenz. Führe Interviews.« Michael verstummte.
Eine unangenehme Stille breitete sich aus.
»Henry wurde mit dem *Distinguished Columbia Faculty Award* ausgezeichnet«, sagte Julia, als sie das Schweigen nicht mehr aushielt. »Für seine Verdienste im Unterrichten. Die Ehrung findet in zwei Wochen statt. Es wäre schön, wenn du dabei sein könntest.«
Michael sah Henry an. »Herzliche Gratulation. Ich komme gern.«
Henry spielte die Bedeutung der Auszeichnung herunter, die Freude darüber ließ ihn aber erröten. Während er Michael von der bevorstehenden Feier erzählte, setzte Julia Kaffee auf. Sie starrte in die bläuliche Flamme auf dem Gasherd. Michaels Verhalten bestätigte, was sie bereits am Flughafen geahnt hatte. Er war nicht gekommen, weil er ihr verziehen hatte.
Er ging zum Angriff über, als sie den Kürbiskuchen auftischte.
»Und? Hast du deine Meinung geändert?«, fragte er.
Das helle Grau seiner Augen. Gebündelte Strahlen, alle Farben vereint und doch unsichtbar. Die Rückseite des Regenbogens.
»Ich muss es wissen!«, beharrte er.

Julia senkte den Blick. Dass die Wahrheit nicht nur ihr, sondern auch ihm gefährlich werden konnte, wollte er nicht begreifen, egal wie oft sie es ihm zu erklären versuchte.

»So viel schuldest du mir!«, rief er.

»Lass es gut sein, Michael.«

»Ich will Antworten!«

»Sie werden dich nicht glücklich machen.«

Er bohrte weiter. Sie schüttelte den Kopf. Henry versuchte zu vermitteln, wie schon so oft. Schließlich stand Michael auf, verabschiedete sich von Henry und verließ die Wohnung. Die Heftigkeit, mit der die Tür hinter ihm ins Schloss fiel, war wie ein Schlag in die Magengrube. Julia stellte sich ans Wohnzimmerfenster, um Michael noch einmal hinterherzusehen. Sam, der unter ihrem Stuhl gelegen hatte, folgte ihr mit eingezogenem Schwanz. Sie schob die Finger zwischen die Lamellen der Jalousie und spähte durch den Spalt. Würde Michael sein Versprechen halten und in zwei Wochen zurückkehren? Wie aufrecht er ging, wenn er wütend war. Ach Michael, es war doch gut, so, wie es war. Warum konntest du dich nicht mit dem begnügen, was uns geschenkt wurde? Ein Leben fernab von Gewalt und Willkür. Unspektakulär, aber sicher. Julia blinzelte, wischte eine Träne weg. Als sie wieder nach draußen schaute, war er verschwunden. Sie wollte sich schon abwenden, als ihr ein dunkler Lexus auf der gegenüberliegenden Straßenseite auffiel. Das Fahrerfenster war geöffnet, am Steuer saß ein Mann. Er drehte den Kopf in ihre Richtung.

Julia sprang zurück, wie gebrannt von dem Anblick. Heftig atmend stützte sie sich an der Wand ab. Sie ging wieder ans Fenster und spähte hinaus. Der Lexus fuhr davon, sie konnte den Mann am Steuer nicht mehr sehen. Sie presste die Faust auf den Mund, um nicht laut zu schreien.

Andrej war doch tot!

4

Vita betrachtete sich im Spiegel. Zwischen ihren Augenbrauen deutete sich eine Falte an, steil und hässlich. Sie massierte die Stelle mit den Fingerspitzen, fuhr an ihrem Nasenrücken entlang und strich sich über die breiten Wangenknochen. Sie musste aufhören, an Andrej zu denken. Sorgen bekamen ihr nicht, ihre Haut wurde fahl, ihre Augen verloren ihren Glanz. Außerdem hatte er selbst gesagt, dass nur Gott ohne Sünde sei.

Sie beschloss, nicht länger an ihn zu denken. Ein voller Tag stand bevor. Vita hatte früh gelernt, dass es zwecklos war, sich mit Problemen zu beschäftigen, die sie nicht lösen konnte. Deshalb griff sie jetzt nach einem Schwämmchen und begann, Make-up aufzutragen. Eigentlich widerstrebte es ihr, die Haut vor der Yoga-Stunde zu grundieren. Der Schweiß verstopfte die Poren, was zu Rötungen führte. Ohne Make-up aus dem Haus zu gehen, kam jedoch auch nicht infrage. Sie ging auf die vierzig zu, die Jahre hatten Spuren hinterlassen. Vita war nicht mehr das junge Model, das die Titelseiten der Hochglanzmagazine zierte.

Sie spürte einen Luftzug und drehte sich um. Pawel stand in der Tür.

»Pascha!« Rasch mattierte Vita die glänzenden Stellen in ihrem Gesicht.

Er lehnte sich gegen den Türrahmen. »Störe ich?«

»Natürlich nicht. Aber wolltest du nicht direkt ins Büro fahren?«

Er musterte sie mit undurchschaubarem Blick. Vita fühlte sich entblößt, obschon sie einen Morgenmantel trug. Früher hatte sie geglaubt, dass sich Pawel nicht an ihr sattsehen konnte, mit der Zeit aber hatte sie begriffen, dass er auch Menschen, die er nicht als ebenbürtig betrachtete, auf diese Weise ansah. Innerlich schrumpfte sie zusammen.

»Du bist bestimmt müde von dem langen Flug«, sagte sie, während sie Mascara auftrug. »Willst du dich nicht ein wenig hinlegen?«

»Ich möchte Andrjuschas Grab besuchen. Begleitest du mich?«

Seine Stimme war seidig weich, dennoch lag eine Schärfe darin, die keinen Widerspruch zuließ. Ahnte er, was sie getan hatte? Vitas Hand zitterte so stark, dass sie mit der Mascara-Bürste die Hornhaut berührte. Ihr Auge begann zu tränen.

Pawel wartete nicht auf eine Antwort. Vita hörte, wie er im Ankleidezimmer ein frisches Hemd vom Bügel nahm. Als sie eine halbe Stunde später ins Wohnzimmer trat, stand er neben der Marmorskulptur des Nautilus, die er kürzlich ersteigert hatte, und telefonierte. Während er redete, beäugte er ihr dunkles Kleid. Es war schlicht, aber figurbetont. Sie hatte es in einer neu eröffneten Boutique in Schukowka gekauft. Der Designer hatte eine Kollektion eigens für Beerdigungen und Trauerveranstaltungen entworfen. Offenbar hielt Pawel es für passend, denn er kehrte ihr den Rücken zu und schaute aus dem Fenster. Hinter einem hohen Zaun war das Dach des Nachbarhauses zu erkennen, eine Villa im Renaissance-Stil, die seit einigen Monaten leer stand, wie viele der Häuser an der Rubljowsker Chaussee, deren Besitzer sich auf einem Weingut in Frankreich oder in einer Londoner Stadtwohnung niedergelassen hatten. Vita konnte nicht verstehen, warum sie wegzogen. Wer es bis hierher geschafft hatte, war ganz oben angekommen. Sogar Präsident Putin wohnte an der Rubljowka.

Aus der Küche drang das Geräusch eines Mixers. Wie oft hatte Vita dem Hausmädchen erklärt, dass sie vor der Yogastunde keinen Smoothie trank? Sie ging in die Küche, nahm das Glas, das auf der Anrichte stand, und kippte den Inhalt in den Abguss. Die Philippina wich erschrocken zurück, was Vita ein Gefühl von Befriedigung verschaffte. Ihre Mutter hätte sie dafür gescholten, doch

Vita wäre nicht so weit gekommen im Leben, wenn sie auf ihre Mutter gehört hätte.

»Entschuldigen Sie, Viktorija Sergejewna«, nuschelte das Hausmädchen in kaum verständlichem Russisch.

Vita kehrte ins Wohnzimmer zurück. Pawel telefonierte immer noch. Er hatte kein Gramm zugenommen, seit sie sich vor vierzehn Jahren kennengelernt hatten. Seine Haut war straff, sein Muskeltonus beneidenswert. Im Gegensatz zu ihr schien er kaum zu altern. Nur das akkurat geschnittene Haar, das an den Schläfen ergraut war, zeugte davon, dass auch sein Körper sich veränderte. Viele ihrer ehemaligen Arbeitskolleginnen hatten Geschäftsmänner mit dicken Brieftaschen und prallen Bäuchen geheiratet. Pawel hingegen war nicht nur gut gebaut, er hatte auch ein ebenmäßiges Gesicht, einen markanten Kiefer und klare Augen. Wie lange noch, bis er sich eine jüngere Frau suchte? Die ihm einen Erben schenkte?

Er hatte aufgelegt. Gedankenverloren folgte er mit dem Finger den geschwungenen Linien des Nautilus, die Schultern leicht hochgezogen, den Kopf zur Seite geneigt. Plötzlich wirkte er verwundbar. Fast, als hätte ihn das Telefongespräch berührt. Der Anblick war so außergewöhnlich, dass Vita nervös wurde.

»Wer war das?«, fragte sie.

Er schwieg lange. »Der Nautilus ist ein Meisterwerk«, sagte er schließlich.

Vita sah ihn verständnislos an. »Diese Schnecke?«

»Das ist keine Schnecke, sondern ein Kopffüßler. Die einzelnen Kammern entsprechen exakt der Fibonacci-Folge. Eine goldene Spirale. Das Symbol der Unendlichkeit.«

Was hatte der Nautilus mit dem Telefongespräch zu tun?

Pawel richtete sich auf. »Wir gehen nicht zum Friedhof«, verkündete er. »Putin ist gerade losgefahren.«

Wenn der Präsident morgens in den Kreml fuhr, wurde die Chaussee gesperrt. Erst wenn die Staatskarosse und das Dutzend Begleitfahrzeuge vorbeigerast waren, durften die Bewohner der

Rubljowka die Straße wieder benutzen. Oft bildeten sich kilometerlange Staus.

Vita sah auf die Uhr. Viertel vor neun. Sie wusste genau, dass Putin nie so spät fuhr.

Sie setzte sich aufs Sofa. Gab es eine andere Frau? Ein Model? Oder vielleicht diese Wissenschaftlerin, die letztes Jahr bei Pawel in der Firma angefangen hatte? Dr. Katarzyna Szewińska. Vitas Finger krallten sich in ein Seidenkissen. Die Frau war ihr von der ersten Begegnung an unsympathisch gewesen. Was ihr Äußeres anging, stellte sie keine Gefahr dar, die dichten Augenbrauen und die kräftige Nase ließen sie viel zu männlich erscheinen. Dennoch zog sie Pawel in den Bann. Als sie sagte, Fleisch sei ein totes Format, hatte er sogar gelächelt. Und er hing an jedem Wort, das sie von sich gab. Wörter, die Vita größtenteils nicht verstand, wie kortikales Modem, Cyborg, Mind-uploading oder biohybrides Forschungsprogramm. Einige hatte sie nachgeschlagen, als sie sah, wie angeregt Pawel mit der Wissenschaftlerin diskutierte. Dabei hatte er sie doch gar nicht eingestellt, weil sie angeblich so brillant war.

Er ging mit dem Telefon in der Hand an Vita vorbei, den Blick auf das Display gerichtet. Dabei kaute er auf der Innenseite seiner Wange. Noch etwas, das er nur tat, wenn er aufgewühlt war. Vita sah ihm nach. Er verschwand im Flur. Der dicke Teppich schluckte seine Schritte, die Bürotür fiel zu.

Zwei Stunden später saß Vita in einem Café in Schukowka, rührte mit einem Löffel aus Kandiszucker in einem Latte Macchiato und wartete auf Irina, die einzige Freundin, die ihr aus ihrer Zeit als Model geblieben war. Genau wie sie hatte Irina den Ausstieg rechtzeitig geschafft. Ihr Mann war in der Industrie tätig, er hatte sich einen Kilometer weiter westlich an der Rubljowka niedergelassen. Im Hintergrund lief Fashion TV.

Irina kam wie immer zu spät. Über dem bauchfreien Top trug sie einen Pelzmantel, ihre Füße steckten in Stilettos.

»Vikulja, Schätzchen!« Die vollen Lippen formten Küsschen, dann sah sie den Latte Macchiato. »Was ist passiert? Warum bist du nicht ins Yoga gekommen?«

Vita erzählte ihr von Pawels seltsamem Verhalten.

Irina griff nach ihrer Hand. »Das hat bestimmt nichts mit dir zu tun.«

»Er begann plötzlich, von Meisterwerken zu reden. Ob er mir damit zu verstehen geben will, dass ich ihm nicht mehr genüge?«

»Blödsinn«, sagte Irina und bestellte einen Tee. »Andrejs Tod macht ihm zu schaffen, das ist alles. Du sagst selbst, dass Pascha nichts so sehr fürchtet wie den Tod.«

Vita tauchte den Löffel in den Milchschaum. Hatte Pawel den Nautilus erstanden, weil er die Unendlichkeit symbolisierte, und nicht etwa, weil er perfekt war? Den Tod hatte er schon immer unerträglich gefunden. Deswegen hatte er vor einigen Jahren seine Firma ausgebaut. Er wollte mehr in die Forschung investieren. Ein Mittel gegen den Tod finden. Bisher hatte sein Engagement allerdings einzig Dr. Kat auf den Plan gerufen. Sie war an einem Projekt der Europäischen Union beteiligt, wo Pawel sie abwarb. Damals hatte er seine Pläne noch mit ihr besprochen, dachte Vita. Sie erinnerte sich genau daran, wie begeistert er über Dr. Kats Zusage war.

Irina, die Vitas Sorgen auf Andrejs Tod zurückführte, sah sie mitfühlend an. »Hat man seine Leiche immer noch nicht gefunden?«

Vita senkte den Blick. »Nein.«

»Schätzchen«, wiederholte Irina. »Hör auf, dir Gedanken zu machen. Das beschleunigt bloß den Alterungsprozess. Lass uns lieber über die nächste Behandlung reden. Ich könnte wieder einmal ein Hydra-Facial gebrauchen. Bist du dabei?«

Eine Gesichtsbehandlung würde ihre Probleme kaum lösen, dachte Vita. Diese Zeiten waren vorbei.

»Schluss mit dem Selbstmitleid!«, rief Irina. »Ich melde uns an.«

»Meinetwegen«, seufzte Vita.

Auf Fashion TV lief ein Model aus Kiew über den Laufsteg. Sie trug ein Kimono-Spitzenkleid von Dior, das mehr zeigte als es verhüllte.

Irina deutete auf den Bildschirm. »Luba hört auch bald auf.«

»Hat sie einen Mann kennengelernt?«

Irina, die Klatsch liebte, beugte sich vor. »Einen chinesischen Investor. Er soll eine ganze Insel besitzen. Sie werden heiraten! Nächste Woche gehen wir zusammen essen, und sie wird mir alles erzählen. Kommst du mit? Luba würde sich bestimmt freuen, dich wiederzusehen.«

Vita lehnte ab. Sie konnte sich nicht vorstellen, in ihrer jetzigen Verfassung einem jungen Model gegenüberzusitzen. Ein Spiegel all dessen, was sie einmal war.

5

Er kam nicht. Das Auditorium war bis auf den letzten Platz mit Fakultätsmitgliedern und ihren Angehörigen besetzt, aber Michael befand sich nicht unter ihnen. Julia hatte sich so hingesetzt, dass sie den Eingang während der Veranstaltung im Auge behalten konnte. Jedes Mal, wenn die Tür aufging, keimte Hoffnung in ihr auf. Jedes Mal wurde sie enttäuscht.

»Henry Sanders ist weit über die Columbia University hinaus bekannt für seinen Einsatz für Chancengleichheit«, sagte der Direktor des Department of Astronomy am Rednerpult. »Ihm ist es zu verdanken, dass heute mehr Angehörige von ethnischen Minderheiten Naturwissenschaften, Mathematik, Ingenieurwissenschaften und Informatik studieren.«

Michaels Abwesenheit nahm so viel Raum ein, dass Julia sich darin zu verlieren drohte. Doch Henry verdiente ihre ganze Aufmerksamkeit. Nicht nur sie, auch Michael verdankte ihm viel. Henry hatte sein Talent früh erkannt und sein Interesse an den Naturwissenschaften gefördert. Das Teleskop, das sie gemeinsam gebaut hatten, stand immer noch am Fenster im Dachgeschoss ihres Hauses. Im Wald hatten sie die Himmelskörper des Sonnensystems nachgestellt. Julia liebte es, mit Sam zum steinernen Neptun oder durch den Kuipergürtel zu den Zwergplaneten zu spazieren, einer Ansammlung von Baumstümpfen in unterschiedlichen Größen. Dahinter hatten Henry und Michael wilde Brombeeren gepflanzt, sie bildeten den Teilchenstrom der Sonne, der sich verlangsamte und verdichtete.

Verdammt, Michael, du schuldest es ihm, hier zu sein!

Applaus füllte den Saal. Henry trat auf die Bühne und nahm seine

Auszeichnung entgegen. In einer kurzen Rede bedankte er sich für die Unterstützung der Fakultät und lobte die Studierenden. »Nicht ich bin es, der diese Auszeichnung verdient, sondern die angehenden Naturwissenschaftler, die hart für ihren Studienplatz gekämpft haben und täglich Höchstleistungen erbringen. Es ist mir eine Ehre, mit ihnen zusammenzuarbeiten.«

Es waren keine Floskeln, das wusste Julia. Henry begegnete den Menschen, die ihn umgaben, mit Neugier und Wärme. Auch sie war mal offen und vertrauensvoll gewesen, inzwischen war ihr Misstrauen aber zu einer zweiten Haut geworden. Ohne diese wäre sie sich ungeschützt vorgekommen. Darunter litt auch ihre Beziehung zu Henry. Er teilte seine Gefühle und Gedanken mit ihr, auch wenn er sich dadurch verwundbar machte. Sie hingegen wog ab, wie viel sie von sich preisgab. Nicht nur aus Angst, sondern auch, weil ihre Liebe zu Andrej nie ganz erloschen war. Nach seiner Ermordung hätte sie sich am liebsten zu ihm ins Grab gelegt. Stattdessen hatte sie ihre Gefühle begraben.

Das Publikum hatte aufgehört zu klatschen. Es wurde hell im Saal, und der Lärmpegel schwoll an. Jetzt kam der schwierigste Teil des Abends. Hände schütteln, während Henry Glückwünsche entgegennahm, Small Talk mit seinen Arbeitskollegen, Worte abwägen, Informationen dosieren.

Eine rundliche Frau kam auf sie zu, um den Hals trug sie eine Goldkette, an der eine Lesebrille hing. »Wir haben dich bei der Abschlussfeier im Sommer vermisst!«

»Margaret«, lächelte Julia.

»Ich freue mich so für Henry«, strahlte die Professorin. »Es gibt niemanden, der diese Auszeichnung mehr verdient als er. Wie läuft es mit den Übersetzungen? Arbeitest du gerade an einem spannenden Text?«

»Wenn du Montageanleitungen für Waschraumausstattungen spannend findest ...«, antwortete Julia trocken.

»Ich wollte schon immer wissen, wie eine Hygieneschleuse funktioniert.« Margaret zwinkerte ihr zu.

»Mir gefiel das Datenschutzkonzept besser.«

Vor einigen Monaten hatte Julia für eine internationale Firma ein IT-Sicherheitskonzept vom Deutschen ins Englische übersetzt. Margaret, die an der Columbia University eine Professur für Cybersecurity innehatte, hatte ihr einige Fachbegriffe erläutert.

»Wie geht es deiner Tochter?«, fragte Julia. »Arbeitet sie immer noch in Hongkong?«

Margaret faltete die Hände vor der Brust. »Sie wird heiraten!«

»Wer ist der Glückliche?«

»Der Bruder einer Arbeitskollegin.«

»Ist er auch Banker?«

»Um Gottes willen, nein. Er ist für eine NGO tätig. Die beiden könnten nicht unterschiedlicher sein. Vince meint, er werde ihr guttun. Er begreift immer noch nicht, wie sie eine Laufbahn als Bankerin einschlagen konnte.«

Margarets Mann Vince arbeitete in einem Institut für ABC-Schutz. Auch für ihn hatte Julia schon Texte übersetzt.

Hinter Margaret tauchte ein Doktorand auf. Julia entschuldigte sich und machte sich auf die Suche nach Henry. Das Publikum drängte in die Eingangshalle, wo sich das Buffet befand. Julia entdeckte Henry bei den Häppchen. Sie sah sein breites Lachen, und ihr wurde warm ums Herz. Sie schob sich an zwei Frauen vorbei, die stehen geblieben waren, um sich zu begrüßen. Sie war fast bei Henry angelangt, als ein Gesicht vor ihr aufblitzte. Helle Augen. Eine breite Stirn. Andrej? Julias Herz setzte einen Schlag aus. Sie kämpfte sich durch die Menschenmenge. Das Gesicht war verschwunden.

Julia fächerte sich Luft zu. Unmöglich, dass Andrej hier war. Oder in einem Auto vor Henrys Wohnung gesessen hatte.

»Alles in Ordnung?«, fragte Henry neben ihr.

»Mir ist nur etwas heiß.«

»Möchtest du an die frische Luft?«

Sie schüttelte den Kopf.

Immer wieder kamen Kollegen, um Henry zu gratulieren. Julia blieb an seiner Seite, bis die letzten Gäste gegangen waren. Kurz vor Mitternacht saßen sie in einem Taxi nach Inwood. Vor ihnen leuchteten die Tragseile der George-Washington-Brücke, die Lichter spiegelten sich im Hudson River.

»Es tut mir leid, dass Michael nicht gekommen ist«, sagte Julia. Sie hatte erwartet, dass Henry Michaels Fernbleiben herunterspielen würde, stattdessen blickte er sie nachdenklich an.

»Es passt nicht zu ihm, ein Versprechen nicht einzuhalten«, sagte er.

»Er war furchtbar wütend, als er ging«, gab Julia zu bedenken.

»Er hätte sich entschuldigt.«

Normalerweise war sie es, die sich Sorgen um Michael machte. Henrys Worte beunruhigten sie deshalb umso mehr.

»Vielleicht ist es Zeit, seine Fragen zu beantworten«, sagte Henry unvermittelt.

Julia rutschte ein wenig von ihm weg. Er traute sich nur selten, seine Meinung zu diesem Thema zu äußern.

»Hast du nie daran gedacht, dass sich Michael auch ohne deine Hilfe auf die Suche nach Antworten machen könnte?«, fuhr Henry fort. »Er ist nicht dumm.«

Natürlich hatte Julia daran gedacht. Seit jenem verhängnisvollen Tag, an dem sie mit Michael gesprochen hatten, malte sie sich alle denkbaren Szenarien aus.

In Gedanken saß sie wieder am Esstisch in Upstate New York. Die blasse Wintersonne schien durch das Fenster; auf dem Sims lag ein verschrumpelter Kürbis, den sie an Halloween zusammen geschnitzt hatten, und warf einen unförmigen Schatten auf den Holzboden.

»Ich möchte den Führerschein machen«, sagte Michael, während er sich Ketchup auf den Teller drückte.

»Wozu brauchst du ein Auto?«, wich Julia aus.

»Ich will ja kein Auto, sondern einen Führerschein.«

»Das hat noch Zeit.«

Michael beugte sich vor, er merkte nicht, dass die Kordel seines Hoodies im Ketchup gelandet war. »Alle in meiner Klasse machen den Führerschein!«

»Lass uns im Sommer darüber reden«, sagte Julia. »In den Semesterferien kann Henry mit dir üben.«

Michael war entsetzt. »Im Sommer? Dann bin ich fast siebzehn!«

»Das ist früh genug.« Julia sah Henry Hilfe suchend an, doch der hatte den Blick abgewandt.

Michael legte seine Gabel zurück. »Aber die Theorieprüfung, zumindest die kann ich jetzt schon machen, oder?«

Julia schwieg.

Michael sah von ihr zu Henry. »Was ist los? Warum schaut ihr so komisch?«

Eine Krähe landete auf dem Fenstersims, pickte am Kürbis und flog davon.

Michael wurde ungeduldig. »Was ist?«

Henry räusperte sich.

Julia schüttelte kaum merklich den Kopf, aber er war bereits aufgestanden, rückte seinen Stuhl neben den von Michael und nahm wieder Platz. Jede Zelle in ihrem Körper wehrte sich gegen das, was nun kommen würde. Julia hatte diesen Moment immer wieder hinausgeschoben, denn sie wusste, waren die Worte einmal ausgesprochen, gab es kein Zurück.

»Sohn«, begann Henry in väterlichem Ton. »Es gibt etwas, das wir dir sagen müssen.«

Michael sah ihn neugierig an.

»Ich habe deine Mutter in Rockaway Beach kennengelernt«, erzählte Henry langsam.

»Ich weiß«, antwortete Michael. »Sie saß am Strand und las ein Buch, und die Sonne schien auf ihr blondes Haar, und sie wirkte zerbrechlich –«

»Nein.«

»So hast du es aber immer erzählt.«

»Sie saß am Strand, ja.« Henrys Stimme zitterte leicht. »Aber sie las kein Buch. Sie spielte mit dir.«
Michael schüttelte den Kopf. »Ich war noch gar nicht geboren.«
»Du warst fünf Monate alt«, sagte Henry.
Julia beobachtete, wie die Veränderung einsetzte. Aus Michaels Verwirrung wurde Verwunderung, dann Betroffenheit und schließlich Fassungslosigkeit.
»Dann ... kannst du gar nicht mein Vater sein«, brachte er hervor.
»Ich bin nicht dein leiblicher Vater, nein.« In Henrys Augen standen Tränen.
Michael schaute ihn mit offenem Mund an. »Wer dann?«, stotterte er.
Julia mied seinen Blick. »Dein Vater ist tot.«
»Tot?« Michael schob den Stuhl zurück.
»Setz dich, Sohn«, sagte Henry sanft.
Michael wirbelte herum. »Ich bin nicht dein Sohn!«
»Natürlich bist du das.« Henry erhob sich ebenfalls und breitete die Arme aus, doch Michael wich zurück.
»Meine Geburtsurkunde!« Trotz des Schocks war Michael in der Lage, klar zu denken. »Deshalb darf ich den Führerschein nicht machen. Ich brauche dazu meine Geburtsurkunde. Darauf steht der Name meines Vaters. Ich will sie sehen!«
Henry ließ die Arme sinken. Einen Moment stand er verloren da, dann wankte er aus dem Raum. Julia blieb am Tisch sitzen, unfähig, sich zu bewegen. Henry kehrte mit der Geburtsurkunde zurück. Das Feld, auf dem normalerweise der Name des Kindsvaters stand, war leer.

Julia war davon ausgegangen, dass Michael irgendwann aufhören würde, Fragen zu stellen. Sie hatte sich getäuscht. Kein Tag verging, an dem er sie nicht löcherte. Als er begriff, dass sie ihm nichts über seinen leiblichen Vater erzählen würde, zog er aus.
»Wir sind da.« Henrys Stimme kam von weit weg.

Julia blieb am Straßenrand stehen, während er den Fahrer bezahlte. Der Himmel über Manhattan glomm gelblich. Sie sehnte sich nach der Dunkelheit und den Sternen, die sie in Upstate von ihrem Schlafzimmer aus sah. Seit Henry ihr erzählt hatte, dass die meisten von ihnen nicht mehr existierten, kam sich Julia wie eine Zeitreisende vor, die ein Tor in die Vergangenheit gefunden hatte.

Ihr war immer klar gewesen, dass Michael nicht aufgeben würde. Genauso klar war ihr, dass er nicht weiterkäme. Dafür hatte sie gesorgt. Sie verstand bis heute nicht, was vor achtundzwanzig Jahren geschehen war. Nur, dass Andrej tot war. Und, dass man sie wegen Mordes suchte. Sie hatte alle Türen zur Vergangenheit verriegelt. Oder nicht? Michael hatte heute ganz andere Möglichkeiten, Nachforschungen anzustellen, als sie damals. Das Internet ermöglichte den Zugriff auf Daten, die früher nur wenigen vorbehalten waren. Julia ballte die Fäuste. Es war doch Henry, der ihn auf den Schultern getragen, ihm das Radfahren beigebracht und ihm zugehört hatte, wenn ihn Sorgen plagten! Er hatte ihn gefördert, beschützt, versorgt und geliebt. Er war in jeder Hinsicht Michaels Vater.

Nur in einer nicht.

6

Julias Angst, dass Michael etwas zugestoßen sein könnte, wurde immer größer. Er nahm ihre Anrufe nicht entgegen und antwortete nicht auf ihre Nachrichten. Als Jugendlicher hatte er sie manchmal mit Schweigen bestraft, wenn er sich über sie ärgerte, aus diesem Alter war er jedoch längst heraus. Egal, wie groß seine Wut war, er hätte reagiert.

Sie saß auf der Veranda und hielt sich an einem Glas Wasser fest. Das Schauspiel hatte begonnen, der Ahornbaum leuchtete rot, die Buche bronzefarben. Ein prächtiges Spektakel. Während sie selbst wie eine Einspringerin auf einen Auftritt wartete, der nie stattfinden würde. Seit sie untergetaucht war, spielte sie in ihrem eigenen Leben keine Rolle mehr. Ihr einziges Ziel war es, unsichtbar zu bleiben. Auf der Homepage, mit der sie für ihre Übersetzungen warb, stand ein fiktiver Lebenslauf. Sie nutzte soziale Medien nicht, gehörte keinem Verein an und pflegte keine engeren Kontakte, außer mit Henry.

Abrupt stand sie auf und ging ins Haus, Sam ihr dicht auf den Fersen. Die Fliegentür schlug hinter ihr zu, die Dielen knarrten unter ihren Füßen. Vertraute Geräusche, die ihr sonst Geborgenheit vermittelten, jetzt aber nahm Julia sie kaum wahr. Vielleicht hatte Michael einen Unfall gehabt. Sie klappte ihren Laptop auf und öffnete das elektronische Telefonverzeichnis, um eine Liste von Krankenhäusern zusammenzustellen. In San Francisco? New York? Hatte Michael eine Namensänderung beantragt, oder lautete sein Pass immer noch auf Sanders? Frustriert lehnte sie sich zurück.

»Er muss doch Freunde haben«, sagte sie zu Sam. »Studienkollegen oder Ärzte, mit denen er zusammengearbeitet hat!«

Der Hund legte die Schnauze auf ihren Schoß.

Sie wählte die Telefonnummer eines ehemaligen Mitschülers, der früher oft zu Besuch gekommen war. Ungültig. Sie versuchte es bei einer Klassenkameradin aus der Grundschule und erfuhr, dass Michael noch nie zu einem Klassentreffen erschienen war.

Als sie »Transhumanismus« in die Internetsuchmaschine eingab, stieß sie auf eine Konferenz, die vor zehn Tagen in San Francisco stattgefunden hatte. Julia studierte die Liste der Referenten. Eine britische Biomedizinerin und Gerontologin; der CEO von Rejuvena, einem amerikanischen Unternehmen, das eine Verjüngungstherapie mit Teenager-Blutplasma anbot; der Leiter einer Einrichtung zur kryostatischen Lagerung; ein Neuroinformatiker; ein Mormone; der Vorsitzende einer Denkfabrik, die sich mit Themen wie künstlicher Intelligenz oder der digitalen Speicherung von Bewusstsein befasste.

Wieder fragte sie sich, warum sich Michael eine Auszeit genommen hatte, um sich als Journalist mit der Optimierung des Menschen zu befassen. Vielleicht war ihm gekündigt worden? Sie rief an seinem Arbeitsplatz in Berlin an, wo er die Facharztausbildung begonnen hatte. Wie erwartet bekam sie keine Auskunft.

Sie schaute erneut auf die Liste der Referenten, die an der Konferenz teilgenommen hatten, und suchte nach Kontaktangaben. Rejuvena und die Kryonikanlage boten Dienstleistungen an, entsprechend einfach war es, an Informationen über die Unternehmen zu gelangen. Auf der Homepage der Gerontologin gab es ein Kontaktformular. Der Neuroinformatiker und der Mormone wurden häufig zitiert, ohne Kontaktangaben. Die Denkfabrik war bloß ein Zusammenschluss von Transhumanisten. Kenji Takahashi, der Redner, der in San Francisco einen Vortrag über künstliche Intelligenz gehalten hatte, unterrichtete an der Harvard-Universität in Massachusetts. Julia wählte die Nummer der Faculty of Arts and Sciences. Sie erreichte den Professor nicht, hinterließ jedoch eine Nachricht. Während sie auf seinen Rückruf wartete, rief sie alle Krankenhäuser in San Francisco und Manhattan an. Nichts.

Ihr knurrender Magen erinnerte sie daran, dass sie noch nicht gefrühstückt hatte. Sie schnitt sich eine Scheibe Brot ab und schälte eine Zwiebel. Schärfe gehörte zu den wenigen Empfindungen, die sie beim Essen hatte. Sie dachte daran, wie sie früher mit Michael vor dem Fernseher getrocknete Chilis geknabbert hatte, während er Popcorn verschlang. Vor seinen Kollegen hatte er damit geprahlt, dass nicht einmal Tabasco-Schoten seiner Mutter etwas anhaben konnten.

Sie nahm ihren Teller, setzte sich wieder vor den Laptop und rief die Seite von Rejuvena auf. Der CEO Charles Baldwin hatte das Unternehmen vor wenigen Jahren gegründet und bereits große Aufmerksamkeit auf sich gezogen. Er verkaufte Blutplasma von Sechzehn- bis Fünfundzwanzigjährigen an ältere Menschen und versprach ihnen einen Verjüngungseffekt. Kritiker warfen ihm vor, dass es keine klinischen Beweise für den Erfolg der Behandlung gab, dennoch waren offenbar genügend Kunden bereit, neuntausend Dollar für einenhalb Liter junges Blutplasma zu bezahlen. Julia blickte auf die Uhr. An der Westküste war es erst halb acht. Sie suchte nach der Adresse der Firma.

Pacific Grove, Kalifornien. Das Logo von Rejuvena verschwand, eine Erinnerung drängte sich ihr auf. Ein Apartment am Hang, umgeben von Kiefern. Ein Wohnzimmer, in dem es nach Teppichreinigungsmittel roch, scharf und chemisch. Ein braunes Sofa, dessen Stoffbezug lose Fäden aufwies. Ein Beistelltisch aus Holz, ein Hocker, ein Fernsehmöbel ohne Fernseher. Das Bett im Schlafzimmer war durchgelegen, die Matratze fleckig. Julia sah sich ans Fenster treten und am Wendestab der Jalousie drehen. Direkt gegenüber stand ein weiteres Mehrfamilienhaus. Dahinter lag der Pazifik. Nur ein kleiner Ausschnitt war sichtbar, doch sie konnte den Blick nicht von diesem Rechteck wenden, wie ein Kind, das gebannt auf einen Bildschirm starrte. Der Anblick des Meeres hatte ihr die Gewissheit gegeben, dass ihr alle Wege offenstanden. Bei der Vorstellung, wie viele Möglichkeiten das Leben ihr bot, war ihr ein wenig schwindlig geworden.

»Ich nehme die Wohnung!«

Die Verwalterin konnte ihre Begeisterung nicht nachvollziehen.

Mit einem Schulterzucken ging sie in die Küche und suchte den Vertrag hervor. Der Stuhl ächzte unter ihrem Gewicht, der Vertrag klebte auf dem Tisch, als sie ihn Julia zuschieben wollte. Julia stellte einen Scheck für die erste Monatsmiete aus und nahm den Wohnungsschlüssel entgegen. Kaum war die Frau gegangen, eilte sie wieder zum Fenster. Es klemmte, sie musste ihre ganze Kraft einsetzen, um es zu öffnen. Lackstücke bröckelten von dem Rahmen, tote Insekten lagen auf der Schiene. Sie lehnte sich hinaus, um dem Pazifik noch näher zu sein. Ein Glücksgefühl durchströmte sie. Ein Semester lang würde diese Wohnung ihr Zuhause sein. Am Himmel kreisten Möwen, Julia breitete die Flügel aus, schwang sich in die Höhe und schloss sich ihnen an.

Sam winselte. Es dauerte einen Augenblick, bis Julia wieder in die Gegenwart zurückfand. Die Monate in Pacific Grove hatten zu den glücklichsten ihres Lebens gehört. Julia hatte sie mit allen Sinnen ausgekostet. Seither schmeckte die Welt fad, was nicht nur daran lag, dass sie ihren Geschmackssinn verloren hatte. Sie hatte eine Schutzmauer um sich errichtet, hatte sich vor dem Leben versteckt und geglaubt, dass auch der Schmerz sie nicht finden würde.

Sie biss in die Zwiebel. Genoss das Brennen in der Nase. Da schrillte ihr Handy.

Es war Kenji Takahashi.

Julia versuchte, ihre Gedanken zu sammeln. »Danke, dass Sie so schnell zurückrufen.«

»Wie kann ich Ihnen helfen?«, fragte Takahashi freundlich.

»Sie haben kürzlich mit einem Journalisten gesprochen.« Julia stellte fest, dass sie nicht einmal wusste, für welche Zeitung oder Zeitschrift Michael schrieb. »Er heißt Michael Wild.«

»Ja?« Takahashi klang plötzlich zurückhaltend.

Ihre wahre Identität preiszugeben, war Julia zu riskant. Sie erklärte, dass sie Übersetzerin sei und Michaels Artikel englischsprachigen Zeitschriften anbieten wolle.

»Sind Sie damit einverstanden?«, fragte sie.

Takahashi zögerte. »Das Copyright liegt beim *Wissenschaftsjournal*, nicht bei mir.«

Also hatte sie richtiggelegen mit ihrer Annahme, dass Michael den Professor interviewt hatte.

»Mit dem *Wissenschaftsjournal* habe ich bereits gesprochen«, log sie. »Die Redaktionsleitung ist einverstanden. Haben Sie den Artikel schon gegengelesen?«

»Nein, ich … nein.«

»Hat Michael Wild Ihnen eine Frist gesetzt?«

»Sie sind bereits die zweite Person, die mich nach diesem Journalisten fragt«, sagte Takahashi.

Julia umklammerte das Telefon fester. »Wer hat Sie noch angerufen?«

»Wie war Ihr Name?«

»Julia Sanders. Ich bin freischaffende Übersetzerin. Wer war der Anrufer?«

»Auf Wiederhören, Frau Sanders.« Takahashi legte auf, bevor sie weitere Fragen stellen konnte.

Julia blieb reglos sitzen, während in ihrem Kopf die Gedanken rotierten. Machte sich noch jemand Sorgen um Michael?

An der Westküste hatte der Arbeitstag begonnen. Vielleicht war der CEO von Rejuvena gesprächiger. Auf der Homepage des Unternehmens las Julia, dass sich Charles Baldwin nach dem Pharmazeutikstudium mit Anti-Aging-Produkten einen Namen gemacht hatte, bevor er beschloss, das Problem des Alterns grundsätzlich anzupacken. Ein Foto zeigte einen Mann um die fünfzig mit dichtem, nach hinten gekämmtem Haar und vollen Lippen. Im Vergleich zu den Fältchen um seine Augen wirkte die Haut am Kinn ein wenig zu straff.

»Willkommen bei Rejuvena«, sagte eine Frauenstimme. »Was kann ich für Sie tun?«

»Ich möchte mit Charles Baldwin sprechen«, antwortete Julia.

»Worum geht es?«

Julia gab als Grund wieder die Übersetzung an.

»Einen Moment, bitte.«
Am anderen Ende erklang entspannte Musik. Julia trommelte mit den Fingern auf den Tisch. Nach einigen Minuten meldete sich die Frau wieder.
»Leider ist Mr Baldwin besetzt.«
»Wann kann ich ihn am besten erreichen?«
»Er ist den ganzen Tag in Meetings.«
»Und morgen?«
»Ebenfalls.«
»Können Sie mir seine Mailadresse angeben?«
Die Frau nannte ihr die Adresse von Rejuvena, die auf der Homepage aufgeführt war.
Julia legte auf. Waren Michaels Fragen zu kritisch gewesen? Den Beiträgen im Internet nach zu schließen, war das Interesse der Medien an Rejuvena groß. Vielleicht zu groß.
Sie schrieb Baldwin eine Mail, anschließend versuchte sie, den Leiter der Kryonikanlage zu erreichen. Ein Anrufbeantworter schaltete sich ein. Sie hinterließ eine Nachricht und ging zum Fenster, um etwas frische Luft hereinzulassen. Die Sonne stand schon hoch am Himmel, die Strahlen wärmten ihr Gesicht. Julia dachte an die Montageanleitungen, die sie fertig übersetzen sollte. Sie war viel zu unruhig, um sich auf die Arbeit zu konzentrieren.
Kenji Takahashi wusste etwas, da war sie sich sicher. Es gab nur einen Weg, um mehr herauszufinden: Sie musste ihn persönlich aufsuchen. Alles in ihr sperrte sich gegen die Vorstellung. Zwei Mal hatte sie Henry zu einer Konferenz begleitet, und einmal war sie mit ihm nach Maine in Urlaub gefahren. Sie hatte die Tage gezählt, bis sie nach Hause durfte.
Sie kehrte an ihren Laptop zurück und startete den Routenplaner. In drei Stunden wäre sie in Harvard. Sie musste nur die Interstate 90 entlangfahren. Was konnte ihr schon passieren?
»Die Polizei könnte mich anhalten«, sagte sie.
Sam spitzte die Ohren.

»Dann zeige ich ihnen meinen Führerschein, der auf Julia Sanders lautet. Kein Problem, oder?«

Der Hund klemmte den Schwanz zwischen die Hinterbeine.

»Wenn Interpol ein Foto von mir aufgeschaltet hätte, wäre ich schon längst verhaftet worden«, erklärte sie ihm.

Sie massierte sich die Schläfen. Falls sich Michael tatsächlich auf die Suche nach seinem Vater gemacht hatte, befand er sich in Gefahr, wenn er nicht bereits … Sie verbat sich den Gedanken. Unruhig ging sie im Wohnzimmer hin und her. Goss die Teepflanze, die neben der Tür stand. Zupfte die Gardinen gerade. Klopfte die Sofakissen aus. Sie hatte es sich zur Lebensaufgabe gemacht, Michael zu beschützen. Hatte jegliche Verbindung zu ihrer Vergangenheit gekappt, alles zurückgelassen, was ihr etwas bedeutet hatte. Michaels Hass auf sich gezogen und damit zu leben gelernt. Wenn sie jetzt nichts unternahm, war alles umsonst gewesen. Entschlossen griff sie nach dem Autoschlüssel in der Küchenschublade. Sie blieb vor Sam stehen, der sie erwartungsvoll ansah. Ihn mitzunehmen, kam nicht infrage. Er würde nur unnötig leiden.

»Ich bin bald zurück«, versprach sie.

Sie war bereits an der Tür, als sie sich nochmals umdrehte und den Napf in der Küche bis zum Rand füllte. Wenn sie doch erwischt würde, hätte Sam genug zu fressen, bis Henry kam.

Eine halbe Stunde später fuhr sie mit konstanter Geschwindigkeit auf der rechten Spur über die Interstate 90, während die Fahrzeuge links an ihr vorbeidonnerten. An der ersten Raststätte hielt sie an und suchte die Toilette auf. Das Gesicht, das ihr aus dem Spiegel entgegenblickte, erschreckte sie. Unter ihren blauen Augen lagen dunkle Schatten, zwischen ihren hellen Brauen hatten sich zwei Furchen gebildet. Henry hatte einmal gesagt, ihr Gesicht sei wie geschaffen für einen fröhlichen Ausdruck. Mundwinkel, die nach oben zeigten, eine Himmelfahrtsnase und halbmondförmige Augen.

Julia beugte sich über das Waschbecken, spritzte sich Wasser ins Gesicht und trank einige Schlucke direkt aus dem Hahn. Es fühlte sich pelzig an.

Die restliche Strecke legte sie ohne weitere Unterbrechung zurück. Nur einmal kam ein Anflug von Panik in ihr auf, als sie im Rückspiegel die Highway Patrol sah, doch der Wagen verließ die I-90 an der nächsten Ausfahrt.

Sie fand einen Parkplatz eine Querstraße vom historischen Harvard Yard entfernt und betrat das Universitätsgelände durch ein gusseisernes Tor. Auf dem Rasen standen Gartenstühle, dahinter erhoben sich die altehrwürdigen Backsteingebäude. Julia blieb vor einer Orientierungstafel stehen. Bibliotheken und Studentenwohnheime umgaben den Yard, nördlich davon lagen die modernen Gebäude der School of Engineering and Applied Sciences, wo Takahashi lehrte. Ein Blick auf die Uhr zeigte, dass es bereits kurz vor sechs war. Der Eingang war unverschlossen, das Sekretariat jedoch nicht mehr besetzt. Ein Student kam mit einer Sporttasche in der Hand die Treppe hinunter.

»Wissen Sie, wo ich Professor Takahashi finde?«, fragte Julia.

Der Student beschrieb ihr den Weg zum Büro des Professors.

»Normalerweise ist er um diese Zeit aber schon weg.« Er sah ihre Enttäuschung und fügte hinzu: »Er isst jeden Abend im Grendel's Den.« Er erklärte ihr, wie sie zu dem Restaurant kam.

Das Grendel's Den lag einen kurzen Fußmarsch entfernt. Julia ging durch einen Park, in dem Gruppen von Studenten zusammensaßen. Sie dachte an ihre eigene Studienzeit zurück. Sie war ehrgeizig und hatte sich stärker unter Druck gesetzt als nötig. Selten war sie mit Kommilitonen ausgegangen, niemals hatte sie über die Stränge geschlagen. Sie wollte Dolmetscherin bei den Vereinten Nationen werden, dieses Ziel war ihr wichtiger als alles andere gewesen.

Bis sie Andrej kennenlernte.

Sie wandte den Blick von den Studenten ab und betrat das Restaurant. In der Mitte des Raums gab es eine Bar, darum herum standen alte Holztische. Der Lärmpegel war hoch, die Luft dick.

Eine Serviererin begrüßte sie. »Ein Tisch für eine Person?«

»Ich bin mit Professor Takahashi verabredet. Möglicherweise hat er einen Tisch auf seinen Namen reserviert.«

»Der Professor sitzt an seinem Stammplatz«, antwortete die Frau prompt.

Sie griff nach einer Menükarte, klemmte sie unter den Arm und bahnte sich einen Weg durch das voll besetzte Restaurant. Sie blieb neben einem Tisch stehen, an dem ein Mann mit asiatischen Gesichtszügen saß. In seinem grauen Anzug ähnelte er mehr einem Manager als einem Professor. Julia setzte sich, und die Bedienung reichte ihr die Karte. Takahashi ließ sich seine Überraschung nicht anmerken.

»Kann ich Ihnen etwas zu trinken bringen?«, fragte die Angestellte.

Julia räusperte sich. »Nur Wasser, danke.«

Kenji Takahashi lächelte höflich.

»Bitte entschuldigen Sie die Störung, Professor.« Julia atmete tief ein. »Ich habe Sie heute Nachmittag angerufen, ich …« Sie verstummte, als sie sah, wie sich Takahashis Miene veränderte. Das Lächeln verschwand, sein Gesichtsausdruck wurde verschlossen.

»Sie sind keine Übersetzerin«, stellte er fest.

»Ich bin Übersetzerin, aber ich habe Ihnen nicht die ganze Wahrheit erzählt«, sagte Julia. »Ich vermute, dass Michael Wild etwas zugestoßen ist. Wir waren vor einigen Tagen verabredet, doch er ist nicht zu unserem Treffen erschienen.«

Takahashi betrachtete sie stumm.

Julia sah ein, dass Lügen sie nicht weiterbringen würden. Sie musste das Risiko eingehen und Takahashi die Wahrheit sagen. Auf ihrem Handy rief sie ein Foto auf, das sie zusammen mit Michael bei der Abschlussfeier der Highschool zeigte. Das letzte Bild, auf dem sie beide zu sehen waren.

»Ich bin seine Mutter«, gestand sie.

Die Bedienung brachte das Wasser und fragte, ob Takahashi mit dem Essen auf seine Begleitung warten wolle. Er zögerte einen Moment, dann nickte er. Julia bestellte dasselbe wie er.

»Michael Wild kam nicht zu dem Interviewtermin, den wir vereinbart hatten«, erklärte er, nachdem die Bedienung gegangen war.

»Sie haben gar nie mit ihm gesprochen?«, fragte Julia.

»Wir haben uns in San Francisco kurz getroffen, ich musste nach der Konferenz leider gleich weiter. Da er ohnehin vorhatte, einen Zwischenstopp an der Ostküste einzulegen, haben wir einen Termin für ein Gespräch hier in Cambridge vereinbart.«

»Wann hätte das Gespräch stattfinden sollen?«

»Am vergangenen Donnerstag.«

Einen Tag vor Henrys Ehrung.

»Ich habe versucht, ihn zu erreichen«, fuhr der Professor fort. »Er hat bis heute nicht auf meine Mail geantwortet.«

»Sie haben am Telefon gesagt, dass noch jemand nach ihm gefragt hat.«

Takahashi zögerte erneut. »Eine äußerst unerfreuliche Begegnung. Ich kam gerade von einer Vorlesung, als mich ein Mann ansprach. Leider habe ich seinen Namen nicht verstanden. Alles ging sehr schnell. Er streckte mir einen Ausweis entgegen und sagte etwas von Sicherheit.«

Sicherheit. Ausweis. Fragen.

In Julias Ohren schwoll der Geräuschpegel an und ging in ein Pfeifen über. Sie griff nach ihrem Wasserglas. Führte es an die Lippen und schluckte kalte Eiswürfel.

»Ein Polizist?«, fragte sie.

»Nein, er arbeitet für eine private Sicherheitsfirma.«

Julia bat ihn, ihr den Mann zu beschreiben.

Takahashi wirkte ein wenig hilflos. »Muskulös, kurze Haare, wie diese Männer eben aussehen.«

»Hell oder dunkel?«

»Dunkle Haare, helle Haut.« Er dachte nach. »Er sprach mit einem leichten Akzent.«

»Was für einem Akzent?«

Er wusste es nicht.

Die Bedienung brachte zwei Teller mit gebratenem Lachs. Takahashi breitete seine Serviette auf dem Schoß aus, wünschte Julia guten Appetit und widmete sich dem Fisch. Julia stocherte in ihrem Essen herum. Sie sollte nicht ständig vom Schlimmsten ausgehen. Michaels Verschwinden hatte vielleicht gar nichts mit ihrer Vergangenheit zu tun. Außerdem sprachen viele Amerikaner mit einem Akzent.

»Worüber wollte Michael mit Ihnen reden?«, fragte sie Takahashi, nachdem er den letzten Bissen Lachs aufgespießt hatte.

Der Professor tupfte sich den Mund ab. »Über die Gefahren künstlicher Intelligenz.«

»Ich dachte, er schreibe über Transhumanismus.«

»Das ist richtig, aber die KI nimmt dabei eine wichtige Stellung ein.« Nahtlos schlüpfte er in die Rolle des Dozenten. »Denken Sie nur an die Verschmelzung von Mensch und Maschine oder an die Bestrebungen, mentale Inhalte auf ein externes Medium zu übertragen. Beides Themen, mit denen sich Transhumanisten intensiv beschäftigen.« Er legte die Serviette auf den Tisch. »Manche sehen im Transhumanismus eine Befreiungsbewegung, die Emanzipation von der Biologie sozusagen, andere fürchten eine Versklavung durch die Technologie. In jedem Fall kommt man nicht darum herum, sich mit künstlicher Intelligenz zu befassen.«

»Wie ist Ihre Haltung dazu?«

»Zum Transhumanismus?«

»Zur künstlichen Intelligenz.«

Takahashi lehnte sich zurück. »Wir investieren Milliarden in die Entwicklung von KI, Sicherheitsfragen spielen dabei jedoch kaum eine Rolle. Das halte ich für fahrlässig.« Er sprach flüssig, es war deutlich, dass er solche Fragen schon oft beantwortet hatte. »Wenn wir uns dann doch mit den Gefahren auseinandersetzen, tendieren wir dazu, Roboter zu vermenschlichen. Wir denken an einen Terminator, der sich gegen uns wendet. Roboter haben keine Machtansprüche. Sie haben gar keine Gefühle. Genau darin sehe ich die größte Bedrohung.«

»Aber wir sind es doch, die sie programmieren. Wir können dafür sorgen, dass sie unsere Wünsche erfüllen.«

»Sind wir wirklich in der Lage, unsere Wünsche so genau zu erkennen und sie auch noch logisch und präzise zu formulieren? Das ist

schwieriger, als es klingt. Stellen Sie sich zum Beispiel einen Schachcomputer vor. Wenn der Programmierer einen Fehler macht, wird sich der Computer irgendwann nicht mehr ausschalten lassen. Das Programm wurde zum Schachspielen entwickelt. Wenn der Computer ausgeschaltet ist, beeinträchtigt das die Nutzfunktion, verstehen Sie?«
Julia nickte. »Was bedeutet das für Tech-Firmen? Oder für die KI-Forschung? Stellen kritische Artikel eine Gefahr dar? Könnte es sein, dass jemand Michael daran hindern möchte, darüber zu schreiben?«
Takahashi dachte nach. »Der Präsident hat die Mittel, die in die KI-Forschung fließen, empfindlich gekürzt. Allerdings nicht aus Sicherheitsgründen, sondern weil er die Ausgaben im Bildungssektor allgemein heruntergefahren hat. Viele werfen ihm vor, dass er damit die nationale Sicherheit gefährdet. Wenn«, er betonte das Wort, »wenn jemand ein Interesse daran hätte, die Gefahr der KI herunterzuspielen, dann Akteure aus dem Umfeld des Militärs oder des Sicherheitsapparats.« Er sah Julia entschuldigend an. »Nehmen Sie es bitte nicht persönlich, aber ich glaube kaum, dass Ihr Sohn so viel Einfluss hat, dass er zu einer Bedrohung wird.«
Julia teilte seine Meinung. Michael war weder eine Fachperson auf dem Gebiet der künstlichen Intelligenz noch ein renommierter Journalist. Sein Verschwinden hing vermutlich nicht mit seinen Recherchen über den Transhumanismus zusammen, sondern mit der Suche nach seinem Vater. Trotzdem wollte Julia noch mit den anderen Referenten sprechen, die Michael interviewt hatte. Denn öffnete sie erst einmal die Tür zur Vergangenheit, ließe sich diese nicht mehr so einfach schließen.
Sie bat Takahashi um die Kontakte der Referenten. Es war ihm nicht wohl bei der Vorstellung, Mailadressen und Telefonnummern ohne Rücksprache preiszugeben, er versprach aber, ihre Anfragen an die Betreffenden weiterzuleiten.

7

Cody zog die Decke enger um sich. Ihm war immer noch kalt. Er rollte sich zusammen und lauschte den Geräuschen im Zelt, dem regelmäßigen Atem seiner kleinen Schwester, den unruhigen Bewegungen seines Vaters. Der Schlafsack neben seinem war leer, seine Mutter hatte sich bereits auf den Weg zur Arbeit gemacht. Nicht mehr lange, und Dad würde ebenfalls aufbrechen. Cody vergrub das Gesicht im Kissen. Er musste wieder eingeschlafen sein, denn sein Vater rüttelte ihn sanft. Schlaftrunken suchte Cody im Dunkeln seine Sachen zusammen. Dad hob Amber mitsamt der Decke hoch, in die sie eingewickelt war, und trug sie zum Ford, der am Straßenrand stand. Sie wachte auch nicht auf, als er sie auf den Rücksitz bettete. Schweigend verstauten sie Zelt, Decken und Kissen im Kofferraum.

Dad reichte ihm den Autoschlüssel. »Schlaf nicht wieder ein.«

Cody legte sich auf den Beifahrersitz, der ganz nach hinten gekippt war. Dad drückte die Tür zu und wartete, bis Cody abgeschlossen hatte, bevor er sich mit einem kurzen Winken abwandte. Cody wusste nicht, wohin er ging, irgendwohin, wo er mit vielen anderen auf einen Tagesjob wartete. Er hatte schon vor Monaten aufgehört, von der Arbeitssuche zu erzählen. Manchmal hatte er Glück. Meistens nicht.

Im Auto war es nicht wärmer als im Zelt. Cody überlegte, ob er zu Amber unter die Decke schlüpfen sollte, doch er wollte sie nicht wecken. Der Kindergarten öffnete erst in zwei Stunden, und er war zu müde, um sie so lange zu unterhalten. Er hätte seine Hausaufgaben machen können, aber der Schulranzen lag im Kofferraum. Er hatte hoch und heilig versprochen, keine Aufmerksamkeit auf sich zu ziehen. Das bedeutete, dass sie erst aussteigen durften, wenn es Zeit war zu gehen.

Er schloss die Augen und malte sich aus, wie er zu Hause in seinem Bett lag, während seine Mutter in der Küche das Frühstück zubereitete. Speck und Spiegeleier, dazu Toast oder Frühstücksflocken. Das Wasser lief ihm im Mund zusammen, als er sich vorstellte, wie das Eigelb auf seiner Zunge zerging. Mit einer Hand griff er nach dem Milchkarton im Fußraum des Fahrersitzes und schüttelte ihn. Fast leer. Amber wäre enttäuscht, wenn sie zum Frühstück keinen Kakao bekam. Cody schraubte den Deckel auf und nahm einen winzigen Schluck. Die Milch schmeckte säuerlich.

Es raschelte hinter ihm. »Gibt es Kakao?«

Cody unterdrückte einen Seufzer. »Klar doch, Monkey.«

»Ich bin kein Äffchen«, kicherte Amber und kletterte zu ihm nach vorne auf den Beifahrersitz.

Cody vergrub die Nase in ihren Locken. Egal, wie selten sie duschten, Amber roch immer gut.

»Wo ist der Kakao?«, fragte sie.

Cody holte einen Becher aus dem Handschuhfach und schüttete etwas Schokoladenpulver hinein. Der Behälter war ebenfalls so gut wie leer. Cody füllte die restliche Milch in den Becher und rührte mit dem Zeigefinger, bis sich die Schokolade auflöste. Kleine Milchflocken schwammen obenauf. Amber verzog nach dem ersten Schluck das Gesicht. Cody zögerte kurz, dann gab er das restliche Pulver dazu.

»Ich muss Pipi machen«, sagte Amber, nachdem sie den Kakao getrunken hatte.

»Ich sehe etwas, was du nicht siehst«, sagte Cody, um sie abzulenken. »Es ist braun und glänzt.«

»Das Lenkrad!«

»Das ist schwarz, nicht braun.«

»Deine Haare!«

»Die glänzen nicht.« Cody nahm ein zerknülltes Taschentuch hervor und wischte damit über Ambers Mund. »Dein Kakaoschnauzer!«

»Ich habe keinen Schnauzer«, protestierte Amber und sprang auf den Fahrersitz.

»Doch, hast du. Aber jetzt ist er weg.« Er steckte das Taschentuch ein.

Ein Jogger rannte an ihrem Wagen vorbei, sah sie wegen der beschlagenen Scheiben jedoch nicht. Cody zog Amber zurück auf seinen Schoß und hielt sie fest. Wenn jemand sie bemerkte, stünde sofort das Jugendamt auf dem Plan. In Portland hatte Codys Lehrerin die Behörden angerufen, weil er im Unterricht immer wieder eingeschlafen war. Noch am selben Tag waren sie weitergezogen.

»Ich muss Pipi machen«, klagte Amber erneut.

»Ich sehe etwas, was du nicht siehst. Es ist rund und hat ein Loch in der Mitte.«

»Ganz dringend!«

»Und es schmeckt nach Honig.«

»Ein Donut?«, fragte Amber hoffnungsvoll.

Sie frühstückten immer erst kurz vor acht, damit es bis zum Mittag anhielt. Cody wusste aber nicht, womit er seine Schwester sonst ablenken könnte. Er wollte nach der Tüte greifen, da spürte er etwas Warmes auf seinem Schoß.

»Scheiße, Amber, du hast dir in die Hose gemacht! Du bist doch kein Baby mehr!«

Ambers Unterlippe zitterte.

»Tut mir leid, Monkey. Ich habe das nicht so gemeint.« Er strich ihr über den Kopf.

»Ich bin kein Baby«, schluchzte sie.

»Natürlich nicht.«

Er hielt sie fest, bis sie sich beruhigt hatte, dann setzte er sie auf den Fahrersitz. Ihre Kleider befanden sich im Kofferraum, um an sie heranzukommen, musste er aussteigen. Amber versprach, sitzen zu bleiben und keinen Ton von sich zu geben. Vorsichtig öffnete Cody die Beifahrertür. Niemand weit und breit. Er stieg aus und streckte sich. Der Rasenstreifen zwischen der Straße und dem Gehsteig war feucht, dahinter lag eine Rosmarinhecke. Cody schaute kurz über die Schulter, dann brach er einen Zweig ab und steckte ihn in den Mundwinkel. Die Rosmarinsträucher waren das Einzige, das ihm an Seattle gefiel. Hoch am Himmel flog ein Flugzeug vorbei, die Lichter sahen gespenstisch aus im Nebel.

In Ambers Kleidertüte befanden sich nur noch wenige saubere Sachen. Er würde nach der Schule einen Waschsalon aufsuchen müssen. Seine eigene Tüte war voll, die meisten Kleidungsstücke passten ihm aber nicht mehr. Die Jeans, die er nun anzog, reichte ihm nicht einmal bis zu den Knöcheln.

Eine Stunde später machten sie sich auf den Weg. Dad parkte immer so nahe wie möglich beim Kindergarten, trotzdem blieb Amber nach fünf Minuten stehen und begann, am Daumen zu lutschen. Kein gutes Zeichen. Cody nahm seinen Schulranzen von der Schulter und beugte sich herunter.

»Huckepack?«, fragte er.

Sie nickte.

Langsam ging er weiter. Amber wog höchstens fünfzehn Kilogramm, sie kam Cody aber viel schwerer vor. Die enge Jeans spannte, und der Schulranzen rutschte ihm immer wieder aus der Hand. Cody konzentrierte sich auf die Betonplatten unter seinen Füßen. Zählte die Fugen. Ab und zu schaute er in die erleuchteten Fenster der Einfamilienhäuser, an denen sie vorbeikamen. Er sah Menschen, die sich in den Räumen bewegten, das flackernde Licht eines Fernsehers. Es war noch nicht lange her, da hatte auch er in einem Haus gewohnt.

Vor ihm tauchte der Kindergarten auf. Endlich. Ein niedriges Betongebäude, rundherum ein Zaun. Cody öffnete das Tor und ging an einem Spielplatz mit bunten Geräten und echten Gemüsebeeten vorbei. Er war ein bisschen zu früh dran, wie immer. Teresa stellte gerade die Stühle in einem Kreis auf. Auf ihrem runden Gesicht mit den dunklen Knopfaugen lag ein Lächeln.

»Hi, Cody.« Sie streckte die Arme nach Amber aus. »Hola chica! Ein bisschen müde heute?«

Es war kein Vorwurf, das wusste Cody. Teresa war ganz anders als seine Lehrerin in Portland, die selten das gesagt hatte, was sie dachte.

»Muss los.« Cody wandte sich ab, bevor Amber zu weinen begann. Er legte die Strecke zu seiner Schule im Laufschritt zurück, trotzdem kam er zu spät. Der Lehrer betrachtete ihn schweigend. Cody senkte den Blick.

Manchmal hatte er das Gefühl, dass der Lehrer Röntgenaugen hatte, wie ein Held in einem Actionfilm. Cody beugte sich vor, damit ihm das Haar ins Gesicht fiel. Als würde das irgendetwas ändern. Er wusste genau, wie er auf andere wirkte. Er sah es in ihren Augen. Die Besserwisser, die glaubten, dass er selbst schuld war an seinem Unglück. Jene, die ihn bemitleideten und sich schämten, weil es ihnen gut ging. Am liebsten waren ihm die Gleichgültigen. Von ihnen musste er nichts befürchten.

Der Lehrer verteilte linierte Blätter. Sie würden einen Aufsatz schreiben. Cody hatte in den letzten Monaten so oft gefehlt, dass es ihm immer schwerer fiel, dem Unterricht zu folgen. Um einen Aufsatz zu schreiben, musste er nichts wissen. Erleichtert notierte er seinen Namen auf das Blatt. Daneben das Datum. Er starrte auf die Ziffern. Heute hatte er Geburtstag.

Er war jetzt zehn Jahre alt.

8

Julia hatte die letzte E-Mail abgeschickt, nun musste sie darauf vertrauen, dass Kenji Takahashi ihre Nachrichten wie versprochen an die Referenten weiterleitete. Sie saß noch eine Weile vor dem Bildschirm und lauschte Sams Atemzügen. An der Tankstelle hatte sie kurz mit Henry telefoniert. Er war beunruhigt gewesen, weil er sie zu Hause nicht erreichen konnte. Auf die Idee, sie auf ihrem Handy anzurufen, war er gar nicht erst gekommen. Wenn sie das Haus verließ, dann immer nur, um mit dem Hund spazieren zu gehen oder kurz einzukaufen, das Handy nahm sie dabei nie mit. Als sie Henry von dem Ausflug nach Harvard erzählt hatte, war er so überrascht, dass er einige Sekunden lang kein Wort über die Lippen brachte.

»Soll ich zu dir kommen?«, fragte er, als er sich wieder gefasst hatte.

»Um diese Zeit herrscht kaum Verkehr, ich wäre in neunzig Minuten da.«

»Das ist nicht nötig, danke. Außerdem bin ich immer noch in Massachusetts.«

»Ich kann die Vorlesung morgen früh ausfallen lassen.«

»Es geht mir gut.«

»Wirklich?«, hakte er nach.

Sie versicherte ihm noch einmal, dass er sich keine Sorgen um sie zu machen brauche, gleichzeitig war ihr klar, dass er gar nicht anders konnte. Ihre Beziehung war eine unbefestigte Straße, auf der ihre Geschichte tiefe Spurrinnen hinterlassen hatte.

Es war fast drei Uhr in der Früh. Julia legte sich angezogen auf ihr Bett. Sam, der ihr gefolgt war, zögerte kurz, dann sprang er zu ihr hoch, drehte sich mehrmals im Kreis und ließ sich schließlich an ihrer Seite nieder. Er wusste genau, dass er auf dem Bett nichts zu suchen hatte, doch Julia schickte ihn nicht weg. Hinter ihr ragte das verschnörkelte Kopfteil in die Höhe; die Eisenstangen, die eigentlich Ranken darstellten, erinnerten sie an Gitterstäbe. Irgendwann schlief sie erschöpft ein. Sie träumte, dass Michael zurückgekehrt war. Henry und er saßen am Küchentisch und spielten mit ausdruckslosem Gesicht und roboterhaften Bewegungen Schach. Julia kochte Spaghetti. Als das Essen fertig war, bat sie die beiden, die Partie zu unterbrechen. Michael spielte einfach weiter. Henry wollte aufstehen, das spürte Julia, doch aus irgendeinem Grund schaffte er es nicht. Verwundert betrachtete er seine Hand, die nach einem Turm griff. Julia versuchte, das Schachbrett beiseitezuschieben. Michael hielt es fest.

»Ich spiele Schach«, sagte er auf Russisch. »Du störst mich dabei.«

»Das Essen ist fertig!«

»Ich spiele Schach«, wiederholte er. »Du störst mich dabei.« Er streckte eine Hand nach ihr aus, packte sie am Hals und drückte zu.

Julia erwachte keuchend. Sonnenlicht strömte durch das Fenster, Traumfetzen schwebten in der Luft. Auf der Zunge spürte sie russische Buchstaben, staubig vom langen Nichtgebrauch. Sie wartete darauf, dass sich ihr Herzschlag beruhigte.

Ihr Blick streifte den Wecker. Zwanzig nach neun! Sie sprang aus dem Bett und eilte nach unten. Fünf Anrufe in Abwesenheit. Drei von Henry, einer von einem ihrer Kunden, eine Nummer war ihr unbekannt. Die Vorwahl gehörte Großbritannien. Sie rief zurück.

Am anderen Ende meldete sich eine Frau mit indischem Akzent. Es war die Referentin, die an der Konferenz in San Francisco einen Vortrag über Biogerontologie gehalten hatte. Julia erklärte, weshalb sie ihr geschrieben hatte.

»Michael Wild? Ja, wir hatten einen Termin für ein Interview vereinbart. Doch er ist nicht erschienen. Ich habe fast eine Stunde auf ihn gewartet.«

Noch ein Treffen, dem Michael unentschuldigt ferngeblieben war.

Was immer sich zugetragen hatte, es musste in San Francisco passiert sein.

»Haben Sie versucht, ihn zu erreichen?«, fragte Julia.

»Ehrlich gesagt, war ich zu verärgert. Ist ihm etwas zugestoßen? Professor Takahashi hat angedeutet, dass Sie sich Sorgen machen.«

»Ich weiß es nicht.« Julia dachte nach. »Wann hätte das Interview stattfinden sollen?«

»Am 13. Oktober. Um neun Uhr.«

»Sechs Tage nach dem Ende der Konferenz?«

»Ich bin eine Woche länger in San Francisco geblieben, um Referate an verschiedenen Institutionen zu halten.«

»Worüber wollte er mit Ihnen sprechen?«

»Ist das wichtig?«

»Ich weiß es nicht. Könnte es sein, dass ihn jemand daran hindern möchte, die Reportage zu schreiben?«

»Das kann ich mir nur schwer vorstellen.«

»Worum ging es bei Ihrem Referat?«

»Hauptsächlich um das SENS-Verfahren von Aubrey de Grey. Strategies for Engineered Negligible Senescence. Oder einfacher ausgedrückt: Strategien, durch die der Alterungsprozess mithilfe von technischen Mitteln zu einer Nebensache wird.«

»Sind das Zukunftsvisionen? Oder werden diese Strategien bereits angewendet?«

»Sind Sie mit Greys Theorien vertraut?«

»Nein.« Julia öffnete ein leeres Dokument, um mitzuschreiben.

»Wenn wir älter werden, führen drei Zell-Prozesse zum Tod. Zum einen verliert der Zellkern bei der Teilung ein Stück seiner genetischen Information, was zur Folge hat, dass die Zellteilung irgendwann unmöglich wird. Weiter werden Erbinformationen durch äußere Einwirkungen verändert. Gesunde Zellen mutieren zum Beispiel zu Krebsgeschwüren. Und schließlich wird der Körper langsam durch Zellschrott vergiftet, weil der Stoffwechsel im Alter nachlässt. Aubrey de Grey geht davon aus, dass diese Prozesse zu einem Großteil reversibel sind.«

»Also werden wir seiner Meinung nach irgendwann unsterblich sein?«

»Er hat ein interessantes Szenario entworfen. Danach schreitet die Forschung zur Langlebigkeit so schnell voran, dass unsere Lebenserwartung mit jedem Jahr um mehr als ein Jahr zunimmt. Womit wir dem Tod immer einen Schritt voraus wären. Seine Theorien sind allerdings umstritten.«

»Weshalb?«

»Weil sie wissenschaftlich nicht bewiesen sind. Man konnte ihm bisher jedoch auch keine Fehler nachweisen.«

»Ist es denkbar, dass jemand Michael Wild daran hindern wollte, die Theorien weiterzuverbreiten?«

»Man kann sie überall nachlesen.«

Julia ließ sich ihre Enttäuschung nicht anmerken. Sie bedankte sich, bat die Biogerontologin, ihr Bescheid zu geben, sollte Michael sich melden, und legte auf.

Was hatte Michael nach der Konferenz unternommen? Vermutlich weitere Interviews geführt, wenn er in der Bay Area geblieben war. Das Silicon Valley, ein biotechnisches Großlabor, lag in unmittelbarer Nähe. Dort gab es eine ganze Reihe interessanter Unternehmen. Julia dachte an Amazon-Chef Jeff Bezos, der ein Start-up mitfinanzierte, das alternde Zellen erforschte. Oder an Larry Ellison, Mitbegründer der Softwarefirma Oracle, der die Altersforschung mit Hunderten Millionen Dollar unterstützte. An Calico, ein von Google gegründetes Institut, das zu Aspekten der Lebensverlängerung forschte. Peter Thiel, der sich nicht mit der Unvermeidlichkeit des Todes abfinden wollte. Tech-Kapitalisten, die vom ewigen Leben träumten. Nicht umsonst wurde das Silicon Valley »Tal der Zukunft« genannt.

Die anderen Referenten hatten noch nicht reagiert, was Julia angesichts der Zeitdifferenz auch nicht erwartet hatte. Sie stand auf, um Kaffee zu kochen. Normalerweise begnügte sie sich morgens mit heißem Wasser, heute aber brauchte sie den Koffeinschub. In Gedanken versunken, beobachtete sie die Flüssigkeit, die aus dem Filter langsam in die Kanne tropfte. Sie stellte sich den Geruch vor, sie hatte ihn früher immer mit beschlagenen Fenstern und intensiven Gesprächen verbunden.

Sie setzte sich mit der dampfenden Tasse Kaffee wieder an den Tisch und rief die Homepage des *Wissenschaftsjournals* auf. Michael war nicht auf der Liste der Journalisten aufgeführt. Als sie die Nummer der Redaktion wählte, antwortete eine Frau. Julia gab sich als Assistentin von Margaret Freeman aus und erklärte, dass Michael Wild mit der Professorin ein Interview über Cybersecurity führen wollte.

»Professor Freeman gibt keine Interviews, ohne vorher die Identität des Journalisten zu klären, der ihr später gegenübersitzt«, erklärte Julia. »Arbeitet Michael Wild für Sie?«

»Einen Moment, bitte.« Der Anruf wurde weitergeleitet.

»Thomas Möhker«, meldete sich eine angenehme Männerstimme. Julia wiederholte ihre Frage.

»Ja, Michael Wild arbeitet für uns«, bestätigte Möhker in fließendem Englisch.

»Professor Freeman möchte sich einige Artikel von ihm ansehen, bevor sie zusagt. Im Internet habe ich nichts gefunden.«

»Dr. Wild hat noch nichts Journalistisches geschrieben«, erklärte Möhker. »Er ist Arzt.«

Julia gab sich überrascht. »Warum schreibt ein Arzt über Cybersecurity?«

»Er arbeitet an einer Reportage über die transhumanistische Bewegung. Ein Thema, das sowohl medizinische als auch technische Aspekte umfasst.« Als Julia schwieg, fuhr er fort: »Das Bestreben, menschliches Bewusstsein zu speichern, zum Beispiel, oder der Umgang mit technischen Implantaten, die den Menschen leistungsfähiger machen sollen. Es ist uns wichtig, dass der Transhumanismus aus verschiedenen Blickwinkeln beleuchtet wird. Wenn Sie Genaueres dazu wissen möchten, müssen Sie ihn jedoch selbst fragen. Wir lassen unseren Mitarbeitern große Freiheit bei der Umsetzung der Themen.«

»Ist Dr. Wild als Arzt in der Altersforschung tätig?«

»Darüber darf ich keine Auskunft geben. Auch wir haben Sicherheitsstandards.«

»Natürlich«, sagte Julia freundlich. »Trotzdem würde ich gerne Referenzen einholen. Wer hat Dr. Wild für die Reportage angefragt?«

»Ich war das«, antwortete Möhker. »Ich kenne ihn persönlich. Ich kann Ihnen versichern, dass er äußerst vertrauenswürdig ist und sich an getroffene Abmachungen hält. Professor Freeman hat nichts zu befürchten.«

Julia verabschiedete sich. Unter dem Namen Thomas Möhker erschienen mehrere Einträge. Er schrieb hauptsächlich über Technik und Raumfahrt. Genau wie Michael lebte er in Berlin. Er war sogar gleich alt. Gut möglich, dass sie privat befreundet waren.

Der Kaffee war kalt geworden. Julia trank die Tasse in zwei großen Schlucken leer. Sie wollte gerade den Laptop zuklappen, als sie das vertraute Geräusch von Henrys Volvo vernahm. Sie ging nach draußen.

Henry stieg mit einem entschuldigenden Lächeln aus dem Wagen.

»Ich konnte nicht anders«, sagte er und umarmte sie.

Julia schmiegte sich an ihn. Sein Jackett kratzte, sie schob die Revers zur Seite und legte den Kopf an seine Brust. Sie spürte seinen Herzschlag, stark und gleichmäßig.

Sam, der es nicht mochte, wenn jemand ihr zu nahe kam, drängte sich zwischen sie.

»Wir werden Michael finden«, sagte Henry.

»Ja«, antwortete sie, weil alles andere undenkbar war.

»Du hast heute bestimmt noch nichts gegessen.«

»Nein.«

»Dann koche ich uns jetzt eine Kleinigkeit, und du erzählst mir, was du herausgefunden hast.«

»Ich stelle mich vorher nur kurz unter die Dusche.«

Sie ging nach oben, zog die Bettdecke glatt und öffnete das Fenster, um frische Luft hereinzulassen. Unter der Dusche drehte sie zuerst das heiße, dann das kalte Wasser auf, um ihre Müdigkeit zu vertreiben. Wenn sie die Vergangenheit doch auch so einfach wegspülen könnte!

Sie stellte sich vor, wie es wäre, ewig zu leben, und schauderte, als sie sich ausmalte, wie viele Erinnerungen sich ansammeln würden. Irgendwann müsste die Seele an ihnen ersticken.

Henry hatte Bratkartoffeln gemacht. »Ich weiß, dass du Kartoffeln pampig findest«, sagte er entschuldigend. »Etwas anderes fand sich nicht im Kühlschrank.«

Sie setzten sich in die Schaukelstühle auf der Veranda, und Julia erzählte von ihren Nachforschungen.

»Glaubst du, Michaels Auszeit und sein Verschwinden hängen zusammen?«, fragte Henry.

Ein Stück Kartoffelschale klebte an seinem Mundwinkel. Julia wischte es weg.

»Ich weiß nur, dass in Deutschland etwas geschehen sein muss«, antwortete sie. »Michael hat seine Ausbildung unterbrochen, um als Journalist zu arbeiten. Ich kann mir nicht vorstellen, dass ihn der Transhumanismus derart fasziniert. Vielleicht bekam er im Krankenhaus Schwierigkeiten. Er könnte Streit mit einem Vorgesetzten oder einem Patienten gehabt haben. Oder es ist ihm ein Kunstfehler unterlaufen.« Den Gedanken, dass sich Michael eine Auszeit genommen haben könnte, um seinen Vater zu suchen, sprach sie nicht aus.

Aber Henry war nicht dumm. Julia sah ihm an, dass er in die gleiche Richtung dachte.

»Michael ist auch mein Sohn«, sagte er.

Sie senkte den Blick.

»Wie war er?«, fragte er zögerlich. »Michaels Vater«, fügte er hinzu, als ob sie nicht wüsste, von wem er sprach.

Sie konnte ihm nicht von der Liebe erzählen, die stärker war als alles, was sie bis dahin empfunden hatte. Von dem sprudelnden Glücksgefühl, dem unwiderstehlichen Drang, Andrej zu berühren, seinen Duft in sich aufzunehmen. Sie liebte Henry. Aber nicht so, wie er es sich wünschte.

Sie wusste nicht, wie er roch.

Henry rang mit sich.

Jetzt geschieht es, dachte Julia. Mit Michaels Verschwinden hatte der sprichwörtliche Tropfen das Fass zum Überlaufen gebracht. Doch Henry seufzte nur. »Soll ich nach Berlin fahren? Im persönlichen Gespräch lässt sich manches besser klären.«

Julia schüttelte den Kopf. »Michael ist in Kalifornien verschwunden, nicht in Berlin. Lass mich mit den anderen Referenten reden. Vielleicht können wir das Zeitfenster eingrenzen.«

»Glaubst du wirklich, sein Verschwinden hat etwas mit der Reportage zu tun?«

»Das versuche ich herauszufinden«, antwortete sie schärfer als beabsichtigt.

Verschwendete sie wertvolle Zeit damit, die Referenten zu kontaktieren? Hatte sie überhaupt eine Wahl? Den Weg in die Vergangenheit einzuschlagen, war wie ein Sprung aus einem Flugzeug, ohne Fallschirm. Danach würde sie Michael nicht mehr helfen können.

»Gibt es eine Möglichkeit, sein E-Mail-Passwort zu knacken? Könnte Margaret das?«

Henry dachte nach. »Michael hat seine Mailadresse nie geändert.«

»Sein Passwort kennen wir trotzdem nicht.«

»Erinnerst du dich daran, wie wir seinen Account eingerichtet haben? Wir saßen hier auf der Veranda.«

Michael war im ersten Jahr an der Junior High School. Ein schlaksiger Junge mit kindlichem Gesicht, auf dem ein feiner, blonder Flaum zu sprießen begann. Er verbrachte nie viel Zeit vor dem Computer, nur wenn er eine Arbeit schrieb oder etwas nachschlagen wollte. Deshalb hatte es Julia erstaunt, als er plötzlich eine eigene Mailadresse haben wollte. Henry hatte gleich verstanden, warum. Michael hatte sich verliebt. Damals besaß er noch kein Handy, und von dem Festnetzanschluss im Wohnzimmer aus zu telefonieren, wäre ihm peinlich gewesen.

»Wenn man einen Account eröffnet, kann man eine Telefonnummer oder eine Mailadresse hinterlegen für den Fall, dass man sein Passwort vergisst«, erklärte Henry.

Julia begriff. »Natürlich! Wir haben deine Mailadresse angegeben.«

»Wenn du dich unter seinem Namen einloggst und behauptest, du hättest das Passwort vergessen, wird mir der Provider einen Bestätigungscode schicken.«

Julia holte ihren Laptop. Sie startete das Mailprogramm, gab Michaels Mailadresse ein und klickte auf den Link unterhalb des Passworts. Einige Sekunden später erhielt Henry den Code.

9

Der Nowodewitschi-Friedhof lag am Ufer der Moskwa. Seit Sowjetzeiten war er bedeutenden Persönlichkeiten vorbehalten. Alexei Tolstoi und Anton Tschechow waren hier begraben, ebenso Boris Jelzin. Und jetzt hatte man Andrej die Ehre erwiesen. Vita fragte sich, ob er diese Ehre seinem kirchlichen Engagement oder Pawels Beziehungen zum Kreml verdankte. Sie sah zur Mauer, die den Friedhof begrenzte. Dahinter befand sich das gleichnamige Frauenkloster, im 16. Jahrhundert das reichste und massivste Wehrkloster im südlichen Moskauer Befestigungsring. Von Andrejs Grab aus waren nur die Zwiebeltürme der Smolensker Kathedrale mit ihren goldenen Kreuzen zu sehen, Vita konnte sich die Ecktürme, die Zinnen und Schießscharten aber vorstellen.

Eine Ulme erhob sich schützend über dem Grabstein, der aus dunklem Marmor gefertigt war. Pawel hatte Andrejs Porträt in den Stein eingravieren lassen, als Vorlage hatte ein Foto aus glücklicheren Tagen gedient. Ein Kreuz glänzte im fahlen Licht der Oktobersonne.

Vita hielt eine Rose in der Hand.

Pawel bedeutete ihr mit einer Geste, näher zu treten. Vita ging an ihm vorbei, ohne ihn anzusehen. Ihre Beine zitterten leicht, sie war froh, dass sie Stiefel mit hohen Absätzen trug. Pawel würde ihre wackeligen Beine auf den unebenen Boden zurückführen.

Sie legte die Rose auf das Grab. Aus dem Augenwinkel nahm sie wahr, wie Pawel sie dabei beobachtete. Er wirkte vornehm in dem dunklen Anzug, strahlte Macht und Reichtum aus. Er kam direkt aus Murmansk, wo er einen seiner Produktionsbetriebe besucht hatte, der in Schwierigkeiten steckte. Dass er angespannt war, erkannte Vita an seinen Augen, die tiefer in ihren Höhlen zu liegen schienen. Er hatte schon lange nicht mehr über seine Geschäfte gesprochen, Vita wusste jedoch, dass ihm die EU-Sanktionen zu schaffen machten. Um das zu begreifen, musste man nicht Wissenschaftlerin sein.

Sie bekreuzigte sich und trat beiseite, um Pawel Platz zu machen. Lange starrte er auf das Porträt von Andrej. Was fühlte er? Trauer? Erleichterung? Von ihrer Schwiegermutter wusste Vita, dass sich die Brüder während ihrer Kindheit in der ehemaligen DDR nahegestanden hatten. Als die Familie nach Moskau zurückgekehrt war, gingen sie getrennte Wege. Pawel studierte später an der Universität der Völkerfreundschaften Jura und gleich anschließend an der Finanzakademie der Regierung Wirtschaft. Andrej besuchte die Dolmetscherschule, wo er sein Deutsch aufpolierte und Englisch lernte. Beide gingen nach dem Studium ins Ausland. Pawel nahm am Yale World Fellows Programm teil, Andrej an einem Austauschprogramm des Monterey Institute of International Studies. Auf Wunsch ihres Vaters traten sie beide anschließend in die Firma ein. Ihre unterschiedlichen Charaktere und Vorlieben wurden noch deutlicher. Pawel war dort angekommen, wo er immer schon hinwollte. Er baute das Unternehmen aus, kaufte Firmen auf, gründete neue. Aus der RusChem wurde Chemprom, die irgendwann Finema hieß und mehr als nur Chemikalien produzierte. Andrej hingegen war nicht glücklich in der Geschäftswelt. Zahlen interessierten ihn wenig, viel lieber las er Bücher oder schrieb Gedichte. Im Gegensatz zu Pawel besaß er aber kein Rückgrat. Statt die Firma zu verlassen, beugte er sich dem Druck des Vaters. Erst als Pawel in Projekte investierte, die sich mit Fragen der Unsterblichkeit beschäftigten, begann Andrej aufzubegehren. Seiner Meinung nach spielte Pawel Gott. Vor sieben Jahren hatte er endlich den Mut aufgebracht, die Firma zu verlassen. Aber warum musste er ausgerechnet ins Kloster gehen?

Nun waren sie alle tot. Die Schwiegermutter war vor acht Jahren gestorben, der Schwiegervater vor einigen Monaten. Blieb nur noch Pawel Stanislawowitsch Danilow.

Der Wind frischte auf und brachte Vitas Schal zum Flattern. Sie fröstelte.

Pawel wandte sich vom Grab ab. Vita hakte sich bei ihm ein. Gemeinsam machten sie sich auf den Weg zurück zum Wagen. Ein trauerndes Paar, das sich vom Grab eines Angehörigen entfernte. Genau, wie es sein sollte.

Nur dass das Grab leer war.

10

Der fensterlose Raum war sechs Meter lang und vier Meter breit. Stahltisch, abgeschlossene Schränke, Abfluss im weiß gekachelten Boden. Funktionswände aus Metall, die im bläulichen Licht glänzten. Eine portable Chemietoilette. Fast wie in einem Science-Fiction-Film, dachte Michael. Einzig das Klappbett passte nicht dazu.

Wo war er? Das Letzte, woran er sich erinnern konnte, war ein Stich im Hals. Er war früh ins Motel zurückgekehrt, um das Interview mit der Biogerontologin vorzubereiten, war aber zu müde, um klar zu denken. Er hatte den Wecker auf sechs Uhr gestellt und sich aufs Bett gelegt, wo er augenblicklich einschlief. Er hatte von Vampiren geträumt. Zuerst hielt er den Stich für einen Biss. Als ihm klar wurde, dass er den Schmerz nicht geträumt hatte, war es bereits zu spät.

Als er wieder aufwachte, plagten ihn heftige Kopfschmerzen. Neben ihm stand sein Koffer, nichts fehlte, weder Geld noch Pass, noch Laptop. Drei Mal am Tag brachte ihm ein Mann mit ausgeprägter Nackenmuskulatur etwas zu essen. Er sprach kein Wort. Michael bettelte um Informationen, schrie ihn an. Der Mann verzog keine Miene. In Gedanken nannte Michael ihn Trapezius, wegen dem stark entwickelten Muskel an seinem Hals.

Fünf Mal ging abends das Licht aus und am darauffolgenden Morgen wieder an. Zeit zu schlafen. Zeit aufzustehen. Michael hatte das Gefühl, als würde sein Körper ferngesteuert. Manchmal fragte er sich, ob er überhaupt noch auf der Erde war. Ebenso gut hätte er sich auf einer Raumstation befinden können. Er griff sich an den Kopf. Er musste aufhören zu grübeln, es brachte ihn nicht weiter. Es gab kein Entkommen. Auch keinen Internetempfang, und ein Handysignal schon gar nicht. Immerhin hatte er seinen Laptop. Und Strom. Er betrachtete die verschiedenen Dosentypen an der Wand. Nicht einmal die Steckdosen verrieten ihm, wo er sich befand.

Er setzte sich an den Stahltisch und klappte seinen Laptop auf. Er hatte in den vergangenen Tagen alle Interviews, die er an der Westküste geführt hatte, abgetippt. Das Material hätte für ein ganzes Buch gereicht. Als er mit seinen Recherchen begann, hatte ihn bloß sein Pflichtgefühl angetrieben. Eine Reportage zu schreiben, reizte ihn nicht im Geringsten. Doch Thomas war ein Risiko eingegangen, als er Michael ins Spiel brachte. Ein Arzt, der keinerlei journalistische Erfahrung mitbrachte. Michael schuldete ihm einen guten Text.

Je mehr er sich in das Thema eingelesen hatte, desto größer war sein Interesse geworden. Er wollte noch nie etwas anderes werden als Chirurg. Seit er in der Highschool einen Film über Minenopfer gesehen hatte, wusste er, dass er einmal in einem Kriegsgebiet arbeiten würde. Er sprach mit niemandem darüber, weil er fürchtete, man könnte ihn belächeln, als naiv abstempeln. Was konnte ein einzelner Arzt schon ausrichten? Viel sinnvoller wäre es, dafür zu sorgen, dass Minen gar nicht erst eingesetzt wurden. Aber er hatte nicht das Zeug zum Politiker. Er war weder ein geschickter Rhetoriker, noch stand er gern im Mittelpunkt. Und Machtspiele interessierten ihn schon gar nicht.

Die Konferenz in San Francisco hatte seine Gedanken in eine neue Richtung gelenkt. Als Chirurg sah er seine Aufgabe darin, den ursprünglichen Zustand eines Körpers so gut wie möglich wiederherzustellen. Am Stehbuffet war er mit einem Biohacker ins Gespräch gekommen, der sich selbst als praktischen Transhumanisten bezeichnete. Er staunte, als Michael ihm versicherte, dass er noch nie in Versuchung gekommen war, einen Körper zu verbessern.

»Mann, Sie könnten Fleischingenieur sein! Stattdessen begnügen Sie sich mit einem Leben als Mechaniker.«

Der Biohacker zeigte Michael seine Implantate. Unter der Haut seines Oberarms trug er ein Gerät, das biometrische Daten aufzeichnete und an seinen Computer sandte, im Handrücken einen RFID-Chip, mit dem er seine Haustür öffnen konnte.

»Wozu soll das gut sein?«, hatte Michael gefragt und einen verständnislosen Blick geerntet.

»Wir müssen das technische Potenzial nutzen!«, erklärte der Biohacker ernst. »Zu Maschinen werden! Klar sind wir noch nicht so weit, dass eine Super-KI unsere Wetware aufnehmen kann. Gehirn«, erklärte er, als er sah, dass Michael den Begriff nicht kannte. »Aber ich habe keinen Bock, in meinem zerfallenden Körper zu hocken und auf den Fortschritt zu warten. Meine Zukunft beginnt jetzt!«

Dass ein Körper aus Fleisch Nachteile hatte, war nicht von der Hand zu weisen. Ein ketzerischer Gedanke für einen Arzt, doch er wollte Michael nicht mehr aus dem Kopf gehen. Konnte er das Leid der Menschen wirklich lindern, indem er Bewegungsapparate reparierte?

Er hörte ein Klicken, eine Schlüsselkarte wurde ins Schloss gesteckt. Die Tür schwang auf, und Trapezius kam mit einem Tablett herein, das er auf den Tisch stellte. Michael wartete, bis er gegangen war, bevor er den Laptop beiseiteschob und das Mittagessen begutachtete. Wer immer hier kochte, verstand etwas von seinem Fach. Die Mahlzeiten waren abwechslungsreich und schmeckten hervorragend. Gestern hatte man ihm eine würzige Kohlsuppe mit Kartoffeln serviert, heute war asiatische Küche angesagt. Auf seinem Teller lagen drei Frühlingsrollen in süßsaurer Soße, dazu gab es ein Currygericht mit Gemüse. Michael griff nach der Gabel.

Er verfehlte sie.

Das Glas auf dem Tablett kippte. Eine klebrige Flüssigkeit breitete sich aus. Michael saß reglos da und beobachtete, wie sie auf ihn zufloss. Die Tischkante erreichte. Auf seine Hose tropfte.

Der Appetit war ihm vergangen. Er legte sich aufs Bett und starrte in das bläuliche Licht. Seine Mutter hatte das Zittern auch bemerkt, als er ihr seinen Teller entgegenhielt, das sah er an ihrem Blick. Lag der Besuch in Inwood wirklich erst zweieinhalb Wochen zurück? Er war nach New York gereist, um ihr zu erzählen, dass er die Facharztausbildung abgebrochen hatte, brachte es dann aber doch nicht über sich. Seine ganze Kindheit lang hatte sie ihn belogen. Ihn glauben lassen, Henry sei sein leiblicher Vater. Er hätte Verständnis dafür aufbringen können, denn einen besseren Vater als Henry gab es kaum. Wenn sie sich nur nicht geweigert hätte, ihm zu sagen, wer sein Erzeuger war! Michael hatte ein Recht darauf, es zu wissen. Er fühlte sich bevormundet, sie fällte Entscheidungen, die nicht nur ihr Leben betrafen, sondern auch seines. Das konnte er ihr nicht verzeihen. Er hob seine Hand und machte kreisende Bewegungen.

Er dachte daran, wie sein Vater … Michael korrigierte sich in Gedanken, wie Henry ihn als Kind ins Observatorium mitgenommen hatte. Wie er ihm beistand, als man ihn fälschlicherweise beschuldigte, Trinkgeld in einem Restaurant gestohlen zu haben, und für ihn Partei ergriff, wenn er abends länger wegblieb als vereinbart oder etwas unternehmen wollte, das seine Mutter für zu gefährlich hielt. Henry konnte aber auch streng sein. Einmal hatte Michael seine Mutter Nutte genannt. Er war damals in der zweiten Klasse und hatte keine Ahnung gehabt, was das Wort bedeutete. Henry hatte ihn in sein Zimmer geschickt. Unhöflichkeit duldete er ebenso wenig wie rüpelhaftes Verhalten.

Michael schloss die Augen. Er öffnete sie auch nicht, als Trapezius hereintrat, um das Tablett zu holen. Er hörte ein Klappern, dann Schritte, die zurückkehrten, vermutlich, um Tisch und Boden zu säubern. Leise ging die Tür wieder zu.

Irgendetwas war anders. Die Luft im Raum wirkte dichter, sie war angefüllt mit Aufmerksamkeit, Erwartung und Neugier. Michael schlug die Augen auf.

Am Tisch saß ein Mann.

»Sie wollten mich sprechen?«, sagte er.

II

Achtundfünfzig ungelesene E-Mails. Michael hatte sich seit dem 12. Oktober um 18.15 Uhr, dem Abend vor dem Termin mit der Biogerontologin, nicht mehr eingeloggt. Julia überflog die Absender. Die meisten kannte sie nicht. Die älteren Nachrichten hatte Michael in andere Ordner verschoben. Einer trug den Namen *Wissenschaftsjournal* und bestand aus mehreren Unterordnern. Ein weiterer war mit *Privat* beschriftet.

Julia kämpfte mit sich.

»Wollen wir uns die Nachrichten aufteilen?«, fragte Henry, der ihr über die Schulter schaute.

Während er seinen Laptop aus dem Auto holte, verschaffte sie sich einen Überblick über die Mails, die Michaels Reportage betrafen. Er hatte sie nach Themen geordnet. Die Unterordner waren mit *Anti-Aging*, *Cyborg*, *Geschichte*, *KI*, *Kryonik*, *Mind-uploading*, *Religion* und *Singularität* beschriftet. Julia markierte die letzten vier und leitete sie an Henry weiter. Sie selbst nahm sich die ersten vier vor. *Anti-Aging* enthielt Korrespondenz mit Charles Baldwin. Im Gegensatz zu ihr hatte Michael auf seine Anfrage hin eine Antwort erhalten, auf der Konferenz hatte er sogar mit dem CEO von Rejuvena gesprochen. Einige Tage später schrieb er Baldwin erneut und bat ihn um ein Treffen in Pacific Grove.

Julia lehnte sich zurück. Michael war in Pacific Grove gewesen. Hatte er gespürt, dass seine Geschichte dort ihren Anfang genommen hatte?

»Etwas gefunden?«, fragte Henry, der mit dem Laptop unter dem Arm ins Zimmer kam.

»Michael hat den CEO von Rejuvena getroffen. Ich habe gestern versucht, Charles Baldwin telefonisch zu erreichen, man hat mich abgewimmelt.«

»Vielleicht gefällt ihm nicht, was Michael über das Unternehmen schrieb.«

Julia klickte eine weitere Nachricht an. »Er scheint seinen Text noch nicht geschrieben zu haben. Er wollte genauere Informationen von Baldwin.«

»Zweifelt er an der Wirksamkeit von Teenager-Blut?«

»Damit stünde er nicht allein da. In der Presse hagelt es Kritik.« Julia las weiter. »In seiner letzten Mail erwähnt er Blutbanken, die Pharmaunternehmen beliefern. Er verlangt von Baldwin Namen. Dann bricht die Korrespondenz ab.« Sie ging die ungelesenen Mails im Posteingang durch. »Keine Antwort von Rejuvena.«

»Ich kann mir nicht vorstellen, dass Baldwin einen Journalisten verschwinden lässt, weil er zu viele Fragen stellt.«

»Aber vielleicht einen Arzt, der die richtigen Fragen stellt.«

»Baldwin hat nie behauptet, dass er den Verjüngungseffekt durch Teenager-Blut klinisch nachweisen kann. Was hat er also zu verlieren?«

»Vermutlich nichts«, räumte Julia widerwillig ein.

Sie vertiefte sich wieder in die Lektüre. Es war schwierig, der Korrespondenz zu folgen. Die Mails bezogen sich auf Telefongespräche, die Michael geführt hatte, oder auf Dokumente, die nicht vorhanden waren.

Draußen war es dunkel geworden.

Julia streckte sich. »Du solltest dich langsam auf den Weg machen. Es ist schon spät.«

»Nicht zu glauben, dass Menschen dafür eine viertel Million Dollar zahlen«, murmelte Henry.

»Wofür?«

»Um nach dem Tod in flüssigem Stickstoff konserviert zu werden.«

»Die Lagerung eines Kopfs ist günstiger. Für hunderttausend bist du dabei.« Das hatte Julia auf der Homepage der Kryonikanlage gelesen.

Henry sah auf. »Wozu nur den Cephalon konservieren? Die Kunden möchten später wieder zum Leben erweckt werden.«

»Patienten«, korrigierte Julia mit einem ironischen Lächeln. »So werden sie genannt. Weil Transhumanisten daran glauben, dass es bald möglich sein wird, die Hirnfunktion digital zu speichern und die Daten in einen künstlichen Körper hochzuladen.« Als sie Henrys hochgezogene Augenbrauen sah, zuckte sie mit den Schultern. »Ich habe in den letzten Tagen viel Seltsames gelesen.«

Plötzlich begann er zu lachen. Trotz – oder wegen? – der Anspannung der vergangenen Tage stimmte Julia ein. Henry zog sie in seine Arme.

»Ich bleibe heute hier«, sagte er.

»Ich möchte nicht, dass du meinetwegen eine Vorlesung absagst. Außerdem muss ich dringend die Montageanleitungen fertig übersetzen. Der Abgabetermin ist schon übermorgen.«

Henry zögerte.

Julia holte seine Jacke.

»Willst du nicht mitkommen?«, fragte er. »Wir könnten morgen Abend zusammen zurückkehren.«

Julia schüttelte entschlossen den Kopf. Im Haus fühlte sie sich sicher. Diesen Schutz brauchte sie noch mehr als Henrys Nähe. Sie begleitete ihn zum Auto. Es war kühl geworden. Nicht mehr lange, und die Landschaft würde im Schnee versinken. Wie Michael den Schnee geliebt hatte! Morgens war er aus dem Bett gesprungen und zum Fenster gelaufen, um zu sehen, wie hoch die Schicht auf dem Fensterbrett war. Manchmal erschien er zum Frühstück schon mit seinen Schneehosen, weil er es nicht erwarten konnte, nach draußen zu kommen.

Henry rang ihr das Versprechen ab anzurufen, wenn sie etwas entdeckte. Egal, wie spät es war. Julia sah den Rücklichtern des Volvos nach, bis sie in der Dunkelheit verschwanden, dann kehrte sie ins Haus zurück und setzte sich wieder an den Computer.

Der Cursor lag auf dem Ordner *Privat*.

Doppelklick.

Mehrere Unterordner erschienen. Wonach suchte sie? Nach einem Ordner, der *Vater* hieß? Oder einem mit einem Frauennamen? Stattdessen tauchte das Wort *Krankheit* auf.

Laboranalysen. Blutbild, Blutzucker, Nierenwerte, Leberwerte, Schilddrüsenfunktion. Berichte über neurologische Untersuchungen, Resultate einer Elektro-Myografie. Magnetresonanztomografie, Computertomografie, Punktion der Rückenmarksflüssigkeit, L-Dopa-Test. Julia starrte auf den Namen des Patienten, um den es hier ging.

Michael Wild.

Sie hatte ihm nichts angemerkt. Wie konnte das sein? Hastig öffnete sie die einzelnen Dokumente. Sie war keine Ärztin, doch sie hatte schon viele medizinische Berichte übersetzt und war mit der Sprache vertraut. Sie las sich quer durch die Befunde. Keine Auffälligkeiten im Blut. Die Rückenmarksflüssigkeit war auf Multiple Sklerose untersucht worden. Negativ. Man hatte auch keinen Tumor und keinen Hinweis auf einen Schlaganfall gefunden. Julia klickte auf den L-Dopa-Test. Sie versuchte, sich zu erinnern, worauf ein Mangel dieses Botenstoffs hindeutete, wusste es jedoch nicht mehr. Sie sah im Internet nach. Parkinson.

Auf einmal ergab alles einen Sinn. Dass er die Ausbildung zum Chirurgen abgebrochen hatte. Das Zittern seiner Hand, als er ihr den Teller hinhielt. Nicht aus Anspannung oder Wut, wie sie fälschlicherweise geglaubt hatte. Michael war krank.

Julia presste die Faust gegen den Mund. Ein Leben lang hatte sie versucht, ihn zu beschützen. Diesen Angriff hatte sie nicht kommen sehen. Sie las das Resultat des L-Dopa-Tests durch. Die Werte waren normal.

Wenn er nicht unter Parkinson litt, worunter dann? Welche Krankheiten führten zu einem Tremor?

Sie merkte erst, dass sie die Frage laut ausgesprochen hatte, als Sam die Ohren aufrichtete.

Sie sah den Hund an. »Vielleicht ist es nur der Stress. Henry hat recht, Assistenzärzte stehen unter enormem Druck. Die Arbeitstage sind lang, die Erwartungen hoch. Während des Studiums hat Michael nebenher gejobt. Er wollte von uns kein Geld annehmen. Er kann so stur sein!« Julia kaute auf ihrem Daumennagel. »Oder glaubst du, es ist doch etwas Ernsthaftes?«

Sie erinnerte sich an die Gebrechen ihrer Eltern. Ihre Mutter hatte unter Gichtschüben gelitten, ihr Vater manchmal über Rückenschmerzen geklagt. Schwer krank waren beide nie. Plötzlich begriff sie, warum Michael den Kontakt zu ihr wieder aufgenommen hatte. Er wollte eine Erbkrankheit ausschließen. Dazu musste er wissen, wer sein Vater war.

Und sie hatte ihm diese Information verweigert.

Sie eilte nach draußen. Aus Gewohnheit schlug sie den Planetenweg ein. Sie ging schnell, als könnte sie den Schuldgefühlen auf diese Weise entkommen. Inzwischen war es Nacht geworden, der Pfad war kaum zu sehen. Julia kannte ihn jedoch so gut, dass sie den Weg auch mit geschlossenen Augen gefunden hätte.

Warum hast du nichts gesagt?

Weil er das Vertrauen zu ihr verloren hatte. Der Junge, der mit aufgeschürften Knien und kaputten Spielsachen zu ihr gerannt kam, existierte schon lange nicht mehr.

Sie hatte den Kuipergürtel erreicht. Ein Dickicht aus Weißdorn, Holunder, Haselnuss. Sie ließ sich neben einen Zwergplaneten fallen und legte den Kopf in den Nacken. Am Himmel sah sie das M der Kassiopeia, M wie Michael, wie mutlos und mitschuldig. Kassiopeia hatte den Zorn der Götter auf sich gezogen und war gezwungen worden, ihr einziges Kind einem Ungeheuer zu opfern. Im letzten Moment wurde es von Perseus gerettet. Neben Kassiopeia leuchtete Kepheus, der Vater des Kindes, weniger markant, ein schlichtes Haus mit spitzem Dach, neunundvierzig Lichtjahre entfernt. Andrej wäre dieses Jahr neunundvierzig geworden.

Auf der Erde gab es keinen Perseus, der Michael retten würde. Die Einzige, die ihm helfen konnte, war sie.

Mit steifen Gliedern machte sie sich auf den Rückweg. Zu Hause

legte sie sich auf Michaels Bett und starrte an die Decke. Leuchtsterne, überall. Sie erinnerte sich daran, wie Henry auf der Leiter gestanden hatte, wo er Michaels Anweisungen entgegennahm.
»Mehr nach links. Nein, zum Sirius. Noch weiter. Ja, dort.«
»Willst du Canopus auch?«
»Den sieht man doch nur in Europa, hast du gesagt.«
»Er ist trotzdem schön.«
Kopfschütteln.
»Arktur vielleicht? Das ist der Hauptstern des Bärenhüters.«
»Okay.«
Die Leiter knarrte. Sie geriet in Schieflage. Weder Henry noch Michael bemerkten die Gefahr. Die Leiter begann zu kippen.
Julia riss die Augen auf. Sie hatte geträumt. Eine Weile lag sie da und wunderte sich darüber, dass sie das Knarren immer noch hörte. Da begriff sie. Es waren die Dielen am Eingang. War Henry zurückgekommen? Sie rieb sich die Augen. Etwas fühlte sich falsch an. Henry müsste jetzt gleich in die Küche gehen und das Licht über der Ablage einschalten, wie er es immer tat, wenn er spät kam und sie nicht wecken wollte. Aber da war kein Licht.

Leise Schritte. Erst im Flur, dann im Wohnzimmer. Ein dumpfer Schlag. Dort stand, halb in der Tür, die Teepflanze, weil es der hellste Ort im Raum war. Gäste stießen oft mit dem Fuß gegen den Topf. Henry nicht.

Julias Herz begann zu pochen. Warum bellte Sam nicht? Wo war er überhaupt? Normalerweise wich er nicht von ihrer Seite. Sie dachte an den Mann, der Kenji Takahashi nach Michael gefragt hatte. Ein Polizist würde das Haus nicht ohne Durchsuchungsbefehl betreten. Genauso wenig das FBI.

Die Schritte kamen näher. Julia schaute hektisch umher. Dann fiel ihr Blick auf das Fenster. Als Jugendlicher war Michael ein paar Mal hinausgestiegen, um sich spätabends mit Schulfreunden zu treffen. Sie war zwar keine sechzehn mehr, aber das müsste sie auch schaffen! Mit weichen Knien lief sie zum Fenster und schob die Scheibe hoch.

Sie kletterte auf das Brett, drehte sich in Bauchlage und suchte mit dem Fuß vergeblich Halt auf dem Dach der Veranda.

Das Licht in ihrem Schlafzimmer ging an. Julia stieß sich ab, einen Moment lang schwebte sie im Nichts. Dann landete sie hart. Ihre Zähne schlugen aufeinander, ihre Unterlippe blutete. Als sie über das Dach kroch, löste sich eine Schindel. Julia hielt die Luft an. Scheppernd rutschte die Schindel zur Regenrinne, wo sie stecken blieb. Immer noch keine Reaktion von Sam. Julia kletterte die Verandastütze hinunter und huschte zur alten Eiche. In ihrem Schlafzimmer konnte sie am Fenster die Umrisse eines Mannes erkennen.

Sie rannte zum Haus. Sie versuchte gar nicht erst, leise zu sein, es würde sie zu viel Zeit kosten. Sie schlug die Tür auf, eilte in die Küche, nahm ihre Handtasche von der Ablage, packte ihre Jacke. Da sah sie Sam. Er lag reglos neben dem Fressnapf. Seine Zunge hing heraus, Schaum bedeckte seine Schnauze. Julia fühlte sich, als hätte ihr jemand ein Messer in die Brust gerammt. Ihr war klar, dass sie nichts mehr für den Hund tun konnte. Sie hörte Schritte auf der Treppe. Taumelte aus dem Haus. Tauchte in die Milchstraße ein, tiefer und tiefer. Zweige schlugen ihr ins Gesicht, Dornen zerkratzten ihre Hände, doch sie nahm den Schmerz kaum wahr. Sie rannte um ihr Leben.

12

Die Mittagspause war fast vorbei, in der Kantine alberten nur noch ein paar Schüler aus der sechsten Klasse herum. Cody saß an einem der Tische, die für Loser reserviert waren, gleich neben den Mülleimern. Niemand hatte sich zu ihm gesetzt. Auch unter den Losern gab es Abstufungen. Er schielte zu den Sechstklässlern hinüber. Siegertypen, die es nicht nötig hatten, ihre Tabletts abzuräumen. Die ihre Nasen über das Essen rümpften. Reste zurückließen.

Noch sieben Minuten bis zur Mathestunde. Die Sechstklässler hatten es nie eilig, Schelten und Strafaufgaben kümmerten sie nicht mehr. Endlich standen sie auf. Cody wartete, bis sie gegangen waren, dann sprang er auf, um seine Beute einzusammeln. Er warf angebissene Brötchen, Äpfel, Bananen, eine Packung Brezeln und Saftkartons in eine Tüte, die er eigens dafür mitgebracht hatte. Ein spindeldürres Mädchen hatte seinen Pudding nicht einmal angerührt. Als die Tüte voll war, schaufelte er Essensreste von den Tellern in seinen Mund. Nudeln mit Käsesauce, Brokkoli, Hacksteak. Schon wieder fünf Dollar gespart.

Er spürte einen Blick in seinem Rücken und drehte sich um. Hinter ihm stand ein Junge in seinem Alter, den er an der Schule noch nie gesehen hatte. Er trug einen gestreiften Pullover, der im Walmart für acht Dollar zu haben war. Cody kannte die Modelle inzwischen. Die Turnschuhe des Jungen waren ausgetreten, die rötlichen Haare hatte vermutlich seine Mom geschnitten. Obwohl sie sich nicht ähnlich sahen, kam es Cody vor, als schaue er in einen Spiegel. Er presste die Lebensmitteltüte mit beiden Armen an sich.

»Ich klau dir schon nichts. Der Fraß hier ist nicht so mein Ding.«

Der Junge zog ein paar zerknitterte Dollarscheine aus seiner Jeans. »Kauf mir nach der Schule lieber einen Burger.«
»Bist du auch neu hier?«, fragte Cody.
»Nö.« Der Junge stopfte die Dollarscheine zurück. »War nur ein paar Tage weg. Hatte zu tun.«
Die Schulglocke läutete. Cody biss sich auf die Unterlippe. Wenn er wieder zu spät kam, gäbe es Ärger. Besser, er ging gar nicht erst zum Unterricht. Der Junge folgte ihm zur Toilette.
»Hast du den neuen Star Wars schon gesehen?«, fragte er.
Cody war seit über einem Jahr nicht mehr im Kino gewesen. Er schaute nicht einmal fern. Er packte die Lebensmittel in seinen Schulranzen.
»Willst du mitkommen?«, fragte der Junge.
»Ins Kino?«
»Wohin denn sonst?«
Der Junge setzte sich auf den Radiator. Über seinen heruntergerutschten Socken kamen dünne Knöchel zum Vorschein.
»Ein anderes Mal.« Cody hatte nicht vor, sein Erspartes für ein Kinoticket auszugeben. Er brauchte eine Hose, die ihm passte. Nur dafür legte er das Essensgeld beiseite, das ihm Dad jeden Morgen mitgab.
Der Junge grinste. »Ich weiß, wie wir uns reinschleichen können.«
»Ins Kino?«
»Yep.« Er sprang vom Radiator. »Heiße übrigens Eric.«
»Cody.«
»Du bist in der Fünften, oder?«
Cody nickte. »Du?«
»Vierten.« Eric deutete mit dem Kinn zur Tür. »Lass uns abhauen.«
Umsonst ins Kino. Sich wie früher einen Film reinziehen. Cody folgte Eric. Sie schlichen durch den Korridor. Es roch nach Mittagessen und Bohnerwachs. Hinter den geschlossenen Türen hörten sie Stimmen, im Sekretariat klingelte ein Telefon. Sie wählten den Ausgang neben der Turnhalle, er führte zu einer Spielwiese, die von den

Klassenzimmern aus nicht zu sehen war. Trotzdem rannten sie los, als sei der Rektor persönlich hinter ihnen her. Außer Atem kamen sie bei der Straße an. Zwei Blocks weiter blieb Eric an einer Bushaltestelle stehen.

»Ich habe keinen Fahrschein«, sagte Cody.

»Ich auch nicht.«

Eric vergrub die Hände in den Hosentaschen und zog die Schultern hoch, damit ihm der Regen nicht in den Kragen tropfte. Cody wollte so vieles wissen. Woher Eric das Geld hatte. Wo seine Familie schlief. In einem Auto? Einem Zelt? Oder hatten sie einen der begehrten Plätze in einer Notschlafstelle ergattert? Zum ersten Mal seit Langem fühlte sich Cody normal. Er unternahm etwas mit einem Kumpel.

Im Bus setzte sich Eric neben die Tür. An jeder Haltestelle scannte er die neuen Passagiere. Es kam kein Kontrolleur. Vor einem Einkaufszentrum stiegen sie aus und überquerten den Parkplatz. Am Eingang musterte ein Sicherheitsangestellter sie misstrauisch. Eric blieb wie zufällig stehen, kramte seine Dollarscheine hervor und zählte sie. Erst jetzt sah Cody, dass sich auch Fünfer- und Zehnernoten darunter befanden. Der Sicherheitsangestellte verlor das Interesse an ihnen.

Warme Luft blies ihnen entgegen, als sie durch die Schleuse gingen. Aus den Lautsprechern rieselte Musik. Es roch blumig, und Cody dachte daran, wie seine Mutter früher Parfüm aufgetragen hatte, wenn sie ausging. In dem Lichthof wurden präparierte Kürbisse ausgestellt, über ihnen schwebten Hexen und Gespenster. Nur noch eine Woche bis Halloween. Am Tag davor fand im Kindergarten eine Party statt. Alle Kinder würden verkleidet erscheinen, und Amber wollte unbedingt eine Prinzessin sein.

Sie nahmen die Rolltreppe in den obersten Stock, wo das Kino lag. Am Eingang, der zu den Sälen führte, kontrollierte ein Angestellter Kinokarten. Eric marschierte auf die Toiletten zu, die danebenlagen. Er blieb hinter der Tür des Männerklos stehen und spähte durch einen Spalt hinaus. Endlich reckte er den Daumen in die Höhe. Aus einem der Kinosäle strömten Kinobesucher, einige steuerten die Toiletten an.

Eric nutzte die Deckung, die sie boten, und kämpfte sich durch die Menschenmenge, Cody dicht hinter ihm.

Sie waren drinnen.

Teppichboden, gedämpftes Licht. Eric tauchte den Arm zwischen die Sitzpolster, bis er zwei Kinokarten fand, die jemand zurückgelassen hatte. Dann kaufte er an einem Automaten eine Packung M&M's. Star Wars lief seit einer halben Stunde. Leise schlichen sie hinein.

Cody war überwältigt. Er wurde zu Finn, der in geheimer Mission mit Rose und BB-8 unterwegs war. Er reiste durch den Hyperraum, kämpfte gegen Kylo und verhalf dem Widerstand zum Sieg. Er fühlte sich unbezwingbar. Als die Lichter angingen und Eric vorschlug, im Kino zu bleiben, weil sie den Anfang verpasst hatten, stimmte er sofort zu. Erst als der Abspann erschien, realisierte Cody, dass sie den Film wieder bis zum Schluss angesehen hatten. Aus der Lebensmitteltüte fischte er die Brezel, die er Amber hatte mitbringen wollen.

Amber!, durchfuhr es ihn siedend heiß.

»Wie spät ist es?«, rief er.

Eric zuckte die Schultern.

Cody eilte aus dem Kinosaal. An der Wand hing eine Digitalanzeige. Viertel vor sechs. Er hätte Amber vor über zwei Stunden abholen sollen.

13

Margaret Freeman hatte am Joint Forces Staff College in Virginia studiert, einer Ausbildungseinrichtung für höhere Stabsoffiziere der US-Streitkräfte. Sie besaß Abschlüsse in Informatik, Cybersicherheit, Wissens- und Technologietransfer. Während der Amtszeit von George W. Bush war sie an der National Cybersecurity Initiative beteiligt und hatte maßgeblich dazu beigetragen, dass eine behördenübergreifende Strategie im Bereich Cybersicherheit umgesetzt wurde. Es gab nur wenige Menschen, die ihre digitalen Spuren so gut kaschieren konnten wie sie. Margaret arbeitete nicht mit gängigen Systemen, benutzte zur Chiffrierung Schlüssel von mindestens 2048 Bit Länge und bewegte sich anonymisiert im Internet.

In der realen Welt war sie einfach zu finden. Jeden Mittag aß sie in einem Café unweit der Columbia University, das für seine hervorragenden Suppen bekannt war. Julia saß an einem der hinteren Bistrotische und schaute zur Tür. Sie trug immer noch den weiten Pullover, die Jeans und die Turnschuhe, in denen sie das Haus übers Fenster verlassen hatte. Sie hatte sich nicht die Mühe gemacht, ihr Aussehen zu verändern. Wenn der Mann, der hinter ihr her war, für eine private Sicherheitsfirma arbeitete, hatte er kaum Zugang zu öffentlichen Überwachungskameras. Wenn er einem Geheimdienst angehörte, würden ihn auch eine Schirmmütze und eine Sonnenbrille nicht täuschen.

Sie presste die Fingerspitzen auf ihre Lider. Das Bild von Sam, wie er neben seinem Napf lag, hatte sich in ihre Netzhaut eingebrannt. Der Mann musste den Köder ausgebracht haben, als sie im Wald war. Sie war aus dem Haus gestürzt, ohne abzuschließen. Hatte nur an Michael und seine Krankheit gedacht. Natürlich ließen sich die Türen und die Fenster leicht aufbrechen, trotzdem konnte sie nicht fassen, wie unvorsichtig sie gewesen war.

Was wollte der Fremde von ihr? Informationen über Michael? Nach ihrer Flucht aus dem Haus war sie zur nächsten Bushaltestelle gelaufen und Richtung Norden gefahren, um ihre Spuren zu verwischen. In Albany stieg sie in den Greyhound nach Newark um. Sie hatte Glück. Entweder hatte der Mann keinen Zugang zum Computersystem der Busgesellschaft, oder er war nicht rechtzeitig an ihre Reisedaten gelangt. Erschöpft schloss sie die Augen, nur um sie gleich wieder zu öffnen.

Um Punkt Viertel nach zwölf kam Margaret durch die Tür. Sie schaute konzentriert auf die Tafel der Tagessuppen, die neben dem Eingang hing.

Julia trat neben sie. »Magst du dich zu mir setzen?«, fragte sie leise.

Margaret zuckte zusammen. »Was ...« Sie verstummte, als sie Julias Blick sah, und folgte ihr nach hinten.

»Ich brauche deine Hilfe«, sagte Julia ohne Umschweife.

»Schieß los.«

Julia zog eine Liste hervor, die sie im Bus zusammengestellt hatte. »Ich muss verreisen. Kannst du Henry bitten, Michaels E-Mails auf einen Stick zu kopieren? Weiter soll er meine Kunden kontaktieren und ihnen erklären, dass ich wegen einer Krankheit für einige Wochen ausfalle. Er weiß, woran ich gerade arbeite. Dann brauche ich ein Handy, das nicht zu mir zurückverfolgt werden kann, einen sicheren Laptop, zehntausend Dollar in bar und ein Auto, in dem man mich nicht vermutet. Henry wird für die Kosten aufkommen.«

Margaret musterte sie eingehend. »Sagst du mir, in was du verwickelt bist?«

»Henry wird es dir erklären«, wich Julia aus. »Es geht um Michael. Bitte vertraue mir.«

Margaret zögerte. »Gut«, sagte sie schließlich. »Ich werde sehen, was ich tun kann. Ich nehme an, es eilt?«

»Ja.« Julia reichte ihr die Liste. »Noch etwas. Sam ...« Ihre Stimme brach, und es dauerte einen Moment, bis sie weitersprechen konnte. »Sam ist tot. Ich wäre froh, wenn sich Henry um ihn kümmern könnte. Er ist im Haus.«

Margaret berührte ihre Hand. »Das tut mir so leid!«

Julia fuhr sich über die Augen, nickte wortlos und stand auf. Margaret erhob sich ebenfalls. »Ich brauche ein paar Stunden. Reicht es, wenn wir uns um fünf treffen?«

»Ich werde hier sein.« Julia atmete tief durch. »Und bring bitte Henry nicht mit hierher. Es kann sein, dass man ihn beobachtet.«

Margaret sah sie besorgt an, dann verließ sie das Café wieder.

Julia blieb noch eine Weile sitzen. Ihre Gedanken kreisten um die Geschehnisse der vergangenen Nacht, Michaels Krankheit und Sams Tod. Um den Fremden, der in ihr Haus eingedrungen war. Würde sie sich dort je wieder sicher fühlen? Schließlich machte sie einer Gruppe Studenten Platz, die auf einen freien Tisch warteten, und suchte ein Internetcafé auf, um Kontaktangaben und Wegbeschreibungen auszudrucken. Sie fragte sich, wie sie es als Zwanzigjährige geschafft hatte, sich ohne Internet am Monterey Institute for International Studies einzuschreiben, nach Kalifornien zu reisen und eine Wohnung zu finden. Andere Erinnerungen stiegen in ihr auf. Die Bibliothek mit ihrer niedrigen Decke und dem staubigen Geruch. Wie sie Zeitungsartikel auf Mikrofilm gelesen und zum ersten Mal an einem Computer gesessen hatte, begleitet vom Geräusch eines Nadeldruckers. Lange Zeit hatte sie gar nicht gemerkt, dass jemand an dem Arbeitsplatz ihr gegenüber Platz genommen hatte ...

Unscharfe Buchstaben, stark vergrößert. Der Bildschirm vor ihr flackerte, die Namen darauf pulsierten. Lew Nikolajewitsch Saikow. Wiktor Petrowitsch Nikonow. Nikolai Nikitowitsch Slunkow. Alexander Nikolajewitsch Jakowlew. Wie sollte sie sich all diese Namen merken? Mitglieder des Politbüros, des Obersten Sowjets, des Ministerrats. Sie lehnte sich zurück. Ihr gegenüber ein Computer, daneben ein Blatt

Papier. Darauf lag Andrejs Hand. Ein quadratischer Handrücken, feine, goldene Härchen, lange Finger. Die Handgelenke breit und flach.

Konnte man sich in eine Hand verlieben?

Sein Zeigefinger strich über das Blatt, malte Kreise. Ein Abbild seiner Gedanken? Drehten sie sich auch im Kreis?

Ihr Zeigefinger ahmte die Bewegung nach. Vielleicht dachten Andrej und sie jetzt auch die gleichen Gedanken.

Sein Finger geriet ins Stocken. Sie hörte auf, Kreise zu malen. Zwei Tänzer, die aus dem Takt gefallen waren. Er fand neuen Schwung, zeichnete Wellenlinien. Ihr Finger imitierte die Bewegung. Er hielt inne. Sie übernahm die Führung. Ihr Zeigefinger hüpfte auf und ab, seiner schloss sich an. Ihrer winkte ihm zu. Seiner winkte zurück. Er lehnte sich ein bisschen zur Seite. Sie sah seinen Arm. Wohlgeformt, die Muskeln leicht angespannt. Er trug ein graues T-Shirt, der Stoff schmiegte sich an seinen Bizeps. Sie streckte ihren Arm aus, wie hell ihre Haut war. Der Unterarm glatt, blaue Äderchen an der Innenseite. Sie zeigte ihm ihre Schulter. Seine kam hinter dem Computer zum Vorschein. Breit, aber nicht durchtrainiert.

Die Luft war aufgeladen mit Erwartungen und Befürchtungen. Wer würde den ersten Schritt machen? Trockener Mund. Prickelnde Kopfhaut.

Er regte sich nicht.

Sie bewegte ihren Kopf zur Seite, wie eine indische Tänzerin. Sah sein Ohr, darüber kurze, blonde Haare. Kein Flachshaar wie ihres. Sandblond. An der Schläfe dunkel. Schwitzte er? Schlug sein Herz auch so schnell?

Er neigte den Kopf. Ein Auge. Der Blick nach unten gerichtet. Haselnussbraune Augenbraue, breite Stirn, markantes Kinn. Die Nase so gerade, dass sie mit dem Finger hätte darüberfahren wollen. Er hob den Blick.

Helles Grau. Gebündelte Strahlen, die Rückseite eines Regenbogens. In ihr ging etwas auf.

Andrej Stanislawowitsch Danilow.

Julia kam zu sich. Das Internetcafé nahm wieder Gestalt an. Sie realisierte, dass sie seinen Namen getippt hatte. Ihr Finger schwebte über der Eingabetaste. Die Aufgabe, die ihr bevorstand, war die größte Herausforderung, die sie seit ihrer Flucht bewältigen musste. Sie konnte es sich jetzt nicht leisten, ihre Gefühle für Andrej noch weiter an die Oberfläche kommen zu lassen. Sie schaffte es doch schon kaum, mit der Angst um Michael und dem Verlust von Sam umzugehen. Entschlossen löschte sie die Buchstaben und verließ das Lokal.

Es war erst halb drei Uhr. Wie gewohnt lief sie zügigen Schrittes durch die Upper West Side zum Hudson River. Jogger rannten am Fluss entlang, auf der Wiese des Riverside Parks spielten Hunde. Am liebsten wäre sie zu Henry ins Büro gefahren, hätte ihm von Michaels Krankheit und den Ereignissen der vergangenen Nacht erzählt, doch sie wagte es nicht einmal, ihn anzurufen. Wenn sein Telefon überwacht wurde, würde man sie aufspüren. Sie setzte sich auf eine Bank und nahm ein Blatt Papier hervor. Es fühlte sich ungewohnt an, von Hand einen Brief zu schreiben. Bald aber begannen ihre Gedanken zu fließen und wurden zu Tinte.

Margaret wartete bereits vor dem Café.
»Henry ist gar nicht glücklich über deine Pläne«, sagte sie. »Er meint, du sollst zur Polizei gehen. Ich konnte ihn nur mit großer Mühe davon abhalten mitzukommen.«
Julia hatte nichts anderes erwartet.
Margaret deutete auf einen silbrigen Toyota, der am Straßenrand stand. »Die Sachen, die du wolltest, sind im Wagen. Er gehört einer Kollegin, die nach einer Gastprofessur nach Kopenhagen zurückkehrt. Henry hat ihn ihr abgekauft, er läuft aber noch auf ihren Namen. Die Dokumente befinden sich im Handschuhfach.«
Margaret reichte Julia den Schlüssel und öffnete den Kofferraum. Darin lagen ein Laptop, Computerzubehör, Handys, Ladegeräte und eine Tasche mit Kleidern und Toilettenartikeln, die Henry für Julia gepackt hatte.

Margaret zeigte auf den Laptop. »Ich habe dir einen TOR-Browser und ein anonymes Mailprofil auf Thunderbird eingerichtet. Du musst den Onion Router anwählen, wenn du mailen willst. Denk daran«, sagte sie eindringlich. »TOR versteckt nur die IP-Adresse. Damit deine Daten sicher übertragen werden, musst du eine SSL- oder TLS-Verschlüsselung nutzen.«

»Was ist mit Cookies oder HTTP-Headers?«

»Wenn du anonym surfen willst, musst du das TOR-Browser-Bundle verwenden. Hundert Prozent sicher ist das aber nicht. Vor einigen Monaten wurde ein Bug entdeckt, der es möglich machte, via Javascript Hinweise auf die Lokalisierung des Browsers zu finden. Der Leak ist behoben, das bedeutet jedoch nicht, dass es keine weiteren Schwachstellen gibt. Etwas Besseres konnte ich dir in der kurzen Zeit leider nicht einrichten.«

Julia zögerte. Vor einigen Jahren hatte das FBI Tausende von TOR-Nutzern mit einem Trojaner infiziert, um sie zu deanonymisieren; wenig später hatte die NSA das Browser-Bundle über eine Extension für Javascript angegriffen und war so an Nutzerdaten gekommen. Doch irgendwie musste sie kommunizieren, wenn sie Michael finden wollte.

»Zu den Handys«, sagte Margaret. »Gegen die Lokalisierung von Smartphones gibt es so gut wie keinen Schutz. Ich habe dir deshalb ein Dutzend Einweg-Handys besorgt. Henry und ich haben beide auch eines. Wir benutzen es ausschließlich, um mit dir zu telefonieren. Trotzdem empfehle ich dir, nur im Notfall anzurufen.«

»Skype?«, fragte Julia.

Margaret schüttelte den Kopf. »Nach der Übernahme durch Microsoft wurde die Ende-zu-Ende-Verschlüsselung kompromittiert. Skype nutzt jetzt Super-Nodes, die in den Rechenzentren von Microsoft stehen. Die Keys sind in einer Cloud hinterlegt. Microsoft kann also mitlesen. Es gibt zwar Alternativen, jedoch nur für Smartphones.« Sie nahm eine Mappe hervor. »Hier findest du alle Usernamen, Passwörter und Informationen. Am besten, du lernst sie möglichst rasch auswendig und entsorgst die Unterlagen. Dein E-Mail-Passwort habe ich übrigens geändert. In der Mappe sind die E-Mails, die seit gestern auf deinem alten Account eingegangen sind. Sie werden jetzt an Henry umgeleitet. Ich habe ihm ein anonymes Profil eingerichtet. Er wird deine Nachrichten in Zukunft auf einen Stick laden und sich von einem anderen Gerät aus in seinen neuen Account einloggen, um sie dir zu schicken. Michaels E-Mails sind ebenfalls auf einem Stick. Ein paar von den gelöschten habe ich wiederhergestellt.« Sie holte tief Luft. »Das ist alles, glaube ich.«

»Das Geld?«, fragte Julia.

»In der Reifenmulde.«

Julia holte einen Umschlag hervor. »Würdest du Henry bitte diesen Brief geben?«

Margaret steckte ihn ein.

Julia umarmte die Professorin. »Danke für alles.«

Margaret schaute sie überrascht an, drückte sie kurz, dann löste sie sich aus der Umarmung und sah Julia in die Augen. »Ich bin eine misstrauische Person. Kommt davon, wenn man sich ein Leben lang mit Sicherheitsfragen beschäftigt. Aber wenn Henry sagt, dass ich tun soll, worum du mich bittest, dann reicht mir das.«

Ein Kloß bildete sich in Julias Hals. Sie hatte Henry einmal gefragt, ob es ihn belaste, dass er so wenig über sie wusste. Seine Antwort würde ihr immer in Erinnerung bleiben: »Wenn das Glück an deine Tür klopft, ist es dann wichtig, woher es kommt?«

14

Michael tippte wie in Trance. Er hatte sich während des Gesprächs nur wenige Notizen gemacht, jetzt wollte er die Informationen niederschreiben, solange seine Erinnerungen frisch waren.

Bitte erzählen Sie mir, was Sie hier machen.
»Ich konserviere Körper in flüssigem Stickstoff, damit sie wiederbelebt werden können, sobald es der technische Fortschritt erlaubt. Und damit Wissenschaftler das Bewusstsein der Patienten digital duplizieren können.«
Glauben Sie wirklich, dass wir irgendwann in der Lage sein werden, Menschen auferstehen zu lassen?
»Ich garantiere keinem die Rückkehr ins Leben. Das wissen meine Patienten bei Vertragsabschluss.«
Aber glauben Sie selbst daran?
(Denkt nach) »Sagen wir, ich halte es für wahrscheinlich, dass die synaptische Funktionsweise des Gehirns die Kryokonservierung übersteht. Und dass wir das menschliche Bewusstsein in naher Zukunft auf einen Computer übertragen können und so zumindest die digitale Unsterblichkeit erlangen werden.«
Werden Sie sich nach Ihrem Tod kryokonservieren lassen?
»Das wird nicht nötig sein. Bis dahin hat die Langlebigkeit die Fluchtgeschwindigkeit erreicht. Ich werde dem Tod immer einen Schritt voraus sein. Bei Mäusen ist es Wissenschaftlern übrigens bereits gelungen, ihre Lebensdauer um fünfzig Prozent zu verlängern. Und die Lebensspanne von Fadenwürmern wurde durch die Veränderung zweier Gene sogar um das Sechsfache erweitert.«

Sie fürchten den Tod.
»Ich fürchte ihn nicht. Ich halte ihn für inakzeptabel.« (Resoluter Tonfall)
Gehen wir einmal davon aus, dass sich der Alterungsprozess tatsächlich aufhalten lässt. Das Risiko, bei einem Unfall zu sterben, bleibt trotzdem bestehen.
»Selbstverständlich. Fleisch ist anfällig, nicht nur für Krankheiten und Verletzungen. Der Körper hat eine beschränkte Funktionsfähigkeit. Genau deshalb spielt die digitale Bewusstseinsspeicherung bei der Unsterblichkeit eine zentrale Rolle.«
Ich behaupte, Unsterblichkeit gibt es nicht. Irgendwann wird die Erde verbrennen. Davon werden Maschinen genauso betroffen sein wie Lebewesen.
»Bis dahin werden wir längst Planeten in anderen Sonnensystemen kolonialisiert haben.«
Das wird uns nichts nutzen. Das Universum dehnt sich aus. Wir können die Erhöhung der Entropie und den endgültigen Wärmetod nicht verhindern.
»Sie sind ein Pessimist, Michael. Ich darf Sie doch so ansprechen? Außerdem blenden Sie die Singularität aus. Den Punkt, an dem künstliche Intelligenz die menschliche weit übersteigt. Woher wollen Sie wissen, dass man nicht auch in der Lage sein wird, den Wärmetod zu verhindern?«
Theoretisch ist natürlich alles möglich. Die Wissenschaft orientiert sich aber an realistischen Szenarien. Für mich klingen Ihre pseudowissenschaftlichen Spekulationen eher nach Todesleugnung.
»Ich leugne den Tod nicht. Leugnen ist eine Strategie, um mit einem unlösbaren Problem umzugehen. Der Tod aber ist kein unlösbares Problem. (Herablassend) Zukunftsvisionäre und Wegbereiter wurden übrigens seit jeher kritisiert und belächelt. Doch ohne sie gäbe es keinen Fortschritt.«
Sie sehen sich also als Visionär?
»Das wird sich erst noch zeigen müssen. Im Moment weiß ich nur,

dass wir mit vielen Problemen konfrontiert sind, die nach einer Lösung verlangen.«
Und Menschen zu kryokonservieren, ist eine solche Lösung?
»Eine vorübergehende.«
Mich erinnert dieser Ort – wir befinden uns doch in Ihrer Kryonikanlage?
»Ja.«
Mich erinnert dieser Ort an den Limbus der Katholiken. Eine Welt zwischen Himmel und Hölle. Fürchten sich Ihre Patienten nicht davor, auf immer und ewig in diesen Gefäßen – entschuldigen Sie, Dewars – gefangen zu sein?
»Nicht so sehr wie vor der Vorstellung, in der Erde zu liegen und von Würmern gefressen zu werden. Ich verkaufe ihnen keine falschen Versprechen. Ich verkaufe ihnen Hoffnung.«
Wie stellen Sie sich das praktisch vor? Gehen wir mal davon aus, immer mehr Menschen möchten sich kryokonservieren lassen. Gibt es genug Platz für all die Körper?
»Natürlich. Ein Gefäß mit dreißig Metern Radius reicht, um 5,5 Millionen Cephalone zu konservieren. Wenn man also pro Jahr zehn solche Dewars baut, könnte man die Köpfe aller Menschen nach ihrem Tod darin aufbewahren.«
Wohin sollen wir mit all den Menschen gehen, wenn man sie wieder zum Leben erweckt? Die Erde bietet nicht unbeschränkt Platz.
»Wir sprechen hier nicht von Körpern, sondern von Cephalonen. Köpfen. Das Bewusstsein wird sich wie erwähnt in naher Zukunft in einen substratunabhängigen Körper hochladen lassen.«
Wir werden also Roboter sein?
»Anthrobots.«
Der Transhumanismus versteht sich als Befreiungsbewegung. Wenn ich Ihnen zuhöre, erscheint er mir eher wie eine Versklavung durch die Technologie.
»Lassen Sie mich eine Gegenfrage stellen, Michael. Wenn Sie die Wahl hätten, würden Sie lieber ein Anthrobot sein oder in Ihrem Körper verbleiben? Einem Körper, der Sie im Stich lässt? Der versagt?«

Michael hörte auf zu tippen und dachte noch einmal über die letzten beiden Sätze nach. Sah man ihm die Krankheit an? Jeder Körper versagte irgendwann. Er betrachtete seine Hände. Treffender hätte er es selbst nicht beschreiben können. Sein Körper hatte ihn im Stich gelassen. Wenn er die Möglichkeit bekäme, seine Hände durch künstliche zu ersetzen, würde er sie ergreifen? Er wusste, dass die Ursache seiner Krankheit nicht in seinen Händen lag, dennoch spann er den Gedanken weiter. Versuchte, sich vorzustellen, nicht seine Finger berührten die Tastatur, sondern hoch entwickelte Glieder, mit denen er präzisere Bewegungen ausführen könnte. Vielleicht wären sie mit Sensoren ausgerüstet, die mehr wahrnahmen als seine Sinne. Finger, die nicht auf äußere Einflüsse reagierten und unabhängig von seinem Gemütszustand immer genau gleich funktionierten. Der Traum eines jeden Chirurgen.

Er stand auf und ging in dem kleinen Raum umher. Jetzt, da er wusste, wo er sich befand, schauderte ihn. Umgeben von gefangenen Seelen. Er hatte sich nie als religiös bezeichnet, tief in seinem Inneren glaubte er jedoch, dass der Mensch mehr war als die Summe fester und gasförmiger Grundstoffe. Er dachte an die erste Patientin, die er auf dem Operationstisch hatte sterben sehen, kurz nachdem er die Facharztausbildung begann. Der Übergang vom Leben zum Tod, in dem er bis dahin eine klare Grenze gesehen hatte, war in Wirklichkeit ein schleichender Prozess. Obwohl man die Patientin für hirntot erklärt hatte, haftete ihr noch etwas an, das Michael mit dem Leben in Verbindung brachte. Eine Energie, die langsam erlosch, bis nur noch Fleisch zurückblieb. Die Seele, die Zeit brauchte, um ihre körperliche Hülle zu verlassen? Oder war diese Vorstellung bloß Ausdruck seiner Sehnsucht nach Lebenssinn? War er es gar, der den Tod leugnete?

Von Henry hatte er früh gelernt, dass der Mensch zum größten Teil aus Sternenstaub bestand. Aus Materie, die durch das All waberte, durch scheinbar leere Räume zwischen den Galaxien. Vagabundierende intergalaktische Partikel, die bis zu zwei Milliarden Jahre unterwegs waren. Michael fühlte sich unbedeutender als je zuvor. Er kannte dieses Gefühl, er war sich oft klein vorgekommen, wenn er als Kind, und später als Jugendlicher, durch das Teleskop im Dachstock in das Weltall schaute. Wollte er auch deshalb Arzt werden? Um dem Individuum mehr Bedeutung zu verleihen? Um seinem eigenen Leben mehr Bedeutung zu verleihen? Und nicht, weil er Menschen helfen wollte, wie er sich immer einredete?

Die Tür wurde aufgeschlossen, und Trapezius kam mit einem Tablett herein.

Michael lief auf ihn zu. »Warum muss ich in diesem Raum bleiben?«

Trapezius stellte das Tablett auf den Tisch.

»Das Interview ist vorbei, ich habe alle meine Fragen gestellt. Ich möchte jetzt gehen!«

Trapezius reagierte nicht. Die Tür hinter ihm stand offen. Michael sah einen Korridor, dessen Boden im kalten Licht glänzte. Er rannte los. Vorbei an kahlen Wänden. Geschlossenen Türen. Stille. Überall. Menschenleer. Er riss eine Tür auf. Ein Büro. Möbel aus Metall. Ein Besprechungstisch. Das verkleinerte Modell eines Dewars, daneben ein Stapel Prospekte. Eine weitere Tür. Ein Operationssaal. Nicht wie in einem Krankenhaus, aber dennoch vertraut. In der Mitte ein Operationstisch, leicht geneigt. Umgeben von Plexiglas. Dahinter Boxen, ebenfalls aus Plexiglas. In einer hing ein menschlicher Kopf, mit Klammern befestigt.

Michael wich zurück. Stolperte. Nächste Tür. Ein Materialraum. Behälter mit Kryoprotektiva, Chromstahlgefäße, Instrumente, Abdeckmaterial, eine Pumpe. Ein weiterer Durchgang. Eine Lagerhalle. Zylinder aus rostfreiem Stahl. Kreisförmig angeordnet. In der Mitte eine Säule für Cephalone. Michael stellte sich die Körper in den Zylindern vor, jeder in seiner Kapsel. Er kehrte in den Gang zurück. Am Ende noch eine Tür. Verschlossen. Er rüttelte daran. Entdeckte ein Codeschloss an der Wand. Drückte wahllos auf die Tasten. Nichts geschah.

Entmutigt ließ er die Arme sinken. Sein Mund füllte sich mit Speichel. Er versuchte, ihn zu schlucken, schaffte es nicht. Es war, als stecke etwas in seiner Kehle fest. Er räusperte sich, versuchte es erneut, hustete. Der Schweiß stand ihm auf der Stirn, das linke Bein zuckte unkontrolliert.

Erschöpft lehnte er sich gegen die Wand. Er dachte daran, wie gern er als Kind krank gewesen war. Wie er im Bett im ersten Stock des Hauses lag und die Schatten der Blätter beobachtete, die sich über die Wand bewegten, die Federdecke bis zum Kinn hochgezogen. Das Fenster stand immer einen Spaltbreit offen, seine Mutter hielt frische Luft für gesund und sorgte dafür, dass er sich nach draußen begab, sobald ihn seine Beine wieder trugen. Danach kochte sie ihm Hühnersuppe, die er auf dem Sofa essen durfte. Aus den Buchstaben, die darin schwammen, bildete er auf seinem Löffel Wörter. Wenn er sie schluckte, würde eintreffen, was da stand, hatte seine Mutter erzählt. Aber nur, wenn er sie korrekt schrieb. Deshalb zeigte er ihr die Wörter, bevor sie in seinem Mund verschwanden. Einmal hatte er Baseball geschrieben, und kaum war er wieder gesund, lag ein neuer Ball in seinem Fanghandschuh.

Er spürte die Gegenwart eines anderen Menschen und drehte den Kopf.

Einige Meter hinter ihm wartete Trapezius, die Arme leicht angewinkelt, der Blick ausdruckslos. Stumm wandte er sich ab und ging mit gemäßigten Schritten den Korridor hinunter.

Mit einem tiefen Seufzer folgte Michael ihm zurück in den Raum.

15

Die Kryonikanlage lag im Industrieviertel von Carson City, direkt neben einem Selfstorage-Gebäude. Die Ironie entging Julia nicht. Von außen sah die Anlage aus wie ein Bürohaus ohne Fenster. Schlicht, unpersönlich, fantasielos. Julia fuhr auf den Besucherparkplatz, schaltete den Motor aus und legte die Stirn auf das Lenkrad. Sie hatte in zweieinhalb Tagen 2600 Meilen zurückgelegt. Nur einmal war sie auf den Rücksitz gekrochen, um ein paar Stunden zu schlafen. Ihre Angst, das Haus zu verlassen, die Sorge um Michael, die Schuldgefühle Henry gegenüber und die Trauer um Sam waren einer Taubheit gewichen, die sich nicht einmal auflöste, als sie irgendwo zwischen Nebraska und Wyoming in eine Polizeikontrolle geriet. Sie kannte diesen Zustand. Ihrer Fähigkeit, sich von ihren Gefühlen abzukoppeln, verdankte sie es, dass sie im Gefängnis überlebt hatte.

Neil Munzo, der Leiter der Kryonikanlage, hatte ihre Nachricht immer noch nicht beantwortet. Julia hatte deshalb beschlossen, ihn persönlich aufzusuchen. Weil sie nicht ausschließen konnte, dass man ihn überwachte, hatte sie sich nicht angekündigt.

Jemand klopfte gegen das Fahrerfenster. Neben ihrem Wagen stand ein gedrungener Mann mit Speckfalten am Hals. Er trug eine Uniform, auf dem das Logo der Kryonikanlage prangte. Ein Sicherheitsangestellter.

Julia ließ das Fenster ein wenig herunter. »Ich möchte zu Neil Munzo.«

Er kniff die Augen zusammen. »Erwartet er Sie?«

»Ja.«

Sie stieg aus und strich sich über das Haar. Sie hätte sich vor dem

Besuch noch frisch machen sollen. Mit einem skeptischen Blick führte der Mann sie zum Eingang. Hinter einer Empfangstheke stand eine junge Frau in einem weißen Kostüm.

»Ich suche Neil Munzo«, wiederholte Julia.

»Sind Sie von der Presse?«

»Nein.«

»Wenn Sie sich für die Auferstehung interessieren, bieten wir –«

»Herr Munzo weiß, worum es geht«, unterbrach Julia sie und nannte ihren Namen.

Die Empfangsdame führte sie in einen Warteraum. Auf einem Beistelltisch lagen Prospekte. Das Deckblatt zeigte ein junges Paar mit rosiger Haut, das glücklich lächelte.

»Frau Sanders!« Neil Munzos tiefer Bariton hallte durch den Raum. Julia zuckte zusammen.

»Entschuldigen Sie, entschuldigen Sie!« Munzo kam mit ausgestreckter Hand auf sie zu, ein hochgewachsener Mann mit breitem Brustkorb und dichtem, krausem Haar. Er trug ein schwarzes T-Shirt, auf dem *Forever Young* stand. »Erst rufe ich Sie nicht zurück, dann lasse ich Sie warten, das ist sonst gar nicht meine Art, Sie müssen entschuldigen, die Arbeit, verstehen Sie? Die Arbeit!«

Sein Händedruck war kurz und kräftig, wie ein Ausrufezeichen am Ende eines Satzes. Er bedeutete ihr, ihm zu folgen. Sein Büro befand sich im ersten Stock. Der Schreibtisch war übersät mit Unterlagen, auf jeder Fläche türmten sich Bücher, Magazine, Knobelspiele, chemische Modelle und Dosen mit Funktionsnahrung. Munzo nahm einen Aktenberg von einem Stuhl und bat sie, Platz zu nehmen.

»Kann ich Ihnen etwas anbieten? Ein Hericium-Elixier vielleicht? Oder lieber eine Tasse Reishi? Sie sehen etwas gestresst aus, dagegen wirken Pilze gut.«

»Nein, danke.«

Er lachte schallend. »Keine Sorge, alle meine Patienten sind eines natürlichen Todes gestorben. Pilze haben übrigens zur Hälfte dieselbe DNA wie wir, wussten Sie das?«

»Ich suche meinen Sohn«, kam Julia zur Sache. »Michael Wild. Er ist Journalist, Sie haben mit ihm gesprochen.«

»So ist es, ja, ein neugieriger junger Mann!« Munzo nahm einen Zauberwürfel mit fünf Ebenen vom Regal und begann, ihn zu drehen. »Aber nicht leicht zu überzeugen.«

»Wovon wollten Sie ihn denn überzeugen?«

»Davon, dass wir hier keine unerfüllbaren Hoffnungen wecken. Dass ich diese Anlage nicht errichtet habe, um aus der Angst der Menschen Profit zu schlagen, wie Ihr Sohn zu glauben scheint.« Der Würfel klickte in einem fort.

Julia schwieg.

Munzos Hände bewegten sich immer schneller. »Jeder Cent, den ich verdiene, fließt in die Weiterentwicklung dieser Anlage oder in die Forschung. Ich bin kein Kapitalist, sondern ein Rebell. Ich rebelliere gegen das menschliche Dasein, wie es uns aufgezwungen wurde!«

»Haben Sie sich mit Michael gestritten?«

Klick. Klick. »Solche Diskussionen führe ich beinahe täglich. Sie glauben nicht, wie viele Menschen sich gegen ihr Glück wehren.« Klick. Klick. Klick. »Darüber streite ich nicht.«

»Die Diskussion verlief also friedlich?«

»Als der junge Mann mein Büro verließ, war er jedenfalls quicklebendig. Das ist es doch, was Sie wissen möchten?«

Seine Direktheit traf Julia unvorbereitet.

Munzo legte den Würfel beiseite, holte eine Schachtel vom Regal und nahm einen Beutel heraus. Er schüttete den Inhalt in eine Tasse, die er mit heißem Wasser füllte.

Julia fiel seine Uhr auf, die einem Fitnessarmband glich.

Munzo bemerkte ihren Blick. »Eine Life Watch. Misst meinen Puls. Unter anderem. Sollte ich ...«, er fuhr sich mit dem Zeigefinger über den Hals und deutete einen Schnitt an, »geht ein Alarm los. Zeit ist alles. Alles! Der Verwesungsprozess setzt sofort ein. Keine Gnadenfrist. Trinken Sie!«, befahl er.

Julia nahm die Tasse entgegen und stellte sie auf den Tisch.

»Meine Mitarbeiter können bezeugen, dass Ihr Sohn das Gebäude unversehrt verlassen hat«, sagte Munzo. »Er hat einige Tage später versucht, mich zu erreichen, ja, ich gebe es zu, ich habe ihn nicht zurückgerufen, auch seine E-Mail habe ich nicht beantwortet. Die Kryonik stößt auf großes Interesse, ich muss schauen, dass ich irgendwann noch zum Arbeiten komme.«

Es war schwer zu beurteilen, ob er die Wahrheit sagte, doch Julia war klar, dass sie nicht mehr erfahren würde. »Dann lasse ich Sie jetzt weiterarbeiten«, sagte sie und verabschiedete sich. »Danke für Ihre Zeit.«

Sie war schon fast an der Tür, als sich Munzo ihr in den Weg stellte. Einen Augenblick glaubte sie, er wolle sie nicht gehen lassen, aber er hob nur den Zeigefinger.

»Sacramento!«, sagte er.

Julia sah ihn verständnislos an.

»Er hat mich gefragt, ob die US-50 sicher sei. Wegen der Waldbrände.«

»Ja?«

»Die Waldbrände befinden sich weiter südlich, näher bei der CA-88.«

»Er wollte also nach Sacramento?«

»Offenbar.«

»Haben Sie eine Ahnung, was er dort vorhatte?«

»Sie haben geschrieben, dass er alle Konferenzteilnehmer aufsuchen wollte. Dann hat er vermutlich auch Gideon getroffen.«

»Gideon Larsen? Den Mormonen?«

Auch Larsen hatte nicht auf ihre Mail reagiert. Julia hatte vergeblich nach einer Adresse gesucht. Sie hatte sogar bei der Genealogischen Gesellschaft in Salt Lake City angefragt, einer Organisation, die eine Liste mit Namen von Mormonen und deren Vorfahren führte.

Munzo ging zum Schreibtisch zurück, wühlte in einem Papierberg, zog eine Mappe heraus und schlug sie auf. Er überflog die Unterlagen, dann reichte er Julia eine Liste der Referenten, die an der Konferenz teilgenommen hatten, inklusive Adressen und Telefonnummern. Gideon Larsen wohnte in Sacramento.

Julia bedankte sich und folgte Munzo nach unten. Am Ausgang drehte sie sich noch einmal zu ihm um.

»Gideon Larsen ist Mormone. Widerspricht die Kryonik nicht seiner Religion?«

Munzo sah sie verständnislos an. »Warum sollte sie? Die Religion ist doch nur für die Toten zuständig. Die Patienten auf meiner Pflegestation sind aber nicht tot. Ganz und gar nicht. Was wir hier betreiben, ist Notfallmedizin!«

Julia dachte über seine Worte nach, während sie zu ihrem Wagen zurückging. Gefrorene Menschen wiederzuerwecken, erinnerte sie an das biblische Bild, einem Klumpen Lehm Leben einzuhauchen. Und trotzdem behaupteten Transhumanisten, sie seien nicht religiös. Was Michael wohl dazu meinte? Schon als Kind hatte er sich mehr für die Wissenschaft als für die Religion interessiert, im Gegensatz zu Henry aber war er der Ansicht, dass es Fragen gab, auf die nur die Bibel eine Antwort wusste. Henry hatte behauptet, die Bibel basiere nicht auf Fakten. Michael hatte Prediger 3:20 zitiert: »Es ist alles aus Staub geworden und wird wieder zu Staub«. Er hatte auf den Sternenstaub angespielt. Wie Julia diese Diskussionen vermisste!

Sie fuhr die Mainstreet von Carson City hinunter, vorbei an renovierten Gebäuden aus der Pionierzeit und Casinos, die den Namen »Nugget« oder »Gold Dust« trugen. Am Stadtrand hielt sie an einem Schnellimbiss und zwang sich dazu, einen Hamburger zu essen. Auf die Tischplatte hatte jemand mit schwarzem Stift »Carson Shitty« geschrieben.

Als sie auf die US-50 einbog, hatte sie erstmals das Gefühl, sich auch physisch auf Michaels Spur zu begeben. Er war durch dieselbe hügelige Wüstenlandschaft gefahren. Silbriger Wüstenbeifuß, Palmlilien mit spitzen Blättern, struppiger Meerträubel. Sie fragte sich, warum er Neil Munzo um ein weiteres Gespräch gebeten hatte. Sie hatte die E-Mail gelesen, es war die letzte Nachricht, die er verschickt hatte, bevor er verschwand. Kurz und sachlich, wie die meisten seiner E-Mails. Nur die Korrespondenz mit Thomas Möhker war ausführlicher. Wie Julia vermutet hatte, war Möhker ein Freund von Michael. Mehrmals hatte er sich bei Michael nach seinem Gesundheitszustand erkundigt. Michael hatte ihm von den medizinischen Untersuchungen und seiner zunehmenden Ratlosigkeit erzählt.

Die meisten Nachrichten, die Michael abgespeichert hatte, halfen Julia nicht weiter. Eine aber bereitete ihr Kopfzerbrechen. Ein anonymer Absender hatte ihm einen Zeitungsartikel über ein Kind geschickt, das vor einigen Monaten an Herzversagen gestorben war. Der vierjährige Jesse hatte mit seiner obdachlosen Mutter und seinem Halbbruder in einem alten Wohnwagen in Seattle gelebt. Man hatte nach seinem Tod eine Hypokalzämie festgestellt, ein ungewöhnlich niedriger Kalziumgehalt im Blut, die zu einer Übererregbarkeit des Nervensystems führen konnte. Zu den möglichen Folgen zählten Krämpfe und Spasmen, bis hin zu Herzversagen.

Hatte der Verfasser der E-Mail Michaels Zittern gesehen und eine Hypokalzämie als Ursache vermutet? Julia hatte ihn angeschrieben, doch die Mailadresse, die er verwendet hatte, war nicht mehr in Betrieb. In dem Ordner, den Michael mit *Krankheit* beschriftet hatte, fand sie keine Informationen über Kalziummangel. Ihr fiel ein, dass sie sich die von Henry bearbeiteten Unterordner noch nicht angeschaut hatte. Sie nahm sich vor, es noch heute zu tun.

Vor ihr tauchte der Lake Tahoe auf. Tiefes Blau inmitten von Bergen und Wäldern. Früher wäre Julia von dem Anblick überwältigt gewesen. Jetzt vermochte nicht einmal die Schönheit des Sees zu ihr durchzudringen. Sie erreichte Sacramento am späten Nachmittag. Gideon Larsen wohnte in Midtown, einem trendigen Stadtteil mit zahlreichen Galerien, Secondhandläden und Restaurants. Die Straßen, durch die sie fuhr, waren auf einer Seite von Palmen, auf der anderen von mächtigen Eichen und Ulmen gesäumt. Larsens Haus befand sich neben einer kleinen Brauerei und bestand aus vielen Winkeln, Gauben, Rundfenstern und einer überdachten Veranda, die sich

über die gesamte Breite erstreckte. Als Julia vor der Tür stand, hörte sie das leise Geräusch eines Fernsehers. Sie klingelte.
Nichts geschah.
Sie versuchte es erneut. Als wieder nichts geschah, holte sie ihren Laptop aus dem Kofferraum und setzte sich damit in ein Café auf der gegenüberliegenden Straßenseite, um den Unterordner durchzusehen, der mit *Religion* beschriftet war. Sie nahm an einem Tisch in einer dunklen Ecke Platz, stand dann aber wieder auf und setzte sich ans Fenster, damit sie Larsens Haus im Auge behalten konnte. Sie fühlte sich erschöpft von den vielen Eindrücken. In den letzten Tagen hatte sie mehr gesehen als sonst in Monaten. Die Anspannung machte sich in ihrem Nacken bemerkbar, und als sie einen Schluck Tee trinken wollte, musste sie erst die Kiefermuskulatur massieren, bevor sie den Mund öffnen konnte.

Michael hatte Gideon Larsen bereits in Deutschland angeschrieben, und Larsen hatte einem Interview sofort zugestimmt. Wenn nichts dazwischengekommen war, hatten sie sich am zweiten Tag der Konferenz zu einem Abendessen getroffen. Drei Tage später hatte sich Larsen wieder gemeldet und Michael geraten, das gnostische Evangelium des Thomas zu lesen. Er schrieb, dass schon die Gnostiker im Menschen einen göttlichen, im Fleisch gefangenen Geist gesehen hätten, und behauptete, der Transhumanismus sei nichts anderes als eine wissenschaftliche Neuinterpretation der gnostischen Häresien. Julia war in Theologie nicht bewandert, sie wusste nur, dass das Thomasevangelium unter Christen umstritten war. Offenbar hatte Larsen die Parallelen zwischen Christen und Transhumanisten aufzeigen wollen, denn er unterstrich, dass für beide die Erlösung in der Befreiung aus dem Körper bestand.

Michael hatte erst drei Tage später geantwortet. Er nahm Bezug auf ein Telefongespräch, Julia vermutete, dass sie die Diskussion mündlich fortgesetzt hatten. In seiner Mail erklärte er, dass er beschlossen habe, nach Seattle zu reisen. Weitere zwei Tage verstrichen, diesmal war es Larsen, der schrieb. Er wollte wissen, ob Michael den Jungen gefunden habe.

Meinte er den vierjährigen Jesse? Vielleicht hatte Michael ihm am Telefon von dem Zeitungsartikel erzählt. Julia dachte über die seltsame Wortwahl nach. Der Junge war doch gestorben, wie sollte Michael ihn da finden? In dem Ordner gab es keine weiteren Mails. Sie startete den TOR-Browser. Jesses Tod hatte eine heftige Diskussion über die steigende Anzahl von Obdachlosen ausgelöst. In dem alten Wohnwagen, der ihm als Zuhause gedient hatte, gab es weder fließendes Wasser noch Strom. Für die Boulevardpresse waren die schlechten hygienischen Verhältnisse schuld an seinem Tod. Differenziertere Stimmen räumten ein, dass die Lebensverhältnisse sein Immunsystem möglicherweise geschwächt, jedoch kaum zu einem Herzversagen hatten führen können. In einem Punkt herrschte Einigkeit: Jesse hätte nicht sterben müssen. Das Sozialsystem hatte versagt, die Städte waren nicht in der Lage, die dringlichsten Probleme zu lösen. Seit sich Tech-Unternehmen an der Westküste niedergelassen hatten, waren die Immobilienpreise in die Höhe geschnellt. In Mountain View, der Heimat von Google, hatte die Bevölkerung eine Obdachlosensteuer gutgeheißen. Ebenso in East Palo Alto, wo Amazon eine Niederlassung hatte. In San Francisco, dem Epizentrum der Obdachlosigkeit, war ein Rechtsstreit im Gange.

San Francisco. East Palo Alto. Mountain View. Heimat des digitalen Utopismus, dem viele Transhumanisten anhingen. Zufall? Oder hatte Michael eine Verbindung gesehen? Julia blickte aus dem Fenster. Es dämmerte bereits, aus Larsens Haus glomm ein schwaches Licht. Julia beschloss, es noch einmal zu versuchen.

Ein warmer Wind wehte ihr entgegen, als sie das Café verließ. Über ihr glühte eine Baumkrone in tiefem Dunkelrot. Sie überquerte die Straße und klingelte erneut an Larsens Tür.

Nichts.

Julia hatte auch schon das Licht brennen lassen, aber dann doch wenigstens den Fernseher ausgeschaltet. Sie beschloss, eine Runde ums Haus zu drehen.

Die Garage befand sich direkt neben der Veranda, dahinter gab es einen Sitzplatz, auf dem ein Grill und eine Hollywoodschaukel standen. Eine Trockenmauer grenzte das Grundstück zum Nachbarn ab, davor hatte Larsen eine Rebe gepflanzt. Julia bemerkte eine Tür, die nur angelehnt war.

Sie zog sie auf. »Herr Larsen?«
Keine Antwort.
»Hallo?«, rief sie.
Nichts.
Ob sie einfach hineingehen sollte? Sie zögerte kurz, dann betrat sie das Haus. Sie befand sich in der Küche. Auf dem Herd stand eine Bratpfanne, in der ein vertrocknetes Spiegelei lag, daneben ein Teller mit kaltem Toast. Ein ungutes Gefühl beschlich sie. Vorsichtig ging sie weiter. In solchen Momenten wurde ihr schmerzlich bewusst, wie eingeschränkt ihre Wahrnehmung war. Die Gerüche hätten ihr vielleicht darüber Auskunft gegeben, was hier geschehen war. Sie folgte dem Geräusch des Fernsehers und trat in einen Raum, in dem eine bequeme Couch und ein Massagesessel mit leuchtender Digitalanzeige standen. Der Fernseher war an die Wand montiert.

»Herr Larsen?«, rief Julia noch einmal.

Neben dem Wohnzimmer lag das Büro. Julias Blick streifte das Bücherregal, das bis zur Decke reichte. Fachliteratur über Theologie, Physik, Medizin, Philosophie, Biowissenschaften. Auf einem Schreibtisch lagen zwei aufgeschlagene Bibeln, die entsprechenden Seiten waren mit Notizen versehen. Sie schlich ins nächste Zimmer. Ein Bad, eine Abstellkammer. Links davon eine Treppe, die in den oberen Stock führte. Der dicke Teppich dämpfte ihre Schritte. An der Wand hingen Fotos. Der Salt-Lake-Temple. Junge Männer in weißen Hemden mit Krawatte.

Julia blieb auf dem Treppenabsatz stehen und lauschte. Sie wartete auf die Angst, die sie eigentlich empfinden müsste. Auf den Tunnelblick, die irrationale Stimme im Ohr. Doch die Taubheit blieb.

Sie ging weiter.

Ein Gästezimmer. Schmales Bett, von einem Quilt bedeckt, die

Jalousien geschlossen. Im Wandschrank Campingzubehör, eine Angelrute. Staub auf der Kommode. Ein Schlafzimmer. Zurückgeschlagene Laken, zwei Nachttische aus dunklem Holz. Auf einem lag ein Handy. Ein weiterer Fernseher, eine Schiebetür, offen. Ein größeres Bad. Männerkleider auf dem Boden, eingetrocknete Wasserspritzer auf dem Spiegel, Zahnpastareste im Lavabo. Das letzte Zimmer. Wackliger Türknauf. Dahinter PVC-Fliesen. Ein Rudergerät. Gewichte. Ein Schweißband. Draußen war es dunkel geworden, im Licht der Straßenlaterne wirkte der Raum wie ein verlassener Spielplatz.

Sie kehrte ins Erdgeschoss zurück. Eine Tür hatte sie noch nicht geöffnet, vermutlich führte sie in die Garage. Als Julia über die Schwelle trat, ging das Licht an.

Gideon Larsen hing an einer der Laufschienen, die das Garagentor einfassten. Das Seil hatte sich tief in die aufgedunsene Haut an seinem Hals eingegraben, seine Zunge war geschwollen. Er trug eine Jogginghose und ein T-Shirt mit dem Emblem eines Jugendlagers. Seine Augen waren weit aufgerissen.

Julia trat einen Schritt näher.

Die Augen bewegten sich.

16

Sie saßen um einen rustikalen Holztisch herum. Zwischen einem Hubschrauber und dem Präparat eines riesigen Eisbären. Pawel nippte an einem Preiselbeersaft, Vita, Irina und Oleg tranken Prosecco.

»Nur einen kleinen Schluck?«, fragte Irina zum dritten Mal. »Um anzustoßen?«

Pawel lächelte bemüht. »Ich brauche die Nervenzellen in meinem Gehirn.«

Im Gegensatz zu dir.

Die unausgesprochenen Worte hingen in der Luft wie der Geruch von Sibirischen Kiefern, den ein Duftgerät verströmte.

Olegs Miene verdüsterte sich. Mit seinem fleischigen Kiefer und der flachen Nase erinnerte er Vita an einen Boxerhund. Es fehlte nicht viel, und er würde die Lefzen hochziehen.

Rasch hob sie ihr Glas. »Alles Gute zum Geburtstag, Irka!«

»Auf ein langes Leben«, sagte Pawel.

Oleg legte einen massigen Arm um die Schultern seiner Frau, zog sie an sich und küsste sie lange.

Zu lange, fand Vita, lächelte aber weiter. Pawel fing ihren Blick ein und verzog das Gesicht. Vita genoss diesen Vertrauensbeweis. Pawel machte keinen Hehl daraus, dass er es nicht mehr der Mühe wert fand, längere Diskussionen mit ihr zu führen oder über geschäftliche Probleme zu reden. Er war häufig unterwegs, und wenn er endlich nach Hause kam, zog er sich in sein Büro zurück. Es hatte immer wieder mal Frauen gegeben, mit denen er eine Nacht verbracht hatte, die Affäre mit Dr. Kat aber schien einer anderen Kategorie anzugehören. Pawel war nachdenklicher geworden, weicher und zugleich verschlossener. Vita zwang sich, die Gedanken an Dr. Kat beiseitezuschieben. Mit ihr würde sie sich ein anderes Mal beschäftigen. Wenn Pawel den Abend ohne Schaden überstehen wollte, brauchte er ihre Unterstützung. Sie waren ein gut eingespieltes Team, auch wenn er das nicht immer so sah.

Sie warf ihm einen ermahnenden Blick zu. Er konnte es sich nicht leisten, Oleg zu verärgern. Der Oligarch war ein wichtiger Kunde. Da spielte es keine Rolle, dass das »Expedition« einem sibirischen Themenpark glich. Irina hatte ihren Geburtstag in diesem Restaurant mit ihnen feiern wollen. Also würden sie ihn hier feiern. Die Party fand am Wochenende in großem Rahmen statt.

»Ist der Raketendeal endlich unter Dach und Fach?«, fragte Pawel.

Vita presste die Lippen zusammen, sagte aber nichts. Besser, er sprach übers Geschäft, als dass er sich über Irina lustig machte.

»Noch nicht.« Oleg schnaubte. »Die Amerikaner scheinen zu glauben, dass sie uns nicht mehr brauchen, jetzt wo Musk es endlich geschafft hat, Astronauten ins All zu befördern. Ohne meine RD-180 hätten sie sich während der letzten Jahre mit einem Trampolin zur ISS katapultieren lassen müssen!«

»Die Air Force wird noch lange auf uns angewiesen sein«, sagte Pawel gelassen.

Vita verstand nichts von Raumfahrttechnologie. Das brauchte sie auch nicht. Es reichte, dass sie begriff, wie die Machtverhältnisse lagen. Oleg stellte Raketentriebwerke her, die er an die Amerikaner lieferte. Dafür kassierte er Milliarden. Dollar, nicht Rubel. Seit die USA gegen Russland Sanktionen verhängt hatten, durften sie seine Triebwerke nicht mehr kaufen. Eigentlich. Zum Glück geht Geschäft aber vor Politik, dachte sie.

»Sie wissen zwar, dass sie von uns abhängig sind«, fuhr Oleg fort. »Doch irgendwelche Dummköpfe im Kongress spielen wieder einmal Moralapostel. Sie werden schon noch zur Vernunft kommen.«

»Bei TWEL haben sie auch eine Ausnahme gemacht«, sagte Pawel.

»Die ersten Atombrennstäbe gehen noch dieses Jahr für Testläufe in die USA. Sicherheitsfragen spielen für Washington dabei keine Rolle.«

»Haben sie noch nie. Wenn ich mir vorstelle, dass sie ihre Polizisten mit unseren Waffen ausrüsten, kann ich nur lachen.«

»Läuft die Zusammenarbeit weiter? Stehen sie immer noch nicht auf der Sanktionsliste?«

»Nur auf der Liste der EU. Der CEO meinte kürzlich, man werde die Waffenlieferungen an die Amerikaner sogar ausbauen. Es erstaunt mich, dass die Europäer das schlucken.«

Irina zog einen Schmollmund. »Du hast versprochen, heute nicht über die Arbeit zu reden, Oleschik.«

Oleg tätschelte ihre Hand. »Natürlich, Irotschka, natürlich. Wir sind hier, um dich zu feiern! Sprechen wir über etwas Spannenderes!«

»Vielleicht über Iras Haarfarbe?«, schlug Pawel vor. »Wenn ich mich nicht täusche, ist sie neu.«

Irina, die den Sarkasmus in seiner Stimme nicht wahrnahm, fuhr sich mit den Fingern durch das Haar und lächelte. »Ja, gefällt sie dir?«

Pawels Augen funkelten listig. »Sie passt wunderbar. Wie nennt man diesen Gelbsti–«

»Wir haben dir ein Geschenk mitgebracht!«, fuhr Vita schnell dazwischen.

Sie holte eine Schachtel hervor, die sie Irina reichte. Sie vermied es, Pawel dabei anzuschauen. Obwohl er ohne Weiteres dazu in der Lage war, sah er nicht ein, weshalb er tausend Dollar für einen Kristallschwan ausgeben sollte, der in Irinas überfüllter Vitrine untergehen würde. Vita hatte ihm zu erklären versucht, dass sie Irina damit glücklich machten. Waren Geschenke nicht dazu da? Als Irina ihr jetzt vor Freude um den Hals fiel, hätte Vita ihm gern einen triumphierenden Blick zugeworfen.

»Vikulja, Schätzchen! Ich liebe ihn!« Irina drehte sich zu Pawel. »Pascha, ich weiß gar nicht, wie ich euch danken soll. Der Schwan wird einen Ehrenplatz in meiner Swarovski-Sammlung erhalten!«

Die Bedienung brachte die Vorspeisen. Eine Suppe für Pawel,

gesalzene Gurken für Vita und Irina, Rentierzunge und Leberpastete für Oleg. Am Eingang beklagte sich eine Gruppe Touristen darüber, dass das Restaurant für die Öffentlichkeit geschlossen war. Pawels Leibwächter traten einen Schritt näher, auch Olegs Sicherheitskräfte veränderten ihre Position. Während sich die Touristen lautstark über die sibirischen Spezialitäten unterhielten und dabei die Namen der Speisen geradezu abenteuerlich verdrehten, löffelte Pawel schweigend seine Suppe.

Vita berührte Irina am Arm. »Was hat dir Oleg zum Geburtstag geschenkt? Die Ohrringe, die du letztes Jahr bekommen hast, waren atemberaubend.«

»Das passende Collier dazu«, antwortete Irina, sah dabei aber nicht glücklich aus.

»Das Collier? Aber nicht etwa das Collier aus der Agrafe-Kollektion?«
Irina nickte.

Vita starrte sie an. Das Collier, von dem sie sprach, war mit 197 Diamanten besetzt und kostete einhunderttausend Dollar. Warum freute sich Irina nicht darüber? Sie waren sich immer einig gewesen, dass es kein besseres Geschenk gab als Schmuck. Gefühle verblassten. Beziehungen gingen in die Brüche. Schmuck aber verlor nie seinen Wert. Und vor allem war im Falle einer Scheidung klar, wem er gehörte. Von Pawel hatte sie zum Geburtstag nur eine Uhr bekommen. Die Mini Baignoire stammte zwar ebenfalls von Cartier, doch sie erinnerte Vita an die praktischen Geschenke, die sie als Kind bekommen hatte. Strümpfe, Pullover aus kratziger Wolle, selbst gestrickte Handschuhe, die sie wie ein sibirisches Mütterchen aussehen ließen.

»Eigentlich hatte ich mir eine Behandlung erhofft.« Irina schob eine Gurkenscheibe auf ihrem Teller hin und her.

»Du bekommst die Behandlung nächstes Jahr«, tröstete Oleg sie.

»Aber du hast doch gesagt, dass du sie mir zum Geburtstag schenkst!«

»Du hast keine Behandlung nötig, Irotschka.« Oleg senkte die Stimme, er klang, als spreche er mit einem Kind. »Du bist immer noch die Schönste im ganzen Land.«

Pawels Mundwinkel zuckten.

»Oleschik wird mir eine Verjüngungskur schenken«, erklärte Irina. »Danach sieht man nicht nur besser aus, man kann auch besser denken.«

Pawel lachte laut.

Oleg zog die buschigen Augenbrauen zusammen und holte Luft, um seinen Unmut auszudrücken.

»Was für ein tolles Geschenk!«, rief Vita. »Ich beneide Irka. Woher hast du nur immer diese guten Ideen?«, fragte sie Oleg. »Das klingt nach einem wahren Wundermittel.«

Geschmeichelt lehnte sich Oleg zurück. »Leider ist es erst in der Versuchsphase. Ich möchte Irotschka keiner Gefahr aussetzen, deshalb warten wir noch mit der Behandlung.«

»Oleschik hat sie schon gemacht. Er hat sich als Testperson zur Verfügung gestellt. Er hat vor nichts Angst«, sagte Irina stolz.

Vita fragte sich, wie dieses Wundermittel aussah. Seltsam, dass Pawel keine Fragen stellte. Das müsste ihn doch interessieren. Auch Oleg schien nicht weiter darüber sprechen zu wollen. Stattdessen winkte er dem Kellner und bestellte ein Glas Wodka.

»Immer noch keine Spur der Tadschiken, die auf Andrej geschossen haben?«, fragte Oleg.

»Nein«, antwortete Pawel.

»Sonstige Neuigkeiten?«, fragte Oleg.

Irina faltete die Hände. »Man hört doch immer wieder ... dass sie auftauchen und ...«

»Wasserleichen tauchen erst auf, wenn die Gase, die bei der Leichenfäulnis entstehen, ihnen genügend Auftrieb geben«, erklärte Pawel, der es sichtlich genoss, Irina zu schockieren. »Je kälter das Wasser, desto später setzt der Prozess ein. In manchen Gewässern tauchen Leichen überhaupt nicht mehr auf.«

»Dann wäre es also besser gewesen, wenn er im Schwarzen statt im Weißen Meer ...?«, fragte Irina.

»Ja. Er hat sich das falsche Meer ausgesucht, um zu ertrinken.«

»Wenigstens ist er jetzt im Himmel«, sprach Irina unbeirrt weiter. »Das hat er sich doch immer gewünscht. Die Nähe zu Gott war ihm so wichtig.«

»Ich bezweifle, dass es sein Wille war, derart nahe bei Gott zu sein«, antwortete Pawel.

Vita hatte das Gefühl, dass seine Worte an sie gerichtet waren. Ihr Herz begann zu pochen, und sie spürte, wie ihr die Röte ins Gesicht stieg. Was wusste er?

»Ich habe eine Kerze für Andrjuscha angezündet«, sagte Irina, die nicht bemerkte, wie unwohl sich Vita plötzlich fühlte. »In der Christi-Auferstehungs-Kirche. Wir waren kürzlich dort. Ich hoffe, ich habe es richtig gemacht. Ich kenne mich mit solchen Dingen nicht so gut aus.«

»Der Docht sollte nach oben schauen«, erklärte Pawel.

Irina wirkte verunsichert.

Vita stieß ein künstliches Lachen aus. »Pascha und seine Witze!«

Der Kellner brachte die Hauptspeisen. Neben dem Eisbären hatte sich ein sibirisches Folkloreensemble aufgestellt, das jetzt ein Lied anstimmte. Oleg widmete sich dem Wildschwein auf seinem Teller, Irina gab ein klein wenig Sauerrahm auf ihr Buchweizenplätzchen. Pawel rührte seinen Gemüseteller nicht an. Er musterte Vita, bis sie sich durchsichtiger fühlte als der Kristall-Schwan.

17

Gideon Larsens Augen bewegten sich erneut. Fliegenlarven, stellte Julia fest. Sie wartete darauf, dass sich ein Gefühl des Entsetzens in ihr breitmachte, doch da war nur diese Taubheit. Genauso gut hätte sie ein Ausstellungsobjekt in einem Museum betrachten können. Um den Hals trug Larsen ein Amulett, vermutlich enthielt es Anweisungen für die Kryostase seines Körpers. Doch dafür war es längst zu spät. Der Verwesungsprozess hatte schon vor Tagen eingesetzt. Gideon Larsen würde in dem Körper, der vor ihr hing, nie weiterleben. Auch nicht auf einem Datenträger.

Julia war klar, dass Larsen nicht Suizid begangen hatte. Hätte er sterben wollen, hätte er Neil Munzo informiert, sich in eine mit Eis gefüllte Badewanne gelegt und seinem Leben schonend ein Ende bereitet.

Gideon Larsen war ermordet worden.

Von dem Mann, der nach Michael suchte? Larsen war über Michaels Pläne informiert gewesen. Hatte er dieses Wissen mit dem Leben bezahlt? Warum war er damit nicht zur Polizei gegangen? Sie musste auch die Möglichkeit in Betracht ziehen, dass sein Tod nichts mit Michaels Verschwinden zu tun hatte, doch sie glaubte nicht daran. Ihr fiel auf, dass er keine Life Watch trug. Hatte der Mörder den Alarm entfernt, damit die Leiche nicht sofort entdeckt wurde?

Sie kehrte ins Haus zurück und schloss die Tür hinter sich. In der Küche fand sie ein Paar Gummihandschuhe. Sie wischte alle Flächen ab, die sie berührt hatte, dann begann sie, die Räume systematisch zu durchsuchen. Handy und Computer waren mit einem Passwort geschützt, es gab aber ein Festnetztelefon, das die Daten der eingehenden und ausgehenden Anrufe speicherte. Julia notierte sich die Nummern. Anschließend hörte sie die Nachrichten auf dem Anrufbeantworter ab.

Eine Frauenstimme. »Ich bin es, Mom. Dein Dad und ich fahren nächste Woche ein paar Tage weg. Kannst du Budd zu dir nehmen?« Dieselbe Stimme. »Hier ist noch einmal Mom. Ruf mich zurück.« Ein Mann. »Hey, ich hab Tickets für das Spiel der Kings. Ich versuche es auf deinem Handy.«

Julia ging zur nächsten Nachricht über.

»Ich habe sie gefunden«, hörte sie Michael sagen. »Sie leben immer noch im Wohnwagen. Sie hatte recht. Ich ruf dich heute Abend an, bye.«

Die Taubheit löste sich auf, und Julia wurde regelrecht von einer Gefühlswelle überrollt. Glück, Angst, Hoffnung, Verzweiflung. Sie spielte die Nachricht noch einmal ab, diesmal berührte sie mit dem Ohr fast den Lautsprecher, um näher bei Michael zu sein. Er sprach schneller als sonst, aufgeregter.

Meinte er den Wohnwagen des Jungen aus Seattle? Wer war »sie«? Ein Auto fuhr vorbei, die Scheinwerfer zeichneten einen Strich an die Wand. Julia duckte sich. Jetzt, wo die Taubheit gewichen war, kribbelte ihr ganzer Körper. Sie bildete sich ein, den Leichengeruch zu riechen, glaubte, oben ein Geräusch zu hören. Nicht einen Moment hatte sie daran gedacht, dass der Täter noch hier sein könnte. Eilig verließ sie das Haus.

Erst als sie die Straße hinunterfuhr und sich im Rückspiegel vergewissert hatte, dass niemand ihr folgte, atmete sie wieder ruhiger. Sie musste eine Entscheidung treffen. Michaels Spur führte nach Seattle, am liebsten wäre Julia sofort dorthin gefahren. Andererseits befand sie sich schon fast in San Francisco, wo er zuletzt gesehen worden war. Sie beschloss, so viele Informationen wie möglich in der unmittelbaren Umgebung zu sammeln und sich erst dann auf den Weg nach Norden zu machen.

Sie fuhr durch schäbige Vororte auf San Francisco zu. Sie sah eine

Ansammlung von Zelten auf einem Sportplatz. Notunterkünfte für Obdachlose, die die Stadt zur Verfügung gestellt hatte. Julia parkte am Straßenrand und breitete ihre Jacke über sich aus. Hier würde sie nicht auffallen. Sie war nur eine Person mehr, die ihr Haus verloren hatte oder die Miete nicht mehr bezahlen konnte. Sie versuchte, das Bild von Gideon Larsen zu verdrängen, und ließ stattdessen in ihrem Kopf Michaels Nachricht noch einmal ablaufen. Sie liebte das warme Timbre seiner Stimme, seine klare Aussprache.

Gegenwart und Vergangenheit bildeten ein Duett. Lew Nikolajewitsch Saikow. Wiktor Petrowitsch Nikonow. Nikolai Nikitowitsch Slunkow. Alexander Nikolajewitsch Jakowlew. Aus Andrejs Mund klangen die Namen wie eine Melodie. Weiche Konsonanten, vollendete Vokale. Er formte die Laute mit geschmeidiger Zunge, sie flossen ineinander, als würde er Sahne unter eine Crème ziehen. Sie sprach die Namen nach, spuckte die Silben aus wie Wassermelonenkerne. Er nickte ermunternd. Öffnete den Mund, damit sie sehen konnte, wie seine Zunge ein L formte. Ein weiches, ein hartes. Die Zungenspitze ein Pinsel, der über seinen Gaumen strich und Buchstaben malte. Ihre Zunge eine Nadel, die Striche ritzte. Любовь, Liebe. Die Lippen breit wie zu einem Lächeln verzogen. Zufällig gewählt? Любовь, sprach sie ihm nach. Любовь, formte er stimmlos. Любовь? Sein Mund so nah, dass sie seinen Atem spürte. Ebenmäßige Zähne, nur ein Eckzahn stand leicht schief, tanzte aus der Reihe. Seine Zunge verharrte am Gaumen. Abwartend? Ihre wagte sich hervor, tastete seine ab, spürte, wie flach sie lag, ahmte die Stellung nach. Seine kontrollierte das L. Schob die Unterseite ihrer Zunge nach oben. Nach dem Л das Ю. Das Б. О. В. Und das Ь. Unausgesprochen, wie das, was zwischen ihnen geschah.

Julia musste eine Weile geschlafen haben, denn ihr Nacken schmerzte von der unbequemen Lage. Sie formte mit der Zunge ein weiches L. Andrej war einer der ersten Studenten der Staatlichen Linguistischen Universität Moskaus gewesen, die ins Ausland reisen durften. Präsident Gorbatschow hatte das Ende des Kalten Kriegs eingeleitet, die Begriffe Glasnost und Perestroika waren in aller Munde. Offenheit und Umbau. Sozialistische Systeme in Europa brachen auseinander, die Berliner Mauer fiel. Dass sich viele der alten Strukturen unter der Oberfläche hartnäckig hielten, hatte Julia nicht gewusst. Andrej war ein Produkt der Sowjetunion, geformt durch Mittel der Propaganda und der Abschreckung. Er hatte gelernt, sich anzupassen, kritische Gedanken äußerte er nicht.

In Monterey wurden die russischen Austauschstudenten wie Helden gefeiert. Sie waren Symbol einer neuen Ära, die bestätigte, was Amerika schon lange wusste: Am Ende siegte die individuelle Freiheit. Nur wenige ahnten, dass die Studenten nicht frei waren. Julia fiel zwar auf, dass zwei der Mitgereisten wesentlich älter wirkten als die anderen, sie dachte sich aber nichts dabei. Sie wunderte sich nicht einmal darüber, dass die beiden keine Vorlesungen besuchten. Andrej nannte sie lachend ihre Aufpasser. Wie seine Kollegen besaß er einen trockenen Humor, den Julia, wie sich später herausstellen sollte, nicht verstand. Deshalb lachte sie mit und fragte, was die Aufpasser denn zu verhindern versuchten.

»Dass wir Beziehungen knüpfen«, antwortete Andrej mit einem Augenzwinkern.

»Wäre das so schlimm?«, fragte sie kokett.

»Ganz schlimm.« Er senkte die Stimme. »Wir könnten ja Geheimnisse ausplaudern.«

Julia legte den Kopf schräg. »Was für Geheimnisse?«

Wie naiv sie gewesen war! Sie hatte geglaubt, dass er mit ihr flirtete. Dabei versuchte er, ihr zu erklären, dass er Angst hatte. Julia konnte alle Mitglieder des Politbüros der Kommunistischen Partei der Sowjetunion bis zurück in die Lenin-Zeit aufzählen, von der politischen Realität aber hatte sie keine Ahnung. Heute fragte sie sich, was sie damals geglaubt hatte. Dass sich das KGB nach dem Ende der Sowjetunion in Luft aufgelöst hatte? Die alte Garde bereitwillig abgetreten war? Als sie Andrej für ein Wochenende nach San Francisco einlud und er ablehnte, angeblich weil er sich nicht weiter als zehn

Kilometer von seiner Unterkunft entfernen durfte, hatte sie das für eine Ausrede gehalten. Als er ihr raunend zuflüsterte, unter den Austauschstudenten befinde sich ein Spitzel, hatte sie gelacht.

Draußen dämmerte es. Ein Hilfswerk verteilte Frühstückspakete. Julia reihte sich in eine Warteschlange ein, die sich vor der öffentlichen WC-Anlage gebildet hatte, erledigte ihre Morgentoilette und fuhr zur nächsten Tankstelle. Sie parkte außer Reichweite der Kameras und betrat den Shop. In einer Ecke des Ladens hing ein Fernseher, in dem die Lokalnachrichten liefen. Eine Schießerei in einer Bar. Waldbrände. Neue Fälle von Hepatitis unter Obdachlosen. Nichts über Gideon Larsen. Entweder hatte man ihn noch nicht gefunden, oder ein mutmaßlicher Suizid erregte einfach zu wenig Aufmerksamkeit.

Sie kehrte mit einem Becher Kaffee und einem Hotdog zu ihrem Wagen zurück. Charles Baldwin hatte ihre E-Mail immer noch nicht beantwortet. Julia bezweifelte, dass er es tun würde. Sie kramte die Telefonnummern hervor, die sie sich bei Gideon Larsen notiert hatte, und schaute sich die Vorwahlen genauer an. Die meisten sagten ihr nichts, eine aber sprang ihr ins Auge: 831. Pacific Grove. Julia verglich sie mit der Nummer in ihren Unterlagen. Gideon Larsen hatte einen Anruf von Rejuvena erhalten.

Julia blickte aus dem Fenster. Der Berufsverkehr hatte eingesetzt, eine Autokolonne fuhr auf der I-80 Richtung San Francisco. Sie sehnte sich nach ihrem Alltag. Der Ruhe. Den Spaziergängen mit Sam. Den Gesprächen mit Henry. Jeden Abend hatten sie sich gegenseitig von ihrem Tag erzählt, er hatte in seinem bequemen Lesesessel in Inwood gesessen, sie vor dem Kamin in Upstate. Dieser Alltag lag in weiter Ferne.

Sie hatte so vieles zerstört. Mit ihrer Naivität und ja, gestand sie sich ein, ihrem Egoismus, denn mit ihrer Liebe zu Andrej wollte sie allein ihre Bedürfnisse befriedigen. Sie hatte sich ein Leben ohne ihn nicht vorstellen können und damit einen Flächenbrand ausgelöst, der nie ganz erloschen war, sondern unter der Oberfläche weiterschwelte. Wie verzweifelt ihre Eltern waren, als sie Deutschland verließ! Sie hatte ihnen versprochen, sich zu melden, wenn die Gefahr vorüber war, doch sie hatte es nie getan. Sie redete sich damit heraus, dass sie Michael schützen musste. In Wahrheit aber wollte sie sich selbst schützen. Spätestens als Henry in ihr Leben getreten war, hätte sie ihre Eltern von ihren Ängsten und Sorgen erlösen können. Die Mutter, die nie verstand, wozu sie Fremdsprachen erlernte. Der Vater, der den Kopf schüttelte über die Plakate mit Sowjetpropaganda, die sie in ihrem Zimmer aufgehängt hatte. Stramme Arbeiter, die Faust triumphierend erhoben, strahlende Frauen auf Traktoren, Junge Pioniere in Reih und Glied. »Die krücken genauso herum, wie wir das tun. Meinste die Maloche wäre dort etwas anderes als bei uns?«, hatte er ihr in seinem schweren Ruhrdialekt vorgehalten. »Die haben es genauso im Rücken, es ist doch so was von egal, wo du am Keulen bist.«

Horchten sie immer noch auf, wenn sie Schritte hörten? Rannten sie ans Telefon, wenn es klingelte? Ein neuer Gedanke kam ihr. Hatte Michael sie aufgesucht? Sie hatte ihm erzählt, dass sie gestorben waren, aber warum sollte er ihr glauben? Sie hatte ihn schon so oft angelogen. Auf einmal wünschte sie sich von ganzem Herzen, dass er ins Ruhrgebiet gefahren war.

Tränen rannen ihr über das Gesicht. Was hatte sie nur getan? Eine Weile saß sie da und starrte ins Leere. Sie hatte versucht, die Vergangenheit zu ignorieren. Nun begriff sie, dass sich Vergangenheit und Gegenwart nicht trennen ließen. Sie startete den Wagen und begab sich auf die Suche nach einem offen zugänglichen Wireless-Netzwerk. In der Nähe der Autobahnauffahrt machte sie an einem Imbiss halt. Sie holte ihren Laptop aus dem Kofferraum.

Andrej Stanislawowitsch Danilow.

Diesmal drückte sie auf die Eingabetaste. Eine ganze Reihe von Einträgen erschienen, der Name war in Russland verbreitet. Sie klickte den ersten an.

»Millionär für tot erklärt«, lautete die Überschrift.

Julia las, dass zwei Unbekannte vor vier Monaten auf den neunundvierzigjährigen Millionär Andrej Danilow geschossen hatten. Seitdem war er verschwunden. Sie scrollte nach unten. Das Bild eines Mannes erschien. Breite Stirn. Markantes Kinn. Gerade Nase. Die Augen fast durchsichtig. Julia stockte der Atem.

Es war Andrej. Zweifellos. Nur, wie konnte das sein?

18

Der Kindergarten war mit Kürbissen, freundlichen Gespenstern und Spinnweben geschmückt. Als Cody die Tür aufzog, sprang ihm eine Fledermaus entgegen. Er zuckte zusammen. Einige Kinder, die hinter der Tür standen, kreischten vor Freude.

»Du bist erschrocken!«, rief Amber.
»Ein bisschen«, gab Cody zu.
»Nein, so richtig fest!«
»Okay. Von mir aus. Wo ist deine Jacke?« Sie hing nicht an Ambers Haken.
»Hier.« Teresa kam mit der Jacke in die Garderobe. »Ich habe sie gewaschen. Wir waren ohnehin den ganzen Tag drinnen.«
Cody senkte verlegen den Blick. Amber hatte am Morgen ihre Schokolade verschüttet, er hatte keine Zeit gehabt, sich darum zu kümmern.
»Wäre nicht nötig gewesen«, murmelte er.
»Wozu haben wir eine Waschmaschine?« Teresa ging in die Knie und half Amber in den Ärmel.
Cody fragte sich, warum sie das alles tat. Als er neulich nach dem Kino zwei Stunden zu spät hereingeplatzt war, hatte sie ihm keine Vorwürfe gemacht. Nicht einmal gepetzt hatte sie.
»Morgen ist die Halloween-Party!«, verkündete Amber.
»Nächste Woche«, lächelte Teresa.
Amber tänzelte auf den Zehenspitzen. Nur mit Mühe gelang es Teresa, ihren zweiten Arm zu fassen. Sie zog den Reißverschluss der Jacke zu und stand auf.
»Sie darf doch mitmachen?«, fragte sie.

»Ich bekomme ein Prinzessinnenkleid!«, strahlte Amber.

Na toll, dachte Cody. Dad hatte ihr erklärt, dass er sich kein Halloween-Kostüm leisten konnte, aber Amber lebte in ihrer eigenen Welt. Für sie gab es keine Probleme.

»Komm, Monkey«, sagte er müde. »Wir müssen los.«

»Ich bin kein Äffchen.« Normalerweise lachte sie, wenn sie ihn korrigierte. Jetzt aber sah sie ihn mit ihren runden Augen an. »Warum können wir nicht hierbleiben?«

Darauf war Cody nicht vorbereitet. »Im Kindergarten?«

»Es ist schön warm. Und Teresa wohnt auch hier.«

»Teresa wohnt nicht hier, sondern ... woanders. Im Kindergarten kann man nicht wohnen.«

»Ich möchte aber nicht zum Auto gehen!«

Cody wurde rot im Gesicht. Musste Amber verraten, dass sie in einem Auto lebten? Am liebsten hätte er sie gepackt und zur Tür hinausgeschleift. Klar wusste Teresa, dass sie arm waren. Das war kaum zu übersehen. Aber sie musste ja nicht wissen, wie beschissen ihr Leben war. Teresa gehörte zu den wenigen Personen, die ihn normal behandelten. Sein Lehrer hatte natürlich längst begriffen, was los war. Noch hatte er nicht mit dem Jugendamt oder einer anderen Behörde gedroht, lange würde es aber bestimmt nicht mehr dauern.

»Komm«, wiederholte Cody und streckte die Hand aus.

Amber verschränkte die Arme vor der Brust und schob die Unterlippe vor.

»Wir gehen ein Prinzessinnenkleid kaufen, okay?« Hatte er das wirklich eben gesagt?

»Ja!« Amber packte seine ausgestreckte Hand und zog ihn zur Tür. »Ich will das Kleid im Schaufenster, das lange mit dem Gold drauf!« Aufgeregt plapperte sie an seiner Seite. »Und die Krone, sie ist auch aus Gold, aber mit Glitzer drin, so wie die Schuhe, die pinkigen, nicht die blauen, weil Prinzessinnen Pink tragen müssen, sonst sind sie Prinzen.«

Cody bekam Bauchschmerzen. Was war bloß in ihn gefahren? Wie sollte er das bezahlen? Das Lunchgeld, mit dem er sich eine neue Hose kaufen wollte, war weg. Achtunddreißig Dollar. Für ein Schloss an seinem Spind, Schulmaterial und eine verdammte Badekappe. Er hatte es nicht über sich gebracht, Dad um das Geld zu bitten.

Er stapfte die Straße hinunter. Weg von dem Schaufenster, in dem das Prinzessinnenkleid hing.

»Wo gehen wir hin?« Amber zeigte hinter sich. »Das Kleid ist im Pillenladen.«

»Drogerie«, korrigierte Cody mechanisch. »Vielleicht gefällt dir ein anderes Kleid besser. Es ist immer gut, sich alles anzusehen, bevor man etwas kauft.«

Natürlich gefiel ihr keines der anderen Kleider. Nach zwei Stunden war sie aber zu müde, um weiterzugehen. Das Problem war damit nicht gelöst, aber immerhin aufgeschoben.

Im Auto schlief sie sofort ein. Cody legte die Füße auf das Armaturenbrett und betrachtete die Lichter, die hinter den Fenstern der Häuser angingen. Er hätte Hausaufgaben machen sollen, konnte sich aber nicht dazu aufraffen. Es war noch zu früh, um das Zelt aufzubauen, also blieb er einfach sitzen und starrte hinaus. Er stellte sich vor, wie es wäre, mit einem Skateboard die steilen Straßen hinunterzusausen. Als er so alt wie Amber war, hatte er versucht, eine Rutschbahn hinunterzufahren, und sich dabei einen Zahn ausgeschlagen. Was, wenn er heute einen Unfall baute? Ein Arztbesuch lag nicht drin.

Er dachte an Eric, der gestern nicht in der Schule war, angeblich wegen Bauchschmerzen. Heute war er mit neuen Turnschuhen gekommen und hatte Cody ein Snickers geschenkt.

»Wo warst du gestern?«, hatte Cody in der Pause gefragt.

»Arbeiten. Hab einen Job.«

»Einen richtigen?«

»Klar.« Eric saß auf dem Radiator in der Toilette und futterte Chips.

»Wer stellt einen Neunjährigen ein?«, fragte Cody skeptisch.

Eric zuckte die Schultern. »Glaub, was du willst.«

»Wie viel verdienst du?«

»Sechzig Dollar die Woche. Manchmal mehr«, sagte Eric. »Wenn du willst, kann ich ein gutes Wort für dich einlegen.«

Cody stellte sich vor, was er sich mit sechzig Dollar alles leisten könnte. Jeans. Eine Winterjacke. Ein Prinzessinnenkleid und die dazu passenden Schuhe.

Erics Arbeit war bestimmt illegal. Vielleicht dealte er mit Drogen. Damit ließ sich viel Geld verdienen, es war aber auch gefährlich. An der letzten Schule war ein Sechstklässler erschossen worden, weil ihm der Stoff, den er verkaufen sollte, geklaut worden war. Außerdem war es unehrlich. Dad bestand darauf, dass sie ehrliche Leute blieben. Auch wenn Mom sagte: »Treue Knechte bleiben immer Knechte, und ehrliche Leute bleiben immer arm«. Das hatte sie irgendwo aufgeschnappt, und Cody fand, dass es ziemlich schlau klang.

Eine gebückte Gestalt bog um die Ecke. Dad. Er schlurfte wie ein alter Mann. Er war früh dran. Noch früher als sonst. Cody stieg aus. Dad klopfte ihm abwesend auf die Schulter und reichte ihm eine Tüte. Kalt. Cody blickte hinein. Eine Packung Toast und Erdnussbutter.

»Sorry, für Pommes hat es nicht gereicht.«

»Schon okay.« Cody ging zum Kofferraum, um das Zelt zu holen.

»Später«, bat Dad. »Ich muss mich kurz hinlegen.«

Er kroch auf den Rücksitz, hob Amber hoch und bettete sie auf seinen Bauch. Cody setzte sich wieder hinter das Steuer. Bald erfüllte leises Schnarchen den Wagen. Als Mom von der Arbeit kam, schliefen sie alle drei. Cody bekam nur halb mit, wie sie Dad weckte und mit ihm das Zelt aufbaute. In der Nacht stritten sie heftig.

»Ich rackere mich für eine Wohnung ab!«, zischte sie. »Ist es zu viel verlangt, dass du auch etwas dazu beiträgst?«

»Meinst du, es macht mir Spaß, den ganzen Tag in der Kälte zu stehen?«, gab er zurück. »Was kann ich dafür, dass mich niemand anheuert?«

»Komm endlich mal in die Gänge! Andere schaffen es schließlich auch, ab und zu einen Tagesjob zu ergattern!«

Dann tat Dad etwas, was er noch nie getan hatte. Er weinte. Ein leises, ersticktes Geräusch, das klang, als würde die Luft aus einem Reifen entweichen. Am liebsten hätte sich Cody die Ohren zugehalten. Aber Dad sollte nicht merken, dass er alles mitbekam. Cody wartete darauf, dass sich Mom entschuldigte. Dad küsste. Ein Geräusch, das er auch nicht besonders mochte, aber alles war besser als dieses Pfeifen. Doch Mom wandte sich ab und sagte nichts.

Codys Herz schlug heftig. Was, wenn sie eines Tages nach der Arbeit einfach nicht mehr zurückkam? Weil sie alles satthatte? Dad, dieses Zelt, die Toasts mit Erdnussbutter. Ihn und Amber.

Am Anfang hatte sie getan, als spielten sie ein Spiel.

»Wir gehen Zelten, ist das nicht toll?«, hatte sie fröhlich verkündet.

»So wie Ginny?«, fragte Amber.

Ginny war ihre beste Freundin gewesen. Ihre Familie war im Sommer mit einem Wohnwagen in den Yellowstone Park gefahren. Ein Riesending, mit Fernseher und allem.

»Genau! Wir werden großen Spaß haben, du wirst sehen!«

»Wer's glaubt«, maulte Cody.

Mom verdrehte die Augen. »Versucht doch, das Ganze positiv zu sehen! Es ist ein Abenteuer.«

»Mir wäre ein Dach über dem Kopf lieber als ein Abenteuer«, sagte Dad.

»Hat das Zelt kein Dach?«, fragte Amber ängstlich.

»Natürlich!« Mom warf Dad einen bösen Blick zu und zog Amber an sich. »Ein rundes, wie ein Schloss.«

»Bin ich dann eine richtige Prinzessin?«

Mom vergrub das Gesicht in Ambers Locken. »Ja, mein Schatz. Eine ganz richtige.«

Das Pfeifen verstummte. Dads Atem wurde tiefer. Mom wälzte sich auf der Luftmatratze hin und her. Cody dachte die ganze Zeit darüber nach, wie sich das Leben ohne sie anfühlen würde. Bis ihm selbst die Tränen kamen.

Am nächsten Morgen rannte er nach der ersten Lektion zur Toilette. Aus irgendeinem Grund war Eric immer dort zu finden.

»Ich will nächstes Mal mitkommen!«, sagte er.

Eric schob die Brust vor. »Du kannst nicht einfach mitkommen. Aber ich kann deinen Namen ins Spiel bringen«, sagte er wichtig.

»Okay. Wann gehst du wieder?«

»In drei Tagen.«

»Ich brauche das Geld vor Halloween.«

»Ich werde sehen, was ich tun kann.« Er klang wie ein Gangster in einem Film.

19

Julia stand vor einer Schrotthandlung. Autowracks türmten sich hinter dem Zaun, ein Lastwagen senkte seinen Greifkran, Metall kreischte. Wie lange war sie gelaufen? Sie sah sich um. Gegenüber wurden Propangasflaschen verkauft, etwas weiter die Straße hinunter Wohnmobile repariert. Dazwischen gab es Rasenstreifen, auf denen inmitten von Sand und Staub einige braune Gräser wuchsen. In der Ferne zeichnete sich die Sierra Nevada ab, eine blasse Bergkette unter hellem Himmel.

Andrej war also nicht vor achtundzwanzig Jahren ermordet worden, wie man ihr gesagt hatte. Julia dachte an den Mann, der vor Henrys Wohnung in seinem Lexus saß und den sie später in der Menschenmenge bei Henrys Ehrung gesehen hatte. Doch kein Gespenst? Laut dem Bericht in der Zeitung soll Andrej im vergangenen Juni verschwunden sein.

Sie kehrte zum Parkplatz zurück. Im Auto las sie den Artikel noch einmal durch. Der Mann auf dem Foto war zweifellos Andrej. Sein Gesicht war kantiger, das Haar lichter, doch seine Züge hatten sich kaum verändert. Nur die Unsicherheit in seinem Blick war verschwunden. Julia fuhr mit dem Finger über seine Nase.

Offenbar hatte er im Solowezki-Kloster gelebt, einem Zentrum der russisch-orthodoxen Kirche im Norden. Andrjuscha in einem Kloster? Er hatte nie das geringste Interesse an der Kirche gezeigt. Julia hatte sich oft ausgemalt, wie ihr gemeinsames Leben ausgesehen hätte. Religion kam darin nicht vor.

Zwei Männer waren Andrej in den Wald gefolgt, kurz darauf fielen Schüsse. Eine Leiche hatte man aber nie gefunden. Es wurde vermutet, dass Andrej ins Wasser gesprungen und dort ertrunken war. Über die Gründe war viel spekuliert worden. Die Polizei ging von einer missglückten Entführung aus.

Mit wachsendem Erstaunen las Julia, dass Andrej Mitinhaber eines der größten privaten Industrie- und Finanzkonzerne Russlands war. Wie konnte das sein? Sie hatte doch Fotos seiner Leiche gesehen, damals im Gefängnis.

Sie lehnte sich zurück. Über Andrejs Familie wusste sie wenig. Nur, dass sein Vater als Chemiker in der ehemaligen DDR gearbeitet hatte, später Chefingenieur in einem Kunststoffwerk war und dann ins Ministerium für chemische Industrie berufen wurde. Als Zwanzigjährige hatte sie nicht die Fähigkeit besessen, zwischen den Zeilen seines Lebenslaufs zu lesen. Heute vermutete sie, dass Stanislaw Danilow für das Militär oder den Geheimdienst tätig war. Er musste während der Perestroika-Periode zur richtigen Zeit am richtigen Ort gewesen sein. Ganze Ministerien waren damals als Konzerne ausgelagert worden, auf diese Weise entstanden Gazprom, Rosneft und auch Lukoil. Manche Regierungsmitglieder rissen sich auf umstrittenen Auktionen Staatsbetriebe unter den Nagel, und die, die bereits im Vorstand eines staatlichen Unternehmens saßen, übernahmen ihre Betriebe gleich selbst.

Julia gab den Namen Stanislaw Danilow in die Suchmaschine ein. Über zweitausend Beiträge erschienen. Sie klickte auf einen Wikipedia-Eintrag.

Stanislaw hatte 1990 RusChem übernommen. Das ehemals staatliche Chemieunternehmen produzierte an fünf Standorten Düngemittel und besaß mehrere Abbaustätten für Phosphate und Nitrate. Sowohl Andrej als auch Pawel waren in das Geschäft eingestiegen. Pawel gründete später die Aktionärs-Finanz-Korporation Finema. Diese kaufte das Unternehmen Chemprom, das zu Sowjetzeiten Nervengas produzierte und heute vor allem Chemikalien, Herbizide und Insektizide herstellte. Die Finema diversifizierte, erwarb Firmen im Technologiesektor und ein Unternehmen der Telecom.

Julia konnte kaum fassen, was sie da las. Sie hatte Pawel nie kennengelernt, sie wusste nur, dass Andrej seinen Bruder bewunderte. Im Gegensatz zu ihm besaß Pawel ein Gespür für Geschäfte. Er war ehrgeizig, selbstsicher und redegewandt. Es erstaunte Julia nicht, dass er in das Unternehmen des Vaters eingestiegen war. Aber Andrej? Seine Welt war die der Sprachen. So wie auch ihre. Er war ein begnadeter Dolmetscher gewesen, viel besser, als sie es je hätte werden können. Er schaffte es, sich vollständig in einen Redner hineinzuversetzen, seine eigene Meinung zu einem Thema ganz außen vor zu lassen. Dabei hatte er immer nur schreiben wollen. Während sie eine Karriere bei den Vereinten Nationen anstrebte, träumte er davon, Schriftsteller zu werden.

Was war damals wirklich geschehen? Hatte sie sich umsonst all die Jahre versteckt? Julia blickte aus dem Fenster, nahm die Umgebung aber kaum wahr. Warum hatte Andrej sie nicht wissen lassen, dass er lebte? Nach dem Auslandssemester in Kalifornien hatte er ihr jede Woche ein Telegramm geschickt, das ihr der Postbote feierlich in einem Umschlag überreichte. Er wusste, wo sie studierte, kannte die Adresse ihrer Eltern. Ihm musste doch klar gewesen sein, wie verzweifelt sie war!

Gut möglich, dass Julia sich all die Jahre umsonst vor der Polizei versteckt hatte, doch wenn jemand ihren Toyota vor Gideon Larsens Haus gesehen hatte, fahndete man jetzt womöglich tatsächlich nach ihr. Ein New Yorker Kennzeichen fiel in Kalifornien auf.

Sie warf einen kurzen Blick in ihre Mailbox. Henry hatte geschrieben. Er berichtete, dass er Sam am Kuipergürtel begraben hatte. Die Polizei erwähnte er nicht.

»Danke, Henry«, flüsterte sie.

Sie fasste kurz zusammen, was sie bisher erfahren hatte. Sie würde ihn später anrufen, wenn er zu Hause war.

Auch der Neuroinformatiker hatte ihr eine Nachricht geschickt. Er erklärte, dass er während der Konferenz mit Michael gesprochen, ihn seither aber nicht mehr gesehen habe und ihr nicht helfen könne.

Keine Nachricht von Charles Baldwin.

Rejuvena lag am Hang, nur eine Meile von Julias ehemaliger Wohnung entfernt. Dort hörten die Gemeinsamkeiten aber auch schon auf. Das Gebäude schmiegte sich in die Landschaft, als sei es dort gewachsen, und während sich Julia mit einem eingeschränkten Meeresblick hatte begnügen müssen, bot sich den Patienten der Schönheitsklinik ein unverstelltes Panorama.

Der Empfangsraum erinnerte an eine Hotellobby. Ein sandfarbener Teppich bedeckte den Boden, geschmackvolle Bilder hingen an der Wand. Keine Porträts von jung gebliebenen Rentnern, wie Julia erwartet hatte, sondern Landschaftsbilder, die den Ausblick aus den bodentiefen Fenstern aufnahmen und ergänzten. Eine Couch und mehrere Sessel waren um einen gläsernen Tisch gruppiert, auf dem Mineralwasserflaschen und eine Schale mit Früchten standen.

Die Dame am Empfang sah aus, als wäre sie einer Modezeitschrift entsprungen. Kastanienbraunes Haar, das ihr in sanften Wellen über den Rücken fiel. Ein Hosenanzug mit tailliertem Jackett, lange Beine und ein Lachen, das jeglichen Schmuck überflüssig machte. Obwohl sich Julia für den Besuch geschminkt und eine frische Bluse angezogen hatte, kam sie sich wie eine nachlässig gekleidete Studentin vor.

»Wie kann ich Ihnen behilflich sein?«

»Mir wurde Ihre Klinik empfohlen. Ich möchte mir selbst ein Bild davon machen, bevor ich mich für eine Behandlung entscheide.« Julia sprach mit russischem Akzent.

»Wir können Ihnen gerne —«

»Sind es Originale?« Julia berührte eines der Bilder. »Wer ist der Künstler?«

»Er heißt —«

»Sie gefallen mir. Vor allem dieses hier. Wie viel kostet es?«

Die Empfangsdame lächelte unverdrossen weiter. »Ich ... glaube nicht, dass es zum Verkauf —«

Julia wandte sich ihr zu. »Sind Sie diskret? Ich möchte die Behandlung bar bezahlen.«

»Das ist selbstverständlich möglich. Ich schlage vor, wir vereinbaren einen Termin für eine Beratung. Dr. De Nardo ist immer von Sonntag bis Mittwoch im Haus. Wann würde es Ihnen passen?«

»Ich möchte zu Dr. Baldwin«, antwortete Julia.

»Dr. Baldwin macht keine Erstgespräche«, erwiderte die Frau bedauernd. »Wenn Sie sich aber für eine Behandlung entschließen, kümmert er sich gerne persönlich um Sie.«

Julia hob das Kinn. »Mir wurde versichert, dass Sie einen erstklassigen Service bieten. Nur deswegen ziehe ich diese Klinik überhaupt in Betracht.«

»Ich kann Ihnen versprechen, dass Dr. De Nardo äußerst kompetent ist.«

Kopfschüttelnd marschierte Julia zum Ausgang. »Amerikaner verstehen einfach nichts von Service.«

»Warten Sie!« Die Frau eilte ihr nach. »Bitte, nehmen Sie doch einen Moment Platz. Kann ich Ihnen etwas bringen? Eine Tasse Kaffee oder Tee vielleicht?«

Julia blieb stehen. »Ich möchte nichts.«

»Wollen Sie trotzdem Platz nehmen? Ich werde sehen, was ich tun kann.«

Julia setzte sich auf die Couch und blätterte mit vorgetäuschter Langeweile in einem Hochglanzmagazin. Kaum war die Frau durch eine Tür hinter dem Empfang verschwunden, sprang Julia auf und warf einen Blick hinter die Empfangstheke. Keine Adresskartei. Nur ein Blatt mit der Durchwahl der einzelnen Beschäftigten. Julia fotografierte es.

Die Empfangsdame kehrte in Begleitung eines Mannes zurück, den Julia sofort als Charles Baldwin erkannte. Er sah älter aus als auf der Homepage. Das dichte, nach hinten gekämmte Haar war an den Schläfen ergraut, die Haut am Hals schlaffer als auf dem Foto. Dafür waren die Fältchen um die Augen verschwunden.

Er kam mit ausgestreckter Hand auf sie zu. »Bitte entschuldigen Sie die Unannehmlichkeiten. Dr. Baldwin.« Er schüttelte ihr die Hand.

»Julia Danilowa«, stellte sich Julia vor.

»Sie interessieren sich für eine Behandlung in unserer Klinik, Frau Danilowa? Eine gute Wahl. Bessere Qualität auf dem Gebiet der kosmetischen und medizinischen Verjüngung werden Sie nirgendwo finden. Gerne stelle ich Ihnen unsere hochwirksamen Kuren vor. Wenn Sie mir bitte folgen würden?«

Julia begleitete ihn zu einem Aufzug, der vom Eingang aus nicht zu sehen war. Sie fragte sich, ob Baldwin tatsächlich in Pharmazie promoviert hatte oder ob der Doktortitel ein Accessoire war. Oben angekommen, führte er sie zu einer großzügigen Lounge. Eine Fensterfront zog sich über die ganze Länge des Raums, dahinter erstreckte sich der Pazifik. Für ein paar Sekunden vergaß Julia, warum sie hier war.

»Bitte, nehmen Sie Platz«, sagte Baldwin.

Julia versank in weichem Leder.

»Was darf ich Ihnen anbieten?« Er zeigte auf eine Schrankwand, die eine Kaffeemaschine und einen Kühlschrank verbarg.

»Gurkenwasser.«

Baldwin verzog keine Miene. »Selbstverständlich.«

Er leitete die Bestellung weiter und nahm Julia gegenüber Platz.

»Nun, Frau Danilowa«, begann er. »Sie interessieren sich für eine Verjüngungskur? In der Regel beginnen wir mit einer professionellen Hautanalyse. Wir ermitteln Parameter wie Fettgehalt, Feuchtigkeit, Textur, UV-Schäden sowie Pigmentverschiebungen. Anschließend wenden wir uns –«

»Kosmetik interessiert mich nicht«, unterbrach Julia.

»Selbstverständlich bieten wir auch medizinische Behandlungen an«, fuhr er im selben Tonfall fort. »Besonders beliebt ist die Verjüngungskur mittels embryonaler Stammzellen. Durch die Therapie verbessern sich Ihre geistigen Fähigkeiten nachweislich. Das Kurzzeitgedächtnis wird wiederhergestellt, der Denkprozess beschleunigt sich. Sie fühlen sich nicht nur leistungsfähiger, sondern auch emotional stabiler.« Er hielt kurz inne, als eine Angestellte zwei Gläser mit Gurkenwasser vor ihnen auf den Tisch stellte. »Der kosmetische Effekt ist ebenfalls nicht zu unterschätzen, auch wenn Ihr Fokus auf andere Vorteile gerichtet ist. Die Stammzellenkur führt zu einem Lifting-Effekt.«

»Ich spreche nicht von Revitalisierung«, wandte Julia ein. »Sondern von Verjüngung. Mir wurde gesagt, dass Sie Jugend-Cocktails anbieten.«

»Sie erwägen eine Bluttransfusion?« Baldwin lehnte sich zurück und faltete die Hände im Schoß. »Wir bieten Teenager-Blutplasma an, das ist richtig. Unsere Patienten reagieren äußerst positiv darauf. Wir stellen eine bessere Konzentrationsfähigkeit fest, eine Stärkung des Muskelgewebes, viele Patienten zeigen nach der Behandlung sogar eine jugendlichere Erscheinung.«

»Tritt der Erfolg mit hundertprozentiger Garantie ein?« Julia nippte an ihrem Gurkenwasser.

»In der Medizin gibt es leider keine Garantien. Jeder Mensch reagiert anders auf die Behandlungen. Ausschlaggebend ist nicht nur die Therapie an sich, sondern auch der allgemeine Gesundheitszustand des Patienten, seine emotionale Verfassung und sein Umfeld, um nur einige Faktoren zu nennen.«

»Mein Mann behauptet, es gebe keinen Beweis für die Wirksamkeit der Behandlung.«

Baldwin lächelte nachsichtig. »Wenn Sie die Frage gestatten, ist Ihr Mann Mediziner?«

»Geschäftsmann.«

»Sehen Sie, Frau Danilowa, heute nennt sich jeder, der eine Internetsuchmaschine bedienen kann, Experte. Sie haben Bauchschmerzen? Also geben Sie den Begriff Bauchschmerzen ein. Die ersten drei Einträge stammen von MedMD, einem Online-Ratgeber zu Gesundheitsfragen. Bekommen Sie dort Antworten? Sicher. Sind es die einzig richtigen? Nein. Mehr noch. Das *New York Times Magazine* hat die Herausgeber – hinter denen übrigens ein Konzern mit rund zweitausend Angestellten steht – kritisiert, weil sie die Produkte ihrer Sponsoren empfehlen. Sogar von Pseudomedizin war die Rede.«

Baldwin hatte rhetorisches Talent, das musste sie ihm lassen. Geschickt wich er ihren kritischen Fragen aus und überschüttete sie mit Informationen, nach denen sie gar nicht gefragt hatte. Wie hatte wohl Michael auf seine abschweifenden Ausführungen und Halbwahrheiten reagiert?

»Sie weichen mir aus«, provozierte Julia.

»Durchaus nicht«, antwortete Baldwin glatt. »Ich verstehe Ihre Bedenken. Im Zeitalter von Fake News ist es unerlässlich, kritische Fragen zu stellen.«

»Dann gibt es also Beweise für die verjüngende Wirkung von Teenager-Blutplasma?«

»Selbstverständlich. An der Stanford University wurden bereits 2014 sensationelle Ergebnisse erzielt. Ein Neurowissenschaftler spritzte alten Mäusen Blut seiner Studenten. Danach waren sie wieder so leistungsfähig wie ihre jungen Artgenossen. Untersuchungen zeigten, dass das junge Blut die adulten Stammzellen geweckt hatte. Diese besitzen die Fähigkeit, sich immer wieder zu teilen und so die verbrauchten Zellen in unserem Körper zu ersetzen. Mit zunehmendem Alter werden sie jedoch schwächer, deshalb können sich unsere Organe nicht mehr regenerieren. Junges Blutplasma hebt diese altersbedingte Lethargie auf. Das hängt mit chemischen Modifikationen in der Molekülstruktur der DNA zusammen.«

Er begann nun, die Molekülstruktur zu erklären. Julia besaß zu wenig Fachwissen, um seine Aussagen zu hinterfragen. Ganz anders Michael. Hatte er konkrete Beweise dafür gefunden, dass die Blutplasmatherapie wirkungslos war? Baldwin damit konfrontiert? Julia traute es ihm zu, fragte sich jedoch, ob das Rejuvena in ernsthafte Schwierigkeiten gebracht hätte. Viele Kliniken boten Behandlungen an, deren Wirkung nicht nachgewiesen werden konnte.

Baldwin sah auf die Uhr. »Ich bedaure, aber ich muss zu einem Termin. Ich würde mich freuen, wenn ich Sie hier als Patientin begrüßen dürfte.«

Julia erhob sich, und Baldwin reichte ihr zum Abschied die Hand. Zielstrebig verließ er die Lounge.

»Wenn Sie mir bitte folgen würden?« Die junge Frau, die ihnen das Gurkenwasser serviert hatte, stand plötzlich vor ihr. Julia richtete sich auf. »Kann ich eines der Patientenzimmer sehen?«
»Ich fürchte, das ist aus Gründen der Diskretion nicht möglich. Aber am Empfang bieten wir eine virtuelle Tour an.«
Die Tour erwies sich als Simulation eines Klinikeintritts. Julia wurde durch Besprechungszimmer, Labors, Patientenzimmer, eine Saunalandschaft und eine Wohlfühloase geführt. Sie kam sich vor, als wäre sie zwischen die Seiten des Magazins geraten, in dem sie vorher noch geblättert hatte.

Im Vergleich dazu erschien ihr der Asphalt unter ihren Füßen geradezu lebendig. Nachdenklich ging sie zu ihrem Wagen.

Unter dem Scheibenwischer klemmte ein Umschlag. Julia zog ihn hervor.

»10 p. m. Point Pinos«, hatte jemand von Hand auf einen Notizzettel geschrieben.

20

Michael lag auf dem Bett und starrte an die Decke. Er war zu müde, um sich zu bewegen, und zu wach, um zu schlafen. Er sehnte sich nach einem Luftzug, nach Tageslicht. Er dachte an die Leichen, die kopfüber in den Dewars hingen. Wer waren die Toten, die in dieser Zwischenwelt darauf warteten, ihr Leben wieder aufzunehmen? Die Menschen experimentieren mit sich selbst, wie sie es sich mit keinem Tier erlauben würden, hatte einst Friedrich Nietzsche geschrieben. *Wir schlitzen uns vergnügt und neugierig die Seele bei lebendigem Leibe auf.*

Michael rieb sich die Augen. Er musste sich der Lethargie widersetzen, die ihn immer häufiger erfasste, sonst bestünde bald kein Unterschied mehr zwischen ihm und den Leichen, die ihn umgaben. Er betrachtete seine Hand und stellte sich vor, sein Körper wäre kryokonserviert. Intakte Moleküle dank flüssigem Stickstoff. Seine Gedanken ein neuronales Aktivitätsmuster im Gehirn. Milliarden elektrisch erregbarer Zellen, ein gigantischer Datenspeicher, auf dem seine Persönlichkeit gespeichert war. Würde er auch in tausend Jahren noch davonschweben, wenn er die Musik von Arvo Pärt hörte? Sich in den Bildern von Wassily Kandinsky verlieren? Würde ihm der Atem stocken, wenn er die sanfte Rundung einer weiblichen Brust berührte?

Er stand auf. Die Notizen des zweiten Gesprächs, das er in diesem Raum geführt hatte, lagen auf dem Stahltisch. Neun Seiten, vollgekritzelt mit Stichworten.

Ich möchte heute über die ethischen Grenzen des Transhumanismus sprechen. Zum ersten Mal in der Geschichte der Menschheit sind wir in der Lage, die Richtung der biologischen Evolution zu steuern. Wir verändern unser Erbgut und unseren Stoffwechsel. Wir erweitern unseren Körper durch technologische Produkte. Wir sind daran, eine neue Spezies zu schaffen, die keinerlei biologische Ähnlichkeit mit dem Homo sapiens sapiens hat. Halten Sie das für erstrebenswert?
»Ich halte es für irrelevant. Unser Ziel ist die maximale Steigerung des Wohlbefindens. Das halte ich für erstrebenswert. Immer vorausgesetzt, wir bleiben autonome und frei handelnde Subjekte. Dass dabei eine neue Spezies entstehen könnte, ist nicht wichtig.«
Definieren Sie Wohlbefinden.
»Einfach ausgedrückt, die Abwesenheit von Schmerzen. Das greift jedoch zu kurz.« (Lehnt sich zurück) »Stellen Sie sich eine Zukunft vor, in der wir nicht mehr auf die Willkür der biologischen Evolution angewiesen sind. In der wir unsere Entwicklung selbst in die Hand nehmen. Ein besseres Leben führen. Wahre Autonomie und größtmögliche Freiheit genießen. Das ist wirkliches Wohlbefinden.«
Ich glaube nicht, dass wir je in der Lage sein werden, unsere Entwicklung selbst zu steuern. Wir wissen viel zu wenig. Der menschliche Organismus ist zu komplex. Kleinste Veränderungen können gewaltige Auswirkungen haben.
(Ungeduldig) »Sie blenden aus, dass die enormen technologischen Fortschritte, die wir in den letzten Jahrzehnten erzielt haben, weitergehen werden. Ray Kurzweil – ich nehme an, der Name sagt Ihnen etwas?«
Natürlich. Er ist Leiter der technischen Entwicklung bei Google.
»Vor allem ist er ein Transhumanist der ersten Stunde. Kurzweil prophezeit, dass wir am Ende dieses Jahrhunderts in der Lage sein werden, Computer herzustellen, die eine Trillion mal eine Trillion leistungsstärker sind als das menschliche Gehirn.« (Lächelt) »Und Sie fürchten, dass diese Computer nicht imstande sein werden, die

Zusammenhänge im menschlichen Organismus zu verstehen? Aber kommen wir lieber auf die Steigerung des Wohlbefindens zurück. Als Arzt sind Sie doch sicher der Meinung, dass es gerechtfertigt ist, Not leidenden Menschen durch medizinische Therapien Linderung zu verschaffen.«
Schon, aber wir heilen Patienten, wir verbessern sie nicht.
»Sie sind also der Meinung, moderne Technologien sollten nur eingesetzt werden, um Verbesserungen im Rahmen von medizinischen Therapien herbeizuführen? Wie sieht es mit Impfungen aus? Stellen sie eine medizinische Behandlung oder eine Verbesserung für den gesunden Körper dar? Wo liegt Ihrer Ansicht nach die Grenze? Wo endet das moralisch akzeptable Wohlbefinden? Nehmen wir Ihr Zittern zum Beispiel. Es hindert Sie daran, Ihren Beruf auszuüben –«
Woher wissen Sie das?
(Abschätzige Handbewegung) »Der Tremor ist nicht zu übersehen. Und da ich Nachforschungen über Sie angestellt habe ... Sie sind überrascht? Ein Journalist, von dem ich noch nie gehört habe, schreibt mich an und bittet mich um ein Interview? Selbstverständlich ziehe ich Erkundigungen ein. Dabei erfahre ich, dass Sie Chirurg sind. Die erste Frage, die ich mir stelle: Warum hängt ein junger Chirurg seinen Beruf an den Nagel, um als Journalist zu arbeiten? Von Ihren Kollegen werden Sie geschätzt. Ein Kunstfehler ist Ihnen nicht unterlaufen. Aber worauf ich eigentlich hinauswill: Das Zittern hindert Sie an der Ausübung Ihres Berufs. Wenn Sie die Möglichkeit hätten, es abzustellen, würden Sie es tun? Ich behaupte, ja. Sprechen wir in diesem Fall von Heilen, oder handelt es sich um eine Steigerung des Wohlbefindens?«
Heilen, natürlich. Zittern ist kein normaler körperlicher Zustand.
(Stirnrunzeln) »Korrigieren Sie mich bitte, wenn ich falschliege, aber ich kenne völlig gesunde Menschen, deren Hände zittern. Sie fühlen sich dadurch in keiner Weise beeinträchtigt. Sie aber leiden darunter, weil Sie Ihren Beruf nicht mehr ausüben können. Was

ich übrigens gut nachvollziehen kann. Auch ich musste aufgrund meines Gesundheitszustands Träume begraben. Hätte der Defekt behoben werden können, hätte ich sofort zugestimmt. Sie aber würden das verhindern, weil es sich nicht um eine Heilung im medizinischen Sinn handelt, sondern um eine Steigerung des Wohlbefindens, wenn ich Sie richtig verstehe.«
Es gibt durchaus genetische Eingriffe, die ich als Heilung im medizinischen Sinn bezeichnen würde. Oder, um Ihre Terminologie zu verwenden, als relevante Verbesserung des Wohlbefindens.
»Und wer entscheidet darüber, ob ein Eingriff relevant ist? Der Arzt? Finden Sie das gerecht? Sollten wir die Entscheidung nicht lieber dem Betroffenen überlassen?«
Erstaunlich, dass Sie das Wort »gerecht« ins Spiel bringen. Wer wird von der transhumanistischen Agenda profitieren? Nur jene, die sich Behandlungen leisten können! Alle anderen haben das Nachsehen.
»Das ist kein transhumanistisches Problem. Ungleichheit ist Teil des kapitalistischen Systems. Ihrer Logik zufolge müssten wir Krankenhäuser schließen, weil nicht alle Menschen Zugang zu ihnen haben.« (Kopfschütteln) »Ihre Argumente überzeugen nicht. Eine Gesellschaft besteht aus Individuen. Wenn es dem Einzelnen besser geht, geht es auch der Gesellschaft als Ganzes besser. Und genau das ist das Ziel der Transhumanisten.«

Michael stützte den Kopf in die Hände. Das Gespräch hatte ihm seine eingeschränkte Sichtweise vor Augen geführt. Als Arzt hatte er klare Vorstellungen davon, wie ein menschlicher Körper zu sein hatte. Nie hatte er Begriffe wie »normal«, »gesund« oder »krank« hinterfragt. Veränderungen von körperlichen oder psychischen Fähigkeiten, die nur darauf abzielten, ein besseres Leben zu führen, stand er skeptisch gegenüber. Warum eigentlich? Schließlich zögerte er auch nicht, Werkzeug zu benutzen. Seinen Laptop, sein Handy. Er befürwortete sogar Herzschrittmacher und Cochlea-Implantate.
Wo aber lag die Grenze zwischen Heilen und Verbessern? Worin

bestand überhaupt das Menschsein? Die Evolution war ein kontinuierlicher Prozess. Auch er versuchte, sich zu verbessern. Er lernte dazu, setzte sich Ziele, versuchte, seine Träume zu verwirklichen.
Die Bartstoppeln kratzten auf seinen Händen. Er fuhr sich über das Kinn. Er hatte sich seit einigen Tagen nicht mehr rasiert, ein stummer Protest gegen das Eingesperrtsein. Auf einmal kam er sich kindisch vor. Als Junge ließ er heimlich das Zähneputzen aus, wenn er sich über seine Mutter ärgerte. Wie stur er gewesen war! Immer noch war, gestand er sich ein und dachte an das Schweigen, mit dem er sie jahrelang bestraft hatte. Er dachte an ihre Lügen und wartete darauf, dass sich die übliche Entrüstung einstellte. Stattdessen spürte er Bedauern. Er stand auf und rasierte sich.

Über den weiteren Verlauf des Gesprächs hatte er sich keine Notizen gemacht. Das war auch nicht nötig, er würde den Inhalt nicht so schnell vergessen.

Ich will endlich wissen, warum Sie mich hier festhalten!
»Wo soll ich beginnen?« (Nachdenklicher Ausdruck) »Unter anderem, weil unser Gespräch noch nicht zu Ende ist. Sie sind nicht der Einzige, der Fragen hat.«
Sie wollen etwas von mir wissen? Gut. Was?
»Welche Ziele Sie im Leben verfolgen. Wovon Sie träumen. Was Sie fürchten. Was Sie antreibt, welche Werte Ihrem Handeln zugrunde liegen und wofür Sie bereit wären, sie zu ignorieren.« (Dreht die Handflächen nach oben) »Aber beginnen wir mit einer einfachen Frage. Was ist das Erste, woran Sie sich erinnern?«
Soll das ein Witz sein?
(Keine Reaktion)
Das klingt fast nach einem Bewerbungsgespräch.
(Lächeln) »Könnten Sie sich denn vorstellen, für mich zu arbeiten?«

Michael wusste nicht, was er mit dieser Frage anfangen sollte. Ob sie ernst gemeint war? Ein Gedankenspiel? Eine Provokation? Er erzählte von seiner ersten Erinnerung. Wohl war ihm dabei nicht, aber er war nicht in der Position, Forderungen zu stellen. Er beschrieb das Gefühl von nassem Sand unter seinen Füßen, von Wasser, das ihn umspülte, an ihm zog, ihn im Sand versinken ließ. Sprach von der Angst, die er gespürt hatte, als seine Füße verschwanden und seine Beine an den Knöcheln endeten. Er erzählte von Armen, die ihn hochhoben, vom Duft der Sonnenmilch.

»Ihre Mutter?«
Ja.
»Sie waren am Meer?«
Ja. Auf Long Island. Wir fuhren an den Wochenenden häufig ans Meer.

Seine Mutter trug schon zu Hause Sonnenmilch auf. Am Strand cremte sie sich ein zweites Mal ein, von Kopf bis Fuß, sogar die Ohren bedeckte sie mit einer dicken, weißen Schicht, die nach Pudding roch. Trotzdem nahm sie im Laufe des Sommers einen sanften Braunton an, während ihr Haar sich langsam von Hellblond in Weißblond verwandelte. Michael war sie wie ein Engel vorgekommen.

»Wie war sie?«
Meine Mutter?
»Ja.«
Warum wollen Sie das wissen?
(Schulterzucken) »Sie müssen nicht darüber reden, wenn Sie nicht wollen. Sie sind in den USA aufgewachsen?«
Ja.
»Aber Sie haben in Deutschland studiert?«
In Berlin.
»Warum?«
Hören Sie, ich verstehe nicht, warum Sie mir diese Fragen stellen. Mein Privatleben hat nichts mit meiner Tätigkeit als Journalist zu tun.
(Steht auf) »Gut. Dann will ich Sie nicht weiter belästigen.«

Sie gehen? Einfach so?
»Wenn Sie nicht mit mir reden wollen, respektiere ich das.«
Warten Sie! Sie haben vorhin gesagt, dass Sie mich aus mehreren Gründen hier festhalten.
(Dreht sich um)
Aus welchen Gründen noch?
Keine Reaktion.
Nennen Sie mir nur einen!
»Weil ich Sie heilen kann.«

21

Freund oder Feind? Julia stand vor dem Leuchtturm Point Pinos, den Blick auf den Pazifik gerichtet. Die Sonne versank im Meer, eine glühende Kugel, die Wasser, Dünen und Felsen einfärbte. Wie viele Sonnenuntergänge hatte sie hier schon erlebt? In ihrer Erinnerung war der Himmel immer klar gewesen, nie hatten Wolken die Aussicht getrübt. Die Küste war berüchtigt für ihre gefährlichen Felsen, Julia aber hatte nur die sandigen Buchten wahrgenommen.

Ein zweites Mal würde ihr das nicht passieren. Sie hatte noch gut fünf Stunden Zeit, um sich zu entscheiden, ob sie zu dem Treffen erscheinen wollte. In Gedanken hatte sie alle Möglichkeiten durchgespielt. Der Schreiber der anonymen Nachricht war ein Whistleblower, der Michael Informationen zukommen ließ. Oder, Charles Baldwin hatte sie durchschaut und wollte sie daran hindern, weiterzugraben. Die Nachricht konnte auch von dem Mann stammen, der Sam getötet hatte. Ob Freund oder Feind, beide würden sie ihrem Ziel, Michael zu finden, näherbringen.

Point Pinos hieß nicht nur der Strand, sondern auch der Leuchtturm, der vierhundert Meter landeinwärts stand. Wo genau wollte er sie treffen? Der Leuchtturm war eingezäunt, windschiefe Kiefern umgaben die Anlage. Dahinter befand sich ein Golfplatz, der von schmucken Einfamilienhäusern gesäumt wurde. Ein Sträßchen führte durch sandige Rasenflächen zum Strand. Blasse Gräser bewegten sich im Wind, auf den Felsen lagen Seehunde. Bis auf einen Jogger war niemand zu sehen. Flechten und Vogelkot bedeckten die Felsen, und wo das Wasser gegen sie schlug, spritzte Gischt in die Höhe.

Damals, in einem anderen Leben, war sie mit Andrej hier gewesen. Er hatte gefroren in seinem kurzärmligen Hemd. Die Sonne war längst untergegangen, doch sie hatten sich nicht gerührt. Die Zweisamkeit war zu kostbar gewesen. Es kam selten vor, dass Andrej sich aus der Gruppe löste. Ihre Fragen nach dem Warum ließ er unbeantwortet, wie so viele andere Fragen auch. Oder hatte sie seine Antworten einfach nicht verstanden? Er liebte es, Buchstaben auf den Kopf zu stellen. Worte tanzen zu lassen. Hatte er dahinter eine Botschaft versteckt?

»Spürst du die Augen?«, hatte er sie gefragt. »Ein Sturm hat ein Auge, ein Seehund zwei, ein Krebs sechs. Russen sind wie Kartoffeln. Sie haben überall Augen.«

»Augen?«, hatte sie verwirrt wiederholt.

Kartoffeln wurden zu Pantoffeln, und schon tanzten die Worte wieder. Er lachte. Sein Lachen konnte so unterschiedlich sein. Für jeden unausgesprochenen Gedanken ein anderes.

Er war aufgestanden und hatte ihr die Hand gereicht. Schweigend waren sie zurückspaziert. Viel zu früh hatte er sie wieder losgelassen. Aus der Unterkunft, die er mit den anderen Austauschstudenten teilte, drang der Duft von Bratkartoffeln.

Er hatte die Augenbrauen hochgezogen, als wollte er »siehst du« sagen. Gelächter war zu hören, jemand sang. Vor der Tür war er stehen geblieben und hatte zurückgeblickt. Dann war er hineingegangen und wieder mit seiner Welt verschmolzen.

Heute wusste Julia, dass er sich gefürchtet hatte. Aber wovor? Und warum hatte er nicht mit ihr darüber gesprochen? Ein Schritt vor und zwei zurück. So kam es ihr im Nachhinein vor. Immer wenn sie glaubte, ihn zu verstehen, schlug er einen Haken. Sie hatte sich blind an ihn geklammert. Was hatte sie übersehen? Frustriert kehrte sie zu ihrem Wagen zurück. Sie musste sich bewegen, auch wenn sie sich im Kreis drehte.

Sie fuhr durch Pacific Grove. Sie hatte geglaubt, dass sie sich an jede Einzelheit erinnern würde, jetzt merkte sie, dass ihr Gedächtnis einen Ort erschaffen hatte, der gar nicht existierte. Die Saft-Bar und das

Yogastudio waren neu, es gab Boutiquen und kleine Hotels. Neben einer Tankstelle entdeckte sie einen Supermarkt, der Bioprodukte und Delikatessen anbot, dahinter befand sich ein großer Parkplatz. Julia sah SUVs, Sportwagen, da und dort einen Wohnwagen. Eine Kleinstadt wie viele andere an der kalifornischen Küste. Hübsch, auf wohlhabende, gesundheitsbewusste Bewohner und Touristen ausgerichtet. Julia fühlte sich orientierungslos. Der Wohnkomplex, in dem sich ihre Zweizimmerwohnung befunden hatte, war modernen Eigentumswohnungen gewichen.

Sie fuhr auf den Parkplatz des Supermarkts und rief die Telefonliste auf, die sie bei Rejuvena fotografiert hatte. Der Anruf bei Gideon Larsen war aus dem Labor gekommen. Julia wählte die Nummer, doch niemand nahm ab. Sie würde es während der Bürozeiten versuchen müssen. Sie widmete sich ihren E-Mails. Henry hatte einen Ordner erstellt, der mit *Michael* beschriftet war und Nachrichten enthielt, die seit ihrer Abreise eingegangen waren. Eine Dinah Izatt bat um Rückruf, eine Mary Ellen von der Hope Church Seattle berichtete, dass die Mutter von Jesse bereit sei, mit Michael zu reden.

Jesse. Der obdachlose Junge, der an Herzversagen gestorben war. Julia notierte sich Namen und Adresse der Kirche. Im Internet fand sie den Bericht über eine Notschlafstelle, die von der Hope Church geführt wurde. Ein Bild zeigte einen Saal, der mit Schlafmatten ausgelegt war. Julia schauderte bei der Vorstellung, auf so engem Raum mit anderen Menschen leben zu müssen. Sie suchte nach weiteren Informationen über die Kirche und stieß auf ein Gefängnis, das in eine Notunterkunft umfunktioniert worden war. Vergitterte Fenster, eine Dusche für alle.

Es war dunkel geworden, vor einem japanischen Restaurant hatte sich eine Warteschlange gebildet. Julia sah auf die Uhr. Noch zwei Stunden bis zu dem Treffen. Sie schrieb Mary Ellen eine kurze Mitteilung, in der sie sich als Michael ausgab. Dann rief sie Henry an.

»Du solltest die Einweg-Handys nicht verschwenden, um mit mir zu plaudern«, sagte er, schien aber glücklich über ihren Anruf zu sein.

Julia erzählte ihm von Gideon Larsen.

»Bist du sicher, dass derselbe Mann dahintersteckt?«, fragte Henry.

»Ich gehe davon aus. Es wäre ein großer Zufall, wenn Larsens Tod nichts mit Michael, dem Einbruch oder Sams ...« Sie verstummte.

»Was für ein niederträchtiger Sadist! Bitte, komm zurück. Mit diesem Typen ist nicht zu spaßen.«

»Er wird mir nichts tun«, beruhigte Julia ihn. »Vermutlich sucht er Michael. Ich kann ihn zu ihm führen, und das weiß er.«

»Larsen hätte ihn auch zu Michael führen können«, wandte Henry ein. »Trotzdem ist er tot.«

»Vielleicht wusste er nichts.«

»Hat er ihn ... gab es an der Leiche Spuren von ... Folter?«

Julia war davon ausgegangen, dass Larsens Tod nach einem Suizid aussehen sollte. Vielleicht aber hatte ihm der Täter wiederholt die Luft abgeschnitten, um an Informationen zu gelangen. Ihr wurde übel bei der Vorstellung.

»Ich habe keine gesehen.«

»Aber?«

»Nichts.«

»Du verschweigst mir etwas, ich spüre es.«

Julia wechselte das Thema. »Ich habe heute erfahren, dass Michaels Vater vielleicht gar nicht tot war, wie ich immer geglaubt habe.«

Am anderen Ende war es eine Weile still. »Tot war? Ist er es denn jetzt?«

»Ich weiß es nicht. Er ist im vergangenen Juni verschwunden. Aber davor scheint er noch gelebt zu haben.«

Erneute Stille. Henry sprach es nicht aus, aber Julia hörte seine Frage laut und deutlich: Wer ist Michaels Vater?

Zum ersten Mal konnte sie sich vorstellen, über Andrej zu reden. Indem sie die Erinnerungen an ihn zugelassen hatte, hatte sie sich auch von ihnen entfernt. Rückblickend stellte sie fest, dass sie sich damals zweigeteilt hatte. Die eine Hälfte von ihr war die junge, traumatisierte Studentin geblieben. Die andere hatte sich zu einer zurückhaltenden Frau entwickelt, die das Leben auf Abstand hielt. Nun begannen sich die beiden Teile zusammenzufügen. Es würde nicht einfach werden, Henry zu erzählen, was damals geschehen war. Aber es würde sie auch nicht aus der Bahn werfen.

»Ich möchte nicht am Telefon darüber reden«, sagte sie. »Aber sobald ich zurück bin, erkläre ich dir alles. Kannst du noch so lange warten?«

»Ich warte schon mein halbes Leben darauf«, antwortete er mit brüchiger Stimme. »Auf eine Woche mehr oder weniger kommt es nicht an.« Er räusperte sich. »Sag mir nur eines: Glaubst du, dass er dahintersteckt?«

Andrej war ein sanfter Mensch, er würde seine Probleme nicht mit Gewalt lösen. Außerdem wusste er nicht, dass er einen Sohn hatte. Andererseits hatte sie festgestellt, dass sie Andrej gar nie richtig gekannt hatte. Sie hatte sich in eine Vorstellung von ihm verliebt. Wer war er wirklich gewesen?

»Ich weiß es nicht«, antwortete sie. »Ich weiß gar nichts mehr.«

Sie redeten noch eine Weile über Michael, dann verabschiedeten sie sich. In Gedanken versunken, starrte Julia aus dem Fenster. Sie dachte an die verlorenen Jahre. An die unsichtbaren Kräfte, die ihr Leben geformt hatten. Michaels Leben. Henrys. Auch Andrejs?

Schließlich ging sie in den Supermarkt, um sich mit Lebensmitteln einzudecken. An der Kasse sprang ihr eine Schlagzeile ins Auge.

»Mormonen-Mord«. Darunter, in fetten Buchstaben: »Polizei sucht diesen Mann«.

Julia nahm die Zeitung aus der Halterung und faltete sie auseinander. Michael blickte ihr entgegen. Einen Moment lang starrte Julia auf das Foto, unfähig, die Bedeutung dessen zu begreifen, was sie vor sich sah. Michael wurde wegen Mordes gesucht? Die Zeitung zitterte in ihrer Hand. Julia spürte den Impuls, sie zu verstecken, als könnte sie Michael dadurch schützen.

»Wollen Sie die Zeitung kaufen, Lady?« Eine Männerstimme.

Julia schnappte nach Luft, reichte ihm einen Geldschein und eilte ohne ihre Lebensmittel aus dem Supermarkt. Sie sah kaum, wohin sie ging, ihr Blick war auf den Artikel geheftet. Sie erfuhr, dass Gideon Larsen von seiner Mutter gefunden worden war. Sie hatte sich Sorgen gemacht, weil er nicht auf ihre Anrufe reagierte. In der Garage war die Frau dann auf die Leiche ihres Sohnes gestoßen. Julias Herz krampfte sich bei der Vorstellung zusammen. Die Polizei ging nicht von einem Suizid aus. Warum, stand da nicht. Nur, dass ein anonymer Hinweis eingegangen war. Wer hatte die Polizei auf Michael aufmerksam gemacht? War er überhaupt in Larsens Haus gewesen? In Julias Kopf überschlugen sich die Fragen.

Die Geschichte wiederholt sich, dachte sie. Genau wie sie wurde Michael wegen einem Mord gesucht, den er mit Sicherheit nicht begangen hatte. So schrecklich der Gedanke war, er stimmte sie auch hoffnungsvoll. War Michael deswegen untergetaucht? So wie sie damals? Sie rannte zurück in den Supermarkt, kaufte weitere Zeitungen, doch die Artikel unterschieden sich kaum voneinander. Ein Blatt hatte ein Interview mit einem Mormonen abgedruckt, der Larsen wegen seiner Ansichten kritisierte, ein anderes ein Gespräch mit einem Nachbarn, der nichts Ungewöhnliches bemerkt haben will.

Der Parkplatz war fast leer. Julia sah auf die Uhr. Viertel nach neun. Sie legte die Zeitungen auf den Beifahrersitz und nahm die Notiz hervor, die ihr unter den Scheibenwischer geklemmt worden war. Erst jetzt fiel ihr das ungewöhnliche »n« auf. Der Schreiber hatte weit ausgeholt, sodass der Buchstabe zwei Höcker hatte, fast wie ein »m«. Das Schriftbild kam ihr bekannt vor, sie konnte sich aber nicht erinnern, wo sie es schon einmal gesehen hatte.

Zu Fuß machte sie sich auf den Weg. Auf der Light House Avenue waren nur noch wenige Fahrzeuge unterwegs. Eine dünne Mondsichel hing am Himmel, ab und zu zog eine Schleierwolke vorbei. Das Sträßchen, das zum Leuchtturm führte, war spärlich beleuchtet, Julia konnte die Landschaft dahinter nur erahnen. Ein Seehund bellte. Ob es immer noch nach Kiefern und Meer roch?

Sie lauschte. Keine Schritte, nur das regelmäßige Aufschlagen der

Wellen. Die Felsen sahen wie Scherenschnitte aus. Bizarre Muster, umspült von Wasser. In der Ferne die Lichter eines Tankers. Kalte Luft strömte vom Meer aufs Land.

Plötzlich war jemand hinter ihr. Bevor sie sich umdrehen konnte, bedeckte etwas Ätzendes ihr Gesicht, und ihre Lippen brannten. Sie fiel auf die Knie, dann war sie weg.

22

Durch die verdunkelte Scheibe des Mercedes blickte Vita auf die Elektritschka. Als Kind war sie damit zwei Mal im Jahr mit der Mutter nach Moskau gefahren. Damals waren die Züge noch grün, im Winter mit grauem Schneematsch bespritzt und im Sommer von einer dicken Staubschicht bedeckt. Sie hatte auf einer unbequemen Holzbank gesessen und erwartungsvoll aus dem zerkratzten Fenster geschaut. Moskau! Allein der Name hatte sie in Aufregung versetzt. Frauen in Pelzmänteln und schicken Stiefeln; Männer, die in teuren Limousinen an der Uferstraße entlangfuhren. Der Kreml mit seiner gezahnten, beleuchteten Mauer. Nirgends strahlten die goldenen Kuppeln so hell. Nirgends schmeckte das Eis so gut. Schon damals wusste Vita, dass sie nach Moskau gehörte. Auf der Rückfahrt zählte sie die Sonnenblumenkerne am Boden der Elektritschka, um nicht sehen zu müssen, wie die Stadt hinter ihnen verschwand.

Heute waren die Wagen der Vorortzüge weiß. Ob es immer noch Holzbänke gab? Nach verschüttetem Wodka roch? Vita wusste es nicht. Sie war seit sechzehn Jahren nicht mehr mit der Elektritschka gefahren. Der Chauffeur scherte nach links aus und überholte einen Bus. Plattenbauten, so weit das Auge reichte. Vor den Eingängen saßen Babuschkas mit bunten Kopftüchern und schaukelten Kinderwagen, in denen ihre Enkel schliefen.

Der Wagen hielt vor einer Reihe zwölfgeschossiger Häuser. Ihr Leibwächter stieg aus, prüfte mit einem geübten Blick die Umgebung und öffnete Vita die Tür. Noch vor einigen Monaten hatte sie die Aufmerksamkeit genossen, die ihre Ankunft erregte. Seht her, ich habe es geschafft! Ich bin der Gleichförmigkeit entkommen, dem glanzlosen

Leben zwischen abblätterndem Verputz und tiefen Seufzern. Sie hatte sich über die rissigen Betonwege bewegt, als schwebe sie über einen Laufsteg. Eine elegante Erscheinung, die Schönheit und Selbstbewusstsein ausstrahlte. In letzter Zeit aber spürte sie den Griff der Vergangenheit, der an ihr zerrte und sie zurückzuholen versuchte. Vita eilte an einem Spielplatz vorbei, schaute bewusst nicht auf die Schaukeln, auf denen sie gefühlte Jahrzehnte gesessen hatte. Als Kleinkind, die Hand der Großmutter im Rücken; als Schülerin neben der Freundin; als Jugendliche, wenn es ihr in der Zweizimmerwohnung zu eng wurde.

Auf die Stahltür ihres Wohnblocks hatte jemand *Krim nasch* gekritzelt – die Krim gehört uns. Vita tippte eine Zahlenkombination in das Codeschloss und trat ein. Lose Bodenfliesen klapperten unter ihren Füßen, im schwachen Licht einer nackten Glühbirne waren Schmierereien an der Wand zu erkennen: *Spartak forever* und *Avos* – auf gut Glück. Wenigstens war der alte Aufzug ersetzt worden. Der Leibwächter nahm die Treppe. Er wartete bereits oben, als Vita im neunten Stock ankam. Wie immer würde er vor dem Eingang zur Wohnung stehen bleiben und das Treppenhaus im Auge behalten.

Ihre Mutter begrüßte sie mit einem Seufzer. »Ich habe dir gesagt, du sollst nichts mitbringen.«

Vita ging in die Küche und stellte eine Tüte mit Lebensmitteln auf den Tisch. Auf dem Herd brodelte eine Kohlsuppe, die Tür zu dem verglasten Balkon stand offen, damit der Dampf entweichen konnte, dafür setzte er sich in der Wäsche fest, die draußen trocknete. Wie Vita diesen Geruch hasste! Und diese winzige Küche, in der sich das winzige Leben ihrer Mutter abspielte.

Sie setzte sich widerwillig. »In Kropotkinskaja soll es neue Alterswohnungen –«

»Wie oft muss ich dir sagen, dass ich nicht von hier wegziehe!«

»Du könntest zu Fuß ins Einkaufszentrum gehen.«

»Was soll ich dort? Hier gibt es genug Läden.« Ihre Mutter holte einen Suppenteller aus dem Schrank und füllte ihn. »Auch wenn sie deinen Ansprüchen nicht genügen.«

Vita ignorierte den Seitenhieb. »Die Christi-Erlöser-Kathedrale wäre gleich um die Ecke.«

»Kerzen kann ich auch hier anzünden.« Ihre Mutter deutete auf eine Ikone an der Wand.

Jetzt war es Vita, die seufzte. »Und was ist mit mir? Ist es dir egal, dass ich jede Woche so weit fahren muss?«

Ihre Mutter stellte den Teller vor sie auf den Tisch und gab einen ordentlichen Klecks saurer Sahne in die Suppe. »Iss! Du bist viel zu dünn.«

»Für mich wäre es viel einfacher, wenn du in der Stadt wohnen würdest.«

»Du beklagst dich über dein strenges Leben?« Ihre Mutter lachte, doch es klang bitter. »Ich sage dir, was streng –«

»Ich beklage mich nicht!«, gab Vita wütend zurück. »Ich sage nur, dass es für uns beide besser wäre, wenn du aufhören würdest, dich wie eine sture –«

»Schluss jetzt! Ich will nicht mehr darüber reden. Ich habe nicht vor wegzuziehen. Das ist mein Zuhause. Ich habe hier alles, was ich brauche. Ich schäme mich nicht für mein Leben. Und jetzt iss!«

Die Sahne war geschmolzen, voller Ekel betrachtete Vita die Fettaugen, die obenauf schwammen. Ihre Mutter hatte nie verstanden, warum sie wegwollte. Ginge es nach ihr, würde Vita in einem Provinzladen Designerimitate verkaufen oder in einem Friseursalon Haare schneiden. Sie hätte den Nachbarjungen geheiratet, der ihr seit der Primarschule nachstellte, und wäre längst Mutter. Sie betrachtete die Kakerlakenfalle unter dem Kühlschrank.

»Grischas Frau erwartet ihr zweites Kind«, sagte ihre Mutter, als hätte sie Vitas Gedanken lesen können.

Vita schwieg.

»Er fragt immer noch nach dir«, sagte ihre Mutter vorwurfsvoll.

»Pascha lässt dich grüßen.« Das stimmte zwar nicht, aber Vita wollte sie daran erinnern, dass sie glücklich verheiratet war.

»Pascha!« Ihre Mutter spie den Namen förmlich heraus. »Was

glaubst du, wie lange er sich noch gedulden wird? Du bist nicht mehr die Jüngste. Ein Mann wie er will Nachkommen. In ein oder zwei Jahren wird er die Scheidung einreichen, du wirst schon sehen.« Obwohl sich Vita gegen die Angriffe ihrer Mutter gewappnet hatte, stiegen ihr die Tränen in die Augen. Rasch senkte sie den Kopf und nahm einen Löffel Suppe. So war es schon immer gewesen. Egal, wovon sie träumte, ihre Mutter stach mit spitzen Worten zu und versuchte, den Traum zum Platzen zu bringen. Sie misstraute dem Glück und lebte nach dem Grundsatz, wer nichts besaß, konnte auch nichts verlieren. Dabei übersah sie das Wichtigste: Vita verdankte ihr heutiges Leben nicht dem Glück, sondern harter Arbeit und ihrer Fähigkeit, Rückschläge wegzustecken.

Dieser Gedanke war es, der sie den Kopf heben ließ. »Du erteilst mir Ratschläge? Immerhin bin ich verheiratet!«

Im Gegensatz zu dir. Der Satz hing unausgesprochen in der Luft. Vitas Vater war verschwunden, kurz nachdem ihre Mutter schwanger geworden war. Vita war mit der Lüge aufgewachsen, er sei fürs Vaterland gestorben. Die Wahrheit hatte sie erst viel später von einer Tante erfahren.

Ihre Mutter bereitete sich eine Tasse Tee zu und rührte großzügig Marmelade hinein. Ihre Hand zitterte. Vita überkam ein schlechtes Gewissen. Es war nicht einfach, allein ein Kind großzuziehen. Ihre Mutter hatte ihr Bestes getan, nun versuchte sie, Vita vor den Fehlern zu bewahren, die sie gemacht hatte. Wer keine Hoffnungen aufkommen ließ, konnte auch nicht enttäuscht werden. Noch einer der Grundsätze, nach denen sie lebte. Sie begriff nicht, dass Vita keine Hoffnungen hatte. Sondern Pläne.

»Wie geht es Grischas Mutter?«, wechselte Vita das Thema.

Ihre Mutter seufzte. »Wie soll es ihr schon gehen?«

Sie begann, von der Arthritis der Nachbarin zu erzählen, von der schlechten Luft, die ihr zu schaffen machte. Sie klagte über ihre magere Rente, über die hohen Medikamentenkosten und die Gleichgültigkeit der Behörden. Vita löffelte Suppe, nickte und schmiedete Pläne.

Als sie die Wohnung verließ, drückte der Leibwächter den Knopf des Aufzugs, Vita aber lief auf die Treppe zu. Sie musste raus. Auf der Stelle. Sie rannte nach unten.

Ihr Blick fiel auf den Schriftzug an der Mauer. *Avos.* Nein, auf das Glück würde sie sich bestimmt nicht verlassen.

23

Kälte. Überall. Sie griff nach ihr, umspülte sie. Julia versuchte, die Augen zu öffnen. Ihre Lider waren schwer, ihr Kopf ein Schlachtfeld. Vor und zurück. Ein Ziehen. Vor und zurück. Möwengeschrei. Ein Spalt fahles Licht. Stiche im Kopf. Das regelmäßige An- und Abschwellen von Wasser, verebbendes Rauschen. Eine Endlosschleife, die Julia wieder in die Tiefe riss. Sie kämpfte dagegen an, denn sie fürchtete, dass der Abgrund bodenlos war. Schließlich schaffte sie es, die Augen zu öffnen. Sie saß im Sand und lehnte gegen einen Fels, ihre Beine befanden sich im kalten Wasser.

Sie bewegte die klammen Finger. Hob den Arm. Er fühlte sich an, als gehöre er nicht zu ihrem Körper. Sie versuchte, den Kopf zu drehen, doch der Schmerz ließ sie erstarren. Sie ballte die Hände, um die Durchblutung anzuregen. Die Fäuste wie Steinbrocken, der Rücken taub. Eine Möwe flog davon.

Julia blickte an sich herab. Sie war vollständig bekleidet. Sie erinnerte sich an das Brennen, das sie gespürt hatte, bevor sie das Bewusstsein verlor. Man hatte sie betäubt. Vorsichtig robbte sie aus dem Wasser. Etwas kratzte in ihrem Ausschnitt. Mit steifen Fingern klaubte sie ein Blatt Papier hervor.

»Geh nach Hause. Nächstes Mal bist du tot.«

Die gleiche Schrift. Das gleiche »n«. Andrejs »n«. Natürlich. Warum hatte sie es nicht gesehen? Der lateinische Buchstabe »n« sah aus wie ein russisches »p«, bis auf den zusätzlichen Höcker. Dem Verfasser der Nachricht waren kyrillische Buchstaben vertrauter als lateinische.

Jeder Gedanke ein Nadelstich. Julia schleppte sich landeinwärts. Die Mondsichel tief am Himmel. Über den Bergen noch keine

Morgenröte. Starre Gelenke, verkrampfte Muskeln. Der Leuchtturm. So weit weg. Ihr Kopf fühlte sich viel zu schwer an. Blitze vor den Augen. Sie war beim Sträßchen angekommen. Stand auf, rieb sich die Beine. Wie ein aufgezogenes Blechspielzeug marschierte sie weiter.

Die Light House Avenue. Ein Mann, der mit seinem Hund unterwegs war, musterte sie misstrauisch. Wie musste sie auf ihn wirken, mit ihrem wirren Haar, ihrer verschmutzten Kleidung, ihrem verstörten Blick? Sie wankte an ihm vorbei. Der Parkplatz des Supermarkts. Ihr Wagen. Erst nach drei Anläufen gelang es ihr, den Schlüssel ins Zündschloss zu stecken und den Motor zu starten. Sie drehte die Heizung auf. Die Außenwelt verschwand hinter den beschlagenen Autofenstern, und Leben kehrte in ihren Körper zurück.

Wut stieg in ihr auf. Auf den Angreifer, das Schicksal und ja, auf Andrej, gestand sie sich ein. Sie wusste nicht, wie die Ereignisse zusammenhingen, aber alles begann an dem Tag, an dem sie ihn kennenlernte. Sie wischte das Kondenswasser von der Scheibe und spähte hinaus. Sie war sicher, dass der Angreifer sie beobachtete.

Sie schluckte zwei Tabletten gegen die Kopfschmerzen und fuhr los. An einer Tankstelle zog sie frische Kleidung an, setzte sich mit einem Becher heißem, gezuckertem Tee an einen klebrigen Tresen und kaufte sich im Internet ein Flugticket nach New York. Dann gab sie Henry ihre Ankunftszeit und die Flugnummer durch.

Er würde die Botschaft verstehen.

Draußen war es hell geworden. Pendler kamen in den Tankstellenshop, um sich mit Kaffee einzudecken.

Julia wählte die Nummer, die auf Larsens Anrufbeantworter gespeichert war.

»Guten Tag, Sie sind mit dem Labor von Rejuvena verbunden, wie kann ich Ihnen helfen?«

»Mich hat jemand von dieser Nummer aus angerufen und eine Nachricht hinterlassen«, erklärte Julia. »Leider habe ich nicht verstanden, wer es war.«

»Kein Problem, ich kann im System nachschauen. Wie lautet Ihr Name?«

»Der Anruf liegt schon einige Tage zurück«, wich Julia aus. »Vielleicht länger. Ich war verreist, ich bin erst gestern zurückgekommen.«

»Dann war es vermutlich Dinah. Sie arbeitete bis letzte Woche an diesem Platz.«

Der Name sagte Julia etwas.

»Dinah Izatt ist leider nicht mehr bei uns, aber ich helfe Ihnen gerne weiter.«

Die E-Mail an Michael, fiel es Julia ein. Eine Dinah Izatt hatte ihn um Rückruf gebeten. Dieselbe Dinah Izatt hatte auch Gideon Larsen kontaktiert! Julia täuschte eine schlechte Verbindung vor und legte auf. Sie wählte die Hauptnummer von Rejuvena, gab sich als Mitarbeiterin des California Department of Justice aus und fragte nach Dinah Izatt. Man teilte ihr mit, dass die Labormitarbeiterin nicht mehr in der Klinik arbeitete.

»Wissen Sie, wo ich sie erreichen kann?«

»Es tut mir leid, ich kann Ihnen nicht weiterhelfen.«

»Es ist dringend.«

»Ich darf am Telefon keine Auskunft geben.«

»Ich kann auch die Polizei vor Ort bitten, Ihnen einen Besuch abzustatten, wenn Ihnen das lieber ist.«

Die Frau zögerte.

»Es ist äußerst wichtig, dass wir Dinah Izatt so schnell wie möglich erreichen.«

Widerwillig nannte die Frau eine Handynummer und eine Adresse in Monterey. »Vielleicht ist sie auch bei ihren Eltern in Salt Lake City.«

Julia legte auf. Nach Monterey zurück konnte sie nicht. Sie bezweifelte ohnehin, dass Izatt dort war. Sie versuchte es auf deren Handy, aber das Gerät war ausgeschaltet. Unter *Izatt* gab es in Salt Lake City zahlreiche Einträge. Julia stellte fest, dass der Nachname unter Mormonen verbreitet war. Jetzt begriff sie. Dinah Izatt war vermutlich Mormonin, sie musste Larsen privat gekannt haben.

Julia wählte eine andere Nummer. An der Ostküste war es kurz vor Mittag. Sie erreichte Kenji Takahashi in seinem Büro.

»Julia Sanders hier.«

»Ja?«

»Wir ... ich habe Sie kürzlich besucht, weil mein Sohn verschwunden ist.«

»Ich weiß, wer Sie sind«, sagte er zurückhaltend.

»Wir haben über den Mann gesprochen, der Sie nach Michael gefragt hat. Sie haben einen Akzent erwähnt.«

»Ja.«

»Könnte der Mann Russe gewesen sein?«

»Englisch ist nicht meine Muttersprache«, erklärte er. »Es fällt mir schwer, Akzente auszumachen.«

»Sah er vielleicht wie ein Russe aus?« Julia hörte selbst, wie absurd die Frage klang. Nicht alle Russen hatten slawische Gesichtszüge, und nicht alle Menschen mit slawischen Gesichtszügen waren Russen.

»Wie sieht ein Russe aus?«, fragte Takahashi dann auch.

»Wissen Sie noch, was genau er gesagt hat?«

»Dass er Michael Wild sucht. Und ob ich kürzlich mit ihm gesprochen hätte.«

Julia wiederholte die Frage mit einem leichten russischen Akzent.

»Ja«, sagte Takahashi überrascht. »Genau so klang er.«

»Und Sie sind sicher, dass er dunkel war, nicht blond?«, fragte sie.

»Ja.«

»Haben Sie ihn seither noch einmal gesehen?«

»Nein.«

»Hat sich sonst jemand nach Michael erkundigt?«

Der Professor zögerte. »Die Polizei war bei mir.«

Deshalb die Zurückhaltung. Kenji Takahashi wollte nicht mit einer Mordermittlung in Verbindung gebracht werden.

»Michael hat Gideon Larsen nicht getötet.«

Schweigen.

»Jemand versucht, ihm den Mord anzuhängen«, erklärte Julia. »Vermutlich dieselbe Person, die Sie aufgesucht hat.«
»Ich wünsche Ihnen viel Glück.« Takahashi legte auf.
Eine Weile saß Julia reglos da. Für wen arbeitete der Russe? Den Inlandsgeheimdienst? Den Militärgeheimdienst GRU? Besonders raffiniert ging der Mann nicht vor, aber das musste nichts bedeuten. Das Debakel bei der Vergiftung des früheren russischen Agenten Sergei Skripal in Salisbury hatte gezeigt, dass auch dem Geheimdienst Fehler unterliefen. Damals waren vier Mitarbeiter des GRU nach Den Haag geflogen, wo die Organisation für das Verbot chemischer Waffen ihren Sitz hatte, um die Verbindung zwischen Giftanschlag und Militärgeheimdienst zu verschleiern. Alle vier waren aufgeflogen. Schlimmer noch. Mithilfe der sichergestellten Ausweise und Laptops konnten über dreihundert Mitarbeiter des GRU enttarnt werden. Ein ganzes Agentennetz. Was für eine Blamage für die Russen! Genüsslich hatte der niederländische Geheimdienst berichtet, dass man bei einem der Agenten sogar eine Taxiquittung gefunden hatte, mit der seine Fahrt von einer Militäranlage zum Flughafen Scheremetjewo in Moskau belegt werden konnte.

Julia dachte an Stanislaw Danilow, der vermutlich als Militärchemiker tätig gewesen war. Und Chemprom aufgekauft hatte, ein Unternehmen, das zu Sowjetzeiten Nervengase produzierte. Wie hing das alles zusammen? Spielte die Nationalität des Mannes, der sie verfolgte, überhaupt eine Rolle? In Kalifornien gab es viele Russen. Bestimmt arbeiteten einige von ihnen in der Sicherheitsbranche. Warum also nicht für Charles Baldwin?

Wenn sie nur wüsste, wovor Andrej solche Angst hatte. Hätte sie doch genauer hingeschaut! Sie war buchstäblich blind vor Liebe gewesen. Nicht nur er war ihren Fragen ausgewichen, auch die anderen Studenten hatten es vermieden, ihre Ansichten kundzutun oder etwas von sich preiszugeben. Bloß Tanja erzählte ab und zu von ihrem Leben zu Hause. Die schüchterne Tanja, Tochter eines einfachen Beamten, die es geschafft hatte, einen der begehrten Austauschplätze zu ergattern. Was war wohl aus ihr geworden? Sie hatte damals Julia bei der Einreise nach Moskau geholfen. Eine Romantikerin im Dienst der Liebe.

Julia verließ den Tankstellenshop. Der Berufsverkehr hatte etwas nachgelassen, trotzdem brauchte sie für die Fahrt nach San Francisco über zwei Stunden. Sie fand einen Gebrauchtwagenhändler, der ihr den Toyota für 4500 Dollar abkaufte. Ein Taxi brachte sie zum Flughafen. Julia reihte sich in die Warteschlange vor der Sicherheitskontrolle ein. In den Passagierbereich durfte ihr Verfolger nicht. Es sei denn, er hätte sich ein Flugticket gekauft. Julia zweifelte keinen Augenblick daran, dass er über ihre Reisepläne informiert war. Genau das hatte sie bezweckt.

Nachdem sie die Kontrolle passiert hatte, suchte sie den nächsten Ausgang und verließ den Flughafen wieder. Eine Stunde später saß sie im Bus Richtung Seattle.

24

Die Maschine aus San Francisco war vor zwei Stunden gelandet. Henry verließ das Ankunftsterminal. Er hatte nicht damit gerechnet, dass Julia an Bord war. Wenn sie wirklich nach New York hätte fliegen wollen, hätte sie ihm ihre Flugdaten verschlüsselt geschickt. Die Nachricht von ihr war eine falsche Fährte gewesen. Dennoch war er enttäuscht. Ob ihr Verfolger den Köder geschluckt hatte?

Auf der Fahrt zurück in die Stadt kreisten seine Gedanken unentwegt um Michael. In was war er hineingeraten? Jetzt bereute Henry es, dass er nicht darauf beharrt hatte, mehr über Julias Vergangenheit zu erfahren. Als er sie frisch kennenlernte, schwieg er, weil seine Fragen sie in die Flucht getrieben hätten. Später, weil er fürchtete, ihr mühsam wiedererlangtes seelisches Gleichgewicht zu gefährden. Irgendwann war es nicht mehr wichtig gewesen. Es zählte einzig, was sie zusammen aufgebaut hatten. Die Schatten lauerten zwar im Hintergrund, doch mit jedem Jahr, das verging, erschienen sie ihm weniger bedrohlich. Henry machte sich nichts vor. Julia hatte sich damals nicht in ihn verliebt. Sie hatte Sicherheit gesucht, und er hatte sie ihr bieten können. Er war sich schäbig vorgekommen, er hatte ihre Notlage ausgenutzt. Doch er war machtlos angesichts der Gefühle, die ihn überwältigt hatten, als er sie das erste Mal am Strand sah. Liebe, Zärtlichkeit, Begierde, Zuneigung, Fürsorglichkeit. Eine Zeit lang rechnete er ständig damit, von ihr verlassen zu werden. Sie hatte aufgehört, bei jedem Schritt hinter sich zu schauen, und begonnen, als Übersetzerin zu arbeiten. Sie wurde unabhängiger, selbstsicherer. Trotzdem blieb sie.

Am Vormittag hatte die Polizei ihm an der Universität einen Besuch abgestattet. Michael, ein Mörder? Henry hatte ungläubig den Kopf geschüttelt. Seine Beteuerungen, dass Michael gar nicht in der Lage wäre, einen Menschen zu töten, interessierten sie nicht.

»Er ist Arzt!«, hatte er gesagt. »Sein Leben lang wollte er nichts anderes als Menschen helfen.«

»Michael Wild ist nicht Ihr leiblicher Sohn, oder?«, hatte einer der Beamten gefragt, ohne auf Henrys Einwände einzugehen.

»Warum ist das wichtig?«

»Wie gut wissen Sie über sein Leben Bescheid?«

Henry war der Frage ausgewichen. Michael war ihm fremd geworden. Seit er nach Berlin gezogen war, hatten sie kaum noch Kontakt. Henry dachte an die Krankheit, die er ihnen verheimlichte. Als er Julias Brief las, hatte er geweint. Nicht weil Michael krank war, sondern weil er sich ihnen nicht anvertraute.

In Inwood lief er sofort nach oben. Vielleicht wartete Julia zu Hause auf ihn, dachte er, obwohl er es eigentlich besser wusste. Die Wohnung war leer. Er hörte den Anrufbeantworter ab, schließlich setzte er sich in seinen alten Lesesessel am Fenster und schaute auf die Straße hinunter. Eine Familie ging vorbei, Henry schnappte einige spanische Wörter auf; eine Mutter schalt ihren Jungen, der zu nah am Gehsteigrand ging, Sekunden später brach sie in Gelächter aus. Leben. Sehnsüchtig dachte Henry an die Zeit zurück, in der auch diese Wohnung mit Leben erfüllt war.

Er holte ein Fertiggericht aus dem Tiefkühler und schob es in den Mikrowellenherd. Spaghetti mit Hackfleischbällchen. Sein Arzt hätte keine Freude. Henrys Blutfettwerte waren viel zu hoch, in letzter Zeit litt er wieder vermehrt an Kurzatmigkeit. Er hatte versprochen, besser auf seine Gesundheit zu achten, doch er schaffte es einfach nicht. Er konnte den Emissionsnebel nach dem Gravitationskollaps eines Sterns messen, Satellitenaufnahmen auswerten, Datenbanken programmieren. Aber einer Portion Spaghetti widerstehen konnte er nicht.

Während er auf das Essen wartete, nahm er sein Handy hervor. Keine E-Mail, keine SMS. Sein Blick fiel auf Sams Napf. Er hatte es noch nicht über sich gebracht, ihn zu entsorgen. Ob sich Julia einen neuen Hund zulegen würde? Er wusste es nicht. Sie hatte sich verändert, genau wie Michael. Vielleicht war sie wieder zu der Frau geworden, die sie früher war. Ziellos streifte er in der Wohnung umher. Im Flur blieb er vor einer Reihe Fotos stehen, die an der Wand hingen. Julia mit großer Sonnenbrille und Hut. Michael mit Zahnlücke auf Coney Island. Als Gewinner des Hauptpreises bei einem Physikwettbewerb. Henry musterte seine Gesichtszüge. Die Nase hatte er nicht von Julia, die Augen auch nicht. Wie mochte Michaels Vater ausgesehen haben?

Der Mikrowellenherd piepste. Henry setzte sich mit dem Teller an seinen Schreibtisch, um Prüfungsarbeiten zu korrigieren. Aus der Wohnung nebenan erklangen Stimmen, irgendwo lief Musik. Normalerweise vertiefte er sich sofort in die Arbeit, heute aber fiel es ihm schwer, sich zu konzentrieren. Michael stand unter Mordverdacht, und er saß hier und unternahm nichts, um ihm zu helfen. Hätte er darauf bestehen sollen, sich an der Suche zu beteiligen? Julia meinte, dass er vermutlich beobachtet wurde. Stimmte das? Oder wollte sie bloß nicht, dass er zu viel erfuhr? Würde sie ihm wirklich die ganze Wahrheit erzählen, wenn sie zurückkehrte?

Henry stellte den leeren Teller in die Spüle. Er goss sich einen Whisky ein und setzte sich wieder in seinen Sessel. Das alte Leder knarzte unter seinem Gewicht, ein vertrautes Geräusch, das er mit einem wohlverdienten Feierabend verband. Er schloss die Augen. Er musste eingenickt sein, denn plötzlich schreckte er hoch. Jemand klopfte an die Tür. Julia? Vielleicht hatte er aus Versehen die Sicherheitskette vorgelegt. Henry lief zur Tür und riss sie auf.

Ein kräftiger Mann hielt ihm einen Ausweis entgegen, den er sofort wieder in der Jackentasche verschwinden ließ. »Darf ich hereinkommen? Es geht um Ihre Frau.«

Henrys Herz setzte einen Schlag aus. Ein Stich, Schmerzen in der Brust. »Ist ihr etwas zugestoßen?«

»Bitte treten Sie zur Seite.«

Henry versuchte, etwas zu sagen, doch er hatte Mühe zu atmen. Er zeigte auf die Jacke des Unbekannten, versuchte ihm klarzumachen, dass er den Ausweis noch einmal sehen wollte. Der Mann drängte in die Wohnung.

»Wer sind Sie?«, brachte Henry heraus.

Der Mann schloss die Tür hinter ihnen.

25

Noch nie war Julia in einer Stadt gewesen, in der es so viele Coffee Shops gab. Julia saß in einem Café im Stadtteil Phinney Ridge. Gegenüber befand sich ein Ein-Dollar-Laden, an der Ecke ein Biomarkt. Die Hope Church lag zwei Querstraßen entfernt am Fuß eines Hügels, dessen Hang mit bescheidenen Einfamilienhäusern überzogen war. Julia trank ihren dritten Espresso. Sie hatte während der Fahrt nach Seattle kein Auge zugetan. Weil die Busgesellschaft einen Ausweis verlangte, wenn eine Strecke über eine Staatsgrenze führte, war Julia nur bis an die kalifornische Grenze gefahren. Dort hatte ein Lastwagenfahrer sie mitgenommen. Auf dem dunklen Highway wurde ihr schmerzlich bewusst, was für eine leichte Beute sie für den Fahrer hätte sein können.

Sie wartete noch eine halbe Stunde, dann machte sie sich auf den Weg. Vor der Kirche hatten sich Obdachlose versammelt. Sie standen schweigend im Morgennebel, manche waren in Decken gehüllt, andere versuchten, sich mit ihren dünnen Jacken gegen die Kälte zu wappnen. Ein Lieferwagen fuhr vor und lud Lebensmittel aus. Die freiwilligen Mitarbeitenden waren an ihren Schirmmützen zu erkennen, auf denen *Hope Church Seattle* stand. Julia erkundigte sich nach Mary Ellen und wurde an eine Frau verwiesen, die eine Kiste mit Milchpackungen trug. Sie war um die dreißig, ihr langes Gesicht zeigte scharfe Züge.

Julia stellte sich vor. »Ich bin die Mutter des Journalisten, der Sie treffen wollte.«

Mary Ellen blieb stehen. »Michael Wild? Sie sind seine Mutter?«

»Ich würde Ihnen gern ein paar Fragen stellen, wenn Sie hier fertig sind.«

»Das wird eine Weile dauern.«

»Kann ich etwas beitragen?«

Mit dem Reiserucksack, den sie unterwegs gekauft hatte, der zerknitterten Kleidung und dem von Müdigkeit gezeichneten Gesicht sah Julia vermutlich nicht viel anders aus als die Obdachlosen, die für eine Mahlzeit hergekommen waren.

Mary Ellen zögerte kurz, dann nickte sie. »In der Küche könnten wir jemanden brauchen, der Porridge kocht. Erste Tür links.«

Julia betrat das Gebäude. Die Wärme in der Küche war wohltuend. Zwei freiwillige Helferinnen und ein älterer Mann hievten Töpfe vom Herd und trugen sie hinaus. Julia stellte ihren Rucksack in eine Ecke und ließ sich einweisen.

»Sie sehen aus, als könnten Sie auch etwas Porridge vertragen«, sagte eine der Frauen, als der Ansturm vorbei war.

Dankbar nahm Julia die Schale entgegen, die ihr die Frau hinhielt.

Wenig später holte Mary Ellen sie ab und führte sie in ein enges Büro, das mit Kisten voller gebrauchter Kleider gefüllt war. Erschöpft ließ sie sich auf einen Stuhl fallen.

»Es werden jeden Tag mehr«, sagte sie resigniert. »Wir können nicht allen helfen. Während eine kleine Oberschicht immer reicher wird, verlieren Menschen, die mit zwei Jobs kaum über die Runden kommen, auch noch ihr Zuhause. Was ist das bloß für eine Welt?« Sie rieb sich die Augen. »Aber Sie sind nicht hier, um über Obdachlosigkeit zu reden. Wie kann ich Ihnen helfen?«

Julia gestand, dass sie in Michaels Namen auf die Mail von Mary Ellen geantwortet hatte, und fasste zusammen, was geschehen war. »Sie sind die einzige Spur, die ich habe.«

»Michael hat am Telefon nicht erwähnt, warum er mit Jesses Mutter sprechen wollte. Nur, dass er glaube, der Tod des Jungen habe nichts mit den Umständen zu tun, unter denen er lebte. Ich weiß nicht, wie gut Sie informiert sind. Die Medien gaben den hygienischen Verhältnissen im Wohnwagen die Schuld an Jesses Herzversagen.«

»Das habe ich gelesen«, sagte Julia. »Kennen Sie die Familie?«

»Ja.« Betroffen senkte Mary Ellen den Blick. »Shari, Jesse und Eric waren in einer Notschlafstelle untergebracht, die wir verwalten. Leider mussten sie die Unterkunft verlassen. Der Aufenthalt ist auf sechs Monate beschränkt. Es brach mir das Herz. Dann gelang es Shari, den alten Wohnwagen zu kaufen. Ich weiß nicht, woher sie das Geld nahm. Sie war überglücklich. Endlich ein Zuhause, wenn auch ohne Wasser und Strom. Damals stand der Wohnwagen noch am Green Lake, doch dort hat er viele gestört, vor allem die Mitglieder des angrenzenden Golfklubs. Shari ist dann nach Norden gezogen, in die Nähe des Boeing-Werks.« Sie schüttelte den Kopf. »Wieder ein Schulwechsel. Als hätten es die Kinder nicht schon schwer genug. Und für die Mutter bedeutete der Umzug einen längeren Arbeitsweg. Höhere Fahrkosten.«

»Wo ist der Vater?«

»Erics Vater kenne ich nicht. Jesses Dad ist drogenabhängig.« Mary Ellen sah sie an. »Wir haben inzwischen nicht nur die höchste Obdachlosenrate in Seattle, sondern auch eine regelrechte Heroinepidemie.«

Julia kam wieder auf Jesses Mutter zu sprechen. Sie erfuhr, dass Shari in einer Filiale von Dunkin' Donuts arbeitete, und dass ihr älterer Sohn Eric die vierte Klasse besuchte.

»Wenn Sie möchten, bringe ich Sie heute Abend hin«, bot Mary Ellen an. »Ich wollte Shari ohnehin schon lange besuchen.«

Dankend nahm Julia das Angebot an. »Darf ich so lange hierbleiben? Ich bezahle auch.« Sie holte fünfzig Dollar hervor.

Mary Ellen schüttelte bedauernd den Kopf. »Wir machen keine Ausnahmen, sonst fühlen sich die Obdachlosen, die sich an unsere Regeln halten, betrogen.« Sie betrachtete den Geldschein. »Aber ich kann Ihnen mein Gästezimmer überlassen. Wir brauchen hier jeden Dollar, den wir bekommen können.«

Wenig später lag Julia in einem weichen Bett in einem Haus am Phinney Ridge, wo sie augenblicklich einschlief. Als sie erwachte, war es Nachmittag. Sie duschte, stopfte ihre schmutzigen Kleider in die

Waschmaschine und setzte sich mit ihrem Laptop vor den Gaskamin im Wohnzimmer. Sie fühlte sich in ein anderes Leben zurückversetzt. Ein Leben, in dem sie abends auf dem Sofa saß, Chilischoten knabberte und mit Henry telefonierte. In dem eine gelungene Übersetzung den Höhepunkt ihres Tages darstellte. Nur Sam kam in diesem Bild nicht vor. Kurz erwog sie, Henry anzurufen. Bestimmt machte er sich Sorgen um sie. Doch sie musste sich zuerst weitere Einweg-Handys beschaffen.

Sie startete das Mailprogramm. Zu ihrer Überraschung hatte Neil Munzo geschrieben und um ein Treffen gebeten. Julia lehnte sich zurück und starrte auf die tanzenden Flammen. Als sie Munzo in der Kryonikanlage in Carson City besucht hatte, konnte er sie gar nicht schnell genug loswerden. Wie kam es zu dieser Meinungsänderung? Sie sah ihn vor sich. Seinen kräftigen Körperbau, die Energie, die er versprühte. Steckte er hinter dem Überfall am Strand? Er hätte es problemlos geschafft, sie von Nevada aus zu beschatten. Sie öffnete den Kryonik-Ordner, der den Mailverkehr zwischen Michael und Munzo enthielt. Der Kryoniker war auch ihm gegenüber zurückhaltend. Nur widerwillig hatte er einem Interview zugestimmt. Michaels Fragen waren sachlich formuliert, doch Julia kannte ihren Sohn gut genug, um zu wissen, dass er der Kryonik gegenüber kritisch eingestellt war. Besonders beschäftigt hatte ihn die Frage nach dem Todeszeitpunkt. Kryoniker gingen offenbar davon aus, dass der wirkliche Tod nicht eintrat, wenn das Herz aufhörte zu schlagen, sondern erst, wenn die Zellen und die chemischen Strukturen des Körpers so stark zerfallen waren, dass auch eine noch zu entwickelnde Technologie den Ursprungszustand des Körpers nicht wiederherstellen konnte. Deshalb betrachteten sie die Menschen auf ihren Pflegestationen – Michael hatte ein Ausrufezeichen hinter den Begriff gesetzt – nicht als Leichen. Sie waren Patienten, wie Neil Munzo auch ihr gegenüber betont hatte. Es konnte ihm nicht gefallen, dass ein Arzt diese Tatsache hinterfragte. Aber würde er Michael deswegen zum Schweigen bringen wollen?

Sie öffnete ein weiteres Dokument und fand die von Michael notierten Stichworte *Bågenholm*, *Rana sylvatica* und *Acutuncus antarcticus*. Dahinter zwei Fragezeichen. Julia begann, im Netz zu recherchieren. Anna Bågenholm war eine junge Ärztin, die in einen zugefrorenen Fluss gestürzt und unters Eis gezogen worden war. Dank einer Luftblase hatte sie weiteratmen können. Sie schaffte es, vierzig Minuten lang zu strampeln, bevor sie das Bewusstsein verlor. Als man sie endlich befreite, betrug ihre Körpertemperatur gerade noch 13,7 Grad. Nach medizinischen Kriterien war sie tot. Sie atmete nicht mehr, ihr Herz hatte aufgehört zu schlagen, Hirnaktivitäten gab es keine. Trotzdem versuchten die Ärzte, sie wiederzubeleben. Sie wärmten ihren Körper auf, und nach drei Stunden arbeitete ihr Herz wieder. Die Kälte hatte die Frau konserviert. Ohne bleibende Schäden. War sie überhaupt tot gewesen?

Julia schauderte, als sie sich die »Patienten« in der Kryonikanlage vorstellte. Lebten sie noch, wenn Munzo das Blut in ihren Adern durch eine Art Frostschutzmittel ersetzte? War er ein Mörder? Es erstaunte Julia, dass sich nicht mehr Leute für diese Frage interessierten.

Rana sylvatica war, wie sich herausstellte, eine Waldfroschart, die in Kanada und Alaska lebte. Im Winter fror der Frosch ein. Sein Herz hörte auf zu schlagen, seine Atmung stoppte. Wurde es wieder warm, taute er auf und lebte weiter. Offenbar schützten ihn Stoffe im Blut vor Frostschäden. Auch das antarktische Bärtierchen »Acutuncus antarcticus« überlebte tiefgefroren. Japanische Wissenschaftler fanden mehrere Exemplare, nachdem sie Moos aufgetaut hatten, das dreißig Jahre lang gefroren war. Ein Bärtierchen hatte anschließend sogar Eier gelegt.

Die Tür ging auf, und Mary Ellen kam herein. Sie zog ihre nassen Schuhe aus und trat ins Wohnzimmer.

»Sie haben es sich gemütlich gemacht«, lächelte sie. »Schön.«

»Ihr Zuhause ist wunderbar«, sagte Julia.

Ein Schatten huschte über Mary Ellens Gesicht. Julia ahnte, welche Bilder ihr durch den Kopf gingen. Obdachlose, die in Notunterkünften, Zelten oder unter freiem Himmel schliefen. Ohne Kamin, an dem sie sich hätten wärmen können. In diesem Haus fände problemlos eine ganze Familie Platz.

»Haben Sie schon gegessen?« Mary Ellen wartete ihre Antwort nicht ab. »Ich habe noch Reste im Kühlschrank.«

Julia folgte ihr in die Küche. In einem Erker stand ein Esstisch, auf dem Fenstersims eine Reihe von Töpfen mit Orchideen. Julia legte das Besteck, das Mary Ellen ihr reichte, auf zwei geblümte Tischsets. Es gab Gemüselasagne. Julia aß nicht gern in Gesellschaft von Menschen, die sie nicht kannte. Sie fühlte sich ihnen ausgeliefert, fast, als säße sie mit verbundenen Augen am Tisch. Aber sie wollte nicht unhöflich sein und griff nach der Gabel. Während des Essens erzählte Mary Ellen von ihrer Arbeit bei der Hope Church.

»Was machen Sie beruflich?«

»Ich bin Dolmetscherin«, antwortete Julia. »Arbeite aber als Übersetzerin.«

Die Bewunderung stand Mary Ellen ins Gesicht geschrieben. »Wie viele Sprachen sprechen Sie?«

»Englisch, Deutsch und … Russisch«, ergänzte Julia zu ihrer eigenen Überraschung. Nicht einmal Henry wusste, dass sie Russisch konnte. Sie hatte die Sprache aus ihrem Leben verbannt, wie alles, was mit Andrej zu tun hatte.

»Sitzen Sie bei Konferenzen in diesen Glaskabinen?«

»Nein, ich übersetze von zu Hause aus, nur schriftlich. Aber es war immer mein Traum, bei der UNO als Simultandolmetscherin zu arbeiten.«

»Ich stelle es mir unheimlich schwierig vor«, sagte Mary Ellen. »Was, wenn die Gedanken abschweifen und man etwas verpasst?«

»Man muss sich gut konzentrieren«, bestätigte Julia.

Genau das war ihre Stärke. Sie hatte alles ausblenden können. Wenn sie dolmetschte, gab es für sie nichts anderes. Danach war sie immer erschöpft, als habe sie Leistungssport getrieben.

»Und wenn man ein Wort nicht kennt?«, fragte Mary Ellen.

»Dann muss man improvisieren.«

Darin war Andrej gut gewesen. Von ihm hatte Julia gelernt, sich nichts anmerken zu lassen, wenn sie unsicheren Boden betrat.

Sie räumten das Geschirr weg, und Mary Ellen stellte sich unter die Dusche. Julia nutzte die Zeit, um Neil Munzo zu schreiben. Sie traute ihm nicht und lehnte seine Bitte um ein Treffen mit der Begründung ab, dass sie sich nicht mehr in Nevada befände.

Der Wohnwagen stand neben einer Wertstoff-Sammelstelle am Stadtrand. Hinter den zugezogenen Vorhängen glomm ein schwaches Licht. Mary Ellen holte eine Tüte aus dem Kofferraum und klopfte an die Tür.

Die Frau, die ihnen öffnete, blickte ihnen warmherzig entgegen. Strähniges Haar fiel ihr ins Gesicht, unter ihrem engen Pullover zeichneten sich Speckrollen ab. Sie freute sich sichtlich, Mary Ellen zu sehen.

»Shari, das ist Julia. Julia, Shari.«

Sie gaben sich die Hand.

»Kommt rein!«, sagte Shari. »Eric, schau, wer hier ist! Du erinnerst dich sicher an Mary Ellen?«

An einem Tisch saßen zwei Jungen und aßen Donuts. Einer winkte und murmelte mit vollem Mund »Hi«.

Shari deutete auf den zweiten Jungen. »Erics Freund Cody. Jungs, macht ein bisschen Platz.«

Eric und Cody verschwanden hinter einem Vorhang.

»Kaffee?«, fragte Shari.

»Gerne«, sagte Mary Ellen.

Julia nickte. »Danke.«

Sie setzten sich. Die Jacken behielten sie an. Im Wohnwagen war es kaum wärmer als draußen. Shari schaltete einen Campingkocher ein und goss etwas Wasser aus einem Kanister in einen Topf. Sie stellte Instantkaffee, Milchpulver und Zucker auf den Tisch. Julia registrierte ihren abgeblätterten Nagellack. Sie schaute sich verstohlen um. Holzfolie blätterte von der Wand, die Fensterrahmen hatten Rost angesetzt. Einige der Schranktüren hingen schief in ihren Angeln, andere fehlten ganz. Von schlechten hygienischen Zuständen konnte aber nicht die Rede sein. Nirgends sah Julia Schmutz oder gar Schimmel.

Mary Ellen reichte Shari die Tüte, die sie mitgebracht hatte.

Shari spähte hinein. »Gaskartuschen! Und … Eric!«

Der Junge zog den Vorhang einen Spaltbreit auf.

Shari warf ihm eine Packung Batterien zu. »Bedanke dich bei Mary Ellen.«

»Danke«, sagte Eric und zog den Vorhang wieder zu.

»Er liebt es zu zocken«, erklärte sie.

Julia lächelte, obschon ihr nicht danach war. Diese Frau hatte alles verloren. Ihr war das Schlimmste zugestoßen, was einer Mutter widerfahren konnte.

Shari goss das kochende Wasser in eine Thermoskanne, die sie auf den Tisch stellte, und reichte das Kaffeepulver herum.

Mary Ellen erklärte, weshalb Julia in Seattle war.

»Keine Ahnung, warum Michael Wild mit mir reden wollte«, sagte Shari. »Ich habe angenommen, wegen … eine Weile lang wurden wir regelrecht belagert von Journalisten.« Sie rührte konzentriert in ihrem Kaffee.

Der Löffel zog Kreise. Metall schabte auf Keramik. Das Leben geht weiter, dachte Julia. Der Schmerz des Einzelnen so unbedeutend wie ein Pulverkorn, das sich in heißem Wasser auflöst. Sie brachte es kaum über sich, in Sharis Wunde zu stochern.

»Ich glaube nicht, dass Michael über Obdachlosigkeit berichten wollte«, sagte sie. »Er ist Arzt. Ich vermute, dass ihn Jesses Krankheit interessierte.«

Shari hörte auf zu rühren. »Er war nicht krank! Nur weil wir so leben, bedeutet es nicht, dass ich schlampig bin!«

Mary Ellen legte ihre Hand auf Sharis. »Natürlich nicht! Das behauptet Julia auch nicht, oder?« Ihr Blick war beinahe flehend.

»Ganz im Gegenteil«, versicherte Julia. »Wenn ich es richtig verstanden habe, stellte man bei Jesse eine Hypokalzämie fest. Daran sind nicht die Lebensverhältnisse schuld.« Dass eine einseitige Ernährung zu Kalziummangel führen konnte, erwähnte sie nicht.

Shari nickte langsam. »Der Arzt hat gemeint, Jesses Darm hat vielleicht nicht richtig funktioniert. Oder die Bauchspeicheldrüse.«

»Hat man eine Obduk… hat man ihn untersucht?«, fragte Julia.

»Das bringt mir meinen Jungen auch nicht zurück.« Sharis Augen füllten sich mit Tränen. Sie wischte sie mit dem Handrücken weg und fummelte eine Zigarette aus einem Päckchen, die sie sich zwischen die Lippen steckte, jedoch nicht anzündete.

»Es hieß, Jesses Herz habe einfach aufgehört zu schlagen«, erklärte Mary Ellen leise. »Das muss nicht am Kalziummangel gelegen haben. Sein Immunsystem könnte auch aus einem anderen Grund schwach gewesen sein.«

War man der Todesursache nicht näher auf den Grund gegangen? Oder wussten die beiden Frauen einfach nichts davon? Ein vierjähriges Kind war gestorben. Normalerweise zog das eine Untersuchung nach sich.

»Darf ich fragen, wie der Arzt heißt, der Ihren Sohn behandelt hat?«

»Dr. Richard Witthaus«, antwortete Mary Ellen. »Er arbeitet unentgeltlich bei uns in der Notschlafstelle. Er ist ein Geschenk Gottes. Wir wüssten nicht, was wir ohne ihn machen würden.«

26

Henrys Mund war mit Klebeband bedeckt, aus seiner Nase pfiff es leise. Der Schmerz in seiner Brust hatte nachgelassen, dafür war ihm jetzt übel. Die Vorstellung, dass er sich übergeben musste, jagte seinen Puls in die Höhe. Er kämpfte gegen die aufkeimende Panik an. Wann hatte er zuletzt solche Angst verspürt? Sein Alltag war berechenbar. Gefahren mied er. Er musste seine Grenzen nicht ausloten, um sich lebendig zu fühlen. Trotzdem saß er gefesselt und geknebelt in einem dunklen Raum. Wo war er überhaupt? Es roch muffig. Unter sich spürte er Teppich. Im schwachen Licht, das durch den Spalt zwischen Boden und Tür drang, erkannte er einen Golfschläger. Seinen Golfschläger. Von einem Kollegen geschenkt, der ihn unbedingt davon überzeugen wollte, dass es keine schönere Freizeitbeschäftigung gab, als kleine Bälle über einen Rasen zu jagen. Ein einziges Mal war Henry mitgegangen, seiner Gesundheit zuliebe.

Er saß also auf dem Boden seines begehbaren Kleiderschranks. Vorsichtig robbte er vorwärts. Schnaubte dabei wie eine Kolbendampfmaschine. Mit beiden Füßen stieß er gegen die Tür. Sie sprang auf. Das Licht fühlte sich wie Laserstrahlen in seinem Kopf an. Geblendet schloss Henry die Augen. Als er sie wieder öffnete, stand ein Mann vor ihm.

»Genug geschlafen?«

Er trug keine Maske. Nicht gut. Kurz geschorenes Haar, dichte, dunkle Augenbrauen. Die Nase krumm, bestimmt schon mehrmals gebrochen. Offenbar glaubte er, dass Henry nie die Gelegenheit haben würde, ihn zu beschreiben. Henry schluckte den sauren Speichel herunter, der sich in seinem Mund angesammelt hatte.

»Ich werde jetzt das Klebeband entfernen.« Der Mann ging vor ihm in die Hocke. »Wenn Sie auch nur einen Ton von sich geben, werden Sie es bereuen. Sie reden nur, wenn ich Sie dazu auffordere. Verstanden?«

Henry nickte. Ein Ruck, und er konnte wieder atmen. Gierig sog er Luft ein. Es lagen ihm viele Fragen auf der Zunge, doch er stellte sie nicht. Der Mann lächelte zufrieden. In der Hand hielt er Henrys Telefon.

»Passwort?«, fragte er.

Henry nannte es ihm.

Der Mann stand auf, trat einen Schritt zurück und richtete das Handy auf Henry. Es blitzte. Nochmals. Er tippte auf dem Display herum, und ein Zischlaut erklang, als eine E-Mail verschickt wurde.

»Ich hoffe, Ihre Frau liebt Sie«, sagte er mit neutraler Stimme.

Keine Schadenfreude. Kein Sadismus. Das machte Henry fast mehr zu schaffen als die Tatsache, dass der Mann sein Gesicht nicht bedeckt hatte. Der Typ war ein Profi. Er führte bloß einen Auftrag aus und würde tun, was nötig war.

Ein Stechen in der Brust. Stärker diesmal. Henry hielt die Luft an und wartete, bis der Schmerz verebbte.

»Was ist mit Ihnen?«, fragte der Mann.

»Herz«, flüsterte Henry.

Der Mann knackte mit den Knöcheln. »Nehmen Sie Tabletten? Wo sind sie?«

»Keine Tabletten. Brauche ... Entspannung.« Henry begann zu lachen. Er konnte einfach nicht anders. Die Situation war absurd. Er erklärte einem Killer gerade, dass er sich entspannen musste. Fehlte nur noch, dass er um eine Massage bat.

Der Mann sah ihn verständnislos an. Vermutlich wusste er nicht, ob Henry lachte oder weinte. Henry wusste es selbst nicht. Ihm war nur etwas klar: Julia würde das Foto nie bekommen, denn auf seinem Telefon war ihre alte Mailadresse gespeichert. Alle Nachrichten wurden an ihn weitergeleitet.

27

Michael hämmerte wütend auf die Tasten seines Laptops ein. Das Gespräch war ihm völlig entglitten. Er hatte sich vorgenommen, weder über sein Privatleben noch über seine Krankheit zu reden. »Weil ich Sie heilen kann.« Zuerst hatte Michael die Worte für einen Bluff gehalten. Kein Arzt hatte eine Erklärung für das Zittern seiner Hände gefunden. Ein Neurologe hatte den Tremor sogar auf psychische Ursachen zurückgeführt. Natürlich wirkte sich die Psyche auf somatische Vorgänge aus, das stritt Michael auch nicht ab. In seinem Fall aber traf die Diagnose nicht zu. Er kannte seinen Körper. Er wusste, wie er auf Stress reagierte.

Deshalb war er nicht auf die versprochene Heilung eingegangen, sondern hatte dieses Interview begonnen wie alle anderen zuvor. Er hatte den Rahmen festgelegt.

Ich möchte heute mit Ihnen über die praktischen Aspekte des Transhumanismus diskutieren. Bisher gingen wir davon aus, dass transhumanistische Technologien tatsächlich funktionieren. Aber stimmt das wirklich?

(Freudig) »Sie bringen den Bayesianismus ins Spiel. Schön! Wie kommen Sie dazu, sich mit Bayes zu befassen? Steckt Henry dahinter?«

Henry? Mein ... Vater?

»Er ist doch Astrophysiker. Schon der französische Astronom Pierre-Simon Laplace hat den bayesschen Wahrscheinlichkeitsbegriff verwendet, um die Masse des Saturns zu schätzen. Auch wenn er Thomas Bayes gar nicht kannte.«

Thomas Bayes?

»Was, Sie kennen das Bayes'sche Theorem nicht? Wo Sie sich doch so gerne mit der Wahrheit beschäftigen!«

Michael hatte sich geräuspert und versucht, den Faden wieder aufzunehmen. Normalerweise ließ er sich nicht so einfach aus der Ruhe bringen, doch es kam auch selten vor, dass man ihn als ungebildet hinstellte.

Glauben Sie wirklich, dass es jenseits der Dinge, die naturwissenschaftlich erfasst werden können, nichts gibt? Auch keinen Geist?
(Seufzt) »Gut, wenn Sie wollen, reden wir eben darüber statt über den Bayesianismus. Nein, meiner Meinung nach gibt es keinen Geist. Jedenfalls nicht das, was Sie darunter verstehen.«
Was verstehen Sie denn darunter?
»Einen rechnerischen Zustand. Der Mensch ist eine Maschine, nichts anderes. Deswegen werden wir den Geist in naher Zukunft auch auf ein Gerät hochladen können.« (Lehnt sich zurück) »Jetzt werden Sie sicher die Kontinuitätstheorie ansprechen. Wird mein zukünftiges Ich dasselbe Ich sein wie mein jetziges? Wie schon bei unserem letzten Gespräch verweise ich auf Ray Kurzweil. Er verwendet den Begriff der Mustererkennung. Denken Sie an einen Fluss. Trifft Wasser auf ein Hindernis, entstehen Wellen. Das Wasser fließt weiter, das heißt, die Wellen, die Sie eine Stunde später sehen, bestehen nicht mehr aus denselben Wassermolekülen. Doch das Muster ist das gleiche. Genau so wird es sich mit unseren Körpern verhalten. Wir werden zwar bestimmte Körperteile im Laufe der Zeit durch künstliche ersetzen, doch unsere Identität bleibt erhalten.«
Woher nehmen Sie die Gewissheit, dass es jenseits von Biologie, Physik und Chemie nichts anderes gibt? Nehmen wir zum Beispiel einen Geruch. Er besteht aus chemischen Komponenten. Aber wie fühlt es sich an, ihn zu riechen? Hier geht es nicht um Chemie, sondern um eine Erfahrung.

»Natürlich, aber erfahrungsbezogene Eigenschaften können ja nicht für sich existieren. Nur in Verbindung mit anderen Dingen. In Ihrem Fall also einem Gegenstand, der diesen Geruch verströmt.«
Das stimmt nicht. Mentale Substanzen existieren unabhängig von physikalischen Dingen.
»Woran denken Sie?«
An die Seele zum Beispiel.
(Abschätzig) »Sie sind genau wie Ihr Vater!«

Michael tippte so fest auf das Ausrufezeichen, dass sein Zeigefinger pulsierte. Warum hatte er an dieser Stelle nicht reagiert? Er war davon ausgegangen, dass Henry gemeint war. Doch Henry interessierte sich nicht für die Seele. Zumindest nicht mehr als andere Menschen. Natürlich hatten sie Gespräche über Religion geführt. Über den Tod und darüber, was danach geschah. Im Gegensatz zu anderen Kindern war Michael nicht mit der Vorstellung aufgewachsen, dass Tote in den Himmel kamen. Schließlich wusste er bereits in der Primarschule, dass der Himmel lediglich eine hundert Kilometer dicke Lufthülle war.

Aber wenn nicht Henry mit »Vater« gemeint war, wer dann?

Michael stand auf und ging im Raum hin und her. Was wurde hier gespielt? Er hatte keinen blassen Schimmer. Klar war nur, dass nicht er die Regeln aufstellte. Nicht einmal während des Interviews. Er hatte aufzeigen wollen, dass transhumanistische Technologien auf Annahmen gründeten, die man durchaus kritisieren konnte, schließlich musste man immer damit rechnen, dass bei der Umsetzung einiges schieflief. Doch das Gespräch war ihm erneut entglitten.

»Natürlich kann immer etwas schieflaufen. Doch wir leben ständig in einem Zustand der Bedrohung. Durch Krankheiten, Unfälle, Katastrophen. Den Tod. Ist es da nicht wünschenswert, dass wir an Technologien arbeiten, die unser Leid lindern?« (Hebt die Hand) »Entschuldigen Sie, lindern könnten.« (Betont das letzte Wort) »Mit dem Wissen ist es ohnehin so eine Sache. Wissen ist wie

Vertrauen. Stellt es sich als falsch heraus, beziehungsweise unverdient, hat das weitreichende Konsequenzen. Gerade Ihnen sollte das klar sein.«
Wie meinen Sie das?
(Müdes Lächeln) »Kommen Sie, Michael. Wofür halten Sie mich?«
Ich weiß nicht, wovon Sie reden.
»Ich rede von Annahmen, die sich als falsch erweisen. Schauen Sie Ihren Körper an. Bis vor Kurzem gingen Sie davon aus, dass Ihre Hände in der Lage sind, Operationen durchzuführen. Sie haben in die Richtigkeit dieser Annahme vertraut. Und jetzt?« (Zieht die Augenbrauen hoch) »Die Annahme hat sich als falsch erwiesen. Eigentlich finde ich es erstaunlich, dass Sie immer noch an Ihrer Vorstellung von Vertrauen oder Wissen festhalten.«
Warum?
»Weil sich alles, worauf Sie vertraut haben, als falsch herausgestellt hat. Hätten Sie die Lügen von Anfang an durchschaut, wären Sie heute ein anderer Mensch.«
Welche Lügen?
»Sie wissen genau, wovon ich spreche. Blicken wir lieber nach vorne. Sie stehen vor einem Neuanfang. Und diesmal können Sie bestimmen, welchen Verlauf Ihr Leben nehmen wird.« (Holt eine durchsichtige Dose hervor) »Nehmen Sie täglich drei Kapseln ein.«
Was enthalten sie?
»Ein Mittel, das Sie dringend benötigen.«
Welches Mittel?
»Das ist nicht wichtig.«
Glauben Sie ernsthaft, dass ich Medikamente schlucke, die ich nicht kenne?
»Das hat nichts mit Glauben zu tun. Sondern mit Gewissheit.«
Sie sind ja nicht ganz dicht!
(Geduldig) »Ich verstehe, dass Ihnen die Vorstellung Mühe bereitet. Ich würde Ihre Fragen gerne beantworten, im Moment geht es aber leider nicht.«

Das soll ein Experiment sein, nicht wahr? Sie wollen mir aufzeigen, dass ich bereit bin, Risiken einzugehen, wenn die Aussicht auf Genesung besteht. Auch wenn ich kein Vertrauen in die Wirksamkeit Ihrer Heilmethode habe.
»Wofür halten Sie mich?« (Wütend) »Ich missbrauche Ihre Krankheit nicht, um Sie von meinen Ansichten zu überzeugen. Ich versuche, Ihnen zu helfen!«
Dann sagen Sie mir, woran ich leide!
»Das werde ich. Zu gegebener Zeit.«
Jetzt!
»Hören Sie auf zu quengeln. Es bekommt Ihnen nicht. Ich tue alles, was in meiner Macht steht, um Ihre Probleme zu lösen.«
Meine Probleme?
(Seufzt) »Sie haben keine Ahnung, in was Sie hineingeraten sind, Michael.«
Dann sagen Sie es mir.
»Nehmen Sie drei Kapseln pro Tag. Damit ist Ihr vordringlichstes Problem gelöst.«

Michael nahm die Dose in die Hand. Bisher hatte er noch keine einzige Kapsel geschluckt. Er drehte sie zwischen den Fingern. Was für ein Albtraum. Er dachte an den Abend mit Thomas Möhker zurück. Sie saßen in einer Kneipe im Wedding, unweit von Michaels Wohnung. Im Hintergrund lief ein Fußballspiel, ab und zu ging ein Raunen durch den Raum, wenn ein Spieler eine Torchance verpasste oder gefoult wurde. Michael hatte nicht einmal mitbekommen, wer spielte. In knappen Worten hatte er seinem Freund erzählt, warum er nicht mehr als Chirurg arbeiten konnte. Thomas war betroffen, verschwendete aber seine Zeit nicht auf Mitleid. Er war schon immer lösungsorientiert. Er bot Michael eine Stelle als freier Mitarbeiter an, vorausgesetzt, der Vorschlag fand bei der Redaktion Anklang. Drei Tage später bekam Michael die Zusage. Das Thema seines ersten Beitrags stand bereits fest, die Reportage über den Transhumanismus war von langer Hand geplant.

Niemand hatte im Voraus wissen können, dass Michael sie schreiben würde. War er also nur zufällig hier? Wäre einem anderen Journalisten dasselbe widerfahren? Michael glaubte es nicht. Die Gespräche waren zu persönlich. Dass er hier gefangen gehalten wurde, musste mit seiner Person zusammenhängen. Ihm fiel nur ein möglicher Grund dafür ein. Er tippte weiter.

Wenn Sie glauben, dass Sie mich davon abbringen können, die Wahrheit über Jesses Tod an die Öffentlichkeit zu bringen, täuschen Sie sich.
(Seufzt erneut) »Jesse, ja. Noch so eine Sache, in die Sie sich hineingeritten haben. Sie sind hartnäckig. Eine Eigenschaft, die ich bewundere. Aber sie macht es mir nicht leicht. Um Jesse werde ich mich kümmern.«
Wie meinen Sie das?
»Denken Sie allen Ernstes, man wird Sie einfach so berichten lassen? Sie unterschätzen Ihre Gegner. Es geht um viel zu viel. Wann begreifen Sie das endlich? Sie spielen jetzt in einer anderen Liga.«
Verdammt, ich weiß nicht einmal, was überhaupt gespielt wird! Und wer ist »man«? Sie sind es doch, der mich hier festhält. Sie sind mein Gegner.
»Da liegen Sie falsch. Ich bin derjenige, der Sie beschützt.«
Sie haben gerade zugegeben, dass Sie über Jesse Bescheid wissen.
»Das bedeutet nicht, dass ich an seinem Tod schuld bin.«
Aber Sie sind involviert.
(Steht auf) »Nehmen Sie die Medikamente ein. Sie werden sich bald besser fühlen.«
Sie können jetzt nicht einfach gehen!
»Ruhen Sie sich aus. Nehmen Sie die Kapseln.«
Und wenn ich es nicht tue?
»Werden Sie sterben.«

28

Die Arztpraxis befand sich in einem Geschäftshaus im Stadtzentrum. Cody war erst ein Mal in Downtown gewesen, als sie frisch hergezogen waren. Mom hatte ihnen zeigen wollen, was für eine tolle Stadt Seattle war. Sie spazierten an der Uferpromenade entlang, dann besuchten sie den Pike Place Market. Riesige Hallen voller Stände, an denen Gemüse, Obst und andere Lebensmittel verkauft wurden. Es gab auch bereits zubereitete Sachen, Knoblauchbrot und Burger, Maiskolben, chinesische Nudeln. Cody hatte nicht begriffen, was daran toll sein sollte. Geld, um etwas zu kaufen, hatten sie sowieso nicht.

Er nahm den Zettel hervor, auf dem Name und Adresse des Arztes standen, den Eric ihm genannt hatte. Dr. Richard Witthaus. Nun verstand Cody, wie Eric zu seinem Job gekommen war: Beziehungen. Dr. Witthaus war der Arzt seines Bruders gewesen. Cody hatte nicht einmal gewusst, dass Eric einen Bruder hatte. Erst seit diese Frau in Erics Wohnwagen Fragen über Jesse stellte.

Wegen des Wohnwagens war er zuerst neidisch gewesen. Komisch eigentlich. Auf Hausbesitzer war er nicht eifersüchtig. Irgendwie hatten sie nichts mit ihm zu tun. Eric und er aber saßen im selben Boot. Eric ging es sogar noch dreckiger, er hatte keinen Vater. Trotzdem konnte sich seine Mutter einen Wohnwagen leisten. Als Cody dann erfuhr, dass er seinen kleinen Bruder verloren hatte, schämte er sich. Amber war manchmal eine Nervensäge, ein Leben ohne sie konnte er sich aber nicht vorstellen.

Nervös spielte er mit dem Reißverschluss seines Hoodies. Eric hatte ihm gesagt, dass der Job ganz einfach war. Aber was genau musste er tun? Das hatte Eric ihm nicht verraten wollen.

»Schweigepflicht«, sagte er wichtig.
»Warum?«, fragte Cody.
»Weil, wenn du Bescheid weißt, verfälscht das die Resultate.«
»Welche Resultate?«
»Mann, geh doch einfach hin, dann begreifst du es schon!«
Cody verlagerte das Gewicht von einem Bein auf das andere. Er konnte immer noch einen Rückzieher machen. Es war bloß ein Vorstellungsgespräch. So hatte Eric es genannt. Ein Vorstellungsgespräch. Fehlte nur noch, dass er eine Aktentasche dabeihatte. Cody betrachtete die Einkaufsmeile, an der sich Shops und Restaurants aneinanderreihten. Outdoorbekleidung, ein Schuhgeschäft, eine Eisdiele. Obdachlose lehnten an der Hauswand und hielten Pappbecher hoch. Einige waren in Decken gehüllt, das verfilzte Haar fiel ihnen ins Gesicht. Cody strich sich über den Kopf. Sah er auch so aus?

Eine Frau ging an ihm vorbei, an der Hand hielt sie ein Mädchen, das einen Feenstab schwang. Übermorgen war Halloween. Amber glaubte immer noch, dass sie als Prinzessin zur Party gehen würde.

Cody drückte auf die Klingel. Ein Summton ertönte, ohne dass ihn jemand fragte, zu wem er wollte. Die Praxis lag im ersten Stock. An der Tür hing ein goldenes Schild. War er hier wirklich richtig? Er klopfte. Nichts geschah. Vorsichtig öffnete er die Tür. Es roch wie bei seinem Zahnarzt. Hinter der Theke saß eine Frau, die lächelte, als sie ihn sah.

»Du musst Cody sein.« Sie griff nach einem Telefonhörer und meldete ihn an. »Dr. Witthaus erwartet dich.«

Cody folgte ihr durch einen Flur. Die Wände waren mit dunklem Holz getäfert, da und dort standen Stühle. Ein Mann mit weißem Kittel und wenig Haaren auf dem Kopf kam ihnen entgegen.

»Cody! Schön, dich kennenzulernen! Mein Name ist Dr. Witthaus. Hier entlang, bitte.« Er führte ihn zu einem großen Büro, wo er sich hinter einen massiven Schreibtisch setzte.

Die Frau vom Empfang fragte, ob Cody etwas trinken wolle.

»Cola?« Seine Stimme klang komisch. Viel kleiner als sonst.

Dr. Witthaus lächelte. Zumindest kam es Cody so vor, als lächle er. Seine Mundwinkel zeigten nach oben, die Augen aber blieben ernst.
»Wie wäre es mit einem Orangensaft?«, schlug Dr. Witthaus vor. »Das ist viel gesünder als Cola.«
»Klar«, sagte Cody rasch.
Dr. Witthaus wartete, bis die Frau den Saft brachte und vor Cody auf den Tisch stellte. »Eric hat erzählt, dass du einen Nebenjob suchst.«
Cody nickte.
»Hat er dir auch erzählt, worum es geht?«
»Nicht wirklich.«
»Wir suchen Teilnehmer für eine Studie. Bestimmt haben dich deine Eltern schon davor gewarnt, dass Computerspiele schädlich sind.« Er schien auf eine Reaktion zu warten.
Cody nickte wieder, auch wenn er gar keinen Computer besaß.
»Forschungsergebnisse zeigen, dass das Hirnvolumen kleiner wird, wenn man eine Stunde pro Tag mit Online-Spielen verbringt. Die graue Substanz im orbitofrontalen Cortex nimmt ab.« Dr. Witthaus tippte auf seine Stirn. »Das ist der Bereich des Gehirns, der unsere Gefühle steuert. Wenn er geschädigt ist, hat der Mensch Mühe, Entscheidungen zu treffen. Außerdem kann er nicht einschätzen, wie er sich anderen gegenüber verhält. Kannst du mir folgen?«
»Ich glaube schon.«
»Du bist ein schlauer Kerl.«
Die Art, wie er es sagte, ließ Codys Brust anschwellen.
»Eine Gruppe Wissenschaftler möchte nun mehr über diesen Zusammenhang erfahren«, sagte Dr. Witthaus. »Deshalb führen sie eine weitere Studie durch. Die Probanden – das sind die Personen, die getestet werden – müssen eine Stunde lang World of Warcraft spielen. Davor und danach wird ihr Gehirn gescannt. Auf diese Weise untersuchen die Forscher die neuroplastischen Prozesse, die während des Spielens ablaufen.« Er machte eine abschätzige Handbewegung. »Ziemlich kompliziert, ich weiß. Du brauchst nicht alles zu verstehen.«

So kompliziert war das nun auch wieder nicht, dachte Cody. Er hatte zwar keine Ahnung von plastischen Prozessen, oder wie auch immer das heißen mochte. Aber dass man Hirnströmungen messen konnte, war ihm nicht neu.

»Tut es weh?«, fragte er.

»Überhaupt nicht. Eine Magnetresonanztomografie ist schmerzlos und ungefährlich. Der Scanner besteht aus einem Magneten mit einem Hochfrequenzsystem, ähnlich wie ein Radio. Damit kann er Bilder des Körpers erzeugen.«

»Okay«, sagte Cody langsam. »Und dafür zahlen Sie dreißig Dollar?«

Dr. Witthaus lachte. »Auch ein kleiner Geschäftsmann. Du gefällst mir. Ja, die Testpersonen werden bezahlt. Das Anfangshonorar beträgt zwanzig Dollar pro Sitzung, nach einer Probezeit von sechs Wochen bekommst du dreißig.«

Cody stand auf. »Einverstanden. Beginnen wir.«

Der Arzt hob die Hand. »Nicht so schnell! Zuerst müssen wir dich untersuchen. Dein Gesundheitszustand ist wichtig, damit wir die Resultate später einordnen können. Außerdem wäre da noch etwas.« Er verstummte und sah Cody ernst an. »Du würdest der Schweigepflicht unterliegen. Verstehst du, was das bedeutet?«

»Ich darf nichts über den Test erzählen.«

»Richtig. Und zwar niemandem. Nicht einmal deinen Eltern. Diese Forschungsarbeiten kosten Unmengen von Geld. Die Konkurrenz ist groß. Erst wenn Resultate vorliegen, darf die Öffentlichkeit davon erfahren. Sonst laufen wir Gefahr, dass andere Wissenschaftler die Studie kopieren. Die ganze Arbeit wäre umsonst.« Wieder machte er eine Pause. »Wir verlassen uns darauf, dass du ein Geheimnis für dich behalten kannst. Ich drohe nicht gern, trotzdem ist es wichtig, dass du verstehst, welche Konsequenzen es hat, wenn du die Schweigepflicht verletzt. Wir müssten dich anzeigen. Du könntest zu einer Gefängnisstrafe verurteilt werden.« Er sah unglücklich aus, ein bisschen wie Dad, wenn er ihm wegen irgendeiner Dummheit Hausarrest erteilte. Als sie noch ein Haus hatten.

Deswegen hatte Eric ihm also nichts verraten. Cody wusste, dass Forschung teuer war. Auch, dass manche Studien geheim waren. Solange er keine Pillen schlucken musste oder irgendwelches Zeugs gespritzt bekam, hatte er nichts dagegen.

»Sie können sich auf mich verlassen«, sagte er mit fester Stimme. Es war ein gutes Gefühl, einen Deal mit jemandem abzuschließen, der ihn ernst nahm. Mit Dad hatte er früher auch Abmachungen getroffen. Von Mann zu Mann. Cody konnte seinen Händedruck immer noch spüren. Er richtete sich auf. Einem Mann mit geradem Rücken bringt man mehr Respekt entgegen, hatte Dad gesagt.

»Gut!« Dr. Witthaus legte die Handflächen auf den Tisch und stand auf. »Dann kannst du am Empfang einen Termin für die Untersuchung vereinbaren.«

Cody blieb sitzen. »Ich möchte jetzt untersucht werden. Und dann den Test machen.«

Dr. Witthaus wirkte überrascht. »Jetzt?« Er sah auf die Uhr, dann rief er die Frau am Empfang an und fragte, ob noch jemand im Labor sei. »Du hast Glück«, sagte er, nachdem er aufgelegt hatte. »Die Zeit reicht gerade noch. Den MR-Scan führen wir jedoch nicht hier in der Praxis durch.«

»Wo muss ich hin?«

»Ich werde dich hinbringen.«

»Heute?«

»Nein, nächste Woche.«

»Das ist zu spät.«

Dr. Witthaus setzte sich wieder. »Warum die Eile?«

Cody rutschte auf seinem Stuhl hin und her. »Ich ... brauche das Geld vor Halloween.«

Dr. Witthaus nickte bedächtig. »Verstehe. Du scheinst mir ein vertrauenswürdiger junger Mann zu sein. Deshalb schlage ich Folgendes vor: Ich gebe dir einen Vorschuss von vierzig Dollar für die ersten beiden Sitzungen. Löst das deine Probleme?«

»Ja, Sir!«

Cody stellte sich Amber im Prinzessinnenkleid vor. Mit vierzig Dollar konnte er sogar die passenden Schuhe für sie kaufen! Zum ersten Mal seit Langem spürte er Glücksblasen in seinem Bauch. So hatte Mom sie immer genannt. Mit Glücksblasen fühle man sich ganz leicht, als schwebe man auf einem Luftkissen. Wenn es zu viele wurden, mussten sie raus. Er lachte. Er bekam kaum mit, wie er untersucht wurde. Es störte ihn nicht einmal, dass man ihm Blut entnahm und dass er in einen Becher pinkeln musste. Die ganze Zeit dachte er an die vierzig Dollar in seiner Tasche. Als er die Praxis verließ, trat er hinaus in eine neue Welt.

29

Andrej saß mit dem Rücken zur Sonne, neben ihm Tanja. Ihre Gesichter lagen im Schatten, Lichtringe strahlten um ihre Köpfe, dahinter glitzerndes Blau. Das Restaurant Nepenthe stand am Rand einer Klippe; wo einst Hippies und Beatniks zu Gitarrenklängen rauchten, nippten Touristen an ihrem Cappuccino. Um den Hals trugen sie Batiktücher aus dem Souvenirladen. Julia bereute, dass sie die Russischlektion hierher verlegt hatte. Sie wollte Andrej für sich allein. Russische Wörter, einzig für ihre Ohren bestimmt, russische Lippen, weich und warm. Doch er verließ Monterey nie allein. Als sie ihn in seiner Unterkunft abholen wollte, war er zusammen mit Tanja herausgekommen. Jetzt saß er ihr gegenüber, zeichnete eine Satzstellung auf, und Tanja tippte mit dem Finger auf das Verb.

Das Rauschen der Wellen, die gegen die Klippen schlugen, wurde lauter. Der Fels zitterte leicht. Verstört blickte Julia um sich. In der Ferne die Santa Lucia Mountains, darüber diesiger Himmel. Wogegen bäumte sich der Pazifik mit solcher Wucht auf? Die Kaffeetassen wackelten. Andrej erklärte, warum gewisse Präpositionen den Instrumental verlangten. Tanja lehnte sich zurück und schloss die Augen. Spürten sie das Beben nicht? Eine dünne Linie zog sich quer über die Terrasse. Erst kaum wahrnehmbar, dann immer breiter. Eine gezackte Narbe. Andrej sprach seelenruhig weiter.

Der Boden sackte ab, wie das Metallsegment einer Rolltreppe. Julia saß oben, Andrej eine Stufe weiter unten. Tanja lächelte ihr scheues Lächeln. Eine Wolke stieg aus dem Spalt, und auf einmal brach die Klippe entzwei. Felsbrocken fielen ins Meer, eine Staubwolke vernebelte Julia die Sicht.

»Andrjuschka!«

Panisch tastete sie nach ihm. Sie konnte den Klippenrand nicht erkennen, ihr Herz aber sagte ihr, dass Andrej ganz nah war.

Schweißnasse Laken, trockene Luft. Julia schlug die Augen auf und sah eine karminrote Tapete. Unter einem Rüschenvorhang leuchtete ein schmaler Lichtstreifen. Es dauerte einen Moment, bis sie begriff, dass sie in Mary Ellens Gästezimmer lag. Draußen hörte sie ein Dröhnen, das langsam leiser wurde. Ein Flugzeug, das sich entfernte.

Der Traum schwebte noch im Raum. Julia glaubte, den Staub in der Nase zu spüren. Das Gefühl, dass Andrej greifbar nah war, ließ sie nicht los. Andrej oder Michael? Sie schloss die Augen und versuchte, ihre Gedanken zu ordnen. Bilder zogen vorbei. Shari, wie sie im Wohnwagen abwesend Donutkrümel auf dem Tisch zusammenschob. Andrej, das Gesicht kantiger, das Haar lichter. Gideon Larsen, der von der Laufschiene in der Garage baumelte. Die Aufschrift auf Neil Munzos T-Shirt, *Forever Young*. Das nachsichtige Lächeln von Charles Baldwin. Wie hing das alles zusammen?

Sie stand auf und öffnete den Vorhang. Es war noch dunkel, eine Laterne im Garten glomm in warmem Gelb. Ein weiteres Flugzeug näherte sich. Lichtpunkte am Himmel. Julia dachte an die Zahlenbilder, die Michael als Kind so gerne gemacht hatte. Konzentriert hatte er die nummerierten Punkte miteinander verbunden, bis aus den Strichen ein Bild entstand. Punkte hatte Julia seit ihrer Abreise aus New York viele gefunden. Aber sie waren nicht nummeriert. In Gedanken verband sie die einzelnen Fakten.

Ein obdachloser Junge in Seattle war eines mysteriösen Todes gestorben. Strich zu Michael. Er hatte sich für Jesses Tod interessiert, weil ihm jemand einen Zeitungsartikel darüber geschickt hatte. Jetzt war er verschwunden. Strich zu Gideon Larsen. Der Mormone hatte ebenfalls von diesem Zeitungsartikel gewusst und war ermordet worden. Noch einen Strich zu der Laborangestellten Dinah Izatt. Verschwunden, wie Michael. Ende.

Ein anderes Bild. Michael auf der Suche nach seinem Vater. Strich zu Andrej, der zwei Mal gestorben war. Ein erstes Mal vor achtundzwanzig Jahren und ein weiteres Mal im vergangenen Juni. Und trotzdem hatte Julia ihn in einem Lexus in Inwood und bei Henrys Preisverleihung gesehen. Strich zu Pacific Grove, wo sie zusammen studiert hatten. Und wo jetzt der Hauptsitz von Rejuvena lag.

Dann gab es noch den Unbekannten mit dem russischen Akzent, der Takahashi nach Michael gefragt, Sam getötet und Julia bedroht hatte. Strich zu Andrej? Zu Charles Baldwin? Wo passte Neil Munzo rein? *Forever Young*. Das Thema Unsterblichkeit verband sie alle. Bis auf den vierjährigen Jesse. Und Andrej?

Julia trat vom Fenster zurück. In der Küche stand eine Kanne Kaffee auf einer Wärmeplatte. Daneben lag eine Notiz von Mary Ellen. Julia könne bleiben, solange sie wolle. Dass es Menschen gab, die ihr wohlgesinnt waren, machte ihr Mut.

Im Posteingang fand sie schon wieder eine Nachricht von Neil Munzo. Er schlug vor, sie dort aufzusuchen, wo sie sich gerade aufhielt. Julia runzelte die Stirn. Zuerst ging er ihr aus dem Weg, und jetzt würde er sogar eine Reise auf sich nehmen, um noch einmal mit ihr zu reden?

Während sie frühstückte, suchte sie im Internet nach Informationen über Jesses Arzt. Dr. Richard Witthaus war eine Bekanntheit in Seattle. Seit Jahren arbeitete er auf freiwilliger Basis für Obdachlose. Er besuchte regelmäßig Notschlafstellen und verteilte dort kostenlos Medikamente. In einer Lokalzeitung fand Julia ein ausführliches Porträt. Witthaus war achtundvierzig Jahre alt und stammte ursprünglich aus New Jersey. Er hatte in Hackettstown eine Familienpraxis betrieben, die er vor sechs Jahren aufgab, um nach Kalifornien zu ziehen. In San Francisco war er für einen Pharmabetrieb tätig gewesen, vier Jahre später hatte er die Praxis in Seattle eröffnet. Er war verheiratet, von Kindern stand da nichts. Von einem Foto blickte ihr ein Mann mit unauffälligem Gesicht und hoher Stirn entgegen.

Julia schenkte sich Kaffee nach. Wie gründlich hatte Witthaus den kleinen Jesse untersucht? Seine Möglichkeiten waren begrenzt. Umsonst zu arbeiten, war eine Sache, die Kosten teurer Untersuchungen selber zu berappen, eine ganz andere. Hatte er etwas übersehen? Einen Herzfehler? Eine Krankheit?

Julia räumte das Geschirr weg und legte eine Fünfzig-Dollar-Note auf den Tisch. Sie würde eine weitere Nacht hierbleiben.

Der Morgenverkehr hatte eingesetzt, Berufstätige strömten in die Innenstadt. Auf den Gehsteigen lagen Obdachlose in Schlafsäcken, wie Treibholz, das sich in der Böschung verfangen hatte. Julia kam an einem Mann vorbei, der leer vor sich hinschaute, neben sich hatte er ein Schild aufgestellt: *Ihre Spende kommt meinen Kindern zugute.* Sie gab ihm zwanzig Dollar.

Richard Witthaus' Praxis befand sich in einem mehrstöckigen Gebäude wenige Querstraßen vom Hafen entfernt. Die Tür war verschlossen, niemand reagierte auf ihr Klingeln. Julia setzte sich in ein Café, von dem aus sie den Eingang im Auge behalten konnte. Eine halbe Stunde später betrat eine junge Frau das Gebäude, kurz darauf ging ein Licht im ersten Stock an. Julia wollte gerade aufstehen, als ein Mann mit dichtem, nach hinten gekämmtem Haar das Café betrat. Julia hielt mitten in der Bewegung inne.

Charles Baldwin.

Sie löste das Gummiband, mit dem sie ihre Haare zusammengebunden hatte, und beugte sich über ihre leere Tasse. Zwischen die Strähnen hindurch beobachtete sie Baldwin, der eine Bestellung aufgab.

Ihre Gedanken überschlugen sich. Dass der CEO von Rejuvena in Seattle war, konnte kein Zufall sein. Ebenso wenig, dass er ein Café aufsuchte, das genau gegenüber von Richard Witthaus' Praxis lag. Baldwin hatte Pharmazeutik studiert. Hatten Witthaus und er in San Francisco zusammengearbeitet?

Baldwin setzte sich ans Fenster. Er wirkte unruhig, immer wieder sah er hinaus. Wenig später kam ein weiterer Mann herein. Auch ihn kannte Julia. Vor nicht einmal einer Stunde hatte sie sein Gesicht im Internet betrachtet.

Richard Witthaus.

Er sah müde aus. Mit einem aufgesetzten Lächeln ging er auf Baldwin zu. Die beiden begrüßten sich, Witthaus holte sich eine Tasse Kaffee und setzte sich zu Baldwin an den Tisch. Julia versuchte zu verstehen, worüber sie sprachen, doch sie waren zu weit weg, das Zischen der Kaffeemaschine und die Gespräche der anderen Gäste zu laut. Aus ihren Gesten ging hervor, dass es sich nicht um ein entspanntes Treffen zwischen Freunden handelte. Immer wieder schüttelte Witthaus den Kopf. Baldwin unterstrich seine Worte mit präzisen Handbewegungen, die Julia an Regieanweisungen denken ließen.

Das Gespräch dauerte eine Dreiviertelstunde. Als Baldwin ging, saß Witthaus noch eine Weile reglos da und starrte in seine leere Kaffeetasse, bevor er sich schwerfällig erhob, das Lokal verließ und die Straße überquerte.

Julia stand auf.

Die Praxisassistentin begrüßte sie mit einem freundlichen »Guten Morgen«.

»Hi, mein Name ist Sally«, sagte Julia mit gespielter Begeisterung. »Ich studiere am Abend-College Journalismus. Für meine Abschlussarbeit muss ich eine bekannte Persönlichkeit porträtieren. Ich bin ein riesiger Fan von Dr. Witthaus. Wäre es möglich, ihm ein paar Fragen zu stellen? Es dauert gar nicht lange.« Sie faltete die Hände vor der Brust.

»Einen Moment, bitte.« Die Frau verschwand in einem Untersuchungsraum.

Das Wartezimmer begann sich zu füllen. Eine Mutter mit einem Kind auf dem Arm kam herein und setzte sich in die Spielecke. Ein Teenager blätterte eine Modezeitschrift durch.

Die Praxisassistentin kehrte zurück. »Tut mir leid, Dr. Witthaus ist zurzeit sehr ausgelastet.« Sie lächelte entschuldigend. »Das Interesse der Medien an seiner Arbeit ist groß, wie Sie sicher verstehen können. Er bekommt so viele Interviewanfragen, dass er eine Auswahl treffen muss.«

»Ach, wie schade!« Julia gab sich zerknirscht. »Gibt es denn gar keine Möglichkeit? Vielleicht könnte ich ihn zu seiner Arbeit in einem der Obdachlosenheime begleiten?«

Die Frau zögerte.

»Ich sorge auch bestimmt dafür, dass der Artikel irgendwo veröffentlicht wird!« Julia sprach aufgeregt. »Man kann doch nie genug Publicity kriegen, oder?«

Die Frau senkte die Stimme. »Vielleicht ... könnten Sie heute Abend in der Notschlafstelle in Northshore vorbeischauen. Dr. Witthaus hat dort von sechs bis sieben Sprechstunde. Ob Sie ihm aber über die Schulter schauen dürfen, weiß ich nicht. Und sagen Sie ja nicht, dass Sie den Tipp von mir haben!«

Julia strahlte. »Natürlich nicht, danke! Es ist bestimmt toll, für eine Berühmtheit zu arbeiten.«

»Es ist ein Job wie jeder andere auch«, sagte die Frau, errötete dabei aber leicht.

»Sie tragen doch auch dazu bei, dass den Obdachlosen geholfen wird«, beharrte Julia. »Gehen Sie manchmal mit?«

»Nein. Ab und zu kommen Patienten zu uns, die unentgeltlich behandelt werden. Hauptsächlich Kinder. Ich bin aber nur für den Empfang zuständig.«

Julia machte eine mitleidige Miene. »Dass Kinder auf der Straße leben müssen, finde ich so traurig. Was können sie denn dafür, dass sie in diese Welt hineingeboren wurden? An einen Fall muss ich besonders häufig denken. Den kleinen Jesse. Ich meine, ich habe ihn natürlich nicht gekannt, aber die Zeitungen waren voll mit Berichten. Ich glaube, er war erst drei Jahre alt, als er starb.«

»Vier. Er war ein Patient von Dr. Witthaus.«

»Wirklich?« Julia sperrte die Augen auf. »Ich verstehe einfach nicht, dass sich die Mutter des Jungen nicht besser um ihn gekümmert hat.«

Die Praxisassistentin senkte den Blick, sie schien sich plötzlich unwohl zu fühlen.

»Einer solchen Mutter sollte man die Kinder wegnehmen!«, fuhr Julia fort.

»Ich weiß nicht ... vielleicht war es nicht ihre Schuld.«

»Sie meinen, er hatte doch einen Herzfehler? Aber in der Zeitung stand, Jesses Immunsystem sei geschwächt gewesen, weil die Mutter ihn vernachlässigt habe.«

Julia bekam nur ein Schulterzucken. Sie trat beiseite, um einer hustenden Frau Platz zu machen. Nachdem die Patientin sich mit einem Anmeldeformular zurückgezogen hatte, nahm Julia das Gespräch wieder auf.

»Mein Sohn ist übrigens auch Journalist«, sagte sie stolz. »Vielleicht kennen Sie ihn, er schreibt eine wöchentliche Kolumne, sein Porträt ist regelmäßig in der Zeitung.« Sie holte ein Foto von Michael hervor.

Die Praxisassistentin sah es flüchtig an und lächelte höflich. »Nein, leider nicht.«

Julia steckte das Porträt wieder ein. »Nochmals vielen Dank für den Tipp. Ich werde kein Wort verraten!« Sie legte den Zeigefinger auf die Lippen und lächelte.

Die Notschlafstelle befand sich in den ehemaligen Räumen des Sheriff's Department. In dem Backsteinbau wohnten ausschließlich Familien. Julia erklärte, dass sie eine Reportage über Obdachlose schreibe und gerne einen Tag lang mitarbeiten oder einfach nur zuschauen wollte. Die Leiterin stellte unmissverständlich klar, dass auch Obdachlose ein Recht auf Privatsphäre hatten. Als Julia aber anbot, der Organisation eine großzügige Spende zukommen zu lassen, wurde sie gebeten, Platz zu nehmen. Zwanzig Minuten später teilte man sie einem Sozialarbeiter zu.

»Bitte halten Sie sich genau an seine Anweisungen«, mahnte die Leiterin.

»Selbstverständlich.«

Der Sozialarbeiter nahm sie mit auf einen Rundgang durch die Unterkunft. Die Zimmer waren zweckmäßig eingerichtet, da und dort hatte eine Familie versucht, einen kargen Raum in ein Zuhause zu verwandeln. Kinderzeichnungen und Fotos hingen an der Wand, farbige Kissen lagen auf den Betten. Gegen die Trostlosigkeit kamen sie nicht an. Julia dachte an das Wohnheim, in dem sie mit Michael gelebt hatte, als sie in die USA gekommen war. Graues Linoleum, Betonwände, schmale Eisenbetten mit dünnen, durchgelegenen Matratzen. Vor dem Waschraum hatte sich jeden Morgen eine lange Warteschlange gebildet, immer weinte irgendwo ein Kind.

Dr. Witthaus kam pünktlich um sechs. Er richtete sich in einem Büro ein, das in einen Untersuchungsraum umfunktioniert worden war. Von seiner bedrückten Stimmung im Café war nichts mehr zu spüren. Er lächelte den Eltern zu, scherzte mit den Kindern, verteilte Äpfel.

»Er gibt ihnen Würde«, sagte der Sozialarbeiter. »Er nimmt sie ernst und behandelt sie wie normale Patienten.«

»Sie sind normale Patienten.« Julia konnte sich die Feststellung nicht verkneifen.

»Natürlich«, pflichtete ihr der Sozialarbeiter hastig bei. »Ich meine, wie zahlende Patienten.«

Es war offensichtlich, dass die Heimbewohner den Arzt mochten. Viele wirkten nach der Konsultation gelöster, ab und zu drang ein Lachen aus dem Untersuchungsraum. Genauso offensichtlich war es, dass Richard Witthaus seine Arbeit liebte.

»Wie häufig kommt er hierher?«, fragte Julia.

»Einmal pro Monat. Er besucht noch weitere Unterkünfte, wir liegen aber am weitesten vom Stadtzentrum entfernt. Wir sind ihm dankbar, dass er den Weg auf sich nimmt.«

»Fährt er nach der Sprechstunde zurück nach Seattle? Mein Wagen steht in der Werkstatt, ich bin mit dem Bus hergekommen. Denken Sie, ich könnte mit ihm fahren?«

»Fragen Sie ihn doch einfach.«

Dr. Witthaus war sofort einverstanden. Sie hatte sich mit Anna vorgestellt. Anna, Sally, die Russin Danilowa – sie musste aufpassen, dass sie die verschiedenen Identitäten nicht durcheinanderbrachte.

»Seit wann arbeiten Sie hier?«, fragte er, als sie zusammen das Gebäude verließen.

»Gar nicht«, antwortete Julia. »Ich durfte einem Mitarbeiter einen Tag lang über die Schulter schauen. Ich bin tief beeindruckt. Alle sind mit Herz und Seele dabei.«

Witthaus steuerte auf einen alten VW Jetta zu. Während der Fahrt sprachen sie über die Obdachlosigkeit in Seattle.

»Die Stadt hat sich stark verändert«, stellte Julia fest. »Sind Sie hier aufgewachsen?«

»Nein, ich stamme von der Ostküste.«

»Was hat Sie nach Seattle geführt? Bestimmt nicht das Wetter!«

»Nein.« Witthaus lächelte verhalten. »Ich brauchte eine Veränderung. Und Sie? Wie lange wohnen Sie schon hier?«

»Seit meine Kinder von zu Hause ausgezogen sind.« Julia blickte aus dem Fenster. »Mein Mann und ich ... nachdem die Jungs gegangen waren, verband uns nichts mehr. Er lernte eine andere Frau kennen. Ich schätze, ich brauchte ebenfalls eine Veränderung.«

»Das tut mir leid.«

Julia zuckte mit den Schultern. »So ist das Leben nun mal. Aber reden wir von etwas Angenehmerem. Ihrer Arbeit zum Beispiel. Ich finde es unglaublich, was Sie leisten. Wollten Sie schon immer Arzt werden?«

Er erzählte ihr von einem Nothelferkurs, den er als Jugendlicher besucht hatte, und von dem Kursleiter, der sein Interesse an der Medizin geweckt hatte. Während er sprach, blühte er auf. Es war deutlich, dass er den Kontakt mit den Patienten liebte. Was hatte ihn dazu bewogen, seine erste Praxis aufzugeben und in die Pharmaindustrie zu wechseln?

»Bereitet es Ihnen keine Mühe, täglich mit Schicksalen konfrontiert zu werden, die Sie nur geringfügig beeinflussen können?«, fragte Julia.

»Ich würde meinen Einfluss nicht als geringfügig bezeichnen.«

»Sie helfen einzelnen Menschen, das System verändern Sie dadurch aber nicht.«

»Das ist auch nicht meine Aufgabe. Ich bin dazu ausgebildet worden, mich um das Individuum zu kümmern. Andere wiederum besitzen die Macht, Strukturen zu verändern. Es braucht beides.«

Aus Gewohnheit war er zu seinem Haus gefahren, einem bescheidenen Bungalow mit winzigem Vorgarten.

»Ich habe Sie gar nicht gefragt, wohin Sie möchten«, entschuldigte er sich und bot an, sie nach Hause zu fahren.

»Das ist nicht nötig, danke. Ich wohne ganz in der Nähe. Ein Spaziergang tut mir gut.«

Witthaus machte keine Anstalten auszusteigen. Er drehte den Autoschlüssel zwischen den Fingern, sah Julia an und lachte kurz auf.

»Das ist sonst nicht meine Art, schließlich kennen wir uns kaum … aber darf ich Sie zum Essen einladen? Es gibt ein wunderbares indisches Restaurant um die Ecke. Wir könnten unser Gespräch dort fortsetzen.«

Julia war so überrascht, dass ihr die Worte fehlten. Wusste er, wer sie war? Oder fühlte er sich nur einsam?

»Verstehen Sie mich nicht falsch!«, fügte er hastig hinzu. »Ich würde mich einfach über nette Gesellschaft freuen.«

»Hat Ihre Frau nichts dagegen?«, fragte Julia.

»Wir leben seit einem Jahr getrennt.«

Julia zögerte. Ihr Instinkt drängte sie zur Flucht. Ihre Vernunft sagte ihr, dass sie sich diese Gelegenheit, mehr über Richard Witthaus zu erfahren, nicht entgehen lassen durfte.

Sie holte tief Luft. »Warum nicht? Ja, gern.«

30

Dr. Kat war zu einem Problem geworden, das nach einer Lösung verlangte. Vita sah zwei Möglichkeiten: Entweder sie sorgte dafür, dass die Wissenschaftlerin aus Pawels Leben verschwand, oder sie förderte Informationen über die Verjüngungskur zutage, der sich Oleg unterzogen hatte. Sie beschloss, zuerst den einfacheren Weg einzuschlagen.

Irina war spätnachmittags meistens zu Hause. In der Regel ruhte sie sich aus, bevor sie sich für das Abendprogramm zurechtmachte. Wenn kein Geschäftsessen auf Olegs Terminplan stand, gingen sie ins Theater oder in die Oper. Irina hatte Vita einmal gestanden, dass sie diese kulturellen Veranstaltungen auch als Geschäftsanlässe betrachtete, schließlich führte Oleg sie vor, um Eindruck zu schinden. Trotzdem kam Neid in Vita auf, wenn sie sich vorstellte, wie die beiden in ihrer privaten Loge saßen. Wann hatte Pawel sie das letzte Mal ausgeführt?

Sie glättete mit den Fingerspitzen ihre Stirn und teilte dem Leibwächter mit, dass sie zu Irina fahren wolle. Im Ankleideraum betrachtete sie die Outfits, die eine ganze Wand einnahmen. Sie entschied sich für ein hellgraues Kostüm. Vielleicht würde sie nach dem Besuch direkt Plan B einleiten müssen. Bei der Wahl des Lippenstifts zögerte sie. Sie rief sich Dr. Kats schlichte Erscheinung vor Augen und trug ein dezentes Rosa auf.

Die Limousine stand bereit, als Vita in die Garage trat. Unterwegs rief sie Irina an und kündigte ihren Besuch an. Ihr sei zu Hause ein bisschen langweilig. Dafür hatte Irina immer Verständnis.

Die Villa der Wolkows lag hinter einer hohen Mauer, die mit zahlreichen Überwachungskameras bestückt war. Schon von Weitem waren die beiden Türme zu sehen. In einem befand sich Olegs Homeoffice, in dem anderen brachte er wichtige Gäste unter.

Irina empfing sie im Bademantel. Sogar dazu trug sie Schuhe mit hohen Absätzen.

»Ich wollte gerade in den Hamam hinunter.« Sie küsste Vita flüchtig. »Kommst du mit?«

Vita würde sich nach dem Bad frisch frisieren und schminken müssen. Andererseits konnten sie dort reden, ohne dass sie gehört wurden. Das Personal hatte überall Ohren.

»Klingt wunderbar«, sagte Vita.

Ein Architekt aus Istanbul hatte die Sauna- und Badelandschaft im Untergeschoss nach türkischem Vorbild errichtet. Auf Olegs Wunsch hin hatte er zusätzlich einen Whirlpool, einen Fitnessraum und ein Schwimmbecken eingebaut. Sanftes Licht fiel durch die sternförmigen Öffnungen in der Kuppel und brachte das goldene Muster auf den Fliesen zum Leuchten.

Irina reichte Vita einen Bademantel. »Wehrt sich Pascha immer noch gegen eine Wellnessoase? Platz hättet ihr genug.«

Vita dachte daran, wie abschätzig sich Pawel über deren Hamam ausgelassen hatte. Ein echter Russe schwitze in einer Banja und rege den Kreislauf mit Birkenzweigen an. Er sprang entweder in einen Bottich, der mit Eiswasser gefüllt war, oder direkt in einen Fluss oder einen See. Schon der Naturteich, den er im Garten hatte bauen lassen, war für ihn nur ein Kompromiss.

Vita zuckte mit den Schultern. »Er behauptet, Eisbaden sei gesünder.«

Irina schauderte. »Typisch Pascha!«

»Es soll jung halten.«

»Er muss es ja wissen.« Irina reichte ihr ein Badetuch.

Sie traten in einen kreisförmigen Raum, der voller Wasserdampf war. Neben einem steinernen Waschbecken standen Liegen aus Marmor. Vita nahm eine Kupferschale und füllte sie mit Wasser.

»Apropos jung«, sagte sie beiläufig. »Geht es Oleg gut? Er hat sich doch als Testperson für dieses Wundermittel zur Verfügung gestellt.«

»Er fühlt sich blendend.« Irina schob die Unterlippe vor. »Ich darf mich immer noch nicht behandeln lassen. Erst, wenn die Versuche abgeschlossen sind.«

»Wie sieht diese Behandlung denn aus?«

»Er spricht nicht darüber.«

Frustriert setzte sich Vita auf eine Liege. Es war untypisch für Oleg, dass er dem Druck, den Irina auf ihn ausübte, nicht nachgab. In der Regel erfüllte er ihr jeden Wunsch.

»Ich möchte auch an dem Versuch teilnehmen«, sagte Vita.

»Das wirst du nicht!« Irina klatschte die Kupferschale ins Becken.

»Natürlich nicht ohne dich, Irka!«, versicherte Vita.

Schmollend schöpfte Irina Wasser.

»Wenn ich mir nicht bald etwas einfallen lasse, tauscht mich Pascha gegen Dr. Kat ein«, klagte Vita.

»Gegen diesen hässlichen Besen?« Irina sah sie ungläubig an. »Du machst Witze, oder?«

Zu Vitas Entsetzen füllten sich ihre Augen mit Tränen. »Er kommt nach der Arbeit nicht mehr nach Hause. Und wenn, dann würdigt er mich keines Blickes. Er starrt dauernd aus dem Fenster oder grübelt vor sich hin. Und diese Telefongespräche! Seine Stimme ... mit mir spricht er nie so. Ich halte das nicht mehr aus!«

»Ach, Vikulja!« Irina umarmte sie, ihre Wut war verflogen. »Wir finden eine Lösung!«

Sie lauschten dem Tropfen des Wasserhahns.

»Wenn ich diese Behandlung machen könnte ...« Vita sah Irina flehend an.

»Ich rede mit Oleg«, versprach Irina. »Kopf hoch! Es ist völlig undenkbar, dass sich Pascha für eine andere Frau interessiert. Er hat doch dich! Was kann ihm dieser Besen schon bieten? Hast du nicht gesagt, er habe sie nur eingestellt, weil sie über Leichen geht?«

»Weil sie nicht davor zurückschreckt, an Leichen zu forschen«, korrigierte Vita. »Aber sie weiß nicht, dass Pascha sie deswegen angeworben hat. Außerdem ...« Vita verstummte. Die Erkenntnis traf sie wie das Blitzlicht eines Fotoapparats. Dr. Kat musste schwanger sein! Auf einmal erschien ihr die Luft im Dampfraum unerträglich heiß. Vita riss die Tür auf und stürzte hinaus. Natürlich verstand Irina nicht, unter welchem Druck sie stand. Oleg hatte zwei Söhne aus erster Ehe, er erwartete von ihr keine weiteren Kinder. Pawel aber hatte keine Nachkommen. Wer würde sein Lebenswerk weiterführen, seine Visionen umsetzen, wenn er nicht mehr in der Lage war, den Konzern zu leiten?

Vita sprang ins Kaltwasserbecken. Der Schock brachte sie zur Besinnung. Wollte sie diese Angelegenheit unbeschadet überstehen, musste sie einen kühlen Kopf bewahren. Schluss mit dem Selbstmitleid. Den Tränen. Sie bezweifelte, dass sie von Oleg Informationen über seine Wunderbehandlung bekam. Wenn er Irinas Enttäuschung in Kauf nahm, musste er einen guten Grund haben, sein Wissen für sich zu behalten. Blieb Plan B.

Irina hatte sich auf den Beckenrand gesetzt und tauchte die Füße ins kalte Wasser. »Sag mir, was ich für dich tun kann, Schätzchen.«

»Ich muss wissen, wohin Pascha nach der Arbeit geht.«

»Wie willst du das herausfinden?«

»Ich werde ihm einen Besuch abstatten.«

»Wenn er erfährt, dass du kommst, wird er nirgendwohin fahren.«

»Dann wird er es eben nicht erfahren.« Vita stieg aus dem Becken und setzte sich neben Irina. »Kannst du mir helfen, ungesehen das Haus zu verlassen?«

Irina schaute sie erstaunt an. »Du willst allein in die Stadt fahren?«

»Mein Leibwächter darf nicht wissen, was ich vorhabe. Er würde sofort Pascha informieren.«

»Und wie willst du dorthin gelangen?«

»Mit einem Taxi.«

»Ich habe eine bessere Idee!« Irinas Augen funkelten. »Komm mit.«

Kurz darauf saß Vita am Steuer eines Volvos und fuhr die Rubljowka hinunter. Der Wagen gehörte Oleg; er war in einer Garage hinter dem *Safe Room* untergebracht, wie Irina den Bunker nannte. Oleg hatte den Raum zusammen mit dem Hamam bauen lassen. Nur seine engsten Vertrauten wussten davon. Überwachungskameras gab es dort keine. Der Safe Room sollte im Notfall als Zufluchtsort dienen.

Vita hielt das Lenkrad mit beiden Händen. Sie hatte die Kontrolle über ihr Leben zurückerlangt. Sie allein bestimmte, wohin sie fuhr. Ihrem Leibwächter hatte sie erzählt, dass sie bei Irina übernachten würde. Ihr Handy lag im Hamam. Vita ging davon aus, dass Pawels Sicherheitsdienst einen Tracker im Gerät installiert hatte.

Sie bog in den Kutusow-Prospekt ein. In der Ferne sah sie die Hochhäuser von Moskau City. Der Hauptsitz der Finema befand sich im sechzigstöckigen Imperia Tower. Oleg hatte sich mit seiner Firma nur einen Kilometer entfernt im OKO Business Center niedergelassen. Vita hatte sich immer noch nicht an die neue Skyline gewöhnt. Die Wolkenkratzer auf dem alten Hafengelände ließen Stalins Bauten schwerfällig und altmodisch erscheinen, sogar der Kreml wirkte weniger imposant.

Der Imperia Tower lag am Ufer der Moskwa. Vita parkte auf einem der Felder, die für die Gäste des Hotels, das die Etagen dreiunddreißig bis einundvierzig einnahm, reserviert waren. Pawel brachte oft Kunden dort unter, einige Zimmer waren dauerhaft für die Finema reserviert. Ob er sie manchmal auch selber nutzte? Als der Tower gebaut wurde, hatte er erwogen, das Penthouse zu kaufen, sich dann aber dagegen entschieden. Es reiche, wenn er den Tag im Büro dort verbringe, hatte er erklärt. Ein Appartement mit Blick auf das Stadtzentrum und die Sperlingsberge hätte Vita jedoch gefallen.

Die Firmenparkplätze befanden sich im zweiten Untergeschoss. Pawels Mercedes stand nicht an seinem Platz. Vita sah auf die Uhr. Viertel nach fünf. Unmöglich, dass er bereits Feierabend gemacht hatte. Ob der Chauffeur einen Auftrag für ihn erledigte? Vita nahm das Telefon hervor, das Irina ihr mitgegeben hatte. Sie zögerte. Wenn Pawel nicht in seinem Büro war, würde ihr Anruf umgeleitet. Wollte sie wirklich sicher sein, dass er das Haus verlassen hatte, musste sie hochfahren und nachsehen. Wie sollte sie ihren Alleingang erklären? Pawel würde es sofort merken, wenn sie ihm nachspionierte.

Es blieb ihr nichts anderes übrig, als hier zu warten. Sie stellte sich hinter eine Säule außer Reichweite der Überwachungskameras. Die Zeit verstrich. Sie hatte als Model gelernt, Langeweile zu ertragen. Stundenlang zu posieren, war kein Kinderspiel, es verlangte Ausdauer und einen starken Willen. Das Parkhaus begann sich zu leeren. Auf den Plätzen der Finema befanden sich nur noch drei Autos. Eines gehörte dem Marketingchef, das zweite dem Geschäftsführer der Chemprom. Den BMW kannte sie nicht. Der Platz von Pawels Mercedes war noch immer leer.

Um acht rief sie ihn an. »Mein Handy spinnt«, erklärte sie die ungewohnte Telefonnummer. »Hast du meine SMS erhalten?«

»Nein.«

»Ich bleibe heute bei Ira. Es geht ihr nicht gut.«

»Ich bin bereits informiert.« Wie nicht anders erwartet, fragte er gar nicht erst, was Irina fehle.

»Bist du noch im Büro?«

»Ja.«

Vitas Puls schoss in die Höhe. Es lagen ihr noch mehr Fragen auf der Zunge, doch sie stellte sie nicht. Pawel würde misstrauisch werden.

»Dann sehen wir uns morgen Abend«, sagte sie ruhig.

»Schlaf gut.«

»Du auch.«

Er beendete die Verbindung. Vita zitterte. Sie spürte, dass er nicht mit ihr reden wollte. Saß Dr. Kat neben ihm und zog eine Grimasse? Lagen sie nackt im Bett? Vita presste die Fingerkuppen gegen die Schläfen. Wie weiter? Denk nach!

Die Tür ging auf, und zwei Personen traten in die Garage. Vita drückte sich gegen die Säule.

»Er ist sehr interessiert an dem Projekt. Wenn die Testergebnisse positiv ausfallen, wird er tief in die Tasche greifen.« Der Marketingchef sprach Englisch.

»Natürlich werden die Testergebnisse positiv ausfallen. Menschen sind bloß Maschinen«, antwortete eine Frauenstimme, die Vita nur zu gut kannte. »Das gilt ganz besonders fürs Gehirn. Unser Bewusstsein ist nichts anderes als ein Programm. Es fehlt uns zurzeit einzig an genügend Rechenleistung, um es zu simulieren.«

»Und Sie glauben tatsächlich, dass wir in naher Zukunft in der Lage sein werden, Computer mit genügend Kapazität zu bauen?«

»Nicht wir, sondern eine künstliche Superintelligenz. Sobald wir die KI-Forschung automatisieren, wird sich ein Rückkopplungseffekt einstellen. Die Systeme werden neue Systeme konstruieren, und es wird zu einer Intelligenzexplosion kommen.«

»Was, wenn der Mensch nicht mithalten kann?«, fragte der Marketingchef.

Die Frage blieb unbeantwortet. Vita hörte, wie ein Auto entriegelt wurde, kurz darauf ein zweites. Der Marketingchef fuhr mit seinem Wagen an ihr vorbei, dahinter folgte der BMW. Am Steuer saß Dr. Kat. Wenn Pawel nicht bei ihr war, wo war er dann?

31

Henry rutschte auf dem Hosenboden nach hinten. Sein Kreuz protestierte, er war eindeutig zu alt für diese Stellung. Als er die Wand im Rücken spürte, stemmte er sich hoch, dabei verfing er sich in den Kleidungsstücken, die am Bügel hingen. Anzüge und Hemden rutschten zu Boden. Schwer atmend blieb er an die Wand gelehnt stehen. Der Staub kitzelte in der Nase. Schlagartig war die Panik zurück. Ein frisches Klebeband bedeckte seinen Mund, seine Zunge war so trocken, dass er es nicht einmal schaffte, seinen Gaumen zu befeuchten oder gar den Leim zu lösen. Dafür schwitzte er wie ein Marathonläufer. Er bewegte seinen Kiefer hin und her. Ein sinnloses Unterfangen.

Irgendwo musste der Meteorit doch sein! Henry hatte alle Gegenstände von den unteren beiden Regalen gezerrt, im Schrank sah es aus wie in Michaels Zimmer, als er noch auf die Junior High School ging. Fotos lagen verstreut auf dem Boden, dazwischen Krawatten, Gürtel, Verlängerungskabel, Mehrfachstecker, Sportsocken, Bücher, Laufschuhe. Wann hatte er sie zuletzt getragen? Vor fünf Jahren? Zehn? Er hatte sich vorgenommen, zwei Mal pro Woche laufen zu gehen. Eine einzige Runde hatte er gedreht. Dabei war das Gefühl gar nicht übel gewesen. Was für ein fauler Hund er doch geworden war. Würde Julia nicht auf den gemeinsamen Spaziergängen beharren, er wäre längst mit seinem Lesesessel oder dem Bürostuhl verschmolzen.

Der Meteorit. Mit der scharfen Kante könnte er das Klebeband an seinen Handgelenken aufritzen. Er schob einen Behälter voller Mützen und Handschuhe beiseite, der polternd zu Boden fiel. Dahinter befand sich nur ein Stapel Badetücher. Also ein Regal höher. Aber wie sollte er dorthin gelangen? Seine Arme waren hinter seinem Rücken gefesselt, die Beine an den Knöcheln zusammengebunden. So musste sich ein Pinguin fühlen. Ein alter Pinguin.

Die Tür wurde aufgerissen. »Was ist hier drinnen los?« Henry senkte den Blick und machte sich klein. Hunde stellten ihr Machtgebaren in der Regel ein, wenn sich der Gegner unterwarf. Verbrecher offenbar nicht.

»Hören Sie sofort mit dem Krach auf!«, knurrte der Mann. »Außerdem sollten Sie auf Ihr Herz achten.«

Wo er recht hat, hat er recht, dachte Henry. Nur, dass sich sein Herz im Zwiespalt befand. Es verlangte nach Ruhe, wollte aber auch weiterleben. Deshalb setzte Henry die Suche fort, sobald er wieder allein war. Entweder er schaffte es, den Meteoriten zu finden und sich zu befreien, oder er würde hier sterben.

Ich muss die Badetücher aufeinanderschichten, dachte er. Eine Treppe bauen. Er zog den Stapel mit dem Kinn zu sich heran, bis sie vom Regal fielen. Dahinter kam eine Holzschachtel zum Vorschein. Julias Nähsachen! Ob sich eine Schere darin befand? Henry beugte sich vor und reckte den Kopf, konnte die Schachtel aber nicht erreichen. Erschöpft lehnte er die Stirn gegen die Wand.

Der Schmerz in seiner Brust war konstant, ein dumpfes Ziehen, das sich ab und zu in einem Stechen entlud. Er spürte seine Arme kaum mehr, das konnte aber auch an der unnatürlichen Haltung liegen, die seine Blutzirkulation drosselte. Wie lange, bis sein Körper aufgab? Oder bis der Mann realisierte, dass Julia nicht kommen würde?

Er tastete hinter seinem Rücken nach dem Golfschläger, und es gelang ihm, damit gegen die Nähschachtel zu stupsen. Ein leises Schleifen, dann landete sie sanft auf einem der Badetücher. Er konnte sich nicht länger auf den Beinen halten und ließ sich fallen. Da spürte er sie. Die kleine Schere.

Erneut ging die Tür auf. Diesmal zerrte ihn der Mann aus dem Schrank. Henrys Finger schlossen sich um die Schere. Der Mann trat nach ihm, bis Henrys Ohren dröhnten und sein Gesichtsfeld eng wurde. Stechen, jetzt überall. Als er zu sich kam, saß er auf dem Boden, mit Klebeband an einen Bettpfosten fixiert. Sein Atem pfiff, sein Brustkasten drohte zu platzen. Ein sterbender Stern. Die Wasserstoff-Atomkerne zu Heliumkernen verschmolzen. Kein Brennstoff mehr. Das Helium würde mit dem Kohlenstoff fusionieren. Der Stern sich aufblähen. Ein Todeskampf. Übrig bliebe eine weißlich schimmernde Sternenleiche. Henry sah einen kosmischen Friedhof vor sich. Ein Stich. Diesmal nicht im Herzen. Sondern in der Hand. Er hielt die Schere immer noch umklammert.

Nicht jeder Stern wird gänzlich ausgelöscht, dachte er. Schwere Sterne explodieren. Ihr Gas wird in das Universum hinausgeschleudert und verdichtet sich an einem anderen Ort. Es entsteht ein neuer Stern. Manchmal ist Masse von Vorteil.

32

Richard Witthaus hatte wirklich nur in netter Gesellschaft speisen wollen. Sie hatten über Seattle und die Obdachlosigkeit gesprochen, über mögliche Lösungen nachgedacht und Erfahrungen ausgetauscht. Nach dem Hauptgang wurde das Gespräch persönlicher. Witthaus erzählte begeistert von seiner Praxis in New Jersey, von seinen Patienten, ihren Sorgen und Nöten. Je länger er sprach, desto weniger verstand Julia, warum er die Praxis aufgegeben hatte. Er habe eine Abwechslung gebraucht, erklärte er. Sie glaubte ihm nicht.

Jetzt ging Julia auf ein Haus mit asymmetrischem Dach zu. Auf dem gepflegten Rasen stand das Schild einer Immobilienfirma. Die Liegenschaft wurde zum Verkauf angeboten. Verwelkte Herbstastern wucherten entlang der Seitenmauer, da und dort blühte eine späte Rose. Dass Richard Witthaus' Ehefrau Immobilienmaklerin war, hatte Julia schnell herausgefunden.

Caroline Witthaus begrüßte sie mit einem zurückhaltenden Lächeln. Ihre Lippen waren blutleer, die Augen leicht gerötet. Sie verschwendete keine Zeit mit Small Talk, sondern stieg direkt in das Verkaufsgespräch ein. Sie zählte die Vorteile des Hauses auf, wies auf den guten Zustand der Fassade hin und kam auf das ungewöhnliche Dach zu sprechen.

»Sehen Sie, wie es im hinteren Teil abfällt?«, fragte sie. »Man nennt diesen Haustyp Saltbox. Ursprünglich waren Saltbox-Häuser zweistöckige Kolonialhäuser. Irgendwann fügte man im hinteren Teil weitere Räume hinzu; das bestehende Dach wurde einfach verlängert, damit es die zusätzlichen Zimmer bedeckte. Die neue Form glich den Holzboxen, in denen man damals Salz aufbewahrte. Daher der Name. Saltbox-Häuser kommen vor allem an der Ostküste vor.«

»Es erinnert mich an mein Elternhaus«, sagte Julia. »Vielleicht gefällt es mir deshalb so gut. Ich bin an der Ostküste aufgewachsen.«
»In Neuengland findet man noch viele Saltbox-Häuser. Dort sind sie allerdings aus Stein. In Seattle baute man in der Regel mit Holz.«
»Die Seitenwand unseres Hauses bestand aus einem riesigen, gemauerten Kamin.«
»Ein Stone Ender. Davon gibt es noch einige. Wo leben Ihre Eltern?«
Julia kaute auf ihrer Unterlippe. »Sie ... sind beide gestorben.«
»Das tut mir leid.« Die Anteilnahme wirkte echt.
»Es war eine schwere Zeit«, gab Julia zu. »Aber nun bin ich bereit für einen Neuanfang. Seattle hat mir schon immer gefallen. Und in New Jersey zu bleiben, kam für mich nach dem Tod meiner Eltern ohnehin nicht infrage.«
Caroline Witthaus blinzelte, als Julia New Jersey erwähnte.
»Ihrem Akzent nach stammen Sie ebenfalls von der Ostküste?«, fuhr Julia fort.
»Ja.«
»Wo genau, wenn ich fragen darf?«
»Auch aus New Jersey.« Sie zögerte einen Moment. »Hackettstown.«
»Hackettstown?«, stieß Julia aus. »Ich bin ganz in der Nähe aufgewachsen! Was für ein Zufall!« Sie verstummte plötzlich. »Aber ... Sie sind nicht etwa mit Richard Witthaus verwandt? Dem Arzt?«
Caroline Witthaus' Gesichtszüge erstarrten.
»Entschuldigen Sie«, sagte Julia. »Ich wollte nicht ... Ich kenne einige Leute, die zu Dr. Witthaus in die Praxis gegangen sind. Er war so beliebt.«
»Ja.« Es klang bitter.
»Wenn Sie die Frage gestatten«, sagte Julia vorsichtig. »Stimmen die Gerüchte?« Rasch fügte sie hinzu: »Ich möchte Ihnen nicht zu nahe treten! Es ... hat mich einfach überrascht.«
Caroline Witthaus wich ihrem Blick aus. »Eine Sucht kann jeden treffen. Wollen wir hineingehen?« Sie wartete die Antwort nicht ab,

sondern schloss die Haustür auf und trat in den Eingangsbereich. »Das Interieur ist im Beach-House-Stil gestaltet. Die Pastelltöne erinnern an das Meer, die Räume sind hell und offen. Die beiden Zimmer unter der Dachschräge bieten zusätzlichen Stauraum.« Julia folgte ihr durch das Haus. *Eine Sucht kann jeden treffen.* Während des Essens hatte Richard Witthaus ein Bier getrunken, er hatte nicht den Eindruck erweckt, als hätte er ein gestörtes Verhältnis zu Alkohol. Eine Drogen- oder Medikamentensucht würde seine Arbeit zu stark tangieren, und vermutlich hätte er seine Zulassung verloren, wenn er in New Jersey deswegen in Schwierigkeiten geraten wäre. Glücksspiel? Hatte er damit seine Praxis in den finanziellen Ruin getrieben? Das würde sein bescheidenes Haus und den alten Wagen erklären. Auch die Stelle in San Francisco, dachte Julia. In der Pharmaindustrie ließ sich gutes Geld verdienen, wenn man seine Karten richtig ausspielte.

Julia fragte, ob der Kaufpreis verhandelbar sei. »950 000 Dollar, das übersteigt mein Budget.«

»Die Immobilienpreise sind in den letzten Jahren in die Höhe geschnellt«, sagte Caroline Witthaus. »Viel Spielraum habe ich leider nicht.«

Sie verließen das Haus. Der Nebel, der Seattle seit den frühen Morgenstunden einhüllte, war dichter geworden, der Rasen kam Julia fast übernatürlich grün vor. Er roch bestimmt wunderbar. Sie drehte sich noch einmal um. Sie dachte an ihr eigenes Zuhause, umgeben von Bäumen. Ob der Ahorn schon die Blätter fallen gelassen hatte?

Caroline Witthaus nahm ihre Stimmungsveränderung wahr, führte sie aber auf den hohen Kaufpreis zurück. »Ich werde sehen, was ich tun kann.«

»Ich war vorhin nicht ganz ehrlich zu Ihnen«, gestand Julia. »Der Tod meiner Eltern war nicht der Grund, weshalb ich aus New Jersey wegzog. Mein Vater ...« Sie schluckte. »Er war krank. Spielsüchtig. Als er das Haus verlor ...« Sie machte eine Pause und schloss kurz die Augen. »Meine Mutter kam nie darüber hinweg. Ich wohl auch nicht.« Sie lächelte freudlos und deutete auf das Saltbox.

Caroline Witthaus atmete flach.

»Sie hat lange zu ihm gehalten«, erzählte Julia. »Ihr war klar, dass es sich um eine Krankheit handelt. Trotzdem konnte sie ihm nicht helfen. Schließlich musste sie gehen. Um sich selbst zu schützen.« Leichter Nieselregen setzte ein.

»Dann wissen Sie also, wie das ist«, sagte Caroline Witthaus leise. »Ich begreife nicht, warum er es immer wieder tut. Der Psychologe hat mir erklärt, dass es nicht um Geld geht, sondern um das Glücksgefühl, das Richie beim Spielen empfindet. Den Nervenkitzel. Aber warum muss er spielen, um sich lebendig zu fühlen? War unser Alltag so langweilig?«

»Genau dieselben Fragen hat sich meine Mutter auch gestellt. Uns wurde erklärt, dass manche Spielsüchtige unter einem geringen Selbstwertgefühl leiden. Oder Mühe haben, mit ihren Gefühlen klarzukommen. Das Spielen lenkt sie von ihren wirklichen Problemen ab. Wenn sie gewinnen, glauben sie, dass sie die Kontrolle über ihr Leben haben. Über das Glück. Das steigert das Selbstwertgefühl.«

»Gewinnen«, wiederholte Caroline Witthaus wütend. »Es gibt keine Gewinner! Nie! Als er endlich einsah, dass er Hilfe brauchte, war es zu spät.«

»Aber jetzt hat er es geschafft?«

Caroline Witthaus presste die Lippen zusammen. »Nachdem er die Praxis verlor, versprach er, dass alles anders werden würde. Und ich glaubte ihm. Er fand eine gut bezahlte Stelle in einem Pharmabetrieb, und wir begannen, die Schulden abzuzahlen. Er schaffte es sogar, in Seattle eine neue Praxis zu eröffnen. Dann fing es wieder an. Er blieb abends weg. Erfand immer neue Ausreden. Dass er länger arbeiten müsse. In einem Obdachlosenheim vorbeischauen wolle. In Tat und Wahrheit aber ...« Sie verstummte verschämt. »Entschuldigen Sie, ich weiß nicht, was in mich gefahren ist.«

Julia legte ihr die Hand auf den Arm. »Es gibt nichts, wofür Sie sich entschuldigen müssen. Glauben Sie mir, ich weiß genau, was Sie durchgemacht haben.«

Caroline Witthaus straffte die Schultern. Ihre Wangen waren gerötet, sie nestelte an dem Kragen ihrer Bluse herum. Es war ihr sichtlich peinlich, dass sie einer Fremden ihr Herz ausgeschüttet hatte. Sie brauchte einen Augenblick, um wieder in die Rolle der Maklerin zu schlüpfen. Schließlich reichte sie Julia eine Visitenkarte und versprach, sich wegen des Kaufpreises zu melden.

Julia blieb noch eine Weile auf der Veranda stehen, nachdem die Maklerin gegangen war. Sie war etwas Wichtigem auf der Spur, das spürte sie. Richard Witthaus und Charles Baldwin mussten sich in San Francisco kennengelernt haben. Witthaus war verschuldet, er hatte seine Praxis verloren und arbeitete stattdessen für einen Pharmabetrieb. Mit Sicherheit war er todunglücklich. Wie viel hatte Baldwin ihm gegeben? Was hatte Witthaus dafür tun müssen? Julia dachte daran, wie niedergeschlagen er im Café gesessen hatte, und korrigierte sich in Gedanken. Was muss Witthaus dafür tun? Denn sie war überzeugt, dass Baldwin ihn immer noch in der Hand hatte. Und dass Jesse der Schlüssel zu allem war.

33

Der Raum, in dem der Versuch stattfand, wirkte ziemlich gewöhnlich. Es gab einen Tisch mit zwei Computern, ein paar kastenförmige Maschinen mit Schläuchen und den Scanner, den Dr. Witthaus bereits erwähnt hatte. Magnetresonanztomografie. Cody hatte den Begriff in der Bibliothek nachgeschlagen. Völlig harmlos. Sogar Röntgen war schädlicher. Jedenfalls hatte er das gelesen. Er dachte daran, wie er sich in der zweiten Klasse den Arm gebrochen hatte. Mom war mit ihm in die Notaufnahme gefahren, es hatte sie nicht gestört, dass man den Knochen röntgte. Diese Magnete und die Radiowellen konnten ihm also kaum etwas anhaben.

Dr. Witthaus reichte ihm eine Brille. »Das ist eine Virtual-Reality-Brille. Darin ist ein Computerdisplay integriert. Du liegst beim Spielen in der Röhre, das Game wird auf die Brille übertragen. Du bekommst einen Controller, mit dem du Figuren bewegen kannst.«

Cody hatte noch nie eine VR-Brille getragen. Er setzte sie auf, und Dr. Witthaus drückte ihm den Controller in die Hand. Begeistert probierte Cody die verschiedenen Funktionen aus. Und dafür wurde er auch noch bezahlt? Er konnte sein Glück nicht fassen!

»Du hast den Dreh ja schon raus.« Dr. Witthaus führte Cody zu einer Liege. »Dann können wir loslegen.«

Cody bekam kaum mit, wie er auf den Scanner gebettet wurde. Er hatte bereits seine erste Quest angenommen und folgte der Kompassnadel zur nächsten, als das Bild gefror.

»Ich brauche kurz deine Hand«, sagte Dr. Witthaus. »Du kannst gleich weiterspielen.«

Cody spürte etwas Kaltes auf dem Handrücken. »Was machen Sie?«

»Es tut nicht weh. Du spürst nur einen winzig kleinen Stich.«

Cody zog seine Hand zurück. »Sie haben gesagt, ich bekomme keine Medikamente!«

»Das ist bloß ein Kontrastmittel. Damit sehen wir die Bilder deutlicher.«

Cody entspannte sich. Auch darüber hatte er gelesen, das gehörte dazu. Er setzte die Brille wieder auf und wartete, bis Dr. Witthaus fertig war.

»Ich lasse die Kanüle drin, falls wir mehr Kontrastmittel brauchen«, erklärte der Arzt. »Sei vorsichtig, wenn du die Hand bewegst.«

Cody war bereits wieder bei seinem Avatar. Der Magier hatte schon ziemlich viel Mana verbraucht. Wo bekam man mehr? Mit dem Controller zu spielen, war für ihn schwieriger als mit einer Tastatur und einer Maus. Alles dauerte länger. Cody hatte gerade die Ziele der ersten Quest erreicht, als das Bild erneut gefror. Er spürte einen kurzen Schmerz, dann wurde ihm die Brille abgenommen.

»Schon fertig«, sagte Dr. Witthaus.

Geblendet schloss Cody die Augen. Am liebsten hätte er weitergespielt, doch Dr. Witthaus saß bereits am Bildschirm und gab etwas ein. Er zeigte Cody die Aufnahmen, lauter komische Formen, mit denen Cody nichts anfangen konnte.

»Sieht gut aus.« Er drückte Cody eine Flasche Wasser in die Hand. »Es kann sein, dass du dich in den nächsten Stunden etwas seekrank fühlst. Das liegt an der Brille. Trink viel.«

Cody bekam einen neuen Termin, dann begleitete Dr. Witthaus ihn zur Bushaltestelle. Nächstes Mal würde Cody direkt hierherfahren.

Er löste eine Fahrkarte. Es war ein gutes Gefühl, als gehörte er wieder zur Welt dazu. Kurz überlegte er, sich einen Hamburger zu kaufen, beschloss aber, damit eine Woche zu warten. Er hatte fast den gesamten Vorschuss ausgegeben. Besser, er sparte das Geld, das er noch hatte. Er dachte an Amber, wie eine echte Prinzessin hatte sie in dem Kleid ausgesehen. Nicht wegen dem Glitzer oder dem Tüll, sondern wegen ihrer Freude. Alles an ihr leuchtete.

Seither sprach sie von nichts anderem. Seinen Eltern hatte Cody erklärt, dass das Kleid aus dem Kindergarten stamme und Amber es behalten dürfe. Dad hatte überhaupt nicht zugehört, Mom nur abwesend genickt. Das tat sie oft in letzter Zeit. Ihr Körper war da, aber ein Teil war auf Reisen gegangen, irgendwohin, wo sie ganz alleine war. Cody hatte sich immer davor gefürchtet, dass sie eines Tages nach der Arbeit nicht mehr zu ihnen zurückkehren würde. Inzwischen wusste er, dass es auch andere Wege gab, sich aus dem Staub zu machen.

Der Bus kam, und Cody stieg ein. Erst jetzt sah er sich richtig um. Auf der Hinfahrt war er zu nervös gewesen, um an etwas anderes zu denken. Das Gebäude, in dem der Versuch stattgefunden hatte, war alt. Der Verputz blätterte ab, ein Fenster war mit einem Brett verriegelt. Im Erdgeschoss befand sich eine Autowerkstatt, davor parkten mehrere Lieferwagen einer Reinigungsfirma. Der Bus kam an einem Parkplatz vorbei, auf dem Zelte standen. Cody starrte aus dem Fenster. Menschen, die viele Schichten Kleider trugen. Reglos standen sie da, die Hände in den Taschen vergraben. Manche hockten auf Kartons, um sie herum nasser Asphalt. Sie sahen aus, als säßen sie auf einem Floß.

»Wir lassen uns einfach treiben«, hatte Mom gesagt, als alles noch ein Spiel war. »Ist das nicht schön? Ganz ohne Ziel.«

Eines hatte Cody gelernt. Ziele waren wichtig. Auch wenn sie unerreichbar schienen. Wer keine Ziele hatte, war verloren. Er hatte mal von einer Massenpanik auf einem Konzert gehört. Alle waren gleichzeitig zum Ausgang gestürmt. Wer hinfiel, wurde zertrampelt. Genau wie im Leben.

Dad lag schon lange am Boden. Jetzt war auch Mom hingefallen. Ihm würde das nicht passieren, schwor er sich. Der Bus fuhr um eine Kurve, und plötzlich wurde ihm schwindlig. Er dachte an Dr. Witthaus' Anweisungen und schraubte den Deckel der Wasserflasche auf.

34

Michael stand mitten im Raum und ließ die Arme kreisen. Seine Bewegungen waren ungelenk, seine Muskeln steif. Er redete sich ein, dass sein Zustand eine Folge des Eingesperrtseins war, im Grunde wusste er jedoch, dass seine Krankheit ein neues Stadium erreicht hatte. Die Kapseln lagen immer noch in der Dose. Würde er wirklich sterben, wenn er sich weigerte, sie zu nehmen? In Zusammenhang mit seiner Recherche hatte er sich viele Gedanken über den Tod gemacht, immer aber aus der Sicht des Beobachters. Jetzt, wo er in aller Deutlichkeit mit seiner eigenen Endlichkeit konfrontiert wurde, ließ seine Ablehnung gegen Maßnahmen zur Optimierung des Körpers nach. Was bin ich nur für ein Hypokrit, dachte er. Er hatte immer auf Menschen herabgeschaut, die ichbezogene Entscheidungen fällten.

Er legte sich auf das schmale Bett und versuchte zu schlafen. Hinter ihm ging die Tür auf, und jemand trat in den Raum. Nicht Trapezius, die Schritte waren leichter.

»Das Interview ist beendet«, sagte Michael.

»Ich bin nicht wegen eines Interviews hier«, antwortete eine Frauenstimme.

Michael hatte sich so rasch aufgesetzt, dass sich der Raum um ihn herum zu drehen begann.

Eine drahtige Frau mit schmalen Hüften kam auf ihn zu, sie zog einen Stuhl an sein Bett heran und setzte sich. Sie trug eine Wollhose, praktische Schuhe aus dunklem Leder und einen nicht besonders vorteilhaften Pullover mit Rautemuster. Michael schätzte sie auf Mitte dreißig. Sie stellte eine Tasche neben sich auf den Boden, der sie eine Spritze entnahm.

Michael wich zurück. »Wer sind Sie?«

Sie hielt ihm die Spritze hin. »Für die Kapseln ist es zu spät. Wollen Sie sich das Mittel selbst injizieren?«

Er lachte ungläubig. »Soll das ein Witz sein?«

Sie zuckte mit den Schultern. »Sie sind Arzt, ich dachte, Sie –«

»Ich spritze mir doch keine Substanz, die ich nicht kenne!«

Die Frau beugte sich vor. Michael nahm einen Geruch wahr, der Erinnerungen in ihm weckte. Eine Sommerwiese. Butterblumen. Gelbe Blüten, so zart, dass sie gleich welken, wenn man sie pflückt. Verwirrt hob er den Kopf und blickte in braune Augen mit goldenen Einsprengseln. Die Frau griff nach seinem Arm. Ihre Finger waren kräftig, ihre Berührungen sanft. Fasziniert von diesem Widerspruch, gab er nach. Kam es darauf an, was sie ihm spritzte? Er würde ohnehin bald sterben.

Den Stich spürte er kaum. Dafür ihren Atem auf seiner Haut. Wie lange war es her, dass ihm eine Frau so nahe gekommen war? Vielleicht stand der Tod unmittelbar bevor, im Moment aber fühlte sich Michael sehr lebendig.

»Ich habe mich gar nicht vorgestellt«, sagte er, während sie ein Heftpflaster über die Einstichstelle klebte.

»Ich weiß, wer Sie sind, Michael.« Aus ihrem Mund klang sein Name nach »Michau«.

»Und Sie sind …?«

Sie stand auf und griff nach der Tasche. »Darüber reden wir ein anderes Mal.«

»Wollen Sie schon gehen?« Michael sprang auf.

Sie lächelte kurz. Dann war sie weg. Reglos blieb er stehen. Es war, als hätte er ihren Besuch nur geträumt. Er berührte das Heftpflaster auf seinem Arm, um sich zu vergewissern, dass es echt war. Leicht verwundert schaute er sich um. Er litt unter einem Mangel an Außenreizen, sagte er sich. Allein damit ließ sich seine heftige Reaktion jedoch nicht erklären.

An Schlaf war nicht mehr zu denken. Eine Weile ging er hin und her und kostete die Gefühle aus, die in ihm erwacht waren. Er horchte in seinen Körper hinein, spürte aber keine Veränderung. Was hatte sie ihm gespritzt? Immer wieder ging sein Blick zur Tür.

Irgendwann legte er sich hin, und obwohl seine Gedanken unentwegt um die fremde Frau kreisten, schlief er ein. Er träumte von einer Tür, die leise aufging, und von einer Gestalt, die sich über ihn beugte. Von sehnigen Armen und weicher Haut.

Als er aufwachte, wusste er einen Moment lang nicht, wo er war.

»Gut geschlafen?«

Eine Männerstimme, registrierte Michael benommen. Enttäuschung machte sich in ihm breit.

»Es freut mich, dass Sie die Notwendigkeit einer Behandlung eingesehen haben.«

Michael setzte sich auf. »Wer ist sie? Wie heißt sie?«

Leises Lachen. »Ja, sie hat diese Wirkung, nicht wahr? Dabei entspricht sie keinesfalls dem gängigen Schönheitsideal. Ich weiß nicht, woran es liegt. Aber ich bin nicht hier, um über sie zu sprechen. Heute möchte ich die Fragen stellen, wenn Ihnen das recht ist.«

Michael war nicht nach einer Auseinandersetzung zumute. Außerdem war Widerrede zwecklos. Nicht er bestimmte hier die Regeln.

»Was möchten Sie wissen?«, fragte er resigniert und setzte sich an den Tisch.

»Keine Einwände? Wir machen Fortschritte! Ich möchte wissen, wie Sie über Religion denken.«

Michael rieb sich den Schlaf aus den Augen. »Ich bin nicht religiös.«

»Ich habe nicht gefragt, ob Sie religiös sind. Ich möchte wissen, ob der Transhumanismus Ihrer Meinung nach christlichen Werten widerspricht.«

»Ich bin auch nicht bibelfest«, antwortete Michael.

»Sie haben Gideon Larsen interviewt. Den Mormonen. Ich bin mir sicher, dass Sie sich gut auf das Gespräch vorbereitet haben. Was denken Sie also darüber?«

Überrascht zog Michael die Augenbrauen hoch. »Sie kennen Gideon?«
Ein Zögern. »Ich kannte ihn. Gideon Larsen ist tot.«
Michael erstarrte. »Tot? Wie ...«
»Er wurde in seinem Haus ermordet.«
Michael schüttelte immer wieder den Kopf. Gideon Larsen – tot? Er sah den Mormonen vor sich, den Glanz in seinen lebhaften Augen, wenn er diskutierte, die energischen Gesten, mit denen er seine Worte untermauerte.
»Was ... wie ist das möglich?« Michael holte Luft. »Was ist geschehen? Wurde der Täter gefasst?«
»Die Fahndung läuft. Die Polizei hat am Tatort DNA sichergestellt.«
»Wer hat ihn getötet?«
»Sie.«
Michael begann zu lachen.
»Die Polizei hat Ihre DNA am Tatort gefunden.«
Michaels Lachen erstarb. »Das kann nicht sein. Ich war nie bei Gideon zu Hause. Wir haben uns in einem Café getroffen.«
»Wann begreifen Sie es endlich? Ihre Gegner sind mächtig. Viel mächtiger, als Sie es sich vorstellen können!«
Michael begriff gar nichts mehr. War Gideon überhaupt tot? Oder war das ein weiterer Versuch, ihn einzuschüchtern? Wozu? Er saß fest. Machtlos. Ausgeliefert. Er konnte niemandem gefährlich werden. Er vergrub das Gesicht in den Händen. Als er aufsah, lag eine Zeitung vor ihm auf dem Tisch. Von der Titelseite schaute ihm sein Gesicht entgegen.
Mormonen-Mord: Polizei sucht diesen Mann
»Begreifen Sie es jetzt?«
Michael las den Artikel. Es stimmte also. Gideon war ermordet worden. Und nach ihm wurde gefahndet. Stimmte am Ende gar alles? War er zu seinem eigenen Schutz in diesem Raum?
»Wenn Sie mir helfen wollen, warum sperren Sie mich dann ein?«, fragte Michael.

»Weil ich Sie nicht kenne. Vertrauen ist etwas, das über Jahre wachsen muss. Diese Zeit haben wir leider nicht. Trotzdem kann ich es mir nicht leisten, leichtgläubig zu sein.«

»Wozu die Geheimnisse? Warum sagen Sie mir nicht, was Sie wissen?«

Keine Antwort. Doch sie war auch nicht nötig. Endlich glaubte Michael zu verstehen, was ablief. Er sah einen Angler vor sich, der einen Fisch am Haken hatte. Kurbelte er die Leine zu schnell ein, riss sie. Um einen Fang sicher an Land zu ziehen, brauchte es Fingerspitzengefühl und Geduld.

Er war der Fisch.

»Was wollen Sie von mir?«, fragte er perplex. »Ich bin kein großer Fang.«

»Im Moment will ich nur wissen, ob Sie der Meinung sind, dass der Transhumanismus christlichen Werten widerspricht.«

Zurück auf Feld eins.

»Also gut«, seufzte Michael. »Reden wir eben über Religion. Ich nehme an, es gibt einen guten Grund dafür?« Er erhielt keine Antwort. »Ich bin der Meinung, dass es zwischen dem Transhumanismus und dem Christentum viele Gemeinsamkeiten gibt. Gideon hat mehrere Bibelstellen zitiert, aus dem Stegreif kommt mir aber nur eine in den Sinn: 1 Joh. 3:2.«

»Meine Lieben, wir sind schon Gottes Kinder; es ist aber noch nicht offenbar geworden, was wir sein werden. Wir wissen: Wenn es offenbar wird, werden wir ihm gleich sein; denn wir werden ihn sehen, wie er ist.«

Michael zog anerkennend die Brauen hoch. »Sie kennen die Bibel auswendig?«

»Einige Stellen. Ich habe mich in den letzten Jahren stark mit Religion beschäftigt. Aber reden Sie weiter.«

»Gideon behauptet ... hat behauptet, Christen hätten immer schon darüber nachgedacht, was es bedeute, zu sein wie Jesus. Diese Vorstellung sei in der Bibel verankert. Die menschliche Transformation sei quasi ein Kerngedanke der Erlösung. Es ließe sich also argumentieren, dass der Transhumanismus in der christlichen Theologie verankert ist.«

»Sehen Sie das auch so?«

»Gewisse Parallelen lassen sich nicht abstreiten. Zumindest nicht, was die Vision vom Überschreiten biologischer Grenzen betrifft.« Michael machte eine Pause, um seine Gedanken zu strukturieren. »Wir haben auch über die Verbesserung der geistigen Fähigkeiten gesprochen, ein weiteres Anliegen von Transhumanisten. Christen halten Bildung ebenfalls für wichtig. Nur gehen Transhumanisten einen Schritt weiter: Sie finden es beispielsweise in Ordnung, technologische oder pharmazeutische Hilfsmittel zu verwenden, um die geistigen Fähigkeiten des Einzelnen noch weiter zu steigern.«

»Und Sie? Finden Sie es wünschenswert, kognitive Fähigkeiten mithilfe von pharmazeutischen Mitteln zu erweitern?«

»Das kommt auf den Beweggrund an. Geht es um das Erlangen von Wissen um seiner selbst willen? Oder soll dieses Wissen zum Wohle der Menschheit eingesetzt werden?«, fragte Michael.

»Reden wir über Ihre zweite Frage. Zurzeit wird die Wirkung von Lysergsäurediethylamid intensiv erforscht. Einige Studien kommen zu dem Schluss, dass LSD Menschen rücksichtsvoller und großzügiger macht.«

»Darüber habe ich auch gelesen. LSD verringert die Aktivität im Ruhezustandsnetzwerk des Gehirns.«

»Es führt zu mystischen Erfahrungen, die weit über religiöse Erlebnisse hinausgehen. Transhumanisten sprechen von einer spirituellen Erweiterung. Ein Christ würde natürlich behaupten, diese Erfahrungen seien nicht authentisch. Das widerspricht zwar dem Stand der Forschung, aber nehmen wir einmal an, es verhalte sich so. Wäre diese Form von Erweiterung wünschenswert?«

Michael dachte nach. »Wenn der Mensch dadurch mitfühlender und sozialer wird, ja.«

»Sie sehen darin also keinen Widerspruch zur Bibel?«

»Nein. Mir fällt ein weiterer Vers ein, den Gideon zitiert hat. Genesis 3.«

Zufriedenes Nicken. »3:22. Er wird häufig von Transhumanisten zitiert. Und Gott der Herr sprach: Siehe, der Mensch ist geworden wie unsereiner und weiß, was gut und böse ist. Nun aber, dass er nur nicht ausstrecke seine Hand und nehme auch von dem Baum des Lebens und esse und lebe ewiglich!«

»An dieser Stelle wird auch die Unsterblichkeit erwähnt«, sagte Michael.

»Ein Punkt, über den sich viel diskutieren lässt.«

»Glauben Christen nicht auch an das ewige Leben?«, fragte Michael.

»Natürlich. Doch sie sehen die Unsterblichkeit als Gabe Gottes; sie wird nur Gläubigen gewährt. Transhumanisten setzen lieber auf Technologie. Der eigentliche Streitpunkt ist jedoch ein anderer: die Beschaffenheit des ewigen Lebens. Verlängern wir unser bisheriges Leben nur, oder verwandeln wir uns in etwas Neues?«

»Beides ist möglich. Je nachdem, welche Technologie angewandt wird.«

»Ein Christ würde Ihnen widersprechen. Er würde behaupten, dass ein Transhumanist sein altes Selbst nicht loslässt. Er erweitert es bloß.«

»Ich kenne viele Christen, die ihr altes Selbst auch nicht loslassen«, widersprach Michael. »Sie glauben, dass sie nach dem Tod in den Himmel kommen, stellen sich dabei aber vor, dass sie lediglich ihren Wohnort wechseln.«

»Gut beobachtet. Das liegt daran, dass die Erlösung im westlichen Christentum im Verlaufe der Jahrhunderte an Bedeutung verlor. In der orthodoxen Kirche hingegen blieb der Kerngedanke erhalten. Orthodoxe Theologen gehen von einer radikalen Transformation aus, der Theosis. Aus dem alten Selbst wird ein neues Selbst.«

»Worin besteht dann der Unterschied zu den mystischen Erfahrungen, zu denen psychedelische Drogen führen können?«, fragte Michael. »Diese Drogen verringern ja die Aktivität des Bewusstseinsnetzwerks, also der Region des Gehirns, die dem Selbst gleichgesetzt wird. Handelt es sich dabei nicht auch um eine Transformation des Selbst?«

»Genau das ist die Frage!« Erfreut schlug er auf den Tisch. »Was schließen Sie also daraus?«

»Was ich schon zu Beginn des Gesprächs gesagt habe: dass es zwischen Transhumanisten und Christen viele Gemeinsamkeiten gibt.«

»Der Transhumanismus würde Sie als Christ nicht in einen Gewissenskonflikt bringen?«

»Ich bin kein Christ«, erwiderte Michael.

»Und wenn Sie es wären?«

»Dann würde ich nicht so argumentieren, wie ich es jetzt tue.«

»Touché. Aber damit kann ich leben.«

Michael fragte sich, warum seine Einstellung zur Religion wichtig war. Hatte Gideon Larsen Potentate innerhalb der Kirche verärgert, weil er sich als bekennender Mormone dem Transhumanismus zugewandt hatte? Michael konnte sich nicht vorstellen, dass er deswegen ermordet worden war. Nicht im 21. Jahrhundert. Viel wahrscheinlicher war, dass Larsens Tod mit dem Jungen aus Seattle zusammenhing.

»Woran denken Sie?«

Michael blinzelte. »An Gideon.«

»Sie mochten ihn.«

»Ich glaube, jemand wollte ihn daran hindern, die Wahrheit über Jesses Tod zu erzählen.«

»Ich habe Ihnen gesagt, dass ich mich um die Sache kümmern werde. Das bringt mich zu einem weiteren Punkt. Ich muss ein paar Tage verreisen. Tut mir leid. Ich kann mir vorstellen, wie satt Sie diesen Raum haben. Ich denke, Sie sind für den nächsten Schritt bereit, aber wir werden —«

»Den nächsten Schritt?« Michael beugte sich vor. »Werden Sie mir endlich verraten, warum ich hier bin?«

»Das wissen Sie. Weil Sie in Gefahr sind. Und weil ich Ihnen eine Stelle anbieten möchte.«

»Das war kein Scherz?«, fragte Michael ungläubig.

»Nein. Aber zuerst muss ich wissen, ob ich Ihnen vertrauen kann.« Er hob die Hand, bevor Michael weitere Fragen stellen konnte. »Fangen Sie nicht wieder damit an. Wir drehen uns im Kreis. Im Moment müssen Sie Ihre Energie darauf verwenden, zu Kräften zu kommen. Sie werden täglich drei Kapseln einnehmen. Wenn Sie die Medikamente verweigern, sind Gespräche über Ihre Zukunft ohnehin müßig. Betrachten Sie die nächsten Tage als eine Art Probezeit. Wenn Sie sich an die Anweisungen halten, werde ich Ihnen einen Vorschlag unterbreiten. Wenn nicht …« Er drehte die Handflächen nach oben.

»Werde ich sterben«, beendete Michael den Satz.

»Ja.«

»Bekomme ich weitere Injektionen?«

»Nein. Die Medikamente, die Sie brauchen, müssen Sie oral einnehmen.«

Und was war mit der Frau, die ihm die Spritze setzte, würde er sie trotzdem wiedersehen?

»Was enthielt die Spritze?«, fragte er.

»Natriumchlorid.«

»Nur eine Kochsalzlösung?«, erwiderte Michael ungläubig.

Ein verschmitztes Lächeln. »Ich wollte Sie nur aufrütteln. Damit Sie den Ernst der Lage begreifen.«

35

Der Abend war hereingebrochen. Henrys Schlafzimmer lag auf der Hofseite des Gebäudes. Nur wenig Licht drang durch das Fenster. Er starrte auf die Umrisse seiner Füße und wackelte mit den Zehen. Er hatte gehofft, dass der Fremde die Wohnung irgendwann verlassen würde, damit er fliehen konnte. Vergeblich. Er durfte jetzt nicht länger warten. Kein Risiko eingehen. Sobald der Mann begriff, dass Julia nicht kommen würde, war das Spiel vorbei. Das Spiel? Wem machte er sich etwas vor. Das Leben. Sein Leben wäre vorbei. Denn eines wusste Henry mit Sicherheit: Wie immer die Sache ausging, der Mann würde ihn töten. Wozu einen Zeugen zurücklassen?

Henry musste zum Angriff übergehen, bevor der Mann realisierte, dass er sich befreit hatte. Nur dann bestand die Chance, dass er lebend davonkam. Aber er musste entschlossen vorgehen. Das geringste Zögern, und die Chance wäre vertan. Henry hatte noch nie einen Menschen verletzt. Würde er es schaffen, schwungvoll zuzuschlagen? Bei der Vorstellung, wie der Golfschläger den Kopf des Mannes traf, zuckte er zusammen.

Seine Hände waren bereits frei. Er beugte sich vor, Schweiß trat ihm auf die Stirn. Waren seine Füße schon immer so weit entfernt gewesen? Sein Körper war wie spröder Meteorkies – und genauso alt. Ein Stechen in der Schulter zwang ihn, innezuhalten. Wenigstens nicht das Herz. Das war gut. Er schaffte es, mit der Spitze der Schere in den Rand des Klebebands zu schneiden. Da hörte er wieder Schritte im Flur. Rasch schob er die Hände hinter den Rücken. Licht strömte in das Zimmer. Die Silhouette in der Tür warf einen verzerrten Schatten auf den Boden. Ein langer Körper, zwei abgewinkelte

Arme. Henry blinzelte. In der Hand hielt der Mann das Truthahnmesser.

»Du scheinst deiner Frau nicht viel zu bedeuten!«

Henry schluckte trocken. Er hatte sich verspekuliert. Warum hatte er sich nicht mit dem Golfschläger in Stellung gebracht, statt auf eine Fluchtgelegenheit zu warten?

Der Mann kam auf ihn zu.

Er würde Henry tranchieren. Wie einen Truthahn. Was für ein würdeloser Tod! Mit zitternden Fingern umklammerte Henry die Schere hinter dem Rücken. Als der Mann vor ihm in die Hocke ging, ließ er seine Hand vorschnellen. Ein Knacken. Ein überraschter Schrei. Nicht aus seinem Mund. Hatte er den Mann tatsächlich getroffen? Das Truthahnmesser fiel auf den Boden. Henry rollte sich darüber und kam auf den Bauch zu liegen. Das angeschnittene Klebeband an seinen Knöcheln riss. Ein eiserner Griff im Nacken, ein Knie im Rücken. Er versuchte, nach dem Messer zu greifen, schaffte es aber nicht, die Hand unter den Körper zu schieben. Er schlug mit der Schere um sich, spürte Widerstand, hörte ein Grunzen. Flüche in einer fremden Sprache. Keine Luft mehr. Plötzlich war das Gewicht auf seinem Rücken weg, und seine Finger berührten das Truthahnmesser. Schwungvoll riss er es an sich. Über ihm wurde es still. Henry drehte sich auf die Seite.

Der Mann lag neben ihm, Blut quoll aus einer Verletzung an seinem Hals. Henry hörte ein leises Gurgeln. Entsetzt hievte er sich auf die Knie und kroch zur Tür. Schmerzen überall. Borstiger Teppich unter Knien und Händen. Da vorne, die Wohnungstür. Der Knauf weit oben. Als sich Henry streckte, schien etwas in ihm zu reißen. Blut tropfte auf den Boden. Der Big Rip, dachte er. Das große Zerreißen. Das Ende des Universums. Ein stilvoller Abgang. Besser als durch ein Truthahnmesser. Er spürte Metall. Den Türknauf? Plötzlich ein Luftzug. Die Tür stand einen Spaltbreit offen.

Es gelang Henry noch, die Hand in den Flur hinauszustrecken, um auf sich aufmerksam zu machen. Dann folgte das große Zusammenkrachen. Der Big Crunch. Seltsam, dachte es irgendwo in seinem Gehirn. All die Streitgespräche über das Ende des Universums. Big Rip oder Big Crunch? Nie hatten sie in Betracht gezogen, dass beide Szenarien gleichzeitig eintreten konnten. Stolperten immer über die naive Vorstellung, dass Zeit linear war.

Nicht zwei Szenarien. Drei, schoss es ihm noch durch den Kopf, kurz bevor ihn eine Kältewelle erfasste. Er hatte die dritte Theorie vergessen. Der Big Chill. Die große Abkühlung. Henrys Zähne klapperten.

Schwärze.

36

Das Handy von Dinah Izatt war immer noch ausgeschaltet. Ihre Eltern erklärten, sie sei im Urlaub und habe keinen Empfang. Julia glaubte ihnen nicht. Es war aber klar, dass sie am Telefon keine Auskunft erhalten würde. Wenn sie Dinah finden wollte, blieb ihr nichts anderes übrig, als nach Utah zu fahren. Achthundertvierzig Meilen. Drei Staatsgrenzen. Sie beschloss, diesmal gleich per Anhalter zu reisen.

Es fiel ihr schwer, Phinney Ridge zu verlassen. In dem warmen Kokon hatte sie ab und zu verdrängen können, warum sie von zu Hause aufgebrochen war. Mary Ellen rang ihr das Versprechen ab, sich zu melden, wenn sie in Seattle wieder eine Unterkunft brauchte. Julia ließ sich von einem Taxi zu einer Tankstelle nahe der Autobahn bringen. Zwei Stunden später saß sie neben einem gesprächigen Trucker aus Arkansas, mit dem sie auf der I-84 nach Osten fuhr. Sein Angebot, die Schlafkabine über dem Führerhaus mit ihm zu teilen, lehnte sie dankend ab. Er nahm es ihr nicht übel.

Sie kam am frühen Nachmittag in Salt Lake City an und machte sich direkt auf den Weg zu Dinah Izatts Eltern in Rose Park. Kaum hatte das Taxi vor dem bescheidenen Fertighaus angehalten, ging die Tür auf, und ein schwarz gekleidetes Paar kam heraus. Dinah Izatts Eltern? Die beiden stiegen in einen Wagen und fuhren davon. Julia wies ihren Fahrer an, ihnen zu folgen. Die Izatts parkten in der Nähe eines schlichten Gebäudes, vor dem sich eine Menschentraube versammelt hatte.

»Eine Beerdigung«, stellte der Taxifahrer fest.

Gideon Larsens Beerdigung?

»Wissen Sie, ob sie öffentlich ist?«, fragte Julia. »Dürfen Andersgläubige an einem mormonischen Gottesdienst teilnehmen?«
Der Taxifahrer runzelte die Stirn. »So richtige Gottesdienste haben die Mormonen ja nicht. Nur Meetings. Sagt meine Frau jedenfalls. Und sie muss es wissen, immerhin arbeitet sie mit zwei von denen, drüben im Krankenhaus. Ich weiß nicht, ob man da einfach reingehen darf. Hat mich nie interessiert.«

Schon allein durch ihren Aufzug würde sie auffallen, dachte Julia. Sie trug Jeans und eine Regenjacke, dazu den Reiserucksack.

»Ich möchte im Taxi warten, bis die Beerdigung vorbei ist«, sagte sie.

»Die dauert mindestens eine Stunde!«, protestierte der Fahrer.

Julia reichte ihm einen Hundert-Dollar-Schein.

Er steckte ihn ein, stellte die Sitzlehne zurück, verschränkte die Arme über der Brust und schloss die Augen.

Julia beobachtete die Trauergemeinschaft. Dinah Izatt war nicht dabei. Auf den Fotos, die Julia im Internet gefunden hatte, war eine unscheinbare Frau mit feinem, honigbraunem Haar und rundem Gesicht zu sehen.

Der Trauerzug setzte sich in Bewegung. Zuvorderst ein gekrümmter Mann mit Halbglatze, an seiner Seite eine Frau, die schlurfte, als hätte sie nicht die Kraft, die Füße zu heben. Die Eltern von Gideon Larsen? Gebrochene Menschen, schoss es Julia durch den Kopf. Wie gut dieser Begriff passte. Würde auch sie bald so durchs Leben schleichen? Wenn man das, was nach dem Tod eines Kindes übrig blieb, überhaupt als Leben bezeichnen konnte? Sie verbat sich den Gedanken. Michael war nicht tot. Er konnte nicht tot sein. Weil sie es sonst auch wäre.

Ein Wagen brauste um die Ecke und hielt vor ihnen an. Neil Munzo sprang heraus. Julia duckte sich. Was machte der Kryoniker hier? Mit großen Schritten eilte er auf das Paar in der ersten Reihe zu, ergriff die Hand der Frau und beugte sich zu ihr hinunter. Sie nickte kaum wahrnehmbar. Dann berührte er den Mann neben ihr an der Schulter, die Geste wirkte vertraut. Gemeinsam gingen sie in das Gebäude hinein.

Die Sonne schien durch die Windschutzscheibe, die Luft fühlte sich auf der Zunge klebrig an. Der Fahrer schnarchte leise. Julia öffnete die Tür, um etwas Sauerstoff hereinzulassen. Vogelgezwitscher, irgendwo lief ein Generator.

Die Beerdigung dauerte eineinhalb Stunden. Die Gäste brachen alle in die gleiche Richtung auf, nur Neil Munzo fuhr auf die I-80. Wollte er schon wieder zurück nach Nevada? Julia bat den Taxifahrer, ihm zu folgen. Kurz vor dem Flughafen bog Munzo auf die I-215 nach Norden ab.

»Wohin führt die Autobahn?«, fragte Julia.

»Nach Ogden, dann weiter nach Idaho.«

»Keine Abzweigung nach Westen?«

»Schon, aber erst nach Ogden. Wenn er nach Westen will, hätte er auf der I-80 bleiben können.«

Was wollte Munzo im Norden? Julia bat den Taxifahrer, sich etwas zurückfallen zu lassen. Sie warf einen Blick auf die Benzinanzeige. Fast voll. Eine halbe Stunde später verließ Munzo die Autobahn.

»Dort drüben liegt Antilope Island«, erklärte der Taxifahrer. »Wollen Sie wirklich dahin? Das dauert nochmals eine halbe Stunde.« Er schielte auf den Taxameter.

Julia reichte ihm einen weiteren Hundert-Dollar-Schein. »Erzählen Sie mir von Antilope Island.«

Er rieb sich den Nacken. »Nun ja, es ist die größte Insel im Salzsee. Um hinzukommen, fährt man über einen Damm. Es gibt dort Antilopen, Bisons und diese Schafe mit den riesigen Hörnern, die sich nach hinten drehen.«

»Dickhornschafe?«

»Kann sein.«

»Ist die Insel bewohnt? Oder ein Naturschutzgebiet?«

»State Park«, sagte er. »Warum jemand dorthin will, ist mir aber schleierhaft. Ich war ein einziges Mal mit meinen Jungs am Strand. Im Schlick wimmelt es von Fliegen.«

Vor ihnen tauchte eine Tankstelle auf. Munzo setzte den Blinker. Der Taxifahrer wollte ebenfalls abbiegen, doch Julia wies ihn an weiterzufahren. Kurz nach der Tankstelle gab es einen McDonald's.

»Halten Sie dort an.«

Der Taxifahrer folgte ihren Anweisungen. »Ist es okay, wenn ich mir etwas zu essen hole? Langsam krieg ich Hunger.«

Unschlüssig sah Julia zur Tankstelle. »Beeilen Sie sich!«

Der Taxifahrer rutschte vom Fahrersitz. Steif stakste er über den Parkplatz. Zwei Touristen posierten mit einem Burger vor einem roten Dodge Challenger, der neben dem Eingang stand. Julia dachte an ein Foto, das sie einmal in Kalifornien gemacht hatte. Andrej mit einem Cheeseburger neben dem McDonald's-Schild, die Finger zum Victory-Zeichen geformt, als hätte er einen Berggipfel erklommen. Sie hatte nicht verstanden, dass der McDonald's-Besuch für ihn tatsächlich ein Höhepunkt seiner Amerikareise war. Sie musste daran denken, wie er auf das Menü gestarrt hatte, das über der Kasse hing, und vor sich hinlächelte. Auch Tanja hatte geschmunzelt. Julia hatte nicht verstanden, worüber sie sich amüsierten. Auf einmal waren die Rollen vertauscht. Sie war es, die sich fremd fühlte, nicht Andrej.

Er bestellte sich einen Cheeseburger, der einen russischen Monatslohn kostete, und Tanja nahm Ketchup-Tüten und Strohhalme als Souvenir mit. Draußen posierte zuerst Andrej, dann Tanja neben dem Schild. Anschließend teilte Andrej den Burger in drei gleich große Stücke. Der Bissen war Julia schwer im Mund gelegen. Die Schuldgefühle der Privilegierten. Sie hatte noch nicht gelernt, einfach etwas anzunehmen.

Auf der Rückfahrt sprachen sie kein Wort. Das Schweigen war wie Kettfäden, in die Julia Schuld einzog, Andrej Unsicherheit und Tanja Scham.

Später erklärte Tanja, dass die Rektorin der Staatlichen Linguistischen Universität Moskaus sie vor der Dekadenz des Westens gewarnt hatte. Sie trichterte den Austauschstudenten ein, sich nicht blenden zu lassen. Im Westen sei alles nur Schein.

»Schauen Sie genau hin«, zitierte Tanja die Rektorin. »Schauen Sie hinter die Kulissen. Und vergessen Sie nie: Es ist ein Privileg, Bürger unserer großartigen Nation zu sein!«

»Was hat das mit der Kasse bei McDonald's zu tun?«, fragte Julia.

»Die Bilder«, sagte Tanja.
»Die abgebildeten Speisen auf der Menükarte?«
Tanja nickte.
Julia wartete auf eine Erklärung, doch es kam keine. In diesem Moment bezweifelte sie, dass sie je in der Lage sein würde zu dolmetschen. »Wirst du mir sagen, was an den Bildern so lustig war, oder muss ich raten?« Ihre Stimme klang harscher als beabsichtigt.
Tanja senkte den Blick. »Die Rektorin hat behauptet, dass es in den USA mehr Analphabeten gäbe als bei uns Kartoffeln.«
Endlich begriff Julia. Auf russischen Menükarten waren die Speisen nicht abgebildet. Hatten sich Andrej und Tanja über die Rektorin oder über die Amerikaner lustig gemacht? Was hatte man ihnen noch eingebläut?
Eigentlich hätte sie es schon damals merken müssen, dachte Julia jetzt. Andrej und sie hatten auf dem San Andreas Fault gestanden, er auf einer Seite der Verwerfung, sie auf der anderen. Zwei Platten, die sich kurz ineinander verhakten, sich aber schon bald unter dem Druck gewölbt hatten. Doch Julia hatte nicht wahrhaben wollen, dass Andrej nur an ihr vorbeizog. Auch auf ihre Eltern, die ihr die Beziehung von Anfang an auszureden versuchten, hatte sie nicht gehört. Sie warf ihnen Engstirnigkeit vor.
»Eins sag ich dir, Kind.« Ihr Vater zeigte nach Osten. »Der wird dich nicht glücklich machen. Der kann doch gar nicht anders. Der muss es erst mal schaffen, ohne Krücken zu gehen.« Weise Worte für einen Mann, der sein Leben zwischen Eisenerz, Hochofen und Schlacke verbracht hatte. Im Gegensatz zu Julia hatte er keine Vorlesungen über interkulturelle Verständigung besucht, aber sein Horizont war dennoch weiter gewesen.
Auf der anderen Straßenseite war Bewegung. Neil Munzo stieg in seinen Wagen. Julia sprang aus dem Taxi. Wo blieb der Fahrer? Die Tür zum McDonald's ging auf, und er kam seelenruhig auf sie zugelaufen. In der Hand hielt er zwei Papiertüten.
»Beeilen Sie sich! Er fährt los.«

»Kein Grund zur Panik. Die Straße führt nur geradeaus.« Der Taxifahrer reichte ihr eine der Tüten. »Für Sie. Sie sehen aus, als könnten Sie etwas zu essen vertragen.«

Julia schnappte sich die Tüte. Sie saß bereits im Taxi, als der Fahrer endlich einstieg. Er stopfte sich einige Pommes frites in den Mund und fuhr langsam los. In einiger Entfernung war Munzos Wagen zu sehen, Julia entspannte sich wieder. Plötzlich merkte sie, wie hungrig sie war. Wann hatte sie das letzte Mal etwas gegessen? Sie öffnete die Tüte und zog einen Becher Salat und einen Chickenburger heraus.

»Meine Frau bestellt immer Chicken und Grünzeug«, sagte der Fahrer mit vollem Mund.

Julia bedankte sich. »Was schulde ich Ihnen?«

»Gehört zum Service. Es kommt nicht häufig vor, dass ich eine weite Strecke fahre. Ist eine nette Abwechslung.«

»Erzählen Sie mir von den Mormonen in Salt Lake City«, bat Julia. »Wie ist das Zusammenleben mit ihnen?«

Der Taxifahrer wischte sich mit dem Handrücken über den Mund. »Na ja, was gibt es da schon zu sagen? Sie leben ihr Leben, wir unseres. Meine Frau sagt, dass sie fleißig sind. Und freundlich. Nicht nur am Sonntag. Und dass die Familie ihnen sehr wichtig ist, aber da sehe ich keinen Unterschied zu anderen Amerikanern. Ach ja, einmal pro Monat fasten sie. Das Geld, das sie dadurch sparen, geben sie der Gemeinde.« Er dachte nach. »Jetzt, wo ich es mir überlege, fällt mir auf, dass ich noch nie einen Mormonen betteln sah.«

Vermutlich gab es innerhalb der Gemeinschaft auch keine Obdachlosen, dachte Julia, dennoch überkam sie ein Gefühl von Bedrängnis, wenn sie an die zahlreichen Regeln und Erwartungen dachte.

»Das mit den vielen Frauen ist übrigens längst vorbei«, fuhr der Taxifahrer fort. »Heute darf ein Mormone nur eine Frau heiraten.«

»Stört Sie das Missionieren nicht?«

»Es ist ja nicht so, dass sie ständig an die Tür klopfen. Klar, die Temple Babes quatschen jeden an, aber ich finde, das ist ihr gutes Recht. Niemand muss zum Temple Square, wenn es ihn stört.«

Julia fragte sich, warum Dinah Izatt weggezogen war. Wegen des sozialen Drucks? Des traditionellen Frauenbilds? Oder fühlte sie sich der Religion nicht zugehörig?

»Schauen Sie.« Der Fahrer zeigte nach vorne. »Da liegt der Salzsee.« Julia sah einen blassen See, dahinter kahle Hügelketten. Munzo hielt an einer Mautstelle, einige Minuten später erreichten auch sie den Damm. Er war schmal, Julia kam es vor, als würden sie auf dem Wasser schweben. Die Umgebung hatte etwas Unwirkliches. Vielleicht lag es an den Pastellfarben, vielleicht an der gleißenden Helligkeit. Wasser und Himmel verschmolzen, die Schleierwolken waren kaum von den sandigen Abschnitten auf der Insel zu unterscheiden.

Munzo parkte vor dem Besucherzentrum, einem niedrigen Bau aus Beton und verblichenen Eisenbahnschwellen.

»Ich fahre zu den Parkplätzen am Strand«, sagte der Taxifahrer. »Dort fallen wir weniger auf.« Er hielt zwischen zwei Wohnwagen.

Julia setzte eine Mütze auf. »Warten Sie hier auf mich?«

»Solange Sie wollen.«

Ein trockener Wind blies Julia entgegen. Die Ruhe drückte ihr auf die Ohren; wenn sie die Augen schloss, hatte sie das Gefühl, ganz allein auf der Welt zu sein. Die karge Schönheit führte ihr die eigene Bedeutungslosigkeit vor Augen. Für die Wüste, die sie umgab, war sie nicht mehr als eine Eintagsfliege.

Sie betrat das Besucherzentrum. Neil Munzo stand an der Theke und erkundigte sich nach Campingplätzen. Ein Ranger nahm eine Karte hervor und markierte die Stellplätze mit einem Kreis.

»Die Plätze sind fast alle frei. Um diese Jahreszeit kommen nicht viele Touristen her.« Der Ranger reichte Munzo ein Formular.

Munzo bedankte sich und wandte sich der Tür zu. Julia beugte sich tief über eine topografische Karte der Insel. Als sie hörte, wie die Tür zuging, trat sie demonstrativ auf die Theke zu. Sie wollte zeigen, dass sie da war, damit man nach ihr suchen würde, falls ihr etwas zustieß.

»Hi, ich bin Julia«, stellte sie sich vor. »Was für eine wunderschöne Insel! Können Sie mir vielleicht eine Wanderung empfehlen?«

Während der Ranger ihr einige Wege zeigte, rechnete sie aus, wie lange sie zu Fuß zu den Stellplätzen brauchen würde. Eine Dreiviertelstunde, schätzte sie. Zu lange. Sie würde fahren müssen, auch wenn das Taxi auffiel. Sie nahm eine Karte mit.

Munzo war die Straße zum Campingplatz hochgegangen, wie der Taxifahrer ihr berichtete.

Julia studierte die Karte. »Kurz vor den Stellplätzen führt eine Abzweigung zum Strand hinunter. Am besten, Sie lassen mich dort aussteigen, da bleiben wir unbemerkt.«

Der Fahrer wartete noch einen Augenblick, dann fuhr er langsam los. Bleiche Grasbüschel säumten die Straße, am Strand wateten zwei Kinder in Gummistiefeln durch das Wasser. Eine dunkle Wolke umgab sie.

»Fliegen«, sagte der Taxifahrer angewidert.

Sie kamen zu der Abzweigung. »Holen Sie Hilfe, wenn ich in einer halben Stunde nicht zurück bin«, bat sie ihn.

»Sie haben nicht erwähnt, dass der Typ gefährlich ist!«, protestierte er und löste die Sicherheitsgurte. »Ich begleite Sie.«

Julia legte ihm die Hand auf den Arm. »Sie helfen mir mehr, wenn Sie hier auf mich warten.«

Widerwillig blieb er sitzen.

Munzo hatte seinen Wagen vor einem Toilettenhäuschen geparkt und war zu Fuß weitergegangen. Die Straße führte in einer Schleife an den Stellplätzen vorbei. Auf dem ersten Platz stand ein Wohnwagen, Türen und Fenster waren verschlossen. Weiter hinten sah Julia einen Pick-up, hinter dem jemand ein Zelt aufgestellt hatte.

Munzo steuerte darauf zu. Als Julia näher kam, entdeckte sie eine Frau, die an einem Gaskocher hantierte. Ein rundes Gesicht. Honigfarbenes Haar. Dinah Izatt. Mitten in der Bewegung hielt sie inne und starrte angstvoll in Munzos Richtung.

37

Ausgerechnet jetzt hatte Dad einen Job ergattert. Neun Tage würde er weg sein. Auf irgendeiner Baustelle im Süden, ein Großprojekt, hatte er erzählt. Cody hatte nur mit einem halben Ohr zugehört. Eigentlich hätte er sich freuen müssen. Zum ersten Mal seit Monaten ging Dad wieder aufrecht. Er hatte sogar gelacht, als Amber sich im Wagen auf ihr Erdnussbutterbrot setzte.

»Wenn ich zurückkomme, gehen wir zusammen Pizza essen«, versprach er.

»Ich will einen Milchshake«, forderte Amber.

Dad begann, sie zu kitzeln. »Du hast im Kindergarten bestimmt Milch getrunken. Machen wir daraus doch einen Shake!«

Amber kreischte vor Vergnügen. Cody rang sich ein Lächeln ab, damit Dad nicht merkte, dass ihn etwas bedrückte.

Morgen musste er zu Dr. Witthaus. Normalerweise hätte Dad Amber vom Kindergarten abgeholt. Niemand heuerte am Freitagnachmittag Tagelöhner an. Was sollte Cody jetzt tun? Absagen? Noch nicht einmal den Vorschuss hatte er abgearbeitet. Dr. Witthaus würde ihn für unzuverlässig halten.

»Und für dich?«, fragte Dad.

Cody blinzelte. »Was?«

»Was soll ich dir mitbringen?«

»Nichts.« Als Dad ihn überrascht ansah, sagte er rasch: »Sportsocken. Meine haben Löcher.«

»Geht klar.« Dad klopfte sich auf die Oberschenkel. »Genug herumgealbert. Wer hilft, das Zelt aufzubauen? Ich muss morgen früh raus.«

An diesem Abend war die Stimmung wie früher. Mom war plötzlich nicht mehr müde, mehrmals berührte sie Dad und fuhr ihm durchs Haar. Gleich würden sie sich küssen, dachte Cody und zog sich die Kapuze seines Schlafsacks über den Kopf.

Als Mom ihn weckte, war Dad schon weg. Sie nahmen das Zelt auseinander und legten es in den Kofferraum. Gähnend kroch Cody zu Amber auf den Rücksitz, wo er weiterschlief. Das Polster roch nach Erdnussbutter.

In der Schule konnte er sich nicht auf den Unterricht konzentrieren. Statt Matheaufgaben zu lösen, überlegte er, ob er einfach zu Dr. Witthaus fahren sollte, ohne Amber vorher abzuholen. Nach dem Kinobesuch hatte Teresa seine Verspätung mit keinem Wort erwähnt. Vermutlich war das aber nicht immer so. Wenn sie diesmal das Jugendamt einschaltete? Er musste Amber mitnehmen. Keine Ahnung, wie er sie beschäftigen sollte, wenn er in der Röhre war.

Er hatte sich umsonst Sorgen gemacht.

»Wen haben wir denn hier?«, fragte Dr. Witthaus erfreut. »Eine junge Dame?«

»Ich bin eine Prinzessin«, verkündete Amber.

Dr. Witthaus verbeugte sich. »Es ist mir eine Ehre, gnädiges Fräulein!«

Amber kicherte.

»Es tut mir leid«, nuschelte Cody. »Ich muss auf Amber aufpassen.«

»Kein Problem«, versicherte Dr. Witthaus. »Ich habe genau das Richtige für eine Prinzessin.«

Er nahm sein Handy hervor, tippte auf dem Display herum und startete einen Trickfilm. »Prinzessin Amber, darf ich vorstellen? Das ist Prinzessin Elena von Avalor.«

Amber starrte bereits auf den Bildschirm.

Dr. Witthaus sah Cody an und deutete auf den Scanner. »Wollen wir?«

Cody war so erleichtert, dass ihn nicht einmal der Stich der Nadel störte. Er schaffte es, mehrere Quests zu meistern, und verdiente sogar einige Goldstücke. Er hatte gerade einen, Feind erledigt, als Pandaria verschwand und Dr. Witthaus ihm die Kanüle herauszog. Schon fertig? Cody nahm die Brille ab und rieb sich die Augen. Amber drehte auf einem Bürostuhl Kreise.

»Es hat gar nicht wehgetan!«, sagte sie stolz.

Cody blinzelte. »Nein.«

Dr. Witthaus reichte ihnen zwei Wasserflaschen. »Vergesst nicht, viel zu trinken!«

»Alles klar.« Cody nahm Amber an der Hand.

»Du kannst sie jederzeit mitbringen«, sagte Dr. Witthaus und zwinkerte Amber zu.

Der Bus war randvoll. Rushhour? Cody fragte einen Passagier nach der Uhrzeit. Er konnte es nicht glauben. Sie waren über zwei Stunden bei Dr. Witthaus gewesen! In Pandaria hatte er jegliches Zeitgefühl verloren.

Amber plapperte nonstop über Prinzessin Elena. Erst jetzt fiel Cody ein, dass sie Mom von dem Ausflug erzählen könnte.

»Hör zu, Monkey«, begann er und wartete auf ihren Protest, der prompt kam.

»Ich bin kein Äffchen!«

»Du weißt doch, was ein Geheimnis ist?«

Sie nickte eifrig. »Daddy kauft Mommy neue Ohrringe, wenn er zurückkommt.«

Na toll, dachte Cody. »Ein richtiges Geheimnis verrät man niemandem.«

»Hab ich auch nicht.«

»Doch, gerade eben. Du hast mir Dads Geheimnis verraten«, erklärte er.

Amber sah ihn bekümmert an. »Aber du zählst doch nicht?«

»Jeder zählt. Man darf mit gar niemandem über ein Geheimnis reden.«

Es tat ihm weh zu sehen, wie Ambers Freude schwand, aber er musste sicher sein, dass sie nichts über ihren Besuch bei Dr. Witthaus verriet. Immerhin ging es hier um Schweigepflicht. Dr. Witthaus war zwar ziemlich locker, Cody zweifelte jedoch nicht daran, dass er es ernst meinte, als er von rechtlichen Konsequenzen sprach.

»Okay«, fuhr er fort. »Dann weißt du jetzt, was ein richtiges Geheimnis ist?«

»Ich darf mit überhaupt niemandem darüber reden. Auch nicht mit dir.«

»Genau.« Cody beugte sich zu ihr hinunter und senkte die Stimme. »Dieser Ausflug ist auch ein Geheimnis. Die Busfahrt, Dr. Witthaus, der Film, alles. Kapiert?«

»Auch die Schokolade?«

Hatte Dr. Witthaus ihr Schokolade gegeben? »Ja, auch die.«

»Nächstes Mal bekomme ich einen Milchshake.« Sie strahlte, wurde aber gleich wieder ernst. »Ist das auch ein Geheimnis?«

»Ja.« Sicher war sicher.

»Okay.«

Sie stiegen aus und gingen zu Fuß weiter. Es war schon spät, trotzdem bog Cody zum Spielplatz ab. Mom würde bestimmt fragen, was sie getrieben hatten, und Amber brauchte etwas, worüber sie quatschen konnte. Er alberte mit ihr herum, stieß die Schaukel an, half ihr an der Reckstange. Normalerweise konnte sie davon nicht genug bekommen, heute aber machte sie nicht lange mit.

»Ich will nach Hause«, sagte sie nach einer halben Stunde.

»Was, jetzt schon?«

Sie setzte sich auf den Boden.

»In Ordnung, gehen wir.«

Amber bewegte sich nicht.

»Komm, Monkey, steh auf.«

»Tragen.« Sie sprach wie früher, als sie noch ein Baby war.

Cody ging in die Hocke. »Hey, was ist los?«

»Tragen«, wiederholte sie.

Cody berührte ihre Stirn. Kein Fieber, soweit er es beurteilen konnte. Aber sie sah blass aus. Er hob sie hoch. Schon nach wenigen Metern fühlte er sich wie ein Roboter, dem die Batterie ausging. Seine

Schritte wurden langsamer, kleine Punkte tanzten vor seinen Augen. Er stellte sich vor, er wäre in Pandaria auf einer Mission, und redete sich ein, dass sein Leben davon abhing, sie erfolgreich zu beenden. Trotzdem musste er sich unterwegs zwei Mal hinsetzen.

Im Wagen schlief Amber sofort ein. Cody fischte eine Scheibe Brot aus der Packung, bestrich es mit Erdnussbutter und legte die Füße auf das Armaturenbrett. Er musste ebenfalls eingeschlafen sein, denn als er das nächste Mal aus dem Fenster sah, brannten keine Lichter mehr in den Häusern. Ein Anflug von Panik erfasste ihn. Wo war Mom? Da hörte er leise Atemzüge hinter sich. Sie lag auf der Rückbank, den Arm um Amber gelegt, und schlief. Cody rollte sich zu einer Kugel zusammen und schloss die Augen.

38

Im Fahrstuhl roch es nach Urin. Vita atmete flach durch den Mund und starrte auf die Schaltknöpfe. Der siebte fehlte. Schade, dass es nicht der neunte war. Das hätte ihre Mutter vielleicht dazu bewogen, endlich von hier wegzuziehen. Vita zupfte einen Fussel von ihrem roten Wollmantel. Ausnahmsweise trug sie kein Designerstück. Heute musste sie in die Rolle der alten Vita schlüpfen. Die Vita, die hier aufgewachsen war. Arm, aber stilvoll. Und sexy.

Die Kabine hielt mit einem Ruck. Vita verließ den Fahrstuhl und marschierte mit klackernden Absätzen an ihrem Leibwächter vorbei. Schon ging die Tür auf.

»Er ist schon seit einer halben Stunde hier!«, zischte ihre Mutter.

»Stau auf dem Gartenring.« Vita schob sich an ihr vorbei. Fehlte noch, dass ihr Leibwächter das Gespräch belauschte und Pawel informierte.

»Das ist das letzte Mal! Ich weiß nicht, was ihr für ein Spielchen treibt, aber ich mache nicht mehr mit!«

»Du bist es doch, die mir andauernd vorwirft, dass ich meine Herkunft vergesse«, keifte Vita. »Ich pflege eine alte Freundschaft, genau wie du es dir immer gewünscht hast.«

»Damit habe ich doch nicht diesen Barbaren gemeint!«

Für ihre Mutter waren alle Menschen aus Zentralasien Barbaren. Das war mit ein Grund dafür gewesen, weshalb sich Vita damals mit Dschachongir angefreundet hatte. Der Tadschike wohnte zwei Wohnblöcke weiter und war mit Vita zur Schule gegangen. Tschurka. Holzkopf. Nur Vita hatte ihn bei seinem richtigen Namen genannt und ab und zu eine Zigarette mit ihm geraucht. Nicht aus Mitleid, sondern weil sie dadurch die Wut der Mutter und die Aufmerksamkeit ihrer Mitschüler auf sich ziehen konnte. Wer sich an die Regeln hielt, ging unter wie eine Schneeflocke in Sibirien. Dschachongir war ihr heute noch dankbar dafür. Vita ließ ihn in dem Glauben, dass sie aus Solidarität handelte. Dankbarkeit war eine stabile Währung. Damit konnte man sich fast alles kaufen.

Er wartete auf dem Balkon. Im Gegensatz zu früher rauchte er keine billigen russischen Zigaretten, sondern filterlose Camel. Er war auch kein drahtiger Junge mehr, sondern ein kräftiger Mann mit Stiernacken und Tätowierungen, die verrieten, dass er mehrere Jahre abgesessen hatte. Eine Tatsache, auf die er fast so stolz war wie auf seine Freundschaft mit Vita.

Er schnippte die zur Hälfte gerauchte Zigarette vom Balkon und breitete die Arme aus. Trotz der Kälte trug er seine Lederjacke offen.

Sie ging auf ihn zu und ließ sich umarmen. »Komm herein. Hat dir Mutter keinen Kaffee angeboten?«

Dschachongir winkte ab.

Einem anderen Gast hätte Vita ein Glas Wodka eingeschenkt, doch Dschachongir gehörte zu den wenigen Männern in ihrem Umfeld, die nicht tranken. Lieber einen Holzkopf als eine weiche Birne, pflegte er zu sagen. Er hätte sich gut mit Pawel verstanden.

Sie setzten sich an den Küchentisch. Auf der speckigen Wachstuchdecke stand ein Teller mit dunklem Brot und angetrockneter Wurst. Vita schob ihn beiseite.

»Was brauchst du?«, kam Dschachongir gleich zur Sache.

»Ich will, dass du jemanden beschattest.« Vita nahm einen Umschlag aus ihrer Handtasche und legte ihn auf den Tisch.

Er griff danach.

Vita hielt seine Hand fest. »Du«, wiederholte sie. »Nicht deine Männer.«

Dschachongir lehnte sich zurück. Die dichten Bartstoppeln konnten die Narbe an seinem Kinn nicht ganz verbergen. Vita dachte daran, wie er in der Schule drangsaliert worden war. In den Pausen hatten die Schüler den Krieg in Afghanistan nachgestellt. Sie hatten sich in Elitesoldaten, Scharfschützen und Spezialtruppen des KGB aufgeteilt. Dschachongir musste in die Rolle des einzigen Afghanen schlüpfen, ob er wollte oder nicht. Die Narbe am Kinn war nicht die einzige, die er bei diesen Spielchen davongetragen hatte.

»Warum?«, fragte er ruhig.

»Du weißt, warum.«

Er sah ihr in die Augen. »Meine Männer haben deinen Auftrag erfolgreich ausgeführt.«

»Behauptest du.«

»Andrej ist tot.«

»Dafür gibt es keine Beweise«, sagte Vita.

Dschachongir zündete sich eine Zigarette an.

»Ich glaube es erst, wenn ich seine Leiche sehe«, fuhr Vita fort.

»Du vertraust mir nicht.« Er wirkte gekränkt.

Nach den Schlachten war er immer zu spät in den Unterricht gekommen. Er hatte sich zuerst das Blut und den Dreck aus dem Gesicht waschen müssen. Mit gesenktem Blick war er zu seinem Platz geschlichen. Vita konnte spüren, wie sich seine Scham über das ganze Schulzimmer ausbreitete. Auch wenn er gegen ein Dutzend Angreifer chancenlos war, nahm er jede Niederlage persönlich.

Sie schlug einen sanfteren Ton an. »Dir schon. Aber deinen Männern nicht. Dieser Auftrag ist zu heikel.«

»Wer ist die Zielperson?«

»Pascha.«

Er zuckte nicht mit der Wimper.

Vita erzählte, dass sich Pawels Gewohnheiten in den letzten Wochen verändert hatten. »Er geht noch früher als sonst zur Arbeit und kommt oft erst gegen Mitternacht nach Hause. Ich muss wissen, ob er wirklich geschäftlich unterwegs ist.«

Dschachongir neigte den Kopf. »Bist du sicher, dass du es wissen willst?«

»Ja.«

Er hielt ihr das Zigarettenpäckchen hin.

»Danke.« Sie zog eine Zigarette heraus und beugte sich vor, damit er ihr Feuer geben konnte.

»Auch, wenn ...« Er brauchte den Satz nicht zu beenden.

»Wenn eine andere Frau im Spiel ist?« Vita inhalierte tief. »Hast nicht du mir beigebracht, wie wichtig es ist, seinen Gegner zu kennen?«

Er sah sie mit unergründlicher Miene an. »Daran erinnerst du dich?«

»Natürlich.« Sie hatte ihn gefragt, warum er die Schule nicht durch einen anderen Ausgang verlasse oder sich verstecke, bis die Truppen abgezogen waren. Er hatte ihr erklärt, dass er mehr über seine Gegner erfahre, wenn er sich dem Kampf stelle.

Er musterte sie aufmerksam. Seine Iris war fast so dunkel wie seine Pupillen. Unwillkürlich dachte Vita an das schwarze Loch, das irgendwelche Wissenschaftler fotografiert hatten. Sie begriff nicht, was daran so toll sein sollte, und Pawel machte sich nicht die Mühe, es ihr zu erklären. Wenig später war Dr. Kat vorbeigekommen, und Pawel verschwand mit ihr in seinem Büro. Als Vita ihre aufgeregten Stimmen hörte, lauschte sie an der Tür. Sie sprachen von einer spektakulären Beobachtung, von der riesigen Masse, die in dem schwarzen Loch komprimiert war. Doch erst jetzt erfasste Vita die Bedeutung eines schwarzen Lochs. In Dschachongirs dunklen Augen lagen mehr Worte, als alle russischen Dichter zusammen geschrieben hatten.

Doch es waren Worte, die Vita nicht hören wollte. Deshalb schob sie ihm den Umschlag hin und bat ihn nachzuzählen. Es dauerte einen Moment, bis er seinen Blick von ihr abwandte. Er nahm die Scheine heraus und nickte kurz.

Vita drückte die Zigarette aus. »Ruf meine Mutter an, wenn der Auftrag erledigt ist.«

Als sie an ihm vorbeiging, streifte sie mit der Hand seine Schulter. Aus dem Wohnzimmer drang die Stimme eines Nachrichtensprechers. Ihre Mutter saß auf dem Sofa und strickte. Kaum war Vita eingetreten, ließ sie die Nadeln fallen und sprang auf. »Das war das letzte Mal!«, wiederholte sie schrill.

Vita knöpfte ihren Mantel zu. »Dschachongir wird sich bei dir melden, wenn er mich treffen muss.«

Die alte Frau stemmte die Hände in die Seiten. »Nein.«

Vita kniff die Augen zusammen. Diesmal schien es ihrer Mutter ernst zu sein. Ihre Wohnung war der einzige Ort, an dem Vita Dschachongir treffen konnte, ohne dass Pawel davon erfuhr. Außer, sie lieh sich Olegs Wagen, doch von dieser Möglichkeit wollte sie nur Gebrauch machen, wenn es gar nicht anders ging.

Ihre Mutter reckte triumphierend das Kinn in die Höhe.

Vita änderte ihre Taktik. »Pascha ... ich glaube, er ...« Sie senkte den Blick.

Ihre Mutter wartete. Vita war sich sicher, dass sie den Moment auskostete.

Sie holte tief Luft. »Ich glaube, er hat eine andere. Dschachongir wird für mich herausfinden ...« Sie schluckte.

»Davor habe ich dich immer gewarnt! Aber du wolltest ja nicht auf mich hören.« Ihre Mutter schnalzte mit der Zunge. »Das hast du jetzt davon!«

Vita presste ein paar Tränen hervor.

»Ach Kind.« Ihre Mutter zog sie in ihre Arme. »Das wird schon. Pascha ist in einem Alter, in dem er sich beweisen muss, dass er noch zu etwas taugt. Alle Männer machen diese Phase durch. Sie geht vorbei.«

»Ich muss wissen, wer sie ist. Bitte.«

»Von mir aus«, gab sie nach. »Aber nach dieser Sache will ich den Barbaren hier nicht mehr sehen.«

»Versprochen.«

Vita wusste jetzt schon, dass dies nicht der letzte Auftrag war, den Dschachongir für sie erledigen würde. Jemand hatte einen Keil zwischen Pawel und sie getrieben. Jemand, nicht etwas. Das spürte sie instinktiv. Über geschäftliche Schwierigkeiten hätte Pawel mit ihr gesprochen. Er hatte nie verschwiegen, dass ihn die Sanktionen gegen Russland in Bedrängnis brachten. Was immer ihn beschäftigte, es ging tiefer. Und es hatte nichts mit Dr. Kat zu tun, wie sie lange geglaubt hatte.

39

Als Julia näher kam, begriff sie, dass sich Dinah Izatt vor ihr fürchtete, nicht vor Neil Munzo. Munzo drehte sich um. Sobald er Julia erkannte, gab er Izatt ein Zeichen und kam mit langen Schritten auf Julia zu. »Was machen Sie hier?«, fragte er.

»Ich nehme an, dasselbe wie Sie.«

»Wie haben Sie Dinah gefunden?«

Hatte er das Taxi wirklich nicht bemerkt? Unter seinen Augen lagen tiefe Schatten, und er strahlte nur noch einen Bruchteil der Energie aus, die sie in Nevada an ihm beobachtet hatte.

»Sie dürfen niemandem erzählen, dass Dinah hier ist!«, warnte er sie. »Sie ist in eine ganz üble Sache hineingeraten. Gideon hat versucht, ihr zu helfen, und jetzt ist er tot.« Seine Stimme brach.

Dinah Izatt war neben ihn getreten. Sie umarmte ihn, und eine Weile hielten sie sich fest. Julia richtete ihren Blick auf die Wüste und dachte an die Trauer, die so viel Raum einnehmen konnte.

»Wer sind Sie?«, fragte Izatt.

»Ich bin die Mutter von Michael Wild. Dem Journalisten, mit dem Sie reden wollten.«

Izatt sog hörbar die Luft ein.

»Michael hat Gideon Larsen nicht getötet!«, sagte Julia rasch. »Jemand will ihm den Mord anhängen. Er ist seit mehreren Wochen spurlos verschwunden.«

Izatt nickte. »Ich weiß.«

»Können wir uns setzen?«, bat Julia. »Und Sie erzählen uns, in was Sie da mit Michael hineingeraten sind?« Sie warf Munzo einen Blick zu. Wie viel wusste er?

»Ich koche uns Kaffee«, schlug Izatt vor.

Schweigend goss sie Wasser in einen Topf. Julia entschuldigte sich und ging los, um dem Taxifahrer Bescheid zu sagen. Als sie zurückkehrte, standen drei Becher Kaffee auf dem Picknicktisch. Izatt saß im Schneidersitz auf der Bank. Sie hatte beide Hände um ihren Becher gelegt. Ihr gegenüber saß Munzo. Julia nahm neben ihm Platz. Sie musste sich vorbeugen, um Izatt zu verstehen.

»Ich arbeite seit drei Jahren im Labor von Rejuvena«, sagte die junge Frau. »Die meisten Kunden besuchen die Klinik wegen der klassischen Kuren. Liftings, Peelings, eine Faltenunterspritzung, eine Hautstraffung. Seit einiger Zeit werden auch Verjüngungskuren mit Teenager-Blutplasma angeboten. Sie haben vielleicht davon gehört.«

Julia nickte. »Sie sind umstritten.«

Izatt kratzte einen Holzspan vom Tisch. »Dr. Baldwin schwört darauf. Ich weiß nicht, ob er wirklich an den Verjüngungseffekt glaubt oder ob es ihm nur um den Profit geht. Eine normale Blutplasmatransfusion kostet neuntausend Dollar.«

»Eine normale?«, wiederholte Julia. »Gibt es auch andere?«

»Dazu komme ich gleich. Vor einem halben Jahr bin ich zufällig auf Blutplasma gestoßen, das nirgends verzeichnet war.« Izatt schaute hinter sich, als könnte sich auch an diesem abgeschiedenen Ort jemand an sie heranschleichen. »Bevor eine Transfusion durchgeführt wird, untersuchen wir das Plasma im Labor. Das schreibt das Gesetz so vor. Wir testen das Spendergut auf Infektionen und Krankheiten, überprüfen die Lieferscheine, die Spenderangaben, die Verpackung, das Verfalldatum und so weiter. Vor einem halben Jahr stieß ich auf Plasma, das nicht im System registriert war. Jemand hat es ins Kühlfach zu den restlichen Beuteln gelegt. Die Packung war von Hand beschriftet. Es stand bloß ein Vorname und ein Ortsname darauf.«

Auf einmal passte alles zusammen. Charles Baldwins Weigerung, mit Julia in Kontakt zu treten. Sein Treffen mit Richard Witthaus. Michaels Planänderung. Gideon Larsens Tod.

Julia schloss kurz die Augen. »Jesse«, sagte sie leise. »Aus Seattle.«

Dinah Izatt nickte bekümmert.
»Wer ist Jesse?«, fragte Munzo.
»Ein vierjähriger Junge, der vor einem halben Jahr in Seattle starb«, antwortete Julia. »An Herzversagen.«
»Er hatte einen ungewöhnlich niedrigen Kalziumgehalt im Blut«, erklärte Izatt. »Vermutlich kam es deswegen zu einem Muskelkrampf. Blutspenden bei Kindern sind heikel, auch wenn bloß Plasma entnommen wird.«
»Einen Moment.« Munzo sah sie ungläubig an. »Ein vierjähriges Kind hat Plasma gespendet?«
»Je jünger, desto wirkungsvoller. Zumindest laut Rejuvena. Ist es nicht so?«
Izatt stimmte ihr mit betroffener Miene zu.
»Irgendein alter Knacker hat sich Plasma eines Vierjährigen spritzen lassen, damit er sich jünger fühlt? Das ist doch nicht zu fassen!«
»Gerade Sie sollten das verstehen«, sagte Julia scharf. Sie erinnerte ihn an seine eigenen Worte: »Ich rebelliere gegen das menschliche Dasein, wie es uns aufgezwungen wurde.«
»Aber doch nicht auf Kosten anderer!«, donnerte Munzo. »Und schon gar nicht auf Kosten eines Kindes!«
Izatt erzählte weiter. »Ich habe sofort meinen Vorgesetzten informiert. Als ich ihm das Plasma zeigen wollte, war es verschwunden. Mir ließ die Sache keine Ruhe. Ich begann, Fragen zu stellen, merkte aber bald, dass niemand sie hören wollte. Also suchte ich selbst nach Antworten. Ich nahm mir die Files der Kunden vor, die zu dem Zeitpunkt, als ich das Plasma entdeckte, in der Klinik waren, und schaute, welche Leistungen sie erhielten. Manche ergaben keinen Sinn. Ein zweiundsechzigjähriger Geschäftsmann unterzieht sich keiner Cellulitis-Behandlung. Eine Frau lässt sich nicht zwei Mal innerhalb von zehn Tagen die Lippen mit Hyaluronsäure aufspritzen. In beiden Files standen nur die Vornamen der Mitarbeiter, die die ungewöhnliche Behandlung durchgeführt hatten. Bloß, dass mir diese Vornamen nichts sagten. Ich kenne alle, die bei Rejuvena arbeiten, so groß ist die Klinik

nicht. Ich ging davon aus, dass Charles Baldwin die Kunden betrogen hat, verstand aber nicht, wie. Dann erfuhr ich aus den Medien von Jesse, der in Seattle gestorben war.«

»Es sind die Vornamen der Kinder, die Plasma gespendet haben«, stellte Julia fest.

»Ich glaube schon.«

»Warum haben Sie nicht die Polizei verständigt?«, fragte Julia.

Izatt sah elend aus. »Weil ich keine Beweise dafür habe. Unter den Kunden befinden sich Politiker, Wirtschaftsbosse, Hollywood-Stars und sogar ein Richter des Supreme Court. Ich wusste nicht, was tun. Deshalb rief ich Gideon an.« Sie geriet ins Stocken. »Er meinte, ich solle die Presse einschalten. Einen Journalisten darauf ansetzen.«

»Und da haben Sie Michael den Zeitungsartikel geschickt«, folgerte Julia.

»Es tut mir leid«, flüsterte Izatt.

»Sie brauchen sich nicht zu entschuldigen«, sagte Julia. »Was Sie getan haben, war mutig. Sie konnten nicht wissen, wie weit Baldwin gehen würde, um Rejuvena zu schützen.«

»Vielleicht war es nicht Baldwin«, gab Munzo zu bedenken. »Vielleicht steckt ein Kunde dahinter.«

Julia versuchte, die Informationen, die sie in den letzten Tagen zusammengetragen hatte, im Kopf zu sortieren. Wer den Tod eines Kindes in Kauf nahm, schreckte vermutlich auch nicht vor einem Mord zurück.

»Was hat Gideon Larsen gewusst?«, fragte sie.

»So viel wie ich«, antwortete Izatt. »Warten Sie ... das stimmt nicht ganz. Ich wollte ihm die Kundenliste geben. Aber dazu ist es nie gekommen.«

»Sie haben eine Liste der Kunden, die sich illegal mit Kinderplasma behandeln ließen?«, hakte Julia nach.

Izatt nickte bekümmert.

»Kann es sein, dass der Täter von Larsen erfahren wollte, wo Sie sich verstecken?«, fragte Julia. »Um herauszufinden, wie viel Sie wissen?«

»Warum hätte er in diesem Fall so lange gewartet?«, fragte Munzo. »Wäre er nicht gleich nach Dinahs Verschwinden zu Gideon gefahren?«

Julia versuchte, sich in die Lage des Täters zu versetzen. Er wollte verhindern, dass die Wahrheit über die Plasmatransfusionen aufflog. Er suchte Dinah Izatt, fand sie aber nicht. Plötzlich tauchte ein Journalist auf und begann, heikle Fragen zu stellen. Der Täter beschloss, sich zuerst ihn vorzunehmen. Julia musste sich zwingen, den Gedanken weiterzudenken. Ihr Verstand warf ihr einen Rettungsring zu. Wenn der Täter Michael getötet hätte, würde er ihn nicht suchen. Außerdem hätte er Julia nicht bloß einen Schrecken eingejagt, er hätte sie ebenfalls beseitigt. Er brauchte sie. Dafür gab es nur eine Erklärung: Er hoffte, dass sie ihn zu Michael führen würde.

»Sie wissen etwas«, sagte Munzo.

Julia berichtete von dem Einbruch in Upstate New York, dem Überfall am Strand und ihrem Besuch in Seattle. »Ich war bei Jesses Mutter. Ich kann mir nicht vorstellen, dass sie etwas von der Plasmaspende weiß. Ich vermute, dass Dr. Witthaus dem Jungen heimlich Blut genommen hat.« Sie schilderte das Treffen zwischen Witthaus und Baldwin.

»Was für ein skrupelloses Schwein!«, fluchte Munzo. »Lässt sich als Gutmensch feiern, dabei schlachtet er obdachlose Kinder aus.«

Julia erzählte von seiner Spielsucht. »Vor zwei Jahren eröffnete er die Praxis in Seattle. Ich bin mir sicher, dass Baldwin ihm den Schritt ermöglicht hat. Offenbar mit Auflagen.«

Alles passte. Bis auf eine Sache. Michael war noch nicht nach Kalifornien abgeflogen, als Julia den Fremden, der sie an Andrej erinnerte, vor Henrys Wohnung sah. Zu diesem Zeitpunkt konnte Michael noch nichts von Baldwins Nebenerwerb wissen.

Bildete sie sich die Ähnlichkeit mit Andrej nur ein? Michaels Suche nach seinem Vater hatte Erinnerungen in ihr geweckt, die sie jahrzehntelang unter Verschluss gehalten hatte. Spielte ihr die Psyche einen Streich?

Munzos Stimme holte sie aus ihren Gedanken zurück. »Darf ich die Kundenliste sehen?«, bat er.

Izatt reichte ihm die Notiz. Julia rückte etwas näher an ihn heran, um mitlesen zu können. Dinah Izatt hatte nicht übertrieben. Die Kunden, die sich mit Kinderplasma hatten behandeln lassen, waren politische, wirtschaftliche und kulturelle Schwergewichte.

»Sind auch Russen dabei?«, fragte sie.

Munzo zeigte auf einen Namen. »Oleg Wolkow.«

»Wolkow ist einer der mächtigsten Industriellen Russlands«, erklärte Izatt. »Ich habe ihn gegoogelt.«

Das würde erklären, wie er an vertrauliche Informationen über Michael gelangen konnte, dachte Julia. Mit Geld konnte man sich alles beschaffen. Hatte Wolkow jemanden in die USA geschickt, der verhindern sollte, dass Michael die Wahrheit über Rejuvena erzählte? Warum nur einen Mann? Er hätte eine ganze Armee schicken können.

Vielleicht hatte er genau das getan. Vielleicht gab es mehrere Verfolger.

»Er unterzog sich einer Vitaminkur«, fuhr Izatt fort. »In seinem File steht, dass er von Jesse behandelt wurde.«

Das Schweigen, das folgte, wog schwer. Munzo war es schließlich, der weitersprach.

»Warum haben Sie nach Russen gefragt?«, wollte er von Julia wissen.

»Weil der Mann, der bei Kenji Takahashi war, mit russischem Akzent sprach«, erklärte sie. »Vermutlich ist er auf der Suche nach Michael wie ich vorgegangen und hat die Referenten der Konferenz ausfindig gemacht.«

Musste Gideon Larsen deshalb sterben? Weil sie mit ihm sprechen wollte?

»Wolkow hätte doch einfach behaupten können, er habe nicht gewusst, dass er mit Kinderblut behandelt wurde.« Munzo sah Izatt an. »Hast du Printscreens der Seiten gemacht?«

Izatt senkte beschämt den Blick. »Ich habe mich nicht getraut. Ich hätte sie an meine Adresse schicken müssen und …«

Julia drückte ihr die Hand. »Das haben Sie gut gemacht. Ihre Vorsicht hat Ihnen vermutlich das Leben gerettet.«

»Warum geht er das Risiko ein, einen Menschen zu ermorden, wenn man ihm die Transfusionen gar nicht nachweisen kann?«, überlegte Munzo.

»Wolkow stellt Raketentriebwerke her, die er in die USA exportiert«, erklärte Izatt. »Trotz der Sanktionen gegen Russland. Das Pentagon ist auf sie angewiesen, zumindest im Moment noch. Ich habe gelesen, dass SpaceX seine Firma vom Markt verdrängen will.«

Munzo pfiff leise. »Dann steht ihm das Wasser bis zum Hals.«

»Er soll demnächst einen wichtigen Vertrag abschließen. Konkrete Zahlen werden im Internet nicht genannt, aber Wolkow Industries hat vor einigen Jahren Triebwerke für Antares-Trägerraketen geliefert, und damals ging es um eine Milliarde Dollar.«

Eine Milliarde, wiederholte Julia in Gedanken. Ein unfassbar hoher Betrag. Sie stellte sich vor, was ein Skandal für Wolkow bedeuten würde.

»Ich nehme an, weder er noch die amerikanische Regierung haben ein Interesse daran, dass der Raketendeal in den Medien ausgebreitet wird«, sagte sie. »Wenn dann auch noch auffliegt, dass ein amerikanisches Kind seinetwegen sterben musste, könnte ihn das empfindlich treffen. Vermutlich würde schon der Verdacht reichen.«

»Jeder auf der Liste hat ein Interesse daran, dass die Geschichte nicht ans Licht kommt«, gab Munzo zu bedenken.

»Aber nur Wolkow hat von Jesse Blutplasma erhalten«, sagte Izatt.

Ein leichter Wind war aufgekommen. Über den Bergen glühte die untergehende Sonne in tiefem Orange.

»Wie geht es weiter?«, fragte Izatt. »Ich kann mich nicht ewig hier verstecken.«

»Du kommst mit mir«, sagte Munzo entschlossen. »Mein Sicherheitspersonal wird dafür sorgen, dass dir nichts geschieht. Und dann gehen wir gemeinsam an die Öffentlichkeit.«

»Ohne Beweise?« Julia schüttelte den Kopf. »Wenn Rejuvena zur Verantwortung gezogen werden soll, müssen wir etwas Konkretes in der Hand haben.« Sie wandte sich an Izatt. »Arbeitet Baldwin mit weiteren Ärzten zusammen? Oder stammt das Plasma ausschließlich von Kindern aus Seattle?«

Izatt zuckte hilflos die Schultern. »Ich weiß es nicht. Ich hatte nicht die Zeit, mir alles im Detail anzusehen.«

Julia dachte nach. »Richard Witthaus wirkte auf mich tief unglücklich. Ich glaube, er hat sich in eine aussichtslose Situation hineinmanövriert.«

Munzo war aufgestanden, er ging neben dem Tisch hin und her. »Sie denken, der Typ könnte auspacken? Obwohl er seine Zulassung verlieren und ziemlich sicher im Gefängnis landen würde?«

»Ich habe das Gefühl, dass er das Ende der Geschichte herbeisehnt«, antwortete Julia.

»Und wie wollen Sie ihm das klarmachen? Hey, Doc, ein Geständnis würde Ihnen guttun? Nutzen Sie doch die Gelegenheit!« Munzo schnaubte. »Vergessen Sie es. Sie werden ihn nie dazu bringen.«

»Ich nicht«, sagte Julia nachdenklich. »Aber seine Frau vielleicht. Ich werde nach Seattle zurückfahren und mit Caroline Witthaus reden. Außerdem gibt es da noch eine Praxisassistentin. Ich glaube, sie weiß etwas. Ich könnte vielleicht an ihr Gewissen appellieren.«

Munzo schien immer noch skeptisch zu sein. »Könnte funktionieren.«

»Ich brauche eine Kopie der Liste«, sagte Julia zu Izatt. »Je mehr im Umlauf sind, desto sicherer.«

Izatt reichte sie ihr. Julia fotografierte das Blatt mit ihrem Laptop und gab es an Munzo weiter, der sein Handy aus der Tasche geholt hatte.

»Trug Gideon Larsen eigentlich keine Life Watch?«, fragte sie plötzlich.

»Er wollte sich eine besorgen.« Munzos Stimme wurde leise. »Als ich ihm sagte, er solle es nicht aufschieben, hat er nur gelacht. Er meinte, das habe noch Zeit.«

Eine Weile saßen sie schweigend da.

Dann stand Julia auf. »Am besten, ich mache mich auf den Weg.«

Munzo sah sie überrascht an. »Wollen Sie gar nicht wissen, warum ich Ihnen geschrieben habe?«

»Wegen Larsen, nehme ich an. Aber das haben wir jetzt geklärt.«

»Nein, wegen Michael! Deswegen haben Sie mich in Carson City doch besucht, oder?«

Julia setzte sich wieder.

»Ich weiß, ich weiß.« Munzo wedelte mit der Hand. »Ich war ein Arsch. Das Interesse der Medien an der Kryonik geht mir gewaltig auf den Wecker, deshalb wollte ich Sie möglichst rasch loswerden. Das ist auch der Grund, weshalb ich Michael nicht zurückrief. Als ich dann aber hörte, dass er Gideon ermordet haben soll, war mir klar, dass Sie recht hatten. Etwas stimmt hier nicht. Gideon war begeistert von Michael.«

»Sie wollten mich treffen, um mir das zu sagen?«, fragte Julia.

»Natürlich nicht! Ich wollte Ihre Frage beantworten.« Er sah sie an, als sei sie schwer von Begriff. »Sie haben mich gefragt, ob ich eine Ahnung hätte, wen Michael noch interviewen wollte.«

»Ja?«

»Er hat mich um einen Gefallen gebeten, als er bei mir war. Er hatte ein weiteres Kryonik-Unternehmen angeschrieben, jedoch keine Antwort auf seine Interviewanfrage erhalten. Er wollte, dass ich den Kontakt herstelle. Was ich aber nicht tat, aus den eben erwähnten Gründen. Vielleicht kam das Gespräch trotzdem zustande. Allerdings halte ich es für unwahrscheinlich, dass sein Verschwinden damit zusammenhängt, nach allem, was ich heute erfahren habe.«

»Wie heißt das Unternehmen?«

»KrioShit.«

Julia starrte ihn an. Machte er sich über sie lustig?

»Shit heißt Leben auf Russisch. Ziemlich passend, finden Sie nicht?«

Julia stand der Sinn nicht nach Wortspielen. »Sie meinen Zhit? KrioZhit?«

»Aus Ihrem Mund klingt es eindeutig besser«, gab er zu. »Weltweit gibt es nur ein paar wenige Kryonikanlagen. Die meisten befinden sich in den USA. 2005 hat die russische Physikerin Walerija Pride KrioRus gegründet. Eine tolle Frau! Stammt aus einem Kaff auf Kamtschatka. Mit fünfzehn Jahren schrieb sie eine Abhandlung über die Unsterblichkeit, später entdeckte sie den Transhumanismus. Prides erste Kundin war eine alte Frau aus Sankt Petersburg. Der Enkel hatte ihr Gehirn ein halbes Jahr lang mit Trockeneis gekühlt. Er wollte es zu uns in die USA bringen.«

»Michael hat Walerija Pride getroffen?«, unterbrach Julia.

»Was?« Munzo schüttelte den Kopf. »Nein, er hat sich um ein Treffen bemüht, aber sie hat abgesagt. Inzwischen gibt es aber eine zweite Anlage in Russland: KrioShit. Michael hat mich gebeten, meine Beziehungen spielen zu lassen. Die Branche ist klein, man kennt sich.«

»Was Sie aber nicht taten.«

»Nein, aber vielleicht hat es trotzdem geklappt. Das Unternehmen steht unter Druck wegen der Sanktionen. Ich kann mir vorstellen, dass Danilow die Publicity braucht.«

»Haben Sie Danilow gesagt?«

»Ja, Danilow hat KrioShit aufgebaut.«

Julia stockte der Atem. »Andrej oder Pawel Danilow?«

40

Henry lag mit geschlossenen Augen auf dem Rücken und versuchte, sich zu orientieren. Er fühlte sich warm und geborgen. Die Schmerzen waren verflogen, sein Herz schlug spürbar. Er hörte ein Stimmengemurmel, roch Desinfektionsmittel. Nur schlucken konnte er nicht. Schläuche, überall. Ein Sensor an seinem Finger. Gleichmäßiger Piepton. Müdigkeit. Er schlief wieder ein.

Erwachte. Diesmal schlug er die Augen auf. Der Beatmungsschlauch war weg. Über ihm tauchte ein Gesicht auf. Weißer Kittel, näselnde Stimme. Henry erfuhr, dass er eine Bypass-Operation hinter sich hatte. Infarkt. Verstopfte Koronararterie. Beinvene. Glück. Er driftete ab. Jemand berührte seine Hand. Julia! Henrys Herz machte einen Sprung. Easy, Kumpel, lerne zuerst wieder schlagen, bevor du in meiner Brust herumturnst.

»Mr Sanders?«

Nicht Julia. Enttäuschung. Das Herz schwer. Was für ein egozentrisches Organ.

»Mr Sanders, können Sie mich hören?«

Henry öffnete die Augen.

»Sehr gut«, sagte eine Pflegerin, als habe er eine Höchstleistung vollbracht.

Henry wollte sie fragen, welcher Tag heute war, doch aus seinem Mund drang nur ein Röcheln.

»Ihr Hals wird sich noch eine Weile rau anfühlen, das ist ganz normal. Können Sie mir sagen, wie Sie heißen?«

Henry zog eine Augenbraue hoch. Sie hatte ihn doch eben mit seinem Namen angesprochen.

»Henry«, krächzte er.

Sie lächelte. »Wunderbar. Sie befinden sich auf der Intensivstation des Mount Sinai Krankenhauses. Sie haben einen Herzinfarkt erlitten und wurden gestern Nacht operiert. Alles ist gut verlaufen. Sie atmen bereits wieder selbstständig.«

Die Erinnerungen an die Ereignisse in seiner Wohnung überfluteten ihn. Das Truthahnmesser. Das Blut. Das leise Gurgeln des Mannes, dem er in den Hals gestochen hatte.

»Was ist … mit …?«, fragte er.

Die Pflegerin lehnte sich vor, um ihn besser zu verstehen.

»Ihrem Bauch?«, fragte sie. »Die Schnittwunde war nicht tief. Es wurden keine Organe verletzt.«

»Mann«, presste Henry hervor.

»Das können Sie laut sagen«, stimmte die Pflegerin zu. »Mannomann! Aber das wird schon wieder.«

Henry wollte die Frage wiederholen, doch er war zu erschöpft.

Als er das nächste Mal aufwachte, fühlte er sich bereits klarer im Kopf. Er lag mit vier weiteren Patienten in einem Raum voller medizinischer Geräte. Er hörte Warntöne, Stimmen, Schritte. Das Klappern von Metall, ein Pfeifgeräusch. Der Schlauch unterhalb seiner Nase juckte.

Diesmal trat ein Pfleger an sein Bett. Wie stark die Schmerzen auf einer Skala von eins bis zehn seien.

Henry streckte drei Finger in die Höhe.

»Atmen Sie tief ein.«

Henry versuchte es.

»Und jetzt husten Sie, bitte.«

Acht Finger. Der Pfleger erhöhte die Dosis der Schmerzmittel.

»Es ist wichtig, dass Sie regelmäßig husten und Ihre Atemwege von Sekret reinigen, um einer Lungenentzündung vorzubeugen«, erklärte er. »Sobald es Ihnen etwas besser geht, werden wir zusammen ein paar Techniken üben.«

Wieder der Arzt. Er wollte von Henry wissen, ob er in der Lage war, einige Fragen zu beantworten. Henry bejahte erschöpft. Ein Detective des New York Police Departments zeigte ihm seinen Dienstausweis.

»Kennen Sie den Mann, der in Ihrer Wohnung lag?«, fragte der Polizist.

»Nein«, röchelte Henry. »Lebt …?«

»Wissen Sie, was er von Ihnen wollte?«

»Nein«, log er. »Wer …?«

»Können Sie mir erzählen, was geschah?«

»Überfallen … gefesselt … Messer …«

»Das reicht«, unterbrach der Arzt. »Mr Sanders braucht jetzt Ruhe.«

Mr Sanders braucht keine Ruhe, dachte Henry, sondern Antworten. Doch die würde er offenbar nicht bekommen. Die Augen fielen ihm zu. Er hob die Hand und signalisierte dem Detective, dass er noch etwas sagen wollte. Der Detective beugte sich über ihn.

»Takahashi«, flüsterte Henry. »Harvard.«

»Der Verletzte heißt Takahashi?«, wiederholte der Polizist.

Der Verletzte. Also lebte er noch. Henry entspannte sich. Er hatte ihn nicht getötet. Dankbarkeit erfüllte ihn. Er wollte dem Detective erklären, dass Kenji Takahashi den Verletzten vielleicht identifizieren konnte. Sofern es sich um den Mann handelte, der den Professor in Cambridge aufgesucht hatte. Muskulös, kurze, dunkle Haare, helle Haut. Passte.

»Wir können Ihre Frau nicht erreichen«, sagte der Arzt. »Gibt es sonst jemanden, den wir verständigen sollten?«

Der Detective war nicht mehr im Raum. Henry blinzelte. Hatte er schon wieder geschlafen?

»Mr Sanders?«

»Margaret Freeman. Columbia University.«

»Sehr gut«, antwortete der Arzt.

Dann war auch er wieder weg.

41

Auf der Fahrt zurück nach Salt Lake City kreisten Julias Gedanken unentwegt um das Gespräch mit Neil Munzo. Die russische Kryonikanlage KrioZhit gehörte Pawel Danilow. Andrejs Bruder.

Der Taxifahrer scherte abrupt aus. »Verdammter Idiot!« Ein Hummer brauste in die entgegengesetzte Richtung an ihnen vorbei, hinter ihm folgte eine Gruppe Radfahrer.

»Alles okay?«, fragte Julia.

Der Taxifahrer wischte sich über die Stirn. »Sorry. Der Hummer war plötzlich auf meiner Fahrbahn. Hielt es hinter den Radfahrern wohl nicht mehr aus.« Er fluchte weiter.

»Möchten Sie irgendwo anhalten?«, fragte Julia.

Sie hatten die Brücke hinter sich gelassen und fuhren auf die ersten Häuser auf dem Festland zu. Vor ihnen tauchte der McDonald's auf.

Der Taxifahrer bremste ab. »Ich hole mir nur schnell eine Cola, wenn Sie so lange warten können.«

»Natürlich«, antwortete Julia.

Während sie wartete, loggte sie sich ins Internet ein und suchte nach KrioZhit. Die meisten Einträge waren nicht sehr aufschlussreich, schließlich fand sie aber einen Artikel in der Wirtschaftszeitung *Wedomost*. Es ging um die Folgen der Sanktionen auf die russische Chemiebranche. Unter anderem wurde die Firma Chemprom erwähnt, die der Aktionärs-Finanz-Korporation Finema gehörte. Julia las, dass sich das Unternehmen nur dank Quersubventionierungen über Wasser halten konnte. Vor allem die Telecom- und Tech-Unternehmen, die Pawel aufgekauft hatte, warfen satte Gewinne ab. Eine beträchtliche Summe wurde laut *Wedomost* von Chemprom verschlungen, auch

Pawels Unsterblichkeitsprojekte, zu denen nach Meinung des Journalisten KrioZhit zählte, profitierten davon.

Es stimmte also. Michael hatte seinen Onkel um ein Interview gebeten. Julia versuchte, diese Tatsache zu begreifen. Wusste Pawel von der Verwandtschaft? Außer ihren Eltern hatte sie niemandem von ihrer Schwangerschaft erzählt. Sie war untergetaucht, bevor man ihr etwas ansah. Den Behörden in New York erzählte sie später, dass Michael zu Hause zur Welt gekommen sei. Man bat sie, ein entsprechendes Formular auszufüllen, und schon war sie in Besitz einer Geburtsurkunde. Da sie zu diesem Zeitpunkt bereits mit Henry verheiratet war, erhielt Michael automatisch den Namen Sanders. Hätte sie Henry doch als Vater eingetragen! Sie hatte verhindern wollen, dass es zu einem Sorgerechtsstreit kam, sollte die Ehe irgendwann zerbrechen.

Sie zuckte zusammen, als die Tür aufging. Der Taxifahrer setzte sich hinters Steuer und reichte ihr einen Becher, in dem ein Strohhalm steckte.

»Ich habe Ihnen eine Cola light gekauft.«

»Danke.«

»Wohin soll ich Sie fahren?«, fragte er.

Julia sah auf die Uhr. Es war kurz nach sechs. Dinah Izatt hatte sie gebeten, ihren Eltern einen Brief zu überbringen. Danach würde sich Julia auf den Weg nach Seattle machen.

»Zurück nach Rose Park«, antwortete sie. »Sie sind mir eine große Hilfe.«

»Alles gut ausgegangen?«

»Unter den gegebenen Umständen, ja.«

Julia schloss die Augen. Sie fühlte sich bleischwer, als versinke sie in Treibsand. Sie dachte an ein Gespräch, das sie mit Andrej über Pawel geführt hatte.

Andrej lag auf dem Rücken, die Hände hinter dem Kopf verschränkt, und schaute zum Sternenhimmel, wo die Zwillinge leuchteten. Julia fragte ihn, ob er seinem Bruder Pawel ähnlich sehe. Ja und nein. Sie fuhr mit dem Finger über seinen Nasenrücken.

»Ist seine Nase auch so gerade?«

»Ja.«

Sie zeichnete seine Augenbrauen nach, mondsilberne Spitzen, spürte die markanten Knochen darunter.

»Ich glaube, Paschkas Brauen sind dunkler«, murmelte er. Paschka. Wie sie die russischen Namen liebte! Die feinen Abstufungen zwischen den Formen. Pascha. Paschka. Paschenka. Pawluscha. Pawluschka. Jedes Suffix hatte eine eigene Konnotation. Sie sagte alles aus über die Beziehung zwischen dem Namensträger und der Person, die über ihn sprach. Andrej liebte seinen Bruder.

»Habt ihr oft zusammen gespielt?«

»Als wir klein waren.« Er starrte in den Himmel und in die Vergangenheit. »Wir besaßen einen Traktor mit dicken Reifen. Paschka hat sie abmontiert und aus einer Kiste eine Werkstatt gebaut, ich war der Bauer, der den Traktor zur Reparatur brachte. Für jeden Reifen, den Paschka montierte, stellte er ein Bonbon in Rechnung.« Andrej schmunzelte. »Ich durchschaute das Spiel erst, als aus den Bonbons Münzen wurden.«

»Kein Wunder, dass er an der Finanzakademie studiert hat!«

»Gleichzeitig ist er der großzügigste Mensch, den ich kenne«, fuhr er fort. »Von einer Nachbarin bekam er eine Tüte Batontschiki geschenkt, weil er ihre Katze von einem Baum heruntergeholt hat. Er teilte die Pralinen genau auf. Neun für mich, neun für ihn. Ein Batontschiki blieb übrig. Er bestand darauf, dass ich es nahm.«

»Nennt er dich Andrejka?«

»Andrjucha, außer, wenn er sauer ist. Dann bin ich nur Andrej.«

Sie schmiegte ihre Wange an seine. »Woher weiß man, welche Namensform man verwenden darf? Müsste ich Tanja zum Beispiel Tatjana nennen?«

»Nein, Tanja passt.«

»Wie kannst du das wissen?«

»Das spürt man einfach. Es kommt aber auch auf die Situation an.«
»Dürfte ich sie mit Tanjuscha ansprechen?«
»Dazu steht ihr euch nicht nahe genug.«
»Was, wenn sich eine Beziehung verändert?«
Hörte er die Nervosität in ihrer Stimme? Merkte er, wie ihr Herz schneller schlug? Begriff er, was sie eigentlich wissen wollte?
Er richtete sich auf und sah sie an. »Wenn du mich plötzlich Andrjuschka nennst«, sagte er mit rauer Stimme, »würde ich vermuten, dass du in mich verliebt bist.«
Sein Gesicht, jetzt im Schatten, war nur ein Schemen. Julia fühlte sich nackt, das Mondlicht beleuchtete ihre Seele.
Sie nahm ihren ganzen Mut zusammen. »Andrjuschka?«
»Juletschka?«, antwortete er.

Die Stimme des Taxifahrers riss sie aus ihren Erinnerungen. »Was ist denn hier los?«
Julia schlug die Augen auf. Blinkende Lichtbalken, Polizeiabsperrband, ein Krankenwagen. Das Haus von Dinah Izatts Eltern war hell erleuchtet. Davor hatten sich Schaulustige versammelt.
»Fahren Sie weiter!«
Der Taxifahrer gab Gas.
»Abbiegen!«, sagte Julia. »Da, halten Sie da vorne an!«
Neben einer Mülltonne am Straßenrand hielt er an. »Warten Sie hier.«
Julia wollte ihn zurückhalten, doch er war bereits ausgestiegen. Er zog seine Hose höher und marschierte breitbeinig davon.
Julia holte ihren Rucksack aus dem Kofferraum. Angespannt blieb sie neben dem Taxi stehen. Endlich kehrte der Fahrer zurück.
»Das Paar, das dort wohnt, ist überfallen worden«, berichtete er.
Ein Wagen eines lokalen Fernsehsenders rollte an ihnen vorbei. Julia dachte an den Hummer, der ihnen kurz hinter der Brücke entgegengekommen war.
»Dinah! Er weiß, wo sie ist!« Sie packte den Taxifahrer am Arm.

»Dinah Izatt, die Camperin auf Antilope Island. Sie ist die Tochter des Paars. Sie braucht Hilfe! Jetzt, sofort! Der Mann in dem Hummer ist hinter ihr her. Sagen Sie der Polizei Bescheid!«

Endlich begriff er. »Sie glauben, dass er auf dem Weg zu ihr ist?«

Sie erklärte nicht, was für sie offensichtlich war: Dinah Izatts Eltern waren nicht Opfer eines Raubüberfalls geworden, jemand wollte herausfinden, wo sich ihre Tochter versteckte.

»Der Mann in dem Hummer«, wiederholte Julia. »Dinah ist in Lebensgefahr. Holen Sie Hilfe!«

Der Taxifahrer kratzte sich verwirrt am Kopf. Julia drückte ihm das Geld für die Rückfahrt von Antilope Island in die Hand, griff nach ihrem Rucksack und lief davon.

»Gehen Sie schon!«, rief sie zurück.

Sie sah Dinahs blasses Gesicht vor sich, den ängstlichen Ausdruck in ihren Augen. Wenn der Mann im Hummer auf dem Weg zu ihr war, kommt jede Hilfe für sie und Neil Munzo zu spät. Julia dachte an Munzos Alarm. Bis die Rettungskräfte den entlegenen Ort erreichten, hätte der Verwesungsprozess bereits eingesetzt.

In den frühen Morgenstunden wurde Julia von einem Lastwagenfahrer an einer Tankstelle irgendwo in Idaho abgesetzt. In einer Ecke des Shops lief ein Fernseher ohne Ton. Sie sah den Campingplatz auf Antilope Island. Die Scheinwerfer der Polizei. Forensiker in weißen Schutzanzügen. Ein Informationsbalken zog sich über den Bildschirm:

Ehepaar in Salt Lake City brutal ermordet. Junges Paar auf Antilope Island abgeschlachtet.

Julia wurde übel. Sie rannte zur Toilette. Neil Munzos unbändige Energie, von einem Moment auf den anderen ausgelöscht. *Forever Young* stand auf dem T-Shirt, das er in Carson City getragen hatte. Er würde nie alt werden. Vermutlich auch nicht in einem seiner Dewars hängen, wie er es sich gewünscht hat.

Julia nahm den Brief, den sie den Izatts hatte bringen sollen, aus dem Rucksack. Lange drehte sie den Umschlag zwischen den Fingern, schließlich riss sie ihn auf.

Dinah entschuldigte sich für das, was sie ihren Eltern angetan hatte. Sie versprach, nach Hause zurückzukehren, sobald alles vorbei war. Sie bereue, dass sie Gott den Rücken gekehrt habe, und hoffe, er würde ihr verzeihen.

Julia hatte seit ihrer Kindheit nicht mehr gebetet. Sie wusste nicht, woran Mormonen glaubten, es konnte aber kaum falsch sein, Gott um den Seelenfrieden von Dinah, ihren Eltern und Gideon Larsen zu bitten. Sie schloss Neil Munzo mit ein, auch wenn er noch nicht zur letzten Ruhe bereit gewesen war.

Anschließend schrieb sie Pawel Danilow, dass sie ihn in zwei Tagen in Seattle treffen wolle. Das gäbe ihm genug Zeit, dorthin zu reisen, falls er sich in Moskau aufhielt. Als Treffpunkt wählte sie die Fischstände am Pike Place Market, ein Ort, an dem es vor Menschen nur so wimmelte. Einen Grund nannte sie nicht. Sie sandte die Nachricht an KrioZhit. Wenn Pawel wusste, wer Michael war, würde er zu dem Treffen erscheinen. Und er würde auch kommen, wenn er mit Oleg Wolkow unter einer Decke steckte, was Julia nicht ausschloss. Wenn er nicht kam, war er vermutlich nur zufällig in die Geschichte verwickelt.

Sie lehnte sich gegen die Kabinenwand. Was hätte sie jetzt darum gegeben, in Henrys Armen zu liegen, den Kopf an seiner Brust, und alles um sich herum einfach auszublenden. Sie war noch nicht dazu gekommen, sich neue Einweg-Handys zu beschaffen. Trotzdem nahm sie jetzt das zweitletzte hervor und wählte seine Nummer. Er nahm nicht ab.

Sie kehrte in den Shop zurück und bat den Angestellten hinter der Kasse, den Fernseher lauter zu stellen.

»Üble Sache«, sagte er fasziniert.

»Was genau ist passiert?«, fragte Julia.

»Raubüberfall«, erklärte er, ohne den Blick vom Fernseher abzuwenden. »Offenbar war der Täter mit der Beute nicht zufrieden. Er soll die Alten gefoltert haben.«

Um an Informationen zu gelangen, dachte Julia.

Henry!, durchfuhr es sie siedend heiß. Nicht ein einziges Mal hatte sie daran gedacht, dass auch er in Gefahr sein könnte. Sie wählte Margarets Nummer.

42

Dr. Witthaus war enttäuscht, dass Cody ohne Amber zu seinem Termin kam.

»Wo ist denn unsere kleine Prinzessin heute?«, fragte er mit falscher Fröhlichkeit.

»Im Kindergarten.«

»Wie schade! Bring sie nächstes Mal doch wieder mit«, schlug er vor. »Es hat ihr solche Freude bereitet, den Trickfilm zu schauen!«

Cody hatte es noch nie gemocht, wenn man ihm etwas vorspielte. Seit sie alles verloren hatten, erst recht nicht mehr. All die Lügen, die Mom und Dad ihm lachend aufgetischt hatten. Dass ihr Leben bald wieder wie früher wäre. Dass ihnen ein bisschen Abwechslung guttäte. Es wäre ihm lieber gewesen, von Anfang an Bescheid zu wissen. Dann hätte er sich richtig von seinen Freunden verabschiedet. Oder andere Sachen gepackt. Wozu brauchte er ein Handy ohne Gesprächsguthaben? Den Baseball-Handschuh, wenn er in keiner Mannschaft spielte?

»Was wollen Sie von Amber?«, platzte es aus ihm heraus. »Sind Sie ein Pädo oder was?«

Er hätte sich die Zunge abbeißen können. Was war nur in ihn gefahren? Er brauchte diesen Job. Doch Dr. Witthaus nahm ihm die Frage offenbar nicht übel. Er setzte sich auf die Liege des MRT-Gerätes, damit er Cody in die Augen sehen konnte.

»Ich vergesse immer wieder, mit wem ich es zu tun habe.« Dr. Witthaus lachte nicht mehr. »Dir kann man nichts vormachen, wie?«

Cody trat einen Schritt zurück und verschränkte die Arme.

»Ja«, fuhr Dr. Witthaus fort. »Ich möchte etwas von Amber, das hast du ganz richtig erkannt. Und zwar, dass sie an der Studie teilnimmt.«

Cody runzelte die Stirn. »Amber hat keine Ahnung von Computerspielen.«

»Die Auswirkungen von Online-Spielen auf die graue Substanz im orbitofrontalen Cortex sind nur ein Aspekt der Studie, an der du dich beteiligst. Eine weitere Arbeitsgruppe befasst sich mit dem Zusammenhang zwischen visuellen Reizen und unserem Essverhalten. Vielleicht ist dir aufgefallen, dass Online-Spiele versteckte Werbung für Nahrungsmittel enthalten. Um den Einfluss dieser Reize in die Hauptstudie mit einbeziehen zu können, werden sie gesondert untersucht. Den Probanden werden Bilder von appetitanregenden Lebensmitteln gezeigt, anschließend wird die Konzentration jener Hormone im Blut gemessen, die für die Regulation der Nahrungsaufnahme zuständig sind: Ghrelin, Leptin und Insulin. Kannst du mir so weit folgen?«

Cody nickte, er wollte nicht zugeben, dass er keine Ahnung von Hormonen hatte.

»Von besonderem Interesse ist die Reaktion von Kindern im Vorschulalter. Diese sind noch nicht in der Lage, ihre Impulse zu kontrollieren, was wiederum die Hormonausschüttung beeinflusst.«

»Was hat das mit Amber zu tun?«

»Dazu komme ich gleich«, antwortete Dr. Witthaus. »Weil Kinder optische Reize unvoreingenommen verarbeiten, lösen Bilder einen körperlichen Prozess aus, der für die Studie sehr aufschlussreich ist.«

»Sie wollen Amber ... Bilder zeigen?«, fragte Cody unsicher.

»Präparierte Trickfilme«, korrigierte Dr. Witthaus. »Die Figuren essen bestimmte Speisen, und die Wissenschaftler untersuchen Ambers Reaktion darauf.«

»Aber Sie haben doch gesagt, diese Hormone sind im Blut.«

»Die Hormone befinden sich im Blut, richtig.« Dr. Witthaus räusperte sich. »Deshalb würde ich ihr zu Beginn der Sitzung einen Katheter legen und –«

»Einen Katheter? Sie meinen …« Cody trat einen weiteren Schritt zurück. »Kommt nicht infrage! Amber hasst Spritzen!«

»Es tut überhaupt nicht weh«, beschwichtigte Dr. Witthaus. *Es hat gar nicht wehgetan!* Das hatte Amber letztes Mal gesagt, als sie auf dem Bürostuhl Kreise drehte. Cody war gerade aus Pandaria zurückgekehrt und völlig durcheinander gewesen. Deshalb hatte er gedacht, sie meine die Magnetresonanztomografie.

»Die Probanden werden gut bezahlt«, erklärte Dr. Witthaus. »Fünfzig Dollar pro Sitzung!«

Cody starrte ihn an.

Dr. Witthaus strahlte. »Ein tolles Angebot, nicht wahr?«

»Sie haben bereits damit begonnen«, stieß Cody hervor. »Letztes Mal, als ich mit Amber hier war!«

Das Strahlen auf Dr. Witthaus' Gesicht erlosch. »Cody …«

»Sie haben ihr Blut genommen!«

Dr. Witthaus streckte die Hand nach ihm aus.

»Fassen Sie mich nicht an!« Cody sprang zur Seite und prallte in einen Instrumententisch. Ein Blutdruckmessgerät fiel zu Boden, eine Flasche Kochsalzlösung kippte um, Spritzen rollten davon.

»Sie haben Amber Blut genommen, als ich in der Röhre war!«, rief er.

Dr. Witthaus hob die Hände wie ein Gauner in einem Westernfilm. »Ja, ich gebe es zu, ich habe Amber ein wenig Blut entnommen. Aber nur, um zu prüfen, ob sie überhaupt als Probandin infrage kommt. Ich wollte keine falschen Hoffnungen wecken. Ich weiß, dass du knapp bei Kasse bist, das zusätzliche Einkommen kannst du bestimmt gut gebrauchen. Ich wollte sicher sein, dass ihre Blutwerte in Ordnung sind, bevor ich dir das Angebot unterbreite.«

Cody kniff die Augen zusammen. Dr. Witthaus sah aus wie Dad, wenn er von der Arbeitssuche zurückkam. Völlig erledigt. Früher hatte Cody Mitleid gehabt mit Menschen, denen es schlecht ging. Heute misstraute er ihnen. Sie waren zu allem fähig.

»Ich muss es mir überlegen«, sagte er.
Dr. Witthaus nahm seine Brille ab und rieb sich die Nasenwurzel. »Natürlich, man sollte nie etwas überstürzen. Eine Frage nur: Hat sich Amber beklagt?«
»Nein«, gab Cody zu.
Dr. Witthaus nickte, als wolle er »siehst du« sagen. Dann stand er auf und holte die 3-D-Brille.
Plötzlich bekam Cody eine Gänsehaut. Die Vorstellung, in der Röhre zu liegen und nicht zu wissen, was Dr. Witthaus tat, jagte ihm Angst ein. Er dachte an die zwanzig Dollar, die er heute bekommen würde. Damit könnte er sich endlich eine neue Hose kaufen. Wenn er in einen Secondhandshop ging, bliebe sogar noch etwas Geld für einen Hamburger übrig.
»Nimm die Brille«, drängte Dr. Witthaus.
Cody zögerte.
Ein verärgerter Ausdruck zeigte sich auf Dr. Witthaus' Gesicht. Codys Ohren pfiffen. Das hatten sie auch getan, als sein Lehrer an der letzten Schule das Jugendamt anrief. Er stürzte zur Tür. Er hörte noch, wie Dr. Witthaus etwas hinter ihm herrief, doch er drehte sich nicht um, sondern eilte die Treppen hinunter und rannte nach draußen, vorbei an der Autowerkstatt, den parkenden Lieferwagen, der Bushaltestelle. Er wollte einfach nur weg von dem Untersuchungsraum, der ihn auf einmal an das Knusperhäuschen der bösen Hexe erinnerte. Mom hatte ihm das Märchen erzählt, als er klein war, er fand es schrecklich und hatte laut protestiert, als sie es Amber vorlesen wollte. Mit jedem Schritt platzte ein weiterer Traum, bis er außer Atem bei dem Parkplatz ankam, den er vom Bus aus gesehen hatte.
Die Zelte flatterten im Wind. Ein Mann hatte Karton über sich aufgeschichtet, um warm zu bleiben. Leere Flaschen, leere Blicke, ein Einkaufswagen voller Plastiktüten. Ein Kleiderhaufen am Boden bewegte sich, ein dunkles Gesicht schaute hervor und verschwand wieder.

War es ein Fehler gewesen wegzurennen? Hätte er sich zusammenreißen und die Brille aufsetzen sollen? Cody wusste es nicht. Er wusste gar nichts mehr.

Da fiel ihm ein, wer ihm vielleicht Antworten geben konnte.

Eric.

43

Die Pflegerin entfernte den Verband und wusch Henrys Brust mit einem Schwamm. Er hielt die Luft an aus Angst, die Naht könnte aufbrechen.

»Weiteratmen!«, befahl die Pflegerin.

Er atmete flach.

»Tiefer, wir wollen doch, dass die Lunge belüftet wird, nicht wahr?« Ihr mächtiger Busen hob sich, als sie ihm zeigte, wie.

Mit einem intakten Brustbein könnte ich das auch, dachte Henry gehässig. Noch nie hatte er sich so ausgeliefert gefühlt. Das lächerliche Nachthemd. Der Urinkatheter. Er roch Alkohol, dann klebte bereits ein frisches Pflaster über der Wunde. Die Pflegerin rollte ihn auf die Seite. Der Schmerz jagte ihm durch den Körper wie ein Gammablitz, und einen Moment lang vergaß Henry sogar seine Scham. Nebenan jammerte jemand, gegenüber hörte er eine Ärztin, die mit einem Patienten sprach. Privatsphäre gab es auf der Intensivstation keine.

»Schon fertig«, sagte die Pflegerin. »Und jetzt schön husten, damit sich der Schleim löst.«

Henry wusste nicht, ob er sich wie ein Kind oder wie ein Greis fühlte. Als er wieder auf dem Rücken lag, schlief er augenblicklich ein. Er erwachte vom Klang einer bekannten Stimme.

»Was machst du nur für Sachen!« Margaret stand neben seinem Bett und knetete die Hände.

Die Erleichterung darüber, ein vertrautes Gesicht zu sehen, machte Henry sentimental. Ein Kloß bildete sich in seinem Hals.

»Hat dir deine Mutter nicht beigebracht, dass man keine Fremden in die Wohnung lässt?« Auch in Margarets Augen schimmerten Tränen.

»Tot?«, krächzte Henry.

»Sehe ich etwa aus wie ein Engel?« Margaret schüttelte den Kopf.

»Nein, du bist quicklebendig.«

»Er ... tot?«, versuchte Henry es noch einmal.

Sie erzählte ihm, dass der Täter in ein Justizvollzugskrankenhaus verlegt worden war.

Also bestand definitiv keine Lebensgefahr mehr.

»Er redet nicht«, berichtete Margaret. »Doch dein Tipp hat sich ausbezahlt. Professor Takahashi hat ihn als den Mann identifiziert, der ihn aufgesucht hat. Offenbar ist seine DNA bereits im System. Mehr weiß ich nicht.«

»Angst ...«

»Er kann dir nichts mehr tun.«

»Julia.«

»Es geht ihr gut. Sie wird dich gleich anrufen.« Margaret lächelte und nahm ihr Handy hervor. »Ich habe mit dem Arzt gesprochen. Es ist in Ordnung, wenn du mit ihr telefonierst.«

Sie erzählte ihm, was sie von Julia erfahren hatte. Dass Rejuvena Kinderblut verkaufte und ein obdachloser Junge in diesem Zusammenhang gestorben war. Henry hatte Mühe zu folgen, im Moment interessierte ihn ohnehin nur, dass Julia wohlauf war. Er fragte nach Michael, doch Margaret schüttelte den Kopf. Immer noch keine Spur.

Ein weiterer Besucher trat jetzt an Henrys Bett. Er kam ihm bekannt vor, es dauerte aber einen Augenblick, bis Henry in ihm den Polizisten erkannte, der ihn befragt hatte.

»Laut Aussage von Professor Takahashi hat der Mann, der Sie überfallen hat, Michael Wild gesucht. Ihren Stiefsohn«, fügte der Polizist sicherheitshalber hinzu. »Michael Wild ist zur Fahndung ausgeschrieben. Ich rate Ihnen dringend zu kooperieren. Was wollte der Täter von Ihnen?«

Henry versuchte, resolut zu klingen. »Michael ist ... kein Mörder!«
»Was ... wissen ... Sie?«, fragte der Detective überdeutlich.
»Darf ich Sie daran erinnern, dass Professor Sanders eine mehrfache Bypass-Operation hinter sich hat?«, unterbrach ihn Margaret.
»Er braucht jetzt Ruhe!«
Der Detective richtete sich auf. »Der Mann, der Professor Sanders bedroht hat, ist möglicherweise in einen Mordfall verstrickt.« Er sah Henry ernst an. »Wo ist Ihre Frau, Professor Sanders?«
Margarets Handy klingelte, und sie eilte aus dem Zimmer. Julia! Henry verfluchte den Polizisten, der nicht von seinem Bett wich.
»Wo ist Ihre Frau?«, bohrte der Detective weiter.
»Verreist«, antwortete Henry und schloss die Augen.
»Wohin? Wir müssen mit ihr sprechen.«
Henry murmelte etwas Unverständliches und stellte sich schlafend. Der Detective wiederholte die Frage, dann war er weg, und Margaret stand neben seinem Bett. Henry spürte das Handy am Ohr.
»Henry?« Julias Stimme.
Er sah sie als Einundzwanzigjährige am Strand, wie sie mit Michael spielte. Auf dem Kopf ein Strohhut, über den Schultern ein buntes Tuch. Flachsblondes Haar, durchsichtige Haut. Der zerbrechliche Blick. Zum ersten Mal fragte er sich, ob er ihr einen Gefallen damit getan hatte, dass er sie so konsequent gegen die Außenwelt abschirmte. Er hatte sie beschützen wollen. Hatte er sie stattdessen kleingehalten? Es ihr verunmöglicht, das, was ihr zugestoßen war, zu überwinden?
»Henry? Kannst du mich hören?«
»Ja«, antwortete er so kräftig wie möglich.
»Es tut mir so leid!«
»Du sagst mir seit Jahren, ich solle mehr Sport treiben und gesünder essen«, antwortete er atemlos.
Sie lachte zaghaft. »Ich meine den Mann. Ich wollte eine falsche Fährte legen. Nie im Leben dachte ich daran, dass er dir etwas antun könnte. Ich komme so schnell wie möglich nach Hause.«

»Kommt nicht ... infrage«, unterbrach er. »Du musst Michael suchen. Er braucht dich mehr als ich.«

Am anderen Ende war es still.

»Ich liege hier sowieso nur herum.« Er bemühte sich um einen leichten Ton.

Sie zögerte. »Margaret hat erzählt, dass der Mann, der dich überfallen hat, in einen Mordfall verstrickt ist. Vermutlich hat er Gideon Larsen getötet.«

»Er ist ... Gefängnis. Kann dir nichts tun. Du bist ... Sicherheit.«

Julias Reaktion kam nur zögerlich. »Ja.«

»Polizei will dich sprechen.«

»Nein!« Sie senkte die Stimme. »Auf keinen Fall! Nicht jetzt.«

»Ich weiß. Halte sie dir vom ...« Henry hatte keine Kraft mehr weiterzureden. Inzwischen brannte es in seinem Rachen wie nach einer Kernfusion.

Margaret nahm das Handy von seinem Ohr und sprach leise mit Julia. Bevor sie auflegte, hielt sie es ihm noch einmal hin.

»Danke, Henry, für alles«, sagte Julia. »Ich liebe dich!«

Sie klang, als rechne sie nicht damit, ihn wiederzusehen. Herzklopfen. Was verschwieg sie? Hatte es mit ihrer Vergangenheit zu tun? Mit Michaels Vater?

Margaret legte ihm eine Hand auf den Arm und gab ihm ein Zeichen, dass sie ihm alles erklären würde. Julias Stimme war jetzt ganz nah. Henry kniete im Sand neben ihr. Sie roch nach Sonnenmilch und Orangen, und in ihrer Sonnenbrille spiegelte sich das Meer.

44

Eric kam erst am übernächsten Tag wieder zur Schule. Fast wäre Cody zu seinem Wohnwagen gegangen, doch er fürchtete, dass Dr. Witthaus ihm dort auflauern könnte. Drehte er langsam durch? Vielleicht wurde man paranoid, wenn man auf der Straße lebte. Nicht mehr lange, und er würde einen Einkaufswagen vor sich herschieben und wirres Zeug reden.

Er stand am Haupteingang und spähte die Straße hinunter. Ein Schulbus bog um die Ecke, hielt an und spuckte eine Horde Schüler aus. Eric kam wie immer zu spät. Die Zeit reichte nicht mehr, um die Fragen zu stellen, die Cody auf der Zunge brannten. In der Pause trafen sie sich auf der Toilette.

Eric setzte sich auf den Fenstersims. »Was gibts?«

»Ich war bei Dr. W.«, sagte Cody.

»Cool.«

Cody erzählte von Amber. Eric spreizte die Finger, er schien sich mehr für einen Kratzer auf seinen Knöcheln zu interessieren als für das, was Cody sagte.

»Hörst du mir überhaupt zu?«, zischte Cody.

Eric mied seinen Blick. »Dr. W. wollte deine Schwester anheuern, na und?«

»Er hat ihr Blut genommen!« Cody war deswegen immer noch sauer. »Ohne zu fragen!«

Eric zuckte die Schultern.

»Da stimmt doch etwas nicht«, beharrte Cody. »Der Typ ist komisch.«

»Aber du hast dein Geld gekriegt, oder?«

»Ist dir denn gar nichts ...«

Cody verstummte, als zwei Schüler aus der sechsten Klasse hereinkamen. Er fürchtete schon, dass sie Eric und ihn anmachen würden, doch sie waren mit ihren Handys beschäftigt. Eric nahm ein Snickers hervor.

Cody packte ihn am Arm. »Mal ehrlich, traust du dem Typen?«

Eric hörte auf zu kauen. Er sah aus, als hätte er den Bissen am liebsten wieder ausgespuckt.

»Dachte ich es mir doch! Er hat dich auch verarscht, nicht wahr?«

Eric befreite sich aus seinem Griff. »Nein!«

»Du lügst.«

Eric stopfte sich das restliche Snickers in den Mund, sprang vom Sims und steuerte auf die Tür zu.

»Eric!«

»Ich komme zu spät.«

Seit wann kümmerte ihn das? Cody eilte ihm nach, doch Eric schwieg. Als ihnen im Korridor ein Lehrer entgegenkam, behauptete Eric, ihm sei übel. Er sah wirklich käsig aus. Der Lehrer schickte ihn ins Krankenzimmer. Eric kam nicht mehr zurück.

Die Schulstunden verstrichen unendlich langsam. Endlich war es Mittag. Cody knurrte der Magen, doch das war ihm egal. Seit er den Verdacht hatte, dass Dr. Witthaus ihn belog, überbot sich sein Gehirn mit Horrorvorstellungen. Hatte Dr. Witthaus ihm ein Medikament statt eines Kontrastmittels gespritzt? Oder sogar ein Virus? Nach der letzten Sitzung hatte sich Cody schlapp gefühlt. Amber war sogar zu müde zum Spielen gewesen. Er musste Eric zum Reden bringen. Ob er den Weg zu dem Wohnwagen finden würde?

Nach einigem Suchen entdeckte er ihn neben einer Wertstoff-Sammelstelle. Eric hatte erzählt, dass ein Obdachloser dort tausend Dollar in einem Altkleidercontainer gefunden hatte. Cody glaubte ihm nicht. Er dachte an den Abend zurück, an dem er mit Eric Donuts gegessen und gezockt hatte. Zwei Frauen hatten Erics Mom besucht. Mary Ellen von der Hope Church und eine Frau, die Julia hieß. Erics Gesicht war genauso käsig wie heute in der Schule. Cody versuchte, sich daran zu erinnern, worüber die Frauen mit Erics Mom gesprochen hatten. Es ging um Jesses Krankheit. Nur, dass Erics Mom behauptet hatte, Jesse sei gar nicht krank gewesen. Da fiel ihm noch etwas ein. Julia hatte nach Jesses Arzt gefragt. Dr. Witthaus. Mary Ellen hatte ihn ein Geschenk Gottes genannt.

Cody blieb stehen. Dr. Witthaus. Jesse. Amber. Er polterte gegen die Tür. Niemand öffnete, doch der Vorhang bewegte sich.

»Eric? Ich weiß, dass du da drinnen bist!« Cody riss an der Tür. Verschlossen. »Wenn du nicht aufmachst, schlage ich das Fenster ein!«

Die Tür ging einen Spaltbreit auf. »Hau ab!«, sagte Eric. »Ich bin krank.«

Seine Augen waren verquollen, eingetrockneter Rotz klebte ihm an der Nase. Cody drückte die Tür auf.

»Hat er Jesse etwas angetan?«, fragte er.

Eric holte aus und schlug ihm ins Gesicht. Fast wäre Cody von der Stufe gefallen, er konnte sich gerade noch am Türrahmen festhalten. Eric kauerte auf dem Boden, die Arme um den Körper geschlungen. Als Cody ihn so sah, verschwand seine Wut. Er schloss die Tür hinter sich und ging neben Eric in die Hocke.

»Alles okay?« Blöde Frage.

»Ich wusste es nicht, ehrlich!«

»Was wusstest du nicht?«

»Dass die Studie gefährlich ist! Dr. Witthaus hat gesagt, Jesse müsse sich nur einen Trickfilm anschauen.«

»Es geht gar nicht um Werbung, oder?«, fragte Cody.

»Jesse hat von einer Maschine erzählt, die Blut trinkt.« Jetzt weinte Eric. »Ich habe ihm nicht geglaubt.«

»Eine Maschine?«, fragte Cody verwirrt.

»Keine Ahnung. Ich musste ihn nach Hause tragen, er war völlig erledigt. Als ich ihn aufs Bett legte, öffnete er kurz die Augen. Er quasselte von dieser Maschine und von Erdbeereis. Dann schlief er wieder ein. Ich machte ihm ein Sandwich. Aber er ist nicht mehr

aufgewacht!« Eric schluchzte. »Was hätte ich tun sollen? Es war ohnehin zu spät. Und Dr. Witthaus hat gesagt, dass Jesse krank war.«
Cody setzte sich und lehnte den Kopf gegen die Wand. Die Sache mit der Schweigepflicht kam ihm auf einmal verdächtig vor. Er hatte sich gefragt, ob man ihm ein Virus oder ein Medikament gespritzt hatte, aber vielleicht war es genau umgekehrt gewesen. Vielleicht hatte Dr. Witthaus ihm etwas genommen. Und zwar Blut. Aber wozu?

Eric hatte aufgehört zu weinen. Abgesehen von einem gelegentlichen Schniefen war es gespenstisch ruhig. Kein Kühlschrank, der brummte, keine Eismaschine, die klirrte, kein Fernseher, der lief. Auf dem Tisch lag eine aufgerissene Packung Brot, daneben ein verschmierter Löffel. Unter der Sitzbank sah Cody einen Stoffhasen liegen, dem ein Ohr fehlte.

45

Jedes Mal, wenn die Tür aufging, richtete sich Michael auf. Doch die Frau, die nach einer Sommerwiese roch, kam nicht. Er widmete sich dem Lesematerial, das Trapezius ihm gebracht hatte. Eine Auswahl an Fachbeiträgen, Essays und wissenschaftlichen Studien. Von den meisten hatte Michael noch nie gehört. Er griff nach einer Publikation mit dem Titel *Der Kampf um die Vitalität* von einem Arzt namens Alexander Bogdanow. Bogdanow beschrieb einen Fünfzigjährigen, der sich junges Blut hatte spritzen lassen, worauf seine Arbeitsfähigkeit stieg, seine Sehkraft zunahm und er sogar aufhörte zu schnarchen. Das Experiment war am Institut für Bluttransfusionen in Russland durchgeführt worden. Seltsam, dass Michael während seiner Recherchen nicht darauf gestoßen war. Als er sich in Bogdanows Biografie vertiefte, stellte er fest, dass dieser vor über hundert Jahren gelebt hatte. Michael vergewisserte sich, dass er die Jahreszahlen richtig gelesen hatte. Doch, Bogdanow war 1928 gestorben. Er galt als Vordenker des Bolschewismus und hatte einer Gruppe sowjetischer Intellektueller angehört, die sich mit dem Thema Lebensverlängerung beschäftigt hatten. Allerdings nicht, weil sie sich vor dem Tod fürchteten, sondern, weil sie die Lebenszeit eines Individuums als Privateigentum betrachteten, das es abzuschaffen galt.

Michael war so fasziniert von der Lektüre, dass er kaum mitbekam, wie die Tür aufging.

Ein sportlicher Mann betrat den Raum. »Es freut mich, dass ich endlich Ihre Bekanntschaft machen darf. Ich bin Dr. Bogdan Radu.«

Michael stand auf und griff nach der Hand, die Radu ihm entgegenstreckte.

Radu blickte zum Tisch. »Ah, Sie haben meinen Namensvetter Dr. Bogdanow entdeckt. Ich vermute, es war der Chef, der Ihnen die Abhandlungen der Immortalisten und der Biokosmisten herausgesucht hat. Die Silicon Sowjets, wie er sie zu nennen pflegt.« Er lachte und entblößte dabei eine Reihe strahlend weißer Zähne.

»Ich habe noch nie etwas von Bogdanow und seinen Versuchen gehört.«

»Erstaunlich, nicht wahr? Wenn man den Tech-Giganten aus dem Silicon Valley zuhört, könnte man meinen, ihre Gedanken seien neu. Dabei hatte Nikolai Fjodorow schon Mitte des 19. Jahrhunderts versucht, Raum und Zeit zu überwinden. Bogdanow hat seine Ideen aufgegriffen und mit Bluttransfusionen experimentiert.« Er schaute auf die Medikamentendose, die neben Michaels Bett stand. »Ich sehe, dass Sie sich entschlossen haben, die Kapseln zu nehmen. Sehr gut!«

Michael richtete sich auf. »Haben Sie mir die Medikamente verschrieben? Worunter leide ich? Sagen Sie es mir!«

»Dazu bin ich nicht befugt. Ich führe nur Anweisungen aus.«

»Ich habe ein Recht darauf, es zu erfahren!«

»Das müssen Sie mit dem Chef ausmachen.«

»Warum sind Sie hier?«, fragte Michael resigniert. »Um mich zu untersuchen?«

»Ganz im Gegenteil. Der Chef will, dass ich Sie in meine Arbeit einführe. Er fürchtet, dass sich die Langeweile negativ auf Ihre Gesundheit auswirken könnte.«

Alles in Michael sträubte sich dagegen, den Köder zu schlucken, doch seine Neugier war stärker. »Ihre Arbeit?«

»Kommen Sie mit.« Radu hielt ihm die Tür auf.

Michael wusste, was sich hinter der Tür befand, dennoch sog er die neue Umgebung förmlich in sich auf. Der Gang, das kalte Licht, der glänzende Boden. Die Tür zum Operationssaal stand offen; dieses Mal hing kein Kopf hinter der Plexiglasscheibe.

Dafür lag ein Körper auf dem Tisch.

»Darf ich vorstellen?«, sagte Radu. »Das ist Lena. Sie litt an Gebärmutterhalskrebs. Ihre Tochter ist gerade mal fünf Jahre alt.«

Die Tote war an eine Herzkompressionsmaschine angeschlossen, die ihre Brust rhythmisch zusammenpresste; über der Nase trug sie eine Beatmungsmaske. Michael hob die Augenbrauen.

»Ja, das ist gewöhnungsbedürftig«, räumte Radu ein. »Ich versuche, Lena so gut wie möglich zu erhalten. Alles, was jetzt kaputtgeht, muss in der Zukunft mühsam repariert werden.«

Fast hätte Michael laut gelacht.

»Lena hat Glück«, sagte Radu ernst. »Ihr Tod war voraussehbar, und ihr Mann hat sofort reagiert. Ich konnte gleich mit der Konservierung beginnen. Als Nächstes werde ich die chemischen Prozesse in ihrem Körper stoppen, damit die Zellen und vor allem die Neuronen intakt bleiben. Doch zuerst möchte ich den Zustand ihres Gehirns überprüfen.«

Radu bedeutete Michael, ihm zu folgen. In einem Nebenraum reichte er ihm OP-Schuhe, Hose, Oberteil, Haube und Mundschutz. Während sie sich umzogen, fasste Radu Lenas Krankengeschichte zusammen, als sei sie noch am Leben.

Am Operationstisch griff Radu nach einem Bohrer, den er Michael hinhielt. »Möchten Sie die Löcher bohren?«

Ein Anflug von Panik überkam Michael. Er sah einen Operationssaal in Berlin vor sich. Sterile Tücher, unter denen ein Körper lag. Ein freigelegtes Kniegelenk, die Kapsel durchtrennt, die Sehne des Oberschenkelmuskels angeschnitten, die Gelenkflächen abgesägt. Er spürte den Bohrer in seiner Hand. Das Zittern, als er die Löcher für die Verankerungszapfen zu bohren versuchte.

»Nein«, antwortete er atemlos.

Radu setzte den Bohrer an den Schädel, um einen Zugang zum Gehirn zu schaffen. Trotz seiner Skepsis war Michael fasziniert von dem Prozess.

»Sehr schön«, murmelte Radu. »Keine Schwellungen, keine Verletzungen.«

Wetware, hatte der Biohacker auf der Konferenz das Gehirn genannt.

»Jetzt öffnen wir den Brustkorb«, sagte Radu. »Möchten Sie das Herz freilegen?«

Michael presste die Lippen zusammen und schüttelte den Kopf.

Während Radu arbeitete, erklärte er die einzelnen Schritte. »Ich schließe die großen Venen und Arterien an eine Perfusionsapparatur an. Das Blut und die Gewebeflüssigkeiten müssen ausgespült und durch Kryoprotektiva ersetzt werden, einer Mischung aus Ethylenglykol und Dimethylsulfoxid. Reichen Sie mir bitte die Klammer?«

Michael gab sie ihm.

»Lenas Hautfarbe wird sich langsam verändern«, erklärte Radu. »Sie wird einen Braunton annehmen. Das ist ein gutes Zeichen, es bedeutet, dass die Blutbahnen unversehrt sind. Ganz vermeiden lassen sich Frostschäden leider nie. Das Gehirn ist ein empfindliches Organ, manche Neuronen trennen sich trotz unserer Vorkehrungen. Wir arbeiten noch an der Perfektionierung der Methode.«

»Glauben Sie wirklich, dass Lena irgendwann wieder leben wird?«, fragte Michael.

»Hätten Sie sich früher vorstellen können, dass wir Tiere klonen? Oder Waffen ausdrucken?«, konterte Radu. »Nierenschale, bitte.«

Michael hielt sie ihm hin. Ob es wirklich Lenas Wunsch gewesen war, eingefroren zu werden? Wie würde ihre Tochter darüber denken, wenn sie alt genug war, um zu verstehen, was man mit ihrer Mutter getan hatte? Nachdenklich folgte er Radus Bewegungen. Er merkte kaum, wie die Zeit verstrich.

Radu rieb die Handflächen aneinander. »So, jetzt wird Lena gekühlt. Ganz langsam, damit keine Frostbrüche entstehen.« Er öffnete ein Kühlfach und bat Michael, die Leiche hineinzuschieben. »In einer Woche wird die Familie Abschied von ihr nehmen.«

Michael stellte sich vor, wie sich die Angehörigen um einen Dewar versammelten. Oder fand der Abschied woanders statt? Waren Besuche überhaupt gestattet?

»Morgen führe ich Sie durchs Labor«, sagte Radu. »Wir arbeiten an einigen gewichtigen Projekten. Ihr Fachwissen könnte uns dabei sehr nützlich sein.«

Fachwissen? Er besaß weder auf dem Gebiet der Kryonik noch in Sachen Altersforschung Fachwissen, dachte Michael perplex.

Was wollte man wirklich von ihm?

46

Der Pike Place Market gehörte zu den ältesten Bauernmärkten der USA. Über zweihundert Stände standen dicht gedrängt in den Hallen. Neben frischem Gemüse, Obst und Blumen wurden auch Naturheilmittel, Backwaren, Milch- und Fleischprodukte angeboten. In den unteren Etagen gab es Spezialitätenläden und Boutiquen, auf einer Terrasse wurde Kunsthandwerk verkauft. Der Fischmarkt befand sich an der Ecke Pike Street und Pike Place. Die Verkäufer waren bekannt für ihre Einlagen, die täglich mehrere Tausend Zuschauer anzogen.

Julia beobachtete, wie ein Händler das Bein einer Riesenkrabbe in die Luft warf, bevor er es in dickes Papier einwickelte. Sie stand neben dem Eingang, eine Hand in der Jackentasche, in der sich die Pistole befand, die sie auf dem Weg von Salt Lake City nach Seattle gekauft hatte. Die Waffe war gesichert, trotzdem war Julia nicht wohl bei der Vorstellung, eine geladene Pistole mit sich zu tragen. Sie mochte Waffen nicht. Dass sie damit umgehen konnte, verdankte sie einem Nachbarn in Upstate New York. Als er mitbekam, dass sie unter der Woche allein mit Michael im Haus wohnte, hatte er darauf bestanden, ihr das Schießen beizubringen. Er hatte ihr sogar das Versprechen abgerungen, sich eine Waffe zu beschaffen, Julia hatte es jedoch nie getan.

Sie fuhr mit den Fingern über den glatten Griff. Die Shield war eine typische Selbstverteidigungspistole. Klein, kompakt und handlich. Mit wenig Feuerkraft, doch genug, um einen Angreifer zu stoppen. Noch vor einigen Wochen hätte sich Julia nicht vorstellen können, auf einen Menschen zu schießen. Seit sie gesehen hatte, wozu ihre Gegner fähig waren, waren ihre Skrupel verflogen.

Sie wusste noch immer nicht, welche Rolle Pawel spielte. Tatsache war, dass Michael ihn um ein Interview gebeten hatte. Julia hatte die Anfrage unter seinen gesendeten Mails gefunden. Er hatte die Nachricht nicht in einem Ordner abgelegt, weil er nie eine Antwort erhielt. Tatsache war ebenfalls, dass Pawel mit Oleg Wolkow Geschäftsbeziehungen unterhielt.

Am meisten zu denken gab Julia aber das Foto, das sie im Internet gefunden hatte. Das ebenmäßige Gesicht, die breite Stirn und das markante Kinn Pawels. Klare, fast durchsichtige Augen. Julia meinte, Andrej vor sich zu sehen.

War Pawel der Mann, der sie in New York beobachtet hatte? War er gekommen, um sich für Andrejs Tod zu rächen? Hatte Michael ihn auf ihre Spur gebracht?

Sofern Andrej überhaupt tot war.

Eine Gruppe Touristen lachte über einen Witz des Fischhändlers. Julia sah auf die Uhr. Noch fünf Minuten. Die Touristen zogen weiter, der Fischhändler wandte sich einer Kundin zu.

Sie erkannte Pawel schon von Weitem. Er trug einen Anzug mit Krawatte, darüber einen dunklen Mantel. Er ging aufrecht und mit gleichmäßigen, präzisen Schritten. Nicht zu vergleichen mit Andrejs schlaksiger Gangart. Als er vor ihr stand, blickte sie in Andrejs Augen.

»Julia Wild«, sagte er nur.

»Pawel Stanislawowitsch«, antwortete sie.

»Wollen wir uns irgendwo hinsetzen, wo wir in Ruhe reden können?« Sein Deutsch war akzentfrei.

Sie hatte sich vor diesem Moment gefürchtet. Sie hatte geglaubt, dass die Sehnsucht nach Andrej sie bei Pawels Anblick überwältigen würde. Doch da war nichts. Die Gesichtszüge der Brüder waren ähnlich, doch damit hörten die Gemeinsamkeiten auch schon auf. Andrejs Ausdruck war weich und warm, in seiner Nähe hatte sie sich geborgen gefühlt. Pawel sezierte sie mit dem Blick.

»Für mich ist es gut hier.«

»Darf ich Sie daran erinnern, dass Sie um dieses Treffen gebeten haben, nicht ich?«

»Das bedeutet nicht, dass ich Ihnen traue«, erwiderte Julia. »Ich kann mir nicht vorstellen, dass Sie gekommen sind, weil ich Sie darum gebeten habe.«

Er sah sie anerkennend an. »Ich habe Sie unterschätzt.«

Sie glaubte ihm nicht.

»Vor mir müssen Sie sich nicht fürchten«, sagte er.

»Vor wem dann?«

Er schwieg.

»Oleg Wolkow?«, fragte Julia.

Er zögerte nur kurz. »Vermutlich.«

Seine Offenheit überraschte sie. Die Russen, die sie kannte, waren Meister der Zweideutigkeit. Sie wichen Fragen aus und vermieden es gekonnt, etwas von sich preiszugeben. Wollte Pawel von sich selbst ablenken? Hatte sie ihm mit Oleg Wolkow gerade den idealen Sündenbock geliefert? Oder gab er nur das zu, was sie ohnehin schon wusste, um ihr Vertrauen zu gewinnen?

Er musterte sie eingehend. »Ich habe mich immer gefragt, wer die Frau war, die meinem Bruder das Herz brach.«

Julia wollte den Köder nicht schlucken. »Wie lange beobachten Sie mich schon?«

»Lange genug.«

»Waren Sie das in New York?«

»Ja.«

»Wussten Sie, wer Michael war, als er Sie anschrieb?«

Er schmunzelte. »Sie haben Ihre deutsche Direktheit auch nach achtundzwanzig Jahren in den Vereinigten Staaten nicht verloren.«

Ein nicht sehr subtiler Hinweis darauf, dass er Informationen über sie gesammelt hatte.

»Mischas Nachname fiel mir natürlich auf«, erklärte er. »Es war nicht schwierig, mehr über ihn zu erfahren.«

Mischa. Eifersucht stieg in Julia auf. Er hatte kein Recht, Michael so zu nennen.

»Wo ist er?«, fragte sie scharf.

»Laut meinen Informationen in Sicherheit.«
»Wo?«
Pawel lächelte.
Jetzt hatte er sie an der Leine.
»Lassen Sie uns an einen ruhigeren Ort gehen«, sagte er.
Julia schlug ein Café am Hafen vor. Sie verließen die Halle und bahnten sich schweigend einen Weg durch die Menschenmassen. Die nassen Holzplanken des Bootsterminals glänzten im trüben Nachmittagslicht, das Meer verschmolz mit dem grauen Horizont. Vor der Kasse, an der Tickets für Hafenrundfahrten verkauft wurden, hatte sich eine Schlange gebildet.
Das Café war weniger voll, als sie erwartet hatte. Als sie mit ihren Kaffeebechern nach einem Tisch Ausschau hielten, wurde gerade ein Fensterplatz frei.
Pawel kam sofort zur Sache. »Ich stelle immer Nachforschungen über Personen an, die etwas von mir wollen. Ich brauchte nur ein Foto von Mischa, und meine Vermutung war bestätigt. Die Ähnlichkeit mit Andrjucha ist nicht zu übersehen. Mein Bruder hat nie ein Kind erwähnt. Wusste er überhaupt davon?«
Julia schwieg.
»Fair enough«, sagte Pawel mit einem angedeuteten Nicken. »Sie können sich leicht ausrechnen, dass ich mehr über die Mutter meines Neffen wissen wollte. Ich hatte leider nicht das Vergnügen, Sie damals in Moskau kennenzulernen.«
Seines Neffen.
»Ich flog nach New York, um –«
»Woher kannten Sie meine Adresse?«, unterbrach ihn Julia.
Pawel deutete mit einer Handbewegung an, dass sie keine Zeit damit verschwenden sollten, über Nebensächlichkeiten zu reden.
»Woher?«, bohrte Julia weiter.
»Ich stünde nicht da, wo ich heute stehe, wenn ich keine Beziehungen hätte«, lenkte er ein.
»GRU oder FSB?« Julia beugte sich vor. »Lassen Sie mich raten.«

Sie legte eine Kunstpause ein. »Ich tippe auf GRU. Immerhin war Ihr Vater Militärchemiker.«

Er beugte sich ebenfalls vor. »Glauben Sie wirklich, dass ich Ihnen meine Quellen verrate?«

Natürlich nicht, dachte Julia. Doch er sollte ruhig wissen, dass auch sie ihre Hausaufgaben gemacht hatte.

»Ich wollte mehr über Mischa wissen, bevor ich Kontakt mit ihm aufnahm. Ich zog Erkundigungen über ihn ein, reiste nach Berlin und später über New York nach San Francisco. Ich muss gestehen, ich bin beeindruckt. Obwohl er bis jetzt ausschließlich als Arzt tätig war, ist es ihm gelungen, eine Geschichte aufzudecken, die manchen investigativen Journalisten mit Stolz erfüllt hätte. Gleichzeitig erkannte ich, dass er sich der Gefahr, in der er sich befand, nicht bewusst war. Er hatte keine Ahnung, mit wem er sich da anlegte.«

»Oleg Wolkow«, sagte Julia.

Pawel schaute sie an.

»Wusste Wolkow, dass seine … Handlungen illegal waren?« Noch war Julia nicht bereit, die Karten offen auf den Tisch zu legen.

»Wie heißt es bei Sokrates so schön? Aber dieser glaubt doch, etwas zu wissen, was er nicht weiß, ich aber, der ich nichts weiß, glaube auch nicht zu wissen.«

Da war sie also, die russische Antwort, die alle Fragen verschluckte. Julia konnte nicht anders als lächeln.

Pawel wirkte kurz irritiert, fasste sich aber sogleich wieder.

»Was glauben Sie?«, fragte er.

»Dass Oleg Wolkow nicht dort stünde, wo er heute steht, wenn er keine Beziehungen hätte«, konterte sie.

Pawels Augen blitzten vergnügt. Das Wortgefecht gefiel ihm. Wie lange mussten sie noch Kreise drehen, bis er zur Sache kam? Julia schaute aus dem Fenster. Die Wolkendecke hatte ein wenig aufgerissen, am anderen Ufer des Sunds war die Olympic-Halbinsel zu erkennen. Ein undurchdringlicher Dschungel aus hohen Bäumen, Wurzeln und verrottenden Stämmen, auf denen Farn, Flechten, Pilze und Moos wuchsen.

Vor einigen Jahren hatte Julia den Artikel eines Biologen übersetzt, der sich mit den oberen Bodenschichten befasste. Über eine Billion Lebewesen tummelten sich im Erdreich. Die Zahl hatte ihr deutlich gemacht, dass sich der größte Teil der Welt vor ihr verbarg. Sie betrachtete Pawel. Gerne hätte sie gewusst, was unter seiner glatten Oberfläche lag.

»Was wollen Sie?«, fragte sie geradeheraus.

»Das Gleiche wie Sie.«

»Michael?«

»Seine Sicherheit.«

»Hat Oleg Wolkow meinem Sohn etwas angetan?«

»Noch nicht.«

»Aber er sucht ihn?«

Pawel wartete einen Moment, dann entschied er offenbar, dass der Zeitpunkt gekommen war, um seine Forderung zu stellen. »Ich mache Ihnen ein Angebot. Ich erzähle Ihnen, was ich weiß. Ich garantiere für Michaels Sicherheit. Und ich sorge dafür, dass Rejuvena zur Rechenschaft gezogen wird.«

»Was wollen Sie dafür?«

»Dass Sie aufhören, nach Michael zu suchen.«

Julia schnappte nach Luft.

Pawel hob die Hand. »Nur so lange, bis alles geregelt ist.«

»Bis was geregelt ist? Überhaupt, warum soll ich Ihnen glauben? Vielleicht wissen Sie ebenso wenig wie ich, wo Michael ist.«

Pawel holte sein Handy hervor, legte es auf den Tisch und ließ einen Film ablaufen.

Julia sah ein Stück Boden mit weißen Kacheln. In der Mitte stand ein Stahltisch, darauf ein Laptop. Eine Gestalt tauchte in der Ecke des Bildes auf und bewegte sich auf den Tisch zu. Groß, schlank, die sandblonden Haare nachlässig gekämmt. Mit angehaltenem Atem beobachtete Julia, wie Michael sich an den Tisch setzte und zu arbeiten begann. Ihr fiel ein Klappbett im Hintergrund auf. Ein altmodischer Rahmen, auf dem eine dünne Matratze und eine geblümte Decke lagen. Ein Modell, wie Julia es nur aus Russland kannte.

»Wo ist das?«, fragte sie.

»Das ist nicht wichtig«, antwortete Pawel. »Ich wollte Ihnen bloß zeigen, dass es ihm gut geht.«

»Warum meldet er sich bei niemandem?«

»Er musste untertauchen.«

»Wegen Oleg Wolkow?«

»Sie haben gesehen, wozu Wolkows Männer fähig sind.«

Julias Gedanken fanden keinen Halt. War Michael wirklich untergetaucht, oder wurde er in diesem Raum gefangen gehalten? Warum war er überhaupt in Russland? Hatte er Wolkow zur Rede stellen wollen? So naiv war er nicht. Außerdem lagen die Beweise für die illegalen Bluttransfusionen in den USA, nicht in Russland.

»Was wissen Sie über den Tod von Gideon Larsen, Neil Munzo und den Izatts?«, fragte sie.

»Dann haben wir also einen Deal?« Pawel streckte ihr die Hand entgegen.

Julia ergriff sie. »Erzählen Sie.«

Er berichtete, wie er Michaels Recherchen in San Francisco mitverfolgt hatte. Julia war klar, dass er sich Zugang zu Michaels E-Mails verschafft haben musste. Er war auch über Wolkows illegale Plasmabehandlung im Bild.

»Wie haben Sie davon erfahren?«, fragte Julia.

»Er hat seiner Frau die Behandlung verweigert. Normalerweise erfüllt er ihr jeden Wunsch. Statt des Wundermittels, das sie sich zum Geburtstag von ihm gewünscht hatte, bekam sie nur ein Collier mit 197 Diamanten.« Seine Stimme triefte vor Sarkasmus.

»Wundermittel«, wiederholte Julia nachdenklich.

»Ich befasse mich seit Jahren mit dem Prozess des Alterns. Ich kenne die Branche. Dass Rejuvena Teenager-Blutplasma anbietet, ist kein Geheimnis. In den Medien ist allerdings nicht zu lesen, dass Charles Baldwin auch mit Kinderplasma experimentiert. Wolkow war bei ihm in Behandlung. Etwas muss schiefgelaufen sein, sonst hätte er seiner Frau das Wundermittel nicht verweigert. Später erfuhr ich, dass er seinen besten Mann nach Kalifornien geschickt hat. Zu diesem Zeitpunkt war Mischa bereits in San Francisco.«

»Nur einen Mann?«, unterbrach Julia.

»Vermutlich wollte Wolkow das Problem ohne großes Aufsehen lösen. Ich gehe davon aus, dass Charles Baldwin ihn informiert hat. Mischa hat Fragen nach dem toten Jungen gestellt.«

»Und dieser Mann hatte den Auftrag, Michael zum Schweigen zu bringen?«

»Vielleicht sollte er ihn auch nur einschüchtern. Ich wollte aber kein Risiko eingehen. Deshalb brachte ich Mischa in Sicherheit.«

Irgendetwas kam Julia daran seltsam vor, doch sie bekam den Gedanken nicht richtig zu fassen. War Michael wirklich in Russland? Wie hatte Pawel ihn dorthin bringen können, ohne dass Wolkow davon erfuhr? Und warum hatte Michael sie nicht über einen verschlüsselten Kanal wissen lassen, dass er wohlauf war?

Pawel sprach weiter. Seine Schilderungen bestätigten, was Julia vermutet hatte. Nachdem Michael verschwunden war, hatte Wolkows Sicherheitsmann gehofft, dass Julia ihn zu ihrem Sohn führen würde. Als das nicht passierte, schickte Wolkow Verstärkung.

Der Mann im Hummer, dachte Julia. Die Situation war außer Kontrolle geraten. Wolkow konzentrierte sich nun darauf, den Schaden zu begrenzen. Alle, die ihm hätten gefährlich werden können, mussten beseitigt werden.

»Warum ließ er Gideon Larsen ermorden?«, fragte Julia.

»Damit er nicht mit Ihnen reden konnte.«

»Das ergibt keinen Sinn. Dinah Izatt …« Julia verstummte.

»Besaß eine Liste der Rejuvenakunden, die sich mit Kinderplasma hatten behandeln lassen«, beendete Pawel den Satz. »Wolkow ging davon aus, dass Larsens Tod die Laborantin davon abhalten würde, die Liste zu veröffentlichen. Sie konnte sich ausrechnen, dass ihr sonst das gleiche Schicksal drohte. Manchmal ist es sinnvoll, Feuer mit Feuer zu bekämpfen.«

»Aber das Feuer hat sich trotzdem ausgebreitet«, stellte Julia fest.

»Weil Sie nicht lockerließen. Sie haben die Verbindung zu Dinah Izatt aufgedeckt.«

Wäre sie nicht so hartnäckig gewesen, könnten Neil Munzo und die Izatts noch am Leben sein. Julia wurde schwindlig. Sie machte sich klar, dass Oleg Wolkow den Auftrag gegeben hatte, fünf Menschenleben auszulöschen. Nicht sie.

»Dann bin ich vermutlich die Nächste auf der Liste.«

»Solange Sie keine Beweise haben, die Wolkow belasten, sind Sie in Sicherheit. Er ist kein schlechter Mensch. Er hat bloß einen starken Selbsterhaltungstrieb.«

Julia lachte laut. So konnte man es auch ausdrücken. Wusste Wolkow wirklich nicht, dass sie Dinah Izatt auf Antilope Island aufgespürt hatte? Wusste Pawel es? »Nein«, sagte sie. »Leider habe ich keine Beweise.« Glaubte er ihr?

»Dann wird Ihnen auch nichts geschehen«, sagte er ruhig. »Kommen wir zu Punkt zwei: Mischas Sicherheit. Hier sehe ich drei Gefahren: Wolkow, die Polizei und die Krankheit.«

»Sie wissen von seiner Krankheit?«, entfuhr es Julia. »Hat er mit Ihnen darüber gesprochen? Worunter leidet er?«

Pawel stand auf. »Möchten Sie auch noch einen Kaffee?«

Er wollte ihr zeigen, dass er das Tempo vorgab. Julia atmete tief ein und verneinte ruhig. Sie würde sich nicht von ihm provozieren lassen.

Er kam mit einer frischen Tasse Kaffee zurück, setzte sich, trank einen Schluck und sprach endlich weiter. »Mischa weiß nicht, worunter er leidet. Er hat bereits zahlreiche Untersuchungen über sich ergehen lassen, ohne nennenswerte Ergebnisse. Ich habe in meinem Labor die Möglichkeit, den Symptomen auf den Grund zu gehen. Die Kosten spielen dabei keine Rolle.«

»Haben Sie eine Vermutung?«

»Ja.«

Julia wartete, doch es kam nichts.

»Sie werden es erfahren, wenn sich meine Vermutung bestätigt hat«, sagte Pawel.

Er kennt die Diagnose, dachte Julia. Sie schluckte ihre Wut herunter. Einen Kampf gegen Pawel Stanislawowitsch konnte sie nicht gewinnen. Sie würde nur mehr erfahren, wenn sie sich mit ihm zusammentat.

»Reden Sie weiter«, forderte sie ihn auf.

»Wolkow hat dafür gesorgt, dass Mischas DNA in Gideon Larsens Garage gefunden wurde, obwohl er nie dort war. Mischa wird deswegen verdächtigt, Larsen getötet zu haben.«

Julia wies ihn darauf hin, dass man Larsens Mörder in New York gefasst hatte. Henry erwähnte sie nicht.

»Er wird die Tat abstreiten. Mischa braucht ein wasserdichtes Alibi. Ich kann ihm eines verschaffen.«

»Wie?«

»Lassen Sie das meine Sorge sein.« Pawel zog seine Krawatte gerade. »Bleibt Wolkow. Er stellt nach wie vor die größte Gefahr für Mischa dar.«

»Eben haben Sie gesagt, Wolkow werde mir nichts tun, weil ich keine Beweise habe. Michael hat genauso wenig gegen ihn in der Hand. Dinah Izatt hat ihm nur einen Zeitungsartikel über Jesse geschickt.«

»Das weiß Wolkow nicht. Er weiß nur, dass Mischa in Kontakt mit Izatt stand.«

Genau wie sie, dachte Julia. Doch das hatte Wolkow hoffentlich nicht erfahren.

»Er geht davon aus, dass Mischa weiterhin ein Problem sein könnte«, fasste Pawel zusammen. »Das wird sich erst ändern, wenn der Sturm vorüber ist.«

Fast kam es Julia vor, als wollte Pawel sie davon überzeugen, dass Michael in Gefahr war. Oder war es genau umgekehrt? Wollte er, dass sie sich in falscher Sicherheit wähnte?

»Was uns zum dritten Punkt bringt«, sagte er. »Wolkow wird erst von Mischa ablassen, wenn alles –«

»Einen Moment«, unterbrach Julia. »Verstehe ich Sie richtig? Sie wollen Michael ...« Beinahe hätte sie »gefangen halten« gesagt. »Sie wollen Michael schützen, bis Wolkow zur Rechenschaft gezogen wurde?«

»Bis Rejuvena zur Rechenschaft gezogen wurde«, korrigierte Pawel.

»Also auch Oleg Wolkow.«

»Nein«, antwortete Pawel mit gespielter Überraschung. »Das war nicht Teil unserer Abmachung. Ich habe versprochen, dafür zu sorgen, dass Rejuvena zur Rechenschaft gezogen wird.«

»Oleg Wolkow soll ungeschoren davonkommen?«, fragte Julia ungläubig.

»Ja.«

47

Die Immobilienfirma, für die Caroline Witthaus tätig war, belegte zwei Stockwerke eines Bürogebäudes in unmittelbarer Nähe des Lumen Fields, Heimspielstätte der Seattle Seahawks & Sounders. Mehrspurige Straßen führten am Stadion vorbei, dazwischen gab es kleine Grünflächen, auf denen sich Obdachlose niedergelassen hatten. Julia ging mit zügigen Schritten an ihnen vorbei. Unter anderen Umständen hätte der Anblick der in dicke Kleiderschichten gehüllten Menschen sie bedrückt, jetzt aber drang das Elend kaum zu ihr durch. Nach dem Gespräch mit Pawel empfand sie Euphorie, weil sie einen großen Schritt weitergekommen war. Und gleichzeitig Angst, weil sie nicht ausschließen konnte, dass Pawel sie anlog. Vielleicht hatte nicht er, sondern Oleg Wolkow Michael in seiner Gewalt. Das würde erklären, warum Pawel nicht wollte, dass Wolkow belangt wurde. Julia wusste nur eines mit Sicherheit: Sie hatte einen Pakt mit dem Teufel geschlossen. Trotzdem war Pawel im Moment ihre einzige Spur zu Michael.

Sie schaute hinter sich. Niemand folgte ihr. In Gedanken ging sie das Gespräch noch einmal durch. Sie begriff nicht, warum Michael eine Gefahr für Wolkow darstellte. Besaß er Beweise für die Plasmatransfusionen? Etwas verschwieg Pawel. Ihren Fragen nach Andrej war er ebenfalls geschickt ausgewichen. Julia wusste noch immer nicht, was geschehen war, weder vor achtundzwanzig Jahren noch auf den Solowezki-Inseln im vergangenen Juni. Je mehr sie darüber nachdachte, desto verworrener erschienen ihr die Zusammenhänge. Bei jedem Schritt schlug ihr die Pistole gegen die Hüfte, eine leise Mahnung, niemandem zu trauen.

Sie hatten vereinbart, dass sie Richard Witthaus' Frau aufsuchen und Pawel sich derweil um Michaels Alibi kümmern würde. Richard Witthaus war das schwächste Glied der Kette. Wenn es gelang, ihn zu einer Aussage zu bewegen, würde sich der Rest von selbst ergeben. Julia sah ihn vor sich. Seine Warmherzigkeit gegenüber den Obdachlosen. Die Einsamkeit in seinem Gesicht. Er lebte von seiner Frau getrennt, doch er liebte sie immer noch. Gut möglich, dass er ein Ende seiner illegalen Tätigkeit herbeisehnte, jedoch zu schwach war, um selbst die Initiative zu ergreifen.

Sie war beim Bürogebäude angekommen und betrat den modernen Glasbau. Im Aufzug betrachtete sie sich im Spiegel. Sie hatte abgenommen, seit sie aus New York abgereist war. Ihr Gesicht war noch blasser als sonst, unter ihren Augen lagen dunkle Schatten. Dennoch strahlte sie eine Ruhe aus, die sie seit Michaels Verschwinden nicht mehr verspürt hatte.

Caroline Witthaus holte sie am Empfang ab. »Ich habe gute Nachrichten! Ich kann Ihnen mit dem Kaufpreis entgegenkommen.«

Julia folgte ihr in ein Besprechungszimmer, wo sie an einem ovalen Tisch Platz nahmen. Die Maklerin reichte Julia die Unterlagen und bot ihr einen Kaffee an.

Julia lehnte dankend ab. »Ich bin nicht wegen des Hauses hier.«

Caroline Witthaus sah sie verständnislos an.

»Es geht um Ihren Mann.« Julia erzählte von den illegalen Plasmatransfusionen, die zu Jesses Tod geführt hatten. Sie wählte ihre Worte mit Bedacht, dennoch trafen sie Caroline Witthaus mit voller Wucht.

Die Maklerin saß wie versteinert da.

»Mrs Witthaus?«

Endlich reagierte sie. »Sie haben mich belogen.«

»Wie bitte?«, fragte Julia.

»Sie haben sich gar nie für das Saltbox-Haus interessiert.«

»Nein«, gestand Julia. »Ich wollte Sie treffen, um mehr über Ihren Mann zu erfahren. Es tut mir leid.«

Caroline Witthaus presste die Faust auf den Mund.

»Das muss ein Schock für Sie sein«, sagte Julia.

»Ist Ihr Vater überhaupt spielsüchtig? Oder war das auch gelogen?«

Eine Weile saß Caroline Witthaus einfach nur da und versuchte zu begreifen, was sie soeben erfahren hatte.

Plötzlich sah sie auf. »Richie ist kein schlechter Mensch!«

Das Gleiche hatte Pawel über Oleg Wolkow gesagt, schoss es Julia durch den Kopf. *Er hat bloß einen starken Selbsterhaltungstrieb.* Haben wir das nicht alle? Auch sie hatte Dinge getan, die sie nie für möglich gehalten hätte.

»Charles Baldwin hat die Schwächen Ihres Mannes ausgenutzt«, sagte sie. »Er hat ihn unter Druck gesetzt, um an das Kinderplasma zu gelangen.«

»Ich mochte den Mann noch nie.« Caroline Witthaus' Stimme zitterte.

»Haben Sie ihn in San Francisco kennengelernt?«

»Er hat uns zu einem Golfwochenende eingeladen. Ich dachte, dass Richie absagen würde, er hatte noch nie etwas für Golf übrig. Diese künstlichen Landschaften, die Klubhäuser, die ihren Mitgliedern ein Gefühl von Exklusivität vermitteln, das ist überhaupt nicht seine Welt. Richie hält die Kluft zwischen Reich und Arm für gefährlich, er sagt, sie stelle eine größere Gefahr für die Gesellschaft dar als Kriege oder Krankheiten.« Caroline Witthaus sprach mehr zu sich selbst als zu Julia. »Trotzdem sagte er zu. Er behauptete, dass er Baldwin mochte, ich konnte das nicht verstehen, auf mich wirkte der Mann nur herablassend. Er hat Richie ein Darlehen für die Praxis gegeben, nicht wahr? Ich habe mich darüber gewundert, dass Richie nach dem Desaster in New Jersey einen Kredit erhielt.« Sie verstummte und sah Julia mit feuchten Augen an. »Sind Sie zur Polizei gegangen? Ist Richie ... wurde er ...?«

»Verhaftet?« Julia schüttelte den Kopf. »Ich wollte ihm die Chance geben, sich selbst zu stellen. Deshalb bin ich hier. Wie Sie bereits gesagt haben, er ist kein schlechter Mensch. Ich kann mir vorstellen, dass er unter Schuldgefühlen leidet und eigentlich aussteigen möchte. Vielleicht wirkt sich ein Geständnis sogar strafmindernd aus.«

»Sie möchten, dass ich mit ihm rede?«

»Ja.«

Caroline Witthaus kaute auf ihrer Unterlippe herum, schließlich nickte sie. »Kommen Sie heute Abend zum Männerheim an der 2nd Avenue. Richie hat dort Sprechstunde. Um zwanzig Uhr sollte er fertig sein. Ich habe versprochen, ihn abzuholen.«

Julia stand auf. »Sie tun das Richtige.«

Caroline Witthaus antwortete nicht.

Draußen massierte sich Julia die Schläfen. Der Schlafmangel hatte zu Kopfschmerzen geführt. Am Morgen hatte sie mit Henry telefoniert, er klang schon viel besser als unmittelbar nach der Operation. Seine Stimme war weniger rau, sein Atem ging ruhiger. Sie sehnte sich nach ihm. Nicht nach der Sicherheit, die er ihr bot, sondern nach seiner Wärme und seinem Humor, dem Gefühl seiner Hände auf ihrem Körper, dem Klang seiner Stimme und der Art, wie er sie ansah, leicht überrascht und mit tiefer Zufriedenheit. Jahrzehntelang hatte sie Andrej nachgetrauert und dabei übersehen, dass aus ihrer Beziehung zu Henry weit mehr geworden war als Freundschaft.

Im Bus nickte sie ein. Sie schlief nicht lange, aber es reichte, um die Kopfschmerzen zu vertreiben. Mary Ellen war schon zu Hause. Als Julia die Veranda betrat, kam sie heraus und erklärte mit gesenkter Stimme, dass Julia Besuch habe. Hatte Pawel herausgefunden, wo sie sich versteckte? Julia schob die Hand in die Tasche und legte ihre Finger um den Griff der Pistole. Doch es war nicht Pawel, der im Wohnzimmer auf sie wartete.

Auf dem Sofa saßen der neunjährige Eric und sein Freund Cody.

»Sie wollen mit Ihnen sprechen«, sagte Mary Ellen.

»Mit mir?«, fragte Julia verwundert.

»Sie sind zur Kirche gekommen und haben nach Ihnen gefragt«, erklärte Mary Ellen. »Da habe ich sie hergebeten. Ich hoffe, es ist in Ordnung. Sie wollten mir nicht sagen, worum es geht.«

Cody verfolgte den Wortwechsel aufmerksam.

»Natürlich.« Julia zog ihre Jacke aus und setzte sich.

Mary Ellen stellte den Jungen Crackers und Getränke hin, sie rührten jedoch nichts davon an. Eric starrte auf seine Schuhe, er sah aus, als wünschte er sich weit weg. Cody stieß ihn mit dem Fuß, doch sein Freund reagierte nicht.

»Eric will Ihnen etwas sagen«, verkündete er.

Julia beugte sich vor. Eric war ein schmächtiges Kind mit feinen Gesichtszügen und Zähnen, die leicht schief standen. Ein Wirbel an seinem Haaransatz ließ die rötlichen Strähnen über seiner Stirn zu Berge stehen.

»Etwas stimmte mit Jesse nicht.«

Er sprach so leise, dass sich Julia noch weiter vorbeugen musste, um ihn zu verstehen.

»Wie meinst du das?«, fragte sie.

Eric zuckte die Schultern.

Julia sah zu Mary Ellen, doch auch sie schien nicht zu wissen, wovon Eric sprach.

»Woran hast du gemerkt, dass etwas nicht stimmte?«, fragte Julia.

»Bloß so.«

»Dr. Witthaus ist schuld!«, platzte Cody heraus. »Jesse hat von einer Maschine erzählt, die Blut trank. Danach schlief er ein und wachte nicht mehr auf. Sie haben Fragen über Jesse gestellt. Deshalb dachten wir, dass Sie etwas tun könnten.«

Julia versuchte, ihre Aufregung zu verbergen. War Eric etwa dabei gewesen, als Jesse Plasma entnommen wurde? Sie sah den Jungen an. Er weinte leise. Am liebsten hätte sie ihn in den Arm genommen.

»Erzähl uns, was passiert ist«, bat sie.

Mary Ellen hatte sich zu ihnen gesetzt, auf ihrem Gesicht lag ein Ausdruck von Betroffenheit.

Erneut war es Cody, der sprach. Er erzählte, wie Eric ihm einen Job bei Dr. Witthaus verschafft hatte.

»Es geht um eine Studie. Wenn man eine Stunde pro Tag zockt, schrumpft das Hirn.« Cody zeigte auf seine Stirn. »Hier vorne. Dr. Witthaus misst die Hirnströmungen mit einem Magneten.«

»Magnetresonanztomografie?«, fragte Julia.

Cody nickte und sprach weiter. Ab und zu stolperte er über einen medizinischen Begriff, dennoch zeichnete er ein deutliches Bild der Vorkommnisse. Julia konnte nicht fassen, mit welcher Skrupellosigkeit Richard Witthaus vorgegangen war.

»Wie viel hat er dir für die Teilnahme an der Studie bezahlt?«, fragte sie.

»Zwanzig Dollar«, antwortete Cody prompt. »Nach der Probezeit wollte er mir dreißig geben.«

Zwanzig Dollar! Wie viel hatte sich Oleg Wolkow das Plasma kosten lassen?

Mary Ellen sah Cody skeptisch an.

»Michael wusste etwas«, erklärte Julia. »Deshalb wollte er mit Shari sprechen.«

»Dann stimmt die Geschichte?«, fragte Mary Ellen bestürzt.

»Ja.«

Cody wirkte erleichtert. Er griff nach den Crackers.

»Aber ... Dr. Witthaus?« Mary Ellen rang um Fassung.

Julia wandte sich an Eric. »Weiß deine Mutter davon?«

»Nein«, flüsterte er.

Julia legte ihm eine Hand auf den Arm. »Es ist nicht deine Schuld, hörst du? Was Dr. Witthaus getan hat, ist ein Verbrechen.«

Eric nickte, wirkte aber nicht überzeugt.

»Kommt er ins Gefängnis?«, fragte Cody.

»Er wird nie mehr als Arzt arbeiten«, antwortete Julia. »Das kann ich euch versprechen.«

Sie überlegte, ob sie mit Eric und Cody zur Polizei gehen sollte, kam aber zu dem Schluss, dass die Aussagen zweier Kinder weniger wogen als ein Geständnis von Richard Witthaus. Sie musste den Plan, wie sie ihn mit Pawel besprochen hatte, zu Ende führen. Gelang es, Richard Witthaus zu einer Aussage zu bewegen, wäre die Beweislast gegen Rejuvena erdrückend.

48

Die 2nd Avenue befand sich in unmittelbarer Nähe der Immobilienfirma. Nach Büroschluss wirkte die Gegend wie ausgestorben. Die Fenster der Geschäftshäuser waren dunkel, die Straßen leer. Die Scheinwerfer des Lumen Fields erinnerten Julia an knochige Finger, die zum Himmel zeigten. Sie stellte sich vor, wie es hier bei einem Heimspiel der Seahawks aussah; Fans, die sich in die hell erleuchtete Arena drängten, volle Busse und jede Menge Fußgänger auf den Gehsteigen. Die einzigen Menschen, denen sie jetzt begegnete, waren Obdachlose. Aus Unterschlüpfen und Mauervorsprüngen drangen Stimmen, da und dort flackerte das bläuliche Licht eines Gaskochers.

Das Männerheim lag an der mehrspurigen Straße, die zur Autobahnauffahrt führte. Die Tür war geschlossen, hinter den Vorhängen bewegten sich Schatten. Julia war eine Viertelstunde zu früh gekommen, um sich vor dem Treffen ein wenig umzusehen. Sie brachte die verschiedenen Gesichter von Richard Witthaus nicht zusammen. Einerseits war da der Arzt, der umsonst Obdachlose behandelte, andererseits der Handlanger von Charles Baldwin, der Kinder ausbeutete. Witthaus war vielleicht ein Opfer seiner Spielsucht, darüber hinaus zeigte er jedoch eine Skrupellosigkeit, die Julia überraschte.

Sie ging um das Gebäude herum und lief auf einen Parkplatz zu, auf dem einige Fahrzeuge standen. Das Auto von Richard Witthaus befand sich nicht darunter. Wie mochte er reagiert haben, als seine Frau ihn mit ihrem Wissen konfrontierte? Ex-Frau, korrigierte sich Julia in Gedanken.

Richie hat dort Sprechstunde. Um zwanzig Uhr sollte er fertig sein. Ich habe versprochen, ihn abzuholen.

Richard Witthaus hatte behauptet, dass er keinen Kontakt zu seiner Frau hatte. Woher kannte sie seine Arbeitszeiten? Warum holte sie ihn nach der Sprechstunde ab? Hatten sie sich wieder versöhnt?

Schlagartig fügten sich die einzelnen Informationen zusammen. Fast gleichzeitig hörte sie hinter sich Schritte. Julia wirbelte herum. Vor ihr stand Caroline Witthaus. In der Hand hielt sie ein Eisenrohr. Ein stechender Schmerz durchfuhr Julia. Sie versuchte, ihre Pistole aus der Tasche zu ziehen, doch der Arm wollte ihr nicht gehorchen.

»Lassen Sie uns in Ruhe!«, rief Caroline Witthaus.

Julia tastete nach der Pistole. Der nächste Schlag erwischte sie am Knöchel, sie stürzte.

Caroline Witthaus holte erneut aus. »Verschwinden Sie aus unserem Leben!«

Endlich gelang es Julia, die Pistole hervorzuholen. Sie richtete sie auf ihre Angreiferin.

Caroline Witthaus hielt mitten in der Bewegung inne.

Julia versuchte, auf die Knie zu kommen. Könnte sie auf Caroline Witthaus schießen? Als sie die Waffe kaufte, tat sie es mit der Vorstellung, sie eines Tages gegen einen Killer zu richten, aber doch nicht gegen eine unglückliche Frau.

»Mrs Witthaus«, sagte sie. »Sie schaden Ihrem Mann auf diese Weise nur!«

Glaubte sie es bloß, oder veränderte sich Caroline Witthaus' Körperhaltung?

»Es ist vorbei«, sprach Julia weiter.

Das Eisenrohr schwebte immer noch über ihrem Kopf. Sie spürte, wie ihr der Schweiß den Rücken hinunterlief, gleichzeitig war ihr kalt.

»Es war ein Unfall! Er wollte niemandem schaden.«

»Davon bin ich überzeugt«, stimmte Julia zu.

Caroline Witthaus trat einen kleinen Schritt zurück, das Rohr befand sich jetzt nicht mehr direkt über Julias Kopf. Sie hörte Schritte hinter sich.

»Anna?«, fragte Richard Witthaus erstaunt.

Julia hatte beinahe vergessen, dass sie sich mit einem anderen Namen vorgestellt hatte.

»Was ...« Er musste die Pistole bemerkt haben.

»Es ist alles in Ordnung«, sagte Julia, ohne sich nach ihm umzusehen. »Nicht wahr, Caroline?«

Erst jetzt erkannte Richard Witthaus seine Frau. »Caroline?«

»Sie will unser Leben zerstören!«

»Ich will Ihnen helfen«, erklärte Julia ruhig. »Die Geschichte wird auch ohne mich auffliegen.«

»Wovon reden Sie?«, fragte Richard Witthaus.

»Von den illegalen Plasmatransfusionen.«

Er kam einen Schritt auf Julia zu, die jetzt die Pistole auf ihn richtete.

Langsam hob er die Hände. »Es ist nicht so, wie Sie glauben.«

»Soll ich Ihnen sagen, was ich glaube?« Julia sah ihm in die Augen. »Charles Baldwin hat Ihnen geholfen, eine neue Praxis zu eröffnen. Im Gegenzug bekommt er von Ihnen Kinderblutplasma. Ich weiß, dass Sie niemanden verletzen wollten. Aber es ist nicht ganz ungefährlich, einem Kind Blut oder Blutplasma zu entnehmen. Jesse ist daran gestorben.«

Richard Witthaus war kreideweiß. »Ich wollte das nie«, stammelte er. »Es war ... das eine führte zum anderen, und plötzlich steckte ich mittendrin.«

Von »plötzlich« konnte nicht die Rede sein, dachte Julia. Es hatte immer wieder Gelegenheiten gegeben auszusteigen. Dass er es nicht getan hatte, war allein seine Entscheidung gewesen.

»Anna«, sagte Richard Witthaus.

»Mein Name ist Julia Wild.«

»Wild? Sind Sie mit dem Journalisten verwandt, der ...« Er sprach den Satz nicht zu Ende.

»Was wissen Sie über Michael?« Julia richtete weiter die Pistole auf ihn.

Er hob die Hände höher. »Nichts!«

Die Angst um Michael gab Julia die Kraft aufzustehen. Ihr Fuß pochte, ihr linker Arm hing schlaff herunter. Sie ging einen Schritt auf Richard Witthaus zu, die Pistole nun auf seinen Kopf gerichtet.

»Ich schwöre es!«, rief er panisch. »Charles hat mich davor gewarnt, dass mich ein Journalist aufsuchen könnte, aber Michael Wild kam nie. Bitte, Sie müssen mir glauben!«

»Sagen Sie Ihrer Frau, dass sie ihr Rohr weglegen soll«, forderte Julia ihn auf.

»Tu, was sie sagt, Caroline, bitte.«

Caroline Witthaus ließ das Rohr fallen. »Sie kommen damit nicht durch!«

»Was wollen Sie von mir?«, flüsterte Richard Witthaus.

»Dass Sie sich stellen«, antwortete Julia.

Richard Witthaus zögerte. »Warum gehen Sie nicht direkt zur Polizei?«

»Weil ich Ihnen einen würdevollen Ausstieg ermöglichen möchte«, log Julia.

»Hör nicht auf sie!«, sagte Caroline Witthaus.

Julia schlug einen versöhnlichen Ton an. »Sie sind ein guter Mensch. Sie leiden unter Jesses Tod.«

Caroline Witthaus hatte sich wieder gefasst. »Sie haben keine Beweise, oder?«

Julia fluchte innerlich. »Ich habe mit Ihrer Praxisassistentin gesprochen«, sagte sie zu Richard Witthaus. »Sie weiß von den Transfusionen. Womit hat Charles Baldwin sie unter Druck gesetzt? Hat er ihr gedroht?«

Ertappt senkte Richard Witthaus den Blick.

»Die Polizei wird sie befragen«, fuhr Julia fort. »Sie wird dem Druck nicht standhalten.«

»Sie lügt!«, rief Caroline Witthaus.

Julias Arm wurde immer schwerer. »Haben Sie von den Morden auf Antilope Island gehört?«

Richard Witthaus sah auf. »Die Camperin und ihr Freund?«

»Dinah Izatt hat dort nicht Urlaub gemacht, wie es in den Zeitungen stand. Sie hat sich auf Antilope Island versteckt. Sie arbeitete als Laborangestellte bei Rejuvena.«

Richard Witthaus starrte sie entsetzt an. »Charles hat sie getötet?«

»Sie hat den Zusammenhang zwischen den Plasmatransfusionen und Jesses Tod erkannt. Deshalb musste sie sterben. Ihrer Praxisassistentin könnte dasselbe zustoßen.«

Richard Witthaus schloss kurz die Augen, dann nickte er.

49

Cody kniete auf der Rückbank des Fords, das Kinn auf die verschränkten Arme gestützt. Seattle verschwand langsam hinter ihnen. Glas und Beton und Wasser und Grau. Er sah die Lichter des Footballstadions und stellte sich vor, wie er mit einer Seahawksmütze auf dem Kopf auf einem Tribünenplatz saß und einen warmen Hotdog aß. Dann war das Stadion weg, und es gab nur noch Fahrzeuge hinter ihnen.

»Wann sind wir da?«, fragte Amber.
»Bald«, antwortete Mom.
»Ist bald jetzt?«
»Bald ist bald.«
»Ich habe Hunger.«
»Du hast keinen Hunger«, sagte Cody, ohne sich umzudrehen. »Dir ist nur langweilig.«
»Spielt doch etwas«, schlug Mom vor.
»Mir ist nicht langweilig«, stellte Cody klar.

Doch Amber hatte bereits das Rätselheft hervorgeholt, das Teresa ihr zum Abschied geschenkt hatte. Mit einem Seufzer drehte sich Cody um. Sein Hosenbund drückte, er öffnete Knopf und Reißverschluss, um bequemer sitzen zu können.

Wahllos schlug Amber eine Seite auf. Darauf war ein Labyrinth abgebildet. Mit einem Bleistift fuhr sie den Pfad entlang, der zur Fee in der Mitte führte. Als sie in eine Sackgasse geriet, ging sie einfach weiter.

»Du darfst nicht über die Linie fahren«, sagte Cody.
»Doch.«

»Nein.«
»Doch!«
»Kinder!«

Cody seufzte. Eigentlich konnte es ihm egal sein, ob Amber mogelte. Vor allem, wenn er daran dachte, dass sie wie Erics Bruder tot sein könnte. Komisch, wie schnell alles wieder normal war. Vor zwei Tagen saß er noch bei einer Polizistin, die ihm Fragen über Dr. Witthaus und seine Studie stellte. Gestern war er in der Schule gewesen, da kam Mom plötzlich herein und bat ihn, alle seine Sachen aus dem Spind zu holen. Und jetzt fuhren sie nach Eugene. Dad hatte dort eine weitere Woche Arbeit auf einer Baustelle ergattert. Cody fühlte sich wie in World of Warcraft. Eine Daumenbewegung, und schon wechselte er den Ort. Vorgestern auf dem Kun-Lai-Gipfel, gestern in der Schreckensöde, heute auf der Wandernden Insel. Nur, dass er nicht in Pandaria lebte, sondern in Amerika. Deshalb wartete auch kein Jadewald auf ihn und kein Tal der Ewigen Blüten. Bloß das ewig gleiche Zelt, die Erdnussbutter-Brötchen, der muffige Schlafsack und eine neue Schule.

Mom hatte ihren Job an den Nagel gehängt. Sie wollte nach allem, was passiert war, da sein, wo die Familie war. Das Einzige, was uns niemand nehmen kann, ist die Familie, hatte sie gesagt.

Cody hätte sich gern von Eric verabschiedet. Vielleicht würde er ihn vor Gericht wiedersehen. Mom gefiel es nicht, dass er als Zeuge aussagen musste. Sie hätte Cody lieber aus der Sache herausgehalten. Dafür sei es zu spät, meinte die Polizistin. Er steckte schon mittendrin. Vielleicht kämen sie in ein Zeugenschutzprogramm? Cody hatte einmal einen Film gesehen, in dem ein Mann untertauchen musste, weil er von einem Mafiaboss gejagt wurde. Das FBI hatte ihm ein Haus organisiert und sogar einen Job. Am Schluss war er trotzdem erschossen worden.

»Fertig!«, rief Amber.

Cody betrachtete das Labyrinth. Die ganze Seite war mit Schlangenlinien vollgekritzelt.

Amber blätterte zu einem Suchbild. »Hilfst du mir, Sterne zu finden?«

»Klar, Monkey.«

Sie kicherte. »Ich bin kein Äffchen.«

Cody wuschelte ihr durchs Haar. »Doch.«

Amber kreischte und schlug seine Hand weg.

»Kinder!«

»Ich sehe einen Stern«, sagte Cody.

Amber starrte in das Heft. »Hier!«, rief sie und zeigte auf das Bild. »Und hier auch!«

Cody lehnte sich zurück und steckte sich den Rosmarinzweig, den er vor der Abfahrt abgezupft hatte, in den Mundwinkel.

50

Julia winkte Mary Ellen ein letztes Mal zu, bevor das Taxi um die Ecke bog. Der Regen prasselte gegen die Scheiben, auf den Innenseiten hatte sich Kondenswasser gebildet. Noch hatten die Medien nichts über Richard Witthaus oder Rejuvena berichtet, von Mary Ellen wusste Julia aber, dass die Polizei bei Shari gewesen war. Sie kamen am Hafen vorbei, wo sich ein Riesenrad langsam drehte. Dahinter verschwand eine Fähre im Nebel. Nur die Regenschirme, die sich an den Häuserzeilen entlangbewegten, sorgten an diesem trüben Nachmittag für ein wenig Farbe. Sie hoben und senkten sich wie Wellen, ein endloser Strom, der langsam dahinfloss. Julia fühlte sich entrückt, als betrachte sie die Stadt auf einem Bildschirm und nicht durch die Fensterscheibe. Gleichzeitig zogen Bilder an ihrem inneren Auge vorbei. Ab und zu blieb eines hängen, ein unverdauter Erinnerungsbrocken, der sie daran hinderte weiterzudenken. Eric, der auf dem Sofa saß und weinte. Dinah Izatt, die Späne vom Tisch kratzte. Richard Witthaus, der im Obdachlosenheim Äpfel verteilte. Gideon Larsens Augen.

Das Taxi wurde langsamer, vor ihnen stauten sich die Fahrzeuge.

»Die Seahawks spielen heute«, erklärte der Fahrer. »Sobald wir am Stadion vorbei sind, läuft der Verkehr wieder flüssig.«

Die Scheinwerfer des Lumen Fields leuchteten grell. Sie warfen ihr Licht auf die Menschen, die es sich leisten konnten, über hundert Dollar für ein Footballspiel hinzublättern. Julia dachte an das Männerheim, das dahinterlag.

Der Fahrer schaltete das Radio ein.

»Dr. Witthaus ist eine Bekanntheit in Seattle«, sagte ein Nachrichtensprecher.

Julia bat den Fahrer, die Lautstärke aufzudrehen.

»Inoffiziellen Angaben zufolge steht seine Verhaftung in Zusammenhang mit dem Tod eines vierjährigen Jungen. Der kleine Jesse starb im letzten Juni an Herzversagen. Und nun zum Wetter.«

Es geht los, dachte Julia. Sie malte sich aus, wie ein Großaufgebot der Polizei in die Klinik strömte, um Beweise zu sichern. Sie stellte sich die Panik der Kunden vor, die um ihren Ruf bangten, die Gier der Reporter, wenn ihnen das Ausmaß des Skandals bewusst wurde. Unter anderen Umständen hätte sie jetzt gejubelt, doch die Genugtuung, die sie empfand, schmeckte schal. Zu viele Menschen hatten sterben müssen. Andere hatten einen Preis bezahlt, den sie sich nicht leisten konnten. Und Michael, der die ganze Geschichte ins Rollen gebracht hatte, blieb verschwunden.

Julia begriff noch immer nicht, wie Oleg Wolkow die Spuren, die zu ihm führten, vertuschen wollte. Die Polizei würde Rejuvenas Computer beschlagnahmen und die Daten auswerten. Sicherheitshalber hatte Julia die Kundenliste sowie eine Kurzfassung der Ereignisse an eine E-Mail angehängt; wenn sie nichts unternahm, würden die Informationen nach vierundzwanzig Stunden automatisch an Henry und Margaret verschickt.

Das Taxi wechselte die Fahrbahn. Vor ihnen lag der Flughafen Tacoma. Der Fahrer hielt beim Central Terminal an, Julia bezahlte und stieg aus. Vorsichtig setzte sie den Fuß auf den Boden. Der Knöchel war bloß verstaucht, dennoch hätte sie ein paar Tage an Krücken gehen sollen, was wegen des angerissenen Schlüsselbeins nicht möglich war. Mit dem Rucksack in der Hand humpelte sie zum Eingang.

Die Bar, in der sie mit Pawel verabredet war, befand sich in der Abflughalle. Er saß bereits an einem der runden Tische, vor sich ein Glas Tomatensaft. Als er die Armschlinge sah, hob er fragend die Augenbrauen.

»Caroline Witthaus«, sagte Julia.

»Never underestimate a woman in love«, zitierte er einen alten Song. Wie wahr, dachte Julia. Sie hatte Caroline Witthaus tatsächlich unterschätzt. Sie hatte nicht in Betracht gezogen, dass die Liebe zu ihrem Mann stärker war als der Schmerz, den er ihr zugefügt hatte. Sie bestellte einen Gin Tonic.

Pawel schwieg, bis ihr Drink serviert worden war. »Mischa ist von der Liste der Verdächtigen gestrichen worden«, berichtete er. »Im Moment deutet alles darauf hin, dass Wolkows Sicherheitsmann für den Mord an Larsen belangt wird.«

»Wie haben Sie das geschafft?«

»Der usbekische Vizepremierminister schuldete mir noch einen Gefallen. Ich habe seinen Hund unter erschwerten Bedingungen kryokonserviert.«

Julia starrte ihn an. »Wie bitte?«

»Der Hund wurde angefahren«, erklärte Pawel. »Wir mussten schnell reagieren.«

»Und was hat Michael mit Usbekistan zu tun?«

Er wartete ein paar Sekunden, bevor er antwortete. »Mischa war in Tashkent, als Gideon Larsen getötet wurde. Die Einreisedaten beweisen das. Er hat mit dem Vizepremierminister ein Interview über die Kryokonservierung von Haustieren geführt.«

Julia brauchte einen Moment, um zu begreifen, dass Pawel nicht scherzte. Er hatte wirklich einen hochrangigen usbekischen Politiker gebeten, Michael ein Alibi zu geben. Natürlich hatte das Interview nie stattgefunden. Sie glaubte auch nicht, dass der Politiker wegen eines Hundes in Pawels Schuld stand, der Handel führte ihr aber vor Augen, wie mächtig Pawel war.

»Wann werde ich erfahren, wo Michael ist?«

»Wenn die Zeit dafür reif ist.«

»Ist er immer noch in Gefahr?«

»Ja.«

»Die Polizei kennt jetzt die Namen der Kunden von Rejuvena.«

»Bis auf einen.«

»Oleg Wolkow?« Julia sah Pawel in die Augen. »Wie haben Sie das hingekriegt?«

»Ich?«

»Wer sonst? Wolkow? Seine Männer?«

Pawel schwieg.

»Warum schützen Sie ihn? Sind Sie an dem bevorstehenden Raketendeal beteiligt?«

Sah sie Anerkennung in seinem Blick?

»Werden Sie Michael freilassen, wenn der Deal mit der amerikanischen Regierung abgeschlossen ist?«, hakte Julia nach.

»Wie kommen Sie darauf, dass ich Mischa gefangen halte?« Pawel legte einen Geldschein auf den Tisch und stand auf. »Wir haben eine Abmachung. Ich habe meinen Teil eingehalten. Mischa wird nicht wegen Mordes gesucht. Ich erwarte, dass auch Sie Ihren Teil einhalten.«

Deutliche Worte. Pawel verfolgte seine eigenen Ziele und hatte nicht vor, sie einzuweihen.

Julia trank einen Schluck von ihrem Gin Tonic. Sie dachte an einen anderen Abschied. Damals hatte sie keinen Alkohol getrunken, sondern heiße Schokolade. Sie hatte die Leere, die Andrejs Abreise in ihr hinterlassen hatte, mit Wärme füllen wollen. Nachdem die Austauschstudenten die Passkontrolle passiert hatten, war Julia schlotternd in ihre Wohnung zurückgefahren, wo sie unter ihre Decke kroch.

Sie reichte Pawel die Hand. »Es hat mich gefreut, Sie kennenzulernen.«

»Gleichfalls.« Er verließ die Bar.

Sie blieb noch eine Weile sitzen und beobachtete die Menschen. Geschäftsleute, Urlauber mit Rollkoffern, Backpacker, Flughafenangestellte. Der Gin wirkte wie ein Weichzeichner. Er milderte die Schärfe des Gesagten und ließ Konturen verschwimmen. Julia sah auf die Uhr. Zeit, einzuchecken.

Sie passierte die Sicherheitskontrolle und suchte nach einer Internetstation, um die Nachrichten aufzurufen. Hauptthema war ein Cyberangriff auf mehrere Unternehmen im Gesundheitssektor, hauptsächlich Labors, Krankenhäuser und Kliniken. Der Moderator sprach von einem Angriff auf die amerikanische Infrastruktur. Man vermutete, dass russische Hacker dahintersteckten. Der Kreml hatte empört auf die Anschuldigungen reagiert.

Julia schüttelte langsam den Kopf. Sie kam nicht umhin, Oleg Wolkow zu bewundern. Ein Hackerangriff gegen verschiedene Institutionen im Gesundheitswesen, um das eigentliche Ziel zu verschleiern: Rejuvena. Hatte er alle Daten löschen lassen? Oder nur die Informationen über sich selbst?

»Die Russen schrecken vor nichts zurück!«, sagte ein Geschäftsmann neben ihr. »Ich habe immer davor gewarnt, dass die Sparmaßnahmen des Weißen Hauses bei der Cyberabwehr dramatische Folgen haben werden. Zuerst der Angriff auf unsere Stromversorgung, jetzt das. Was braucht es, damit Washington endlich reagiert?«

Julia nickte vor sich hin. Sie dachte daran, dass Pawels Finema ein Telecom-Unternehmen aufgekauft hatte. Vielleicht steckte nicht Oleg Wolkow hinter dem Angriff, sondern Pawel selbst. Oder doch der Kreml? Sie konnte nicht einmal ausschließen, dass Pawel für einen russischen Geheimdienst arbeitete. Wenn sie eines gelernt hatte, dann, dass alles möglich war.

51

Michael betrachtete die Hirnscheibe einer Maus, die er mit dem 3-D-Mikroskop aufgenommen und anschließend digitalisiert hatte. Er übertrug die Anordnungen der Axonen, Neuronen, Synapsen und Dendriten in eine Datenbank und griff zur nächsten Scheibe. Routinearbeit, doch sie weckte seine Lebensgeister.

»Neuroinformatiker träumen davon, Schwärme von Nanorobotern in der Blutbahn freizulassen. Diese würden sich dann im Gehirn an die Membran eines Neurons oder in die Nähe einer Synapse anhängen, ähnlich wie eine Klette«, sagte jemand hinter ihm. »So könnte man Daten auslesen, ohne den Träger zu beschädigen.«

Michael sah auf. »Sie sind zurück.«

»Ich höre, Sie haben sich gut eingelebt.« Pawel Danilow zog einen Stuhl heran und setzte sich. »Wie lange kennen wir uns jetzt schon? Drei Wochen?«

Eine rhetorische Frage, Michael hielt es nicht für nötig, sie zu beantworten.

»Jedenfalls lange genug, um mit den Formalitäten aufzuhören, finden Sie nicht?« Er streckte die Hand aus. »Pawel. Oder Pascha, wie man bei uns sagt.«

Michael zögerte, dann ergriff er Pawels Hand. »Wirst du mir nun endlich sagen, warum ich hier bin?«

Pawel deutete auf das Labor, in dem sie sich befanden. »Deshalb.«

»Du willst mir tatsächlich eine Stelle anbieten?« Michael lachte ungläubig. »Ich bringe weder die nötigen Qualifikationen noch Erfahrung in der Forschung mit.«

»Hier sind wir alle Pioniere«, antwortete Pawel.

»Ich weiß nicht einmal, woran ihr arbeitet!«

»Das glaube ich dir nicht.«

Michael breitete die Arme aus. »Ihr untersucht das Gehirn. Aber wozu? Um es wiederzubeleben?«

»Um es abzuspeichern.«

Michael dachte an Lena, die am Vorabend in einen Dewar verlegt worden war. Es fiel ihm immer noch schwer zu glauben, dass Bogdan Radu – und offenbar auch Pawel Danilow – der Ansicht waren, dass es eine physische Auferstehung geben konnte. Doch offenbar hielten sie sogar die digitale Bewusstseinsspeicherung für möglich.

Pawel lehnte sich zurück. »Eine ganze Reihe Wissenschaftler forscht neben ihrer eigentlichen Tätigkeit an der Gesamthirn-Emulation. Von den meisten Projekten hast du vermutlich noch nie etwas gehört. Warum? Weil sie im Verborgenen stattfinden. Die Forscher fürchten um ihren Ruf. Mehr noch, sie rechnen mit ernsthaften Konsequenzen, wenn ihr Interesse für die Digitalisierung des Gehirns bekannt wird. Dass ihnen Forschungsgelder gestrichen werden, oder ihnen gar gekündigt wird. Niemand will hören, dass unser Gehirn bloß ein Informationsverarbeitungssystem ist.«

»Wir wissen nicht einmal, wie das Bewusstsein funktioniert. Wie sollen wir es da abspeichern?«, wandte Michael ein.

Pawel lächelte. »Du verstehst auch nicht, wie ein Computer funktioniert. Und trotzdem kannst du ein Abbild der Festplatte erstellen.«

»Das erklärt immer noch nicht, warum du ausgerechnet mich bei dem Projekt dabeihaben möchtest.«

Pawel stand auf. »Darüber reden wir später.«

»Warum die vielen Fragen?«

»Das gehört zu einem Bewerbungsgespräch.«

Michael schüttelte den Kopf. »Wofür hältst du mich?«

Pawel wandte sich ab. »Komm mit.«

Michael regte sich nicht. »Dass du mir Fragen über meine Tätigkeit als Arzt stellst, kann ich verstehen. Aber warum interessierst du dich dafür, was ich über Philosophie oder Religion denke?«

Pawel drehte sich langsam um. »Weil ein religiöser Fanatiker mich beinahe um alles gebracht hätte, was ich aufgebaut habe.« Seine Augen glühten. »Ein zweites Mal wird mir das nicht passieren.«

Michael starrte ihn an. Zum ersten Mal hatte er das Gefühl, dass Pawel ihm etwas von sich offenbarte. Er wartete auf mehr, doch Pawel hatte sich wieder gefasst.

»Ich habe dir etwas mitgebracht, das dich interessieren dürfte«, sagte er in leichtem Ton.

Er führte ihn in den Raum zurück, in dem Michael die letzten Wochen verbracht hatte. Auf dem Tisch lag ein Stapel Zeitungen. Michael nahm die oberste in die Hand. »Vampire im Weißen Haus« stand auf der Titelseite. Er setzte sich, ohne den Blick von dem Artikel zu wenden. Ein Senator und ein enger Vertrauter des Präsidenten hatten sich mit Kinderplasma behandeln lassen, um den Alterungsprozess zu verlangsamen. Michael las weiter. Auch ein Richter des Supreme Court, eine Oscar-Preisträgerin und der CEO eines Internetgiganten sollen illegal Kinderplasma gekauft haben. Ein Scheich aus den Vereinigten Arabischen Emiraten, ein Gouverneur aus Argentinien, ein Mitglied des Europäischen Rates, eine UNO-Botschafterin. Entscheidungsträger aus Wirtschaft und Politik, Wissenschaftler, prominente Künstler, Musiker. Ein Hintergrundartikel befasste sich mit der Wirksamkeit des sogenannten Wundermittels. Experten behaupteten, es gäbe keine Beweise, dass sich ein Verjüngungseffekt einstelle. Eine demokratische Politikerin aus Kalifornien sprach von Ausbeutung und Sklaverei. In einer Zeitung aus San Francisco sah man auf einem Foto, wie Charles Baldwin von FBI-Agenten abgeführt wurde. Er hielt den Kopf gesenkt, doch dem Fotografen war es gelungen, seinen Gesichtsausdruck einzufangen. Michael sah eine Mischung aus Angst, Wut und Scham, es erfüllte ihn mit Genugtuung.

Auch der Tod des obdachlosen Jesse wurde wieder aufgegriffen. Ein Lokalblatt aus Seattle machte Dr. Richard Witthaus dafür verantwortlich. »Wie viele Kinder mussten noch sterben?«, schrieb die Journalistin.

»Seattle war nur die Spitze des Eisbergs«, erklärte Pawel. »Baldwin bezog das Kinderplasma aus verschiedenen Quellen. Die Nachfrage war groß. Eine Mitarbeiterin von Rejuvena behauptet, es habe eine Warteliste gegeben.«

Michael blätterte weiter.

»Das alles hast du ins Rollen gebracht«, sagte Pawel. »Ich lass dich dann mal in Ruhe lesen. In einer Stunde hole ich dich ab.«

Michael nickte abwesend und vertiefte sich in das Interview mit einer Psychologin, die zu erklären versuchte, was Menschen antrieb, sich auf Kosten anderer Vorteile zu verschaffen. Sie sprach von einer Externalisierungsgesellschaft und davon, dass gewisse soziale Gruppen den Preis und die Risiken ihres Lebensstils auslagerten. Michael sog alles in sich auf. Die Vorstellung, dass man Rejuvena den Prozess machen würde, erfüllte ihn mit Zuversicht und, ja, Stolz, gestand er sich ein. Hätte er diesen Moment des Triumphs doch mit Gideon Larsen teilen können!

Er legte die letzte Zeitung beiseite. Erst jetzt fiel ihm auf, dass die Tür offen war. Pawel stand im Korridor und sprach mit Bogdan Radu. Der Arzt sah Michael an. »Ein neuer Patient ist eingetroffen. Wenn Sie möchten, können Sie die Kryokonservierung durchführen.«

»Zuerst müssen Michael und ich noch etwas bereden«, sagte Pawel.

Er bedeutete Michael, ihm zu folgen. Vor der Tür am Ende des Korridors blieb er stehen und gab eine Zahlenkombination ein. Ein leises Klicken war zu hören. Auf der anderen Seite lag ein weiterer Gang. Betonboden und kahle Wände, es roch nach Keller.

Sie betraten einen Aufzug und fuhren in die zweitoberste Etage. Als die Tür aufging, standen sie vor einem Empfangstresen. Eine Frau lächelte Pawel entgegen und sagte etwas auf Russisch. Pawel nickte und öffnete die Tür zu einem Büro. Das Tageslicht, das durch das Fenster drang, blendete Michael. Er schirmte die Augen ab und starrte in eine flache Landschaft hinaus. Er sah Plattenbauten und breite Straßen, dazwischen Parkanlagen, die mit einer dünnen Schneeschicht bedeckt waren.

»Ist das Moskau?«, fragte er, überwältigt von den vielen Sinneseindrücken.

»Selenograd«, antwortete Pawel. »Das russische Silicon Valley. Während der Sowjetzeit wurden hier Mikro- und Nanoelektronik-Produktionsstätten errichtet. Heute haben sich mehrere Forschungsinstitute in der Stadt niedergelassen. Sitronics, auch Rossijskaja Elektronika.« Er zeigte auf eine Ansammlung niedriger Gebäude zwischen den Bäumen. »Das ist das MIET, die Nationale Forschungsuniversität für Elektronische Technologie.«

Es klopfte leise, eine junge Frau trat ein und stellte ein Tablett auf dem Tisch ab. Pawel bedankte sich.

»Was kann ich dir anbieten?«, fragte er. »Wasser, Tee, Kaffee, Kwass?«

»Kaffee, bitte.«

Michael fiel es schwer, sich vom Fenster zu lösen. Wolken jagten über den endlosen Himmel, ab und zu war ein Stück Blau zu sehen. Nach Wochen in einem sterilen Raum wirkte die Aussicht betörend.

Pawel setzte sich in einen Ledersessel und verschränkte die Hände hinter dem Kopf. »Wo waren wir stehen geblieben?«

Michael drehte sich um. »Warum ich?«

»Das ist nicht wichtig.«

»Für mich schon.«

»Sagen wir, du bringst die Qualifikationen mit, die ich suche.«

»Welche?«

»Lass uns über die Konditionen sprechen«, sagte Pawel, ohne die Frage zu beantworten. »Ich biete dir eine gut bezahlte Stelle in der Forschung an. Du bekommst die Gelegenheit, die Zukunft der Menschheit mitzugestalten. Das Leid auf dieser Welt zu mindern. Das ist es doch, wovon du träumst? Dein Jahresgehalt beträgt zweihunderttausend Dollar. Um die Nachteile zu kompensieren, erhältst du weitere hunderttausend.«

»Welche Nachteile?«

Pawel hob die Hand, streckte die Finger und beugte den kleinen.

»Erstens, du darfst das Firmengelände nur in Begleitung verlassen. Zweitens«, es folgte der Ringfinger, »du arbeitest unter einem anderen Namen. Vergiss nicht, offiziell bist du nie eingereist, du besitzt also weder eine Aufenthalts- noch eine Arbeitsbewilligung. Und drittens«, nun klappte er den Mittelfinger nach unten, es sah aus, als formte er eine Pistole, »du darfst mit niemandem über deine Arbeit reden.«

»Ist die Tätigkeit illegal?«, fragte Michael.

»Nein.«

»Ein Staatsgeheimnis?«

»Nein.«

»Dann verstehe ich die Geheimniskrämerei nicht.«

»Für den Moment wirst du dich an die Anweisungen halten müssen, auch wenn du sie nicht verstehst.«

»Ich kann nicht spurlos verschwinden. Ich habe eine Familie, einen Arbeitgeber. Man sucht mich bestimmt bereits.«

»Darum werde ich mich kümmern.«

Michael schluckte trocken. Wenn er das Angebot annahm, würde er aufhören zu existieren. Doch hatte er eine Wahl? Die letzten Wochen hatten deutlich gezeigt, dass Pawel entschied, was mit ihm geschah, nicht er. Daran änderte auch die Tatsache nichts, dass Pawel seine Anweisungen in Form einer Bitte oder eines Angebots formulierte.

»Was, wenn ich das Arbeitsverhältnis vorzeitig beenden möchte?«

»Das würde ich natürlich bedauern.« Pawel zuckte mit den Schultern. »Aber solange du dich an die Schweigepflicht hältst, kannst du gehen, wann immer du willst.«

Michael klemmte die Hände unter die Achseln, um das Zittern zu verbergen, das ihn erfasst hatte. Dieses Mal nicht wegen seiner Krankheit.

»Warum sollte ich unter diesen Bedingungen überhaupt hier arbeiten wollen?«, fragte er. »Ich finde problemlos eine Stelle in Deutschland oder in den USA.«

Pawel ließ einen Moment verstreichen, bevor er weitersprach. »Wiederum aus drei Gründen. Erstens, weil ich dich heilen kann.«
Michaels Herz schlug schneller. »Wirst du mir verraten, woran ich leide?«

»Irgendwann, ja. Aber nicht jetzt, am Beginn unserer Zusammenarbeit«, antwortete Pawel bedauernd. »Du wirst verstehen, dass ich mich absichern muss.«

In Michael tobte ein Kampf. Was hatte er zu verlieren? Als Chirurg würde er nie mehr arbeiten. Seine Tätigkeit als Journalist war eine Notlösung gewesen.

»Zweitens?«, fragte er.

»Weil ich weiß, wer dein Vater ist.«

»Wer?«, rief Michael.

Pawel schwieg.

Michael sprang auf. Er ging im Raum auf und ab. Wie konnte Pawel wissen, wer sein Vater war? Stimmte es überhaupt? Da fiel ihm eine Bemerkung ein, die Pawel gemacht hatte, als sie über die Seele sprachen. *Sie sind genau wie Ihr Vater.*

Ihre Blicke trafen sich. Ein Lächeln umspielte Pawels Lippen. Der Angler hatte den Fisch am Haken.

»Und drittens?«, fragte Michael der Form halber.

Pawel ging zu einem Schreibtisch und griff nach dem Telefonhörer.

Kurz darauf ging die Tür auf. Der Geruch einer Sommerwiese. Butterblumen. Gelbe Blüten, so zart, dass sie gleich welken, wenn man sie pflückt. Braune Augen mit goldenen Einsprengseln.

»Darf ich vorstellen? Das ist unsere Neuroinformatikerin, Dr. Katarzyna Szewińska. Du wirst mit ihr zusammenarbeiten.«

52

Dschachongir wirkte im Wohnzimmer ihrer Mutter so fehl am Platz wie eine Bäuerin auf dem Laufsteg, dachte Vita.

»Keine Frau«, sagte er.

Vita ließ sich ihre Erleichterung nicht anmerken. »Wohin fährt er morgens?«

»Zur Arbeit.«

»In den Imperia Tower?«

Dschachongir zündete sich eine Zigarette an und nickte. Etwas schien ihm Unbehagen zu bereiten. Vita dachte an die Hotelzimmer, die sich im gleichen Gebäude befanden und für die Firma reserviert waren. Legte Pawel dort einen Zwischenstopp ein, bevor er in die Finema ging?

»Um halb sieben sitzt er am Schreibtisch«, erzählte Dschachongir weiter.

Vita sah ihn überrascht an. »Woher weißt du das?«

»Die Putzbrigade.«

Natürlich, dachte sie. Viele Tadschiken arbeiteten als Putzhilfe. Wer sonst würde für zweihundertfünfzig Rubel die Stunde die Drecksarbeit erledigen? Dschachongir war einfallsreicher, als sie geglaubt hatte.

»Weißt du auch, wann er das Büro wieder verlässt?«

»Gegen vier.«

Vita erschrak. Deshalb begann Pawel neuerdings so früh. Mit wem verbrachte er die Abende? Ihr Blick streifte die wuchtige Schrankwand. Zwischen lackierten Holzlöffeln, Schatullen, künstlichen Blumen und einem Samowar standen Fotos von ihr. Mit sechs Jahren in einem rosafarbenen Eiskunstlaufkleid, mit acht als Schneemädchen bei der Schulaufführung von »Snegurotschka«, als Jugendliche bei einem Schönheitswettbewerb und als junge Frau auf der Titelseite der russischen Ausgabe von »Glamour«.

Langsam ließ Dschachongir den Zigarettenrauch durch den Mundwinkel entweichen. »Keine Frau«, wiederholte er.

»Wohin geht er nach der Arbeit?«

»Selenograd.«

»KrioZhit?«

»Ja.«

Dr. Kat arbeitete in Selenograd. Als Vita sie in der Tiefgarage des Imperia Towers gesehen hatte, stand Pawels Mercedes nicht dort. Hatte sie die falschen Schlüsse gezogen? Wartete er in Selenograd auf Dr. Kat? Das ergab keinen Sinn. Wenn sie ein Verhältnis hatten, würde Pawel sie nicht in der Kryonikanlage treffen. Dazu war er zu diskret. Aber warum sonst fuhr er täglich dorthin? Normalerweise besuchte er KrioZhit nur ein bis zwei Mal im Monat.

»Jeden Tag?«, fragte sie.

»Fast.« Dschachongir zögerte.

Ungeduldig forderte sie ihn auf, weiterzuerzählen.

»Es soll dort einen Gast geben«, erklärte er.

»Das weißt du auch vom Putzpersonal?«

»Von einer Küchenhilfe. Nebenan gibt es ein Restaurant. Seit einigen Wochen liefern sie täglich drei Mahlzeiten aus.«

Ein Gast bei KrioZhit? Vita lehnte sich zurück. Sie war erst einmal in der Kryonikanlage. Sie hatte es keine Stunde ausgehalten. Die Vorstellung, dass sich dort Leichen befanden, hatte in ihr eine tiefe Furcht vor Geistern geweckt. Schon als Kind hatte sie abends im Bett aus Angst vor Gespenstern die Decke über den Kopf gezogen.

Wer immer der Gast war, es handelte sich bestimmt nicht um einen Geist. Nur lebende Menschen mussten verpflegt werden. Ein Gedanke kam ihr. Vita wollte ihn erst nicht wahrhaben, doch er nahm von ihr Besitz, bis keine anderen mehr Platz hatten.

Konnte der Gast Andrej sein?

Dschachongir wandte den Blick ab. Deshalb das Unbehagen. Das schlechte Gewissen plagte ihn. Hätten seine Männer auf Solowezki nicht versagt, wüsste Vita, dass Andrej tot war. Stattdessen musste sie mit dieser Ungewissheit leben.

»Soll ich mich um den Gast kümmern?«, fragte er.

Aus der Küche war das Geräusch der alten Wjatka zu hören. Wie oft hatte Vita ihrer Mutter eine neue Waschmaschine angeboten? Eine, die man nicht manuell mit Wasser füllen musste und die statt Flügel im Laderaum eine bewegliche Trommel besaß. Doch ihre Mutter beharrte darauf, das Relikt aus der Vergangenheit zu behalten und jedes Kleidungsstück von Hand auszuwringen. Manche Menschen standen sich selbst im Weg. Vita gehörte nicht zu ihnen.

»Nein«, beantwortete sie die Frage. »Das ist nicht nötig.«

Andrej war eine Bedrohung gewesen. Dennoch hatte Pawel nichts unternommen. Wenn es um Andrej ging, wurde er sentimental. Brüder! Vita schüttelte den Kopf. Sie hatte Dschachongir den Auftrag erteilt, Andrej aus dem Weg zu räumen. Aber er hatte versagt.

Jetzt hatte sich Pawel also doch dazu aufgerafft, sich um das Problem zu kümmern. Offenbar schaffte er es nicht, Andrej zu beseitigen, und hielt ihn stattdessen gefangen. Vita konnte das nur recht sein. Hauptsache, ihr Leben ging weiter wie bisher. Und vielleicht darüber hinaus.

Sie wusste nicht, wie Pawel die Unsterblichkeit erlangen wollte. Nur, dass sie ihn dabei unterstützen würde. Sie waren schon immer ein unschlagbares Team.

53

Julia nahm ihre Tasche vom Gepäckband. Sie hinkte am Zoll vorbei zur Schiebetür, die den Passagierbereich von der Ankunftshalle trennte. War es wirklich erst sieben Wochen her, seit sie hier mit Henry auf Michael gewartet hatte? Sie dachte daran, wie nervös sie gewesen war. Sie hatte sich vor dem Treffen mit Michael gefürchtet. Vor den Kameras, den Sicherheitsangestellten, den Uniformen. Vor seiner Ablehnung. Seinen Fragen. Was gäbe sie darum, die Zeit zurückzudrehen!

Jemand rief ihren Namen. Sie sah sich um. Einzig Henry wusste von ihrer Ankunft, doch er lag noch im Krankenhaus. Da entdeckte sie Margaret unter den Wartenden. Mit einem breiten Lachen bahnte sich die Professorin einen Weg durch die Menschenmenge.

»Bin ich froh, dich zu sehen!« Ihr Blick fiel auf Julias Armschlinge. »Du bist verletzt! Was ist passiert?«

Julia stellte ihre Tasche ab. »Es sieht schlimmer aus, als es ist. Wie geht es ihm?«

»Bestens, abgesehen davon, dass er sauer ist, weil er dich nicht selbst abholen kann.« Margaret trat einen Schritt zurück. »Wie dünn du geworden bist! Wir haben uns große Sorgen um dich gemacht.«

Sie verließen die Ankunftshalle und gingen Richtung Parkplatz. Kurz darauf befanden sie sich auf dem Grand Central Parkway. Es war deutlich kühler geworden seit Julias Abreise. Der Wind jagte die Wolken über den Himmel, die Spitzen der Wolkenkratzer verschwanden im Grau.

Margaret stellte keine Fragen, stattdessen erzählte sie von der bevorstehenden Hochzeit ihrer Tochter. Julia hörte leicht verwundert zu. Dass Menschen Feste feierten, sich Gedanken über die Anzahl der

Gäste machten und sich mit der Wahl ihrer Kleidung befassten, kam ihr fremd vor. Als sie in der Upper East Side ankamen, fielen die ersten Regentropfen.

Margaret hielt vor dem Haupteingang des Krankenhauses. »Wenn du irgendetwas brauchst, lass es mich wissen.«

»Danke«, sagte Julia. »Für alles.«

Henry war vor zwei Tagen von der Intensivstation auf die Bettenstation verlegt worden. Aber immer noch war er von zahlreichen Apparaten umgeben. Er drehte langsam den Kopf, und seine Augen füllten sich mit Tränen. Julia trat an sein Bett. Henry berührte ihre Armschlinge.

»Caroline Witthaus.« Sie hatte ihm am Telefon von der Begegnung mit ihr erzählt, die Verletzung aber verschwiegen. »Das Schlüsselbein ist nur angerissen.«

»Du bist zurückgekommen.« Seine Stimme klang rau.

»Natürlich.« Auch sie kämpfte mit den Tränen.

Sie sprachen nicht aus, was sie beide dachten: Ihre Rückkehr war keine Selbstverständlichkeit. Die Reise, die sie angetreten hatte, hätte sie genauso gut von Henry wegführen können.

»Ich möchte hier sein, bei dir.« Sie sagte es laut, damit keine Zweifel bei ihm aufkamen.

Henry begann zu weinen.

Julia umarmte ihn vorsichtig. »Als mir Margaret erzählte, was passiert ist, konnte ich an fast nichts anderes mehr denken.«

»Ist Michael wirklich in Russland?«

Julia holte einen Stuhl und stellte ihn neben Henrys Bett. »Pawel hat es nicht ausdrücklich bestätigt, aber ja, ich bin mir sicher, dass er dort ist.«

Und dann begann sie zu erzählen. Von Andrej und der Liebe, die sie verschlungen hatte. Von ihrer damaligen Reise nach Moskau.

»Tanja, eine der Austauschstudentinnen, hat mich offiziell eingeladen. So konnte ich eine Privatreise antreten. Andrej wusste nichts davon, ich wollte ihn überraschen.«

Sie sah ihn vor sich. Wie er aus dem Institut kam, einem historischen Gebäude in der Altstadt, das früher Residenz des Moskauer Generalgouverneurs war. Eine dünne Schneeschicht hatte den Platz bedeckt, zu beiden Seiten des Wegs ragten Birken in die Höhe. Er trug einen altmodischen Wollmantel und eine Strickmütze, wie die meisten anderen Studenten auch. Hier passt er hin, war es Julia durch den Kopf geschossen.

Als er sie sah, blieb er stehen. Vergebens wartete sie auf ein Lächeln von ihm. Er blickte hinter sich, kam vorsichtig auf sie zu und fragte, was sie hier mache. Sie wollte ihn umarmen, doch er trat einen Schritt zurück. »Komm«, sagte er leise. Sie gingen durch verwinkelte Gassen, die wie ausgestorben wirkten. Der Schnee knirschte unter ihren Füßen, da und dort standen Menschen vor einem Eingang Schlange. Er führte sie in einen Park, auf einer verlassenen Sitzbank nahmen sie Platz.

»Ich begriff nicht, wovor er Angst hatte«, erklärte Julia. »Ich war so naiv! Für mich bedeuteten Glasnost und Perestroika, dass eine neue Ära begonnen hatte. Mir war nicht klar, dass Wandel Zeit braucht. Außerdem wussten die Menschen damals nicht, ob die Lockerungen von Bestand sein würden oder ob die alte Garde bald wieder an die Macht käme.«

»Habt ihr darüber gesprochen?«, fragte Henry.

»Andrej hat nie etwas ausgesprochen, er hat nur Andeutungen gemacht. Aber ich habe sie nicht verstanden. Ich war nicht in der Lage, zwischen den Zeilen zu lesen. Ich war zu sehr daran gewöhnt, dass man sagt, was man denkt.«

Henry schmunzelte.

»Ja, ich bin und bleibe eine Deutsche.« Sie lächelte. »Nur damit du es weißt, es gibt auch Deutsche, die weniger direkt sind.«

»Ich mag dich, so wie du bist. Aber erzähl weiter.«

»Zwei Tage hörte ich nichts von ihm, dann lud er mich zum Essen bei sich zu Hause ein. Ich war so aufgeregt! Ich würde seine Familie kennenlernen. Tanja hat mich instruiert, mir erklärt, wie ich mich

verhalten sollte, und mir sogar bei der Auswahl der Blumen geholfen.«
Noch immer erinnerte sie sich an den schwachen Duft der Nelken. »Es lief eigentlich ganz gut, zumindest dachte ich das. Heute sehe ich alles in einem anderen Licht. Andrejs Mutter seufzte viel, aber das tat Tanjas Mutter auch. Sein Vater war höflich, wenn auch zurückhaltend.«

»Er war Militärchemiker?«

»Zu der Zeit arbeitete er im Ministerium für chemische Industrie.« Julia schüttelte den Kopf. »Und sein eigener Sohn hatte sich in eine Ausländerin verliebt! Das muss ihn schwer getroffen haben. Trotzdem hat er nicht versucht, Andrej die Beziehung auszureden.«

»Du bist also geblieben?«

»Drei Wochen. Ich wohnte weiterhin bei Tanja, aber Andrej und ich trafen uns regelmäßig.« Julia schloss die Augen. »Eines Nachts klingelte es. Vor Tanjas Tür standen Spezialeinheiten.«

Schwarze Uniform. Gelber Schriftzug. Waffen im Anschlag. Gesichter wie aus Stein gemeißelt. Ein Haftbefehl. Hände, die nach ihr griffen. Sie trug ein dünnes Nachthemd, war barfuß. Man zerrte sie hinaus in die kalte Nacht, vor dem Haus stand ein gepanzerter Wagen. Die Hände hinter dem Rücken gefesselt. Ihre Zähne schlugen aufeinander, sie begriff nicht, was mit ihr geschah.

»Sie brachten mich in ein Gefängnis.« Julia bemerkte, wie monoton ihre Stimme klang. »Erst nach zwei Tagen erfuhr ich, weshalb man mich verhaftet hatte. Die Kriminalmiliz zeigte mir Fotos einer blutüberströmten Leiche.«

»Andrej?«, flüsterte Henry.

»Sie behaupteten es. Und ich glaubte ihnen. Der Körperbau passte, die Haarfarbe ...« Julia wurde eiskalt.

Henrys warme Hand auf ihrer. »Aber er war es nicht?«

»All die Jahre dachte ich, dass er tot wäre. Letzte Woche stieß ich auf einen Internetartikel, in dem stand, dass Andrej in einem Kloster auf den Solowezki-Inseln gelebt hat. Dass auf ihn geschossen worden war.«

»Hat man die Leiche damals verwechselt?«, fragte Henry. »Oder Andrejs Tod inszeniert?«

»Ich weiß es nicht.« Julias Stimme zitterte. »Ich wurde täglich verhört.« Die Einzelheiten waren zu schmerzhaft, um sie auszusprechen.

»Hast du dort deinen Geruchs- und Geschmackssinn verloren?« Henry weinte wieder.

»Ja.«

Der Sturz, bei dem ihr Kopf gegen die Mauer schlug. Lichtblitze. Der stechende Schmerz.

»Eines Nachts ging die Zellentür auf, und ein Wärter, den ich noch nie gesehen hatte, holte mich ab. Er führte mich durch einen dunklen Gang. Plötzlich stand ich draußen. Dort wartete ein Wagen. Der Wärter ließ durchblicken, dass Tanjas Familie mich freigekauft hatte. Ich solle untertauchen. Tanja saß im Wagen, sie versorgte mich notdürftig. Wir fuhren die ganze Nacht. Ich verlor jegliches Zeitgefühl. Und dann war ich in Finnland. Am nächsten Tag holte mich mein Vater ab.«

»Du warst schwanger.«

Julia beugte sich vornüber, die Vergangenheit erdrückte sie. »Zu Beginn habe ich täglich damit gerechnet, festgenommen zu werden. Erst als ich meine neue Identität aufgebaut hatte, fühlte ich mich ein bisschen sicherer. Trotzdem kam es mir vor, als würde ich in einem Kartenhaus leben, das jeden Moment einstürzen konnte. Ich traute mich kaum zu atmen. Ich habe mir auch um Michael Sorgen gemacht. Nicht nur, weil ich annahm, dass die Polizei nach mir suchte. Ich war überzeugt davon, dass da draußen ein Mörder frei herumlief. Ich wusste nicht, ob ich womöglich über Informationen verfügte, die ihm gefährlich werden konnten. Ich habe Andrejs Tod nie hinterfragt.«

»Du warst allein in einem fremden Land. Du hattest gerade deine große Liebe verloren.«

»Ich frage mich die ganze Zeit, was damals wirklich geschah. Wenn der Mann auf dem Foto nicht Andrej war, wer war es dann? Und warum hat man ausgerechnet mich verhaftet? Stimmt es, dass mich Tanjas Familie freigekauft hat? Ihr Vater war ein einfacher Beamter. Ohne Beziehungen. Ohne Vermögen.« Julia sprach jetzt schnell.

»Oder hatte Andrej seinen Tod gar selbst vorgetäuscht und war untergetaucht? Warum? Nichts ergibt mehr einen Sinn. Während der letzten Wochen ist mir klar geworden, dass es den Andrej, den ich in Erinnerung habe, vermutlich gar nie gegeben hat.«

»Du hast in ihm gesehen, was du in ihm sehen wolltest.«

Julia nickte. »Ich verstehe auch nicht, was Pawel mit alldem zu tun haben sollte.«

»Der Mann, der mich überfallen hat, ist Russe«, sagte Henry.

»Schon, aber er arbeitete für Oleg Wolkow, nicht für Andrejs Familie.« Sie hatte Henry bereits am Telefon von den illegalen Plasmatransfusionen und Jesses Tod erzählt, jetzt wiederholte sie die Geschichte in allen Einzelheiten.

»Wenn das eine mit dem anderen nichts zu tun hat, ich meine, wenn Michaels Verschwinden keinen ...« Henry suchte nach Worten.

Julia berührte seine Wange. »Du bist müde. Das genügt für heute.«

»Rede weiter.« Seine Stimme war nur noch ein Flüstern. »Michael?«

»Ich glaube, er ist in Gefahr«, antwortete Julia. »Nicht wegen damals, wie ich so lange gedacht habe, sondern wegen Wolkow, der verhindern will, dass die Wahrheit über seine Plasmatransfusion ans Licht kommt. Immerhin hat Jesse diese Behandlung mit dem Leben bezahlt.« Sie schaute aus dem Fenster. »Aber was will Pawel von Michael? Kann es sein, dass Michael aufgedeckt hat, was Andrej zugestoßen ist?«

»Du hast doch gesagt, Andrej sei gar nicht tot.«

»Im vergangenen Juni wurde auf ihn geschossen«, wiederholte sie. »Die Polizei geht davon aus, dass er ertrunken ist.«

»Wieder keine ... Leiche?«

»Nein.«

Henry schloss die Augen. Julia stützte den Kopf in die Hände. Sie fühlte sich ausgelaugt, doch die vielen offenen Fragen ließen ihr keine Ruhe. Was wusste Michael? Konnte Pawel ihn wirklich beschützen? Oder ging die eigentliche Gefahr von Pawel selbst aus? Julia wusste nur eines mit Sicherheit: Sie würde nicht aufgeben, Michael zu suchen, bis sie ihn gefunden hatte.

»Du kennst die Wahrheit über Oleg Wolkow«, murmelte Henry.
»Das ist gefährlich.«
»Wenn er davon erfährt, ja.«
Es klopfte, die Tür ging auf, und ein Pfleger kam herein. Er kontrollierte Henrys Blutdruck und fragte, ob Julia bei Henry übernachten wolle. Dankbar nahm sie das Angebot an. Sie konnte sich nicht vorstellen, in die leere Wohnung zurückzukehren. Sie sah Sams Napf vor sich. Die Hundehaare auf dem Teppich und die angenagten Tischbeine.

Henry schnarchte leise. Der Pfleger brachte ein Klappbett, und Julia richtete sich ein. Sie wollte sich nur kurz hinlegen. Als sie wieder aufwachte, war es dunkel. Sie lauschte den ungewohnten Geräuschen. Ein Wagen, der über den Flur geschoben wurde. Das Surren eines Apparats. Ein Piepton. Die WC-Spülung im Zimmer nebenan.

Henrys Atem veränderte sich. »Du wirst nach Russland fahren, nicht wahr?«, flüsterte er.

»Ich muss wissen, was damals mit Andrej passiert ist. Er ist der Schlüssel zu allem«, sagte sie leise.

»Wann?«

»Sobald es dir besser geht.«

»Mir geht es gut. Du darfst keine Zeit verlieren.«

»Ich dachte, du würdest versuchen, mich davon abzuhalten«, sagte sie.

»Michael ist auch mein Sohn«, antwortete er.

Sie wollen wissen, wie es weitergeht?
Der zweite Band der KRYO-Trilogie:

KRYO
Die Versuchung

erscheint im Frühjahr 2024.
Mehr dazu auf www.unionsverlag.com

Leseprobe

KRYO
Die Versuchung

Ein Mensch kann nicht zweimal sterben. Oder doch? Wenn Julia eines gelernt hatte in den vergangenen Wochen, dann, dass der Tod nicht endgültig war. Zumindest nicht für alle. Eine Lautsprecherstimme kündigte die Haltestelle Paweletskaja an. Awtozavodskaja. Technopark. In Gedanken wiederholte Julia die Namen, die Melodie war ihr so vertraut wie die Stimme ihres Vaters, der sie damals vor der Reise nach Moskau gewarnt hatte. Vor Andrej gewarnt hatte.

»Der wird dich nicht glücklich machen«, hatte er gesagt. »Der kann doch gar nicht anders. Der muss erst einmal lernen, ohne Krücken zu gehen.«

Sie hatte ihm Engstirnigkeit vorgeworfen, hatte mit der Arroganz der Jugend auf das kleine Leben ihrer Eltern herabgeschaut und nicht begriffen, wie groß es in Wirklichkeit war. Sie hatte geglaubt, die Welt stehe ihr offen, und war gegen verschlossene Türen gerannt.

Der Zug verließ den Tunnel, das Rattern wurde leiser. Julia betrachtete die weißen Plattenbauten, die bis ans Ufer der Moskwa reichten, über die sie nun fuhren. Sie suchte nach einem Orientierungspunkt, doch bevor sie sich zurechtfinden konnte, tauchte der Zug in den nächsten Tunnel ab.

Dann war sie da. Kolomenskaja. Julia war sich sicher, dass sie automatisch auf den richtigen Ausgang zusteuern, dass sie den Weg auch blind finden würde, nun kam ihr alles anders vor. Wie unzuverlässig das Gedächtnis ist. Falsche Erinnerungen vermischen sich mit echten, manche Erlebnisse versickern, während einem andere wichtiger vorkommen, als sie es in Wirklichkeit sind. Genau deshalb wollte sie den Wohnblock noch einmal sehen, in dem Andrej mit seiner Familie gelebt hatte. Seine Eltern waren inzwischen gestorben, sein Bruder Pawel wohnte in einem Nobelvorort, aber vielleicht konnte ein Blick auf die Umgebung Erinnerungen wecken, die in ihr schlummerten und zu denen sie keinen Zugang hatte.

Sie lief auf die Treppe zu, die am nächsten lag. Wo einst Babuschkas ihre Waren auf Klapptischen feilboten, standen jetzt Getränkeautomaten. Neben der Metrostation gab es ein Einkaufszentrum, dahinter lag eine mehrspurige Straße. Julia holte den Stadtplan hervor, den sie sich am Flughafen besorgt hatte. Je weniger digitale Spuren sie hinterließ, desto besser.

Es begann zu regnen. Julia machte einen Bogen um eine Wasserpfütze, die sich auf dem brüchigen Asphalt gebildet hatte. Sie fragte sich, wie Michaels Leben ausgesehen hätte, wenn er hier zur Welt gekommen wäre. Wenn er gewusst hätte, dass Andrej Danilow sein leiblicher Vater war.

Ein Schatten huschte an ihr vorbei, und ihr Puls schoss in die Höhe. Nur ein Hund, stellte sie fest und blieb stehen, bis auch der Besitzer sie überholt hatte. Neben dem Weg lag ein umgekipptes Dreirad. Sie dachte an Michaels erste Fahrt mit dem Fahrrad. Er hatte sich geweigert, Stützräder zu benutzen, und war in eine Brombeerhecke gestürzt. Die Kratzer an seinen Armen und Beinen hielten ihn nicht davon ab, gleich wieder in den Sattel zu steigen. Wie hartnäckig er sein konnte! Als er vor zwei Monaten nicht zu einem Termin erschienen war, hatte sie vermutet, dass er sich trotz ihrer Warnung auf die Suche nach seinem Vater gemacht hatte. Sie war aufgebrochen, um ihn davon abzuhalten, da erst war ihr klar geworden, dass viel mehr hinter seinem Verschwinden steckte. Aus gesundheitlichen Gründen hatte er die Ausbildung zum Chirurgen abgebrochen und arbeitete inzwischen als freier Mitarbeiter für ein Wissenschaftsmagazin. Bei Recherchen war er auf die illegalen Machenschaften einer kalifornischen Firma gestoßen. In den Skandal waren hochrangige Persönlichkeiten aus Politik, Justiz,

Wirtschaft, Wissenschaft und Kultur involviert. Noch immer sorgten die Namen für Schlagzeilen. Ein enger Vertrauter des US-Präsidenten hatte seinen Rücktritt erklärt, eine UNO-Botschafterin musste ihren Posten räumen. Nur einem Mann war es gelungen, unentdeckt zu bleiben.

Oleg Wolkow.

Wut stieg in Julia auf, als sie an den russischen Oligarchen dachte. Er war für sie ein Symbol all dessen, was sie verabscheute: Ungerechtigkeit, Egoismus, Gier, Rücksichtslosigkeit. Schlimmer noch – er war ein Mörder.

Der Regen wurde stärker, Menschen eilten mit gesenktem Kopf an Julia vorbei. Sie betrachtete die trostlosen Wohnblocks mit ihren winzigen, eingeglasten Balkons, ohne dass sich ein Gefühl von Vertrautheit einstellte. Zu viel hatte sich verändert. Oder war sie es, die sich verändert hatte? Sie war als naives Mädchen nach Moskau gekommen und hatte die Stadt als traumatisierte Frau verlassen. Im Glauben, dass Andrej tot war.

Sie blieb vor einer Stahltür stehen.

»Suchen Sie jemanden?«, fragte eine dick eingemummte Frau.

»Andrej Stanislawowitsch.«

Die Frau legte die Hand auf die Brust und stieß ein schweres »Oi« aus.

Wie gut Julia diesen Seufzer kannte! Kummer, aber auch Duldsamkeit lagen darin, und die Erkenntnis, dass es zwecklos war, sich gegen das Schicksal aufzulehnen. Sie erklärte, dass sie mit Andrej an der Staatlichen Linguistischen Universität Moskaus studiert habe, dann aber nach London ausgewandert sei. Die Lüge ging ihr glatt über die Lippen.

»Sie haben mit Andrjuscha studiert?« Die Frau beugte sich vor, um sie besser sehen zu können.

»Es ist schon lange her. Ich bin gleich nach dem Studium ausgewandert, und wir haben uns aus den Augen verloren.«

»Dann wissen Sie nichts von der Tragödie?«

»Ist ihm etwas zugestoßen? Wir waren damals …« Julia verstummte.

Die Frau hatte die Hand noch immer auf der Brust liegen. Sie wiegte sich hin und her, als wollte sie sich selbst trösten.

»Andrjuscha ist ... Sie sehen aus, als könnten Sie eine Tasse Tee vertragen.«

Kurz darauf saß Julia auf einem Bettsofa und knabberte höflich an einem Keks, der nach nichts schmeckte. Sie hatte vor achtundzwanzig Jahren nicht nur Andrej verloren, sondern auch ihren Geruchs- und Geschmackssinn. In einer Vitrine lagen diverse Relikte aus der Vergangenheit, darunter zahlreiche Schwarz-Weiß-Fotos von einem jungen Mann.

»Mein Tolja«, erklärte die Frau. »Er fehlt mir jeden Tag.«

Julia nickte mitfühlend.

»Er ist in Ungarn gefallen, nur wenige Monate, nachdem wir geheiratet haben. Meine Tochter hat ihren Vater nie kennengelernt. Als Kriegsheld hat er aber wenigstens in den Geschichtsbüchern weitergelebt. Eine Zeit lang zumindest. Heute interessiert sich keiner mehr für die Opfer, die wir erbracht haben. Unsere große Nation ist vor die Hunde gegangen.« Sie klagte über den Untergang der Sowjetunion, Boris Jelzin und das Rentengesetz 90, das sie in die Armut gestürzt habe. »Meine Generation hatte nicht die Möglichkeit, der Heimat den Rücken zu kehren. Wir haben für unsere Zukunft gekämpft!«

Julia verstand den Hinweis. »Damals begriff ich nicht, dass Auswandern keine Lösung ist. Hat Andrej Russland auch verlassen?«, versuchte sie, das Gespräch wieder auf ihn zu lenken.

»Andrjuscha war ein anständiger Junge«, sagte die Frau. »Er hat mir die Einkäufe die Treppe hochgetragen und mir regelmäßig schwer erhältliche Waren gebracht. Waschpulver, das nach Zitronen duftete, Orangen, Instantkaffee und einmal sogar eine Ananas.« Die Frau senkte die Stimme. »Sein Vater hatte natürlich Beziehungen, den Danilows mangelte es nie an etwas. Als Andrjuscha ins Ausland ging – wenn Sie mit ihm studiert haben, wissen Sie bestimmt, dass er zu den ersten Austauschstudenten am Institut gehört hat, was für eine Ehre! –, habe ich befürchtet, dass es ihn verändern würde. Dass man ihn einer Gehirnwäsche unterziehen und er als ein anderer zurückkehren könnte.« Sie lächelte. »Aber er war immer noch derselbe. Nur trauriger. Manchmal hat er mich an meinen Tolja erinnert. Diese Augen, sie sahen keine Zukunft. Ob er geahnt hat, dass wir dem Untergang geweiht waren? Ich habe mich oft gefragt, was Andrjuscha im Westen erlebt hat. Er hat nie darüber gesprochen.«

Er hat mich kennengelernt, dachte Julia. Aber wann hatte sich das Glücksgefühl in Trauer verwandelt? Sie dachte daran, wie sie Pläne geschmiedet hatten. Sie saßen am Strand, vor ihnen der Pazifik, über ihnen der tiefblaue Himmel. Seehunde dösten auf den Felsen, Tanker zogen am Horizont vorbei. Sie redeten über ihre Träume, und Andrej vertraute ihr an, dass er Schriftsteller werden wollte. Julia hatte kein Verständnis dafür aufgebracht. In ihren Augen war er ein begnadeter Dolmetscher, viel besser, als sie es je werden könnte, obwohl sie sich bereits in einer Kabine bei den Vereinten Nationen sitzen sah. Sie sprach über die UN-Charta. Andrej über Literatur. Er rezitierte Gedichte, sie erklärte ihm Visabestimmungen. Jetzt erst wurde ihr klar, dass nur sie Pläne geschmiedet hatte. Hatte er gewusst, dass es keine gemeinsame Zukunft für sie geben würde?

»Was hat er nach dem Studium gemacht?«, fragte Julia.

Die alte Frau blickte aus dem Fenster, draußen hatte die Dämmerung eingesetzt. »Als die Verbrecher in den Neunzigerjahren die Macht übernahmen, war plötzlich jeder ein Businessman, auch Stanislaw Iwanowitsch. Andrjuscha und sein Bruder Pascha sind bei ihm eingestiegen.«

»Während des Studiums hat Andrej davon gesprochen, Schriftsteller zu werden«, sagte Julia. »Warum hat er diesen Traum aufgegeben?«

»Träume!«, schnaubte die Frau. »Die kann man in jedem Spirituosenladen kaufen. Davon ist noch niemand satt geworden.«

Julia dachte an die Telegramme, die er ihr aus Moskau geschickt hatte. Seinen Traum von einer gemeinsamen Zukunft hatte er zu diesem Zeitpunkt noch nicht aufgegeben.

»Die Danilows sind nur wenige Jahre nach Andrjuschas Rückkehr weggezogen«, fuhr die Frau fort. »Sie haben sich eine größere Wohnung im Zentrum gekauft. Sweta Iljinitschna hat sich dort nie wohlgefühlt, Gott hab sie selig, sie verbrachte immer mehr Zeit auf ihrer Datscha. Das weiß ich von meiner Nachbarin, ihr Häuschen liegt in der gleichen Siedlung.«

Julia horchte auf. Natürlich besaßen die Danilows eine Datscha, warum hatte sie nicht daran gedacht? Viele Systemtreue hatten in den 1980er-Jahren vom Staat ein Stück Land bekommen und darauf eine Hütte errichtet, die sie sukzessive ausbauten. Die Datscha war eine Zufluchtsstätte. Und der perfekte Ort, um jemanden zu verstecken.

»Andrej hat oft von der Datscha erzählt, sie lag in Pikalovo, nicht wahr?«, nahm sie das Gespräch wieder auf. Von dieser Siedlung war in einer Radioreportage die Rede gewesen, eine andere fiel ihr spontan nicht ein.

»Nein, in der Nähe von Kirtasch, nördlich der Stadt. Die Fahrt dorthin dauert über eine Stunde, aber Stanislaw Iwanowitsch besaß ja schon damals einen eigenen Wagen.«

Julia führte die Tasse mit dem abgeblätterten Goldrand zum Mund, ohne einen Schluck zu trinken. Was, wenn sie Pawel unterschätzt hatte und er von ihrer Ankunft in Moskau längst wusste? Ahnte er, dass sie die alte Wohnung der Danilows aufsuchen würde? Hatte er die Nachbarin gebeten, Julia abzupassen?

»Sie haben vorhin von einer Tragödie gesprochen. Was ist passiert?«, fragte Julia.

»Ich habe es aus dem Fernsehen erfahren, alle Sender berichteten im letzten Sommer darüber. Der arme Andrjuscha! Ich wusste nicht einmal, dass er ins Kloster gegangen ist. Die Mafia …« Die Stimme der Frau zitterte. »Es hieß, dass er entführt werden sollte. Als er zu fliehen versuchte, habe man auf ihn geschossen. Er soll sich ins Meer gestürzt haben und …« Sie bekreuzigte sich. »Der Ärmste!«

In den Artikeln, die Julia zu diesem Vorfall gelesen hatte, waren nur Vermutungen geäußert worden. Eine Leiche hatte man nie gefunden. Eine missglückte Entführung schien am naheliegendsten zu sein, immerhin war Andrej Mitinhaber von einem der größten privaten Industrie- und Finanzkonzerne Russlands, auch wenn er sich aus dem Tagesgeschäft zurückgezogen und die letzten sieben Jahre im Solowezki-Kloster gelebt hatte, einem Zentrum der russisch-orthodoxen Kirche im hohen Norden.

»Sind Sie sicher, dass es Andrej war, auf den man geschossen hat?«, fragte Julia.

Die alte Frau blinzelte verwirrt.

»Könnte es sein, dass jemand anders unter seinem Namen im Kloster gelebt hat?«

»Wie kommen Sie darauf?«

Weil ein Mensch nicht zweimal sterben kann, dachte Julia.

Petra Ivanov im Unionsverlag

»Petra Ivanovs Krimis sind temporeich, spannend, intelligent, lebendig, gut recherchiert und hochaktuell. Wer sie noch nicht kennt, hat wirklich etwas verpasst.« *Deutschlandradio*

Flint & Cavalli ermitteln

Fremde Hände
In der Müllverbrennungsanlage Zürich Nord wird die Leiche einer jungen Frau gefunden. Regina Flint und Bruno Cavalli kommen im Zürcher Rotlichtmilieu Frauenhändlern auf die Spur, die vor nichts zurückschrecken. Gleichzeitig kämpfen die beiden gegen ihre Liebe an, die sie in der Vergangenheit bereits einmal an den Abgrund geführt hat.

Tote Träume
Nach einem Brand in einer Zürcher Asylunterkunft wird der Sudanese Thok Lado tot aufgefunden. Während Kriminalpolizist Bruno Cavalli den Täter über das Opfer zu ermitteln meint, verlangt Bezirksanwältin Regina Flint, da anzusetzen, wo die ersten Spuren hinführten: zum Pfarrhaus. Dort gehen einige als Ausländerhasser bekannte Jugendliche ein und aus.

Kalte Schüsse
Kurz nach Weihnachten wird eine Kickboxerin in ihrem Badezimmer tot aufgefunden, wenig später wird die Leiche einer älteren Frau entdeckt. Staatsanwältin Regina Flint und Kriminalpolizist Bruno Cavalli suchen zunächst vergeblich nach weiteren Gemeinsamkeiten zwischen den Mordfällen. Führt die Spur in den Osten?

Mehr über Autorin und Werk auf *www.unionsverlag.com*

Petra Ivanov im Unionsverlag

Stille Lügen
Staatsanwältin Regina Flint und Kriminalpolizist Bruno Cavalli nutzen die Ferien, um nach ihrer ehemaligen Schulfreundin zu suchen. Diese arbeitete in Georgien als Entwicklungshelferin und verschwand von einem Tag auf den anderen. Einer ihrer Kollegen stirbt kurz darauf. Selbstmord? Flint und Cavalli stoßen auf eine Mauer des Schweigens.

Tiefe Narben
Staatsanwältin Regina Flint und Kriminalpolizist Bruno Cavalli haben es mit ihrem bislang schwierigsten Fall zu tun: Ein brutaler Frauenmord weist auf den »Metzger« hin – aber der sitzt bereits im Gefängnis. Der Täter muss also über Insiderwissen verfügen. Wem können Flint und Cavalli noch trauen?

Leere Gräber
Vom Grund des Zürichsees wird eine Leiche geborgen, deren Glieder mit Hanteln beschwert wurden, was einen Unfall ausschließt. Der Tote ist ein argentinischer Journalist, der vor sechs Monaten spurlos verschwunden ist. Doch was führte Ramón Penasso nach Zürich? Und woran arbeitete er vor seinem Tod?

Heiße Eisen
Der engagierte Politiker Moritz Kienast kämpft gegen die Villenbesitzer um den freien Zugang zu den Seeufern – bis er plötzlich verschwindet. Kurz darauf wird eine verkohlte und aufgespießte Leiche gefunden. Die Nachforschungen der Staatsanwältin Regina Flint führen sie an Abgründe, die mit »menschlich« nichts mehr zu tun haben.

Mehr über Autorin und Werk auf *www.unionsverlag.com*

Petra Ivanov im Unionsverlag

Alte Feinde
Der Mord mit einer Waffe aus dem amerikanischen Bürgerkrieg führt die Staatsanwältin Regina Flint in die USA. Dort ermittelt bereits seit Monaten Bruno Cavalli in einem Reservat in den Smoky Mountains – ohne jegliches Lebenszeichen. Auf der Suche nach ihm stößt Regina Flint auf mysteriöse Hinweise, die sie tief in die Vergangenheit führen.

Stumme Schreie
Das Verbrechen kriecht beunruhigend nah an Flint und Cavalli heran: Ein Junge aus der Kita ihrer Tochter ist verschwunden. Während Flint die Eltern im Verdacht hat, muss Cavalli in einem anderen Fall hart gegen einen Kollegen vorgehen. Erstmals dürfen die beiden sich nicht austauschen, und schon bald steht Cavalli allein da.

Erster Funke – Wie alles begann
Bruno Cavalli steht kurz vor einem Ermittlungserfolg, als ihm jemand zuvorkommt: Der Datendieb liegt ermordet in einem finsteren Hangar in New York. Zusammen mit der Staatsanwältin Regina Flint folgt Cavalli den Spuren des Killers bis nach Washington. Flint und Cavalli kommen sich näher – und geraten ins Netz der Mafia.

Das Geständnis – Ein Regina-Flint-Kurzkrimi
Nach einem Einbruch in der Zürcher Bahnhofstrasse sitzt Regina Flint einem Verdächtigen gegenüber, der starrsinnig behauptet: »Ich war es!« Doch Regina Flint hat einen ganz anderen Verdacht. In einem atemlosen Verhör prallen die Juristin und der albanischstämmige Angeklagte aufeinander und aneinander ab.

Mehr über Autorin und Werk auf *www.unionsverlag.com*

Petra Ivanov im Unionsverlag

Meyer & Palushi ermitteln

Tatverdacht
Camp Casablanca in Kosovo: Ein Swisscoy-Soldat wird beschuldigt, eine Bardame vergewaltigt zu haben. Er bestreitet die Tat, doch die Spuren zeichnen ein anderes Bild. Jasmin Meyer und Pal Palushi versuchen beide auf ihre eigene Weise, Licht in die Sache zu bringen. Hat Fabian Zaugg etwas gesehen, das nicht für seine Augen bestimmt war?

Hafturlaub
Hafturlaub. Wenn die ehemalige Polizistin Jasmin Meyer das Wort bloß hört, wird ihr übel – auch sie wurde Opfer einer Gewalttat. Nun aber muss sie sich ihren Ängsten stellen: Die 11-jährige Fanny wird bedroht. Jasmin vermutet, dass ein Strafgefangener dahintersteckt. Und der Verdächtige erhält Hafturlaub …

Täuschung
Jasmin Meyer sucht in Thailand nach Puzzlestücken ihrer Vergangenheit. Unter Einheimischen und Schweizer Auswanderern versucht sie, dem Geheimnis ihres seit zehn Jahren verschollenen Vaters auf die Spur zu kommen. Dabei stößt sie auf Dinge, die sie und ihre Familie im Innersten erschüttern.

Entführung
Der Täter ist gefasst, doch das Opfer bleibt verschwunden: Eine Studentin wurde entführt, bei der Polizei herrscht Ausnahmezustand. Sexualdelikt oder Terrorismus? Pal Palushi wird zum Strafverteidiger des Entführers ernannt und gerät zwischen die Fronten. Nur Ex-Polizistin Jasmin Meyer hält zu ihm. Sie findet eine tödliche Spur.

Mehr über Autorin und Werk auf *www.unionsverlag.com*

Petra Ivanov im Unionsverlag

Devi & Ivanov *Schockfrost*
Die alleinerziehende Psychiaterin Sarah Marten hat ihr Leben im Griff. Sie führt eine eigene Praxis und pflegt an den Wochenenden ihre schwerbehinderte Schwester Rebekka. Als sie den Künstler Till kennenlernt, ist Sarahs Glück perfekt. Doch dann stürzt sie die Treppe hinunter. Auf einmal leidet sie unter Sehstörungen und Gedächtnislücken. Spätfolgen der Gehirnerschütterung? Sarahs Exmann, ebenfalls Psychiater, zweifelt an ihren beruflichen Fähigkeiten. Ein schizophrener Patient behauptet, sie befände sich in Lebensgefahr. Und Rebekkas Körper ist von blauen Flecken übersät. Hat Sarah ihre Schwester misshandelt, ohne sich daran zu erinnern? Da entwickelt Till seltsame Krankheitssymptome. Und Sarahs 15-jähriger Sohn verschwindet. Ein Wettlauf gegen die Zeit beginnt. Die beiden Crime-Queens Petra Ivanov und Mitra Devi haben gemeinsam einen Psychothriller geschrieben, der unter die Haut geht: abgründig, rasant und im Grenzbereich zwischen Normalität und Wahnsinn.

Geballte Wut
Sebastians Leben ist eine einzige Abwärtsspirale. Die Eltern sind enttäuscht, Freunde hat er kaum. Als er Isabella kennenlernt, scheint sein Leben eine Wende zu nehmen. Doch statt auf sicheren Boden, führt ihn diese Beziehung aufs Glatteis. Unfähig, sich aufzufangen, schlittert Seb geradewegs in eine Katastrophe.

Mehr über Autorin und Werk auf *www.unionsverlag.com*

Jürgen Heimbach im Unionsverlag

Die Rote Hand
Der ehemalige Fremdenlegionär Streich verbringt seine Tage als Wachmann schäbiger Garagen. Was darin geschieht, interessiert ihn nicht. Als aber ein Waffenhändler, der die algerische Befreiungsfront beliefert, ermordet wird, kann er die Machenschaften nicht mehr ignorieren und stößt auf Vorgänge, die besser im Verborgenen geblieben wären.

Vorboten
Wieland Göth kehrt nach dem Ersten Weltkrieg in sein Heimatdorf zurück. In den schlammigen Straßen patrouillieren französische Soldaten, ein Mord an einem Separatisten sät Unruhe. In Hinterzimmern fordern nationale Kräfte die Freiheit des deutschen Volkes. Wieland gerät zwischen die Fronten und muss bald nicht nur sein eigenes Leben schützen.

»Im Stil Hemingways beschreibt der Autor schnörkellos und dennoch poetisch die Szenen, die Stadt, die Gewalt. Tief stechen Heimbachs Sätze, Wörter und Charaktere in das Herz des Lesers.« *Jury des Glauser-Preises*

»Ein feiner Beobachter und ein Fachmann des literarischen Kriminalromans.« *We Want Media*

Mehr über Autor und Werk auf *www.unionsverlag.com*

Patrícia Melo im Unionsverlag

Gestapelte Frauen
Im entlegenen Amazonasgebiet verfolgt eine junge Anwältin Gerichtsverhandlungen zu Frauenmorden. Immer näher kommt sie dem Leben der Opfer, immer eindringlicher werden die Bilder. Um der Wirklichkeit zu entkommen, flüchtet sie in eine Traumwelt an die Seite von Amazonen. Doch in der Realität scheint der Kampf um Gerechtigkeit ungleich schwerer.

Trügerisches Licht
In der glamourösen Serienwelt fühlt sich Fábbio wohl, jedes Autogramm eine Bestätigung seines Erfolgs. Sein Auftritt am Theater allerdings wird von der Kritik belächelt – bis er sich auf der Bühne erschießt. Selbstmord als Performance? Während die Presse sich überschlägt, ermittelt Azucena, Chefin der Spurensicherung, in einer grellen Scheinwelt.

Der Nachbar
Teuflisch krachend dringen die Geräusche des Nachbarn durch die Decke, bohren sich durchs Trommelfell, zerfetzen die Ruhe. Ein Plan muss her, der Frieden zurück. Eine offene Tür, ein falscher Schritt – und plötzlich findet sich der Geplagte mit einer Leiche wieder.

Leichendieb
Nahe der bolivianischen Grenze sitzt ein Mann am Flussufer und angelt, als plötzlich ein Flugzeug in den Strom stürzt. Darin findet er nur noch den toten Piloten – und ein Päckchen Koks. Er entscheidet sich, die Drogen zu behalten, und setzt damit eine rasante Entwicklung in Gang. Ein atemloser Roman über die Drogenmafia und das Böse in uns.

Mehr über Autorin und Werk auf *www.unionsverlag.com*

Claudia Piñeiro im Unionsverlag

Ein wenig Glück
Ein psychologischer Spannungsroman um die Frage »Was ist Glück?«

Ein Kommunist in Unterhosen
Der Roman einer Kindheit, einer Epoche, einer Klasse und eines ganzen Landes.

Betibú
Ein filmreifer Thriller um Medien, Macht und Manipulation.

Der Riss
Eine Midlife-Crisis, ein Immobilienprojekt und eine Leiche.

Die Donnerstagswitwen
Die Reichen und Schönen der Gated Community und ihre tödlichen Geheimnisse.

Elena weiß Bescheid
Das Drama einer Mutter-Tochter-Beziehung und eine überraschende Wahrheit.

Ganz die Deine
Ein perfider Rachefeldzug gegen einen undankbaren Ehemann.

Der Privatsekretär
Románs rasanter Aufstieg führt ihn mitten in den Politiksumpf aus Machthunger und Intrigen.

Wer nicht?
Geheimnisse, Abgründe und gewöhnlich seltsame Menschen, denen das Leben eine Falle stellt.

Kathedralen
Piñeiro enthüllt die erdrückende Macht der Kirche und die dunkle Vergangenheit einer Familie.

Mehr über Autorin und Werk auf *www.unionsverlag.com*

Garry Disher im Unionsverlag

INSPECTOR-CHALLIS-ROMANE

»Disher ist ein Meister der modernen Krimikomposition. Er entwickelt ein faszinierendes Erzähltempo, das flott und schnell, aber niemals atemlos oder gehetzt erscheint. Disher zu lesen, ist ein literarischer Genuss erster Güte.« *krimiblog.de*

Drachenmann
Schnappschuss
Rostmond

Flugrausch
Beweiskette
Leiser Tod

CONSTABLE-HIRSCHHAUSEN-ROMANE

»Hirsch (fast) allein gegen Sheriff, Vorgesetzte, Dorfbonzen. Weizen, Wolle, früher Kupfer, leeres Land. Ganz, ganz fein, staubtrocken und herzenswarm.« *Tobias Gohlis, KrimiZeit-Bestenliste*

Bitter Wash Road
Hope Hill Drive
Barrier Highway

Hinter den Inseln
Liebe, Krieg und Verrat vor dem Hintergrund der zusammenbrechenden Kolonialreiche in Südostasien.

Kaltes Licht
Ein Skelett, ein jahrealter Mordfall und vergessene Geheimnisse – ein Fall für Sergeant Alan Auhl.

Stunde der Flut
Eine nagende Ungewissheit treibt Charlie Deravin in Ermittlungen gegen seine eigenen Familie.

Mehr über Autor und Werk auf *www.unionsverlag.com*

Mercedes Rosende im Unionsverlag

DIE MONTEVIDEO-ROMANE
»Ohne Erbarmen, dafür mit viel schwarzem Humor: sehr böse, im besten Sinn, wie Mercedes Rosende hier die Gesellschaft Uruguays und speziell der Hauptstadt Montevideo fies aufs Korn nimmt. Und: Krimi kann sie auch – vom Feinsten.«
Ulrich Noller, WDR

Falsche Ursula
Ursula ist unzufrieden. Zu hässlich, zu hungrig, zu allein. Da kommt ihr der mysteriöse Erpresseranruf eigentlich ganz gelegen: Man habe ihren Ehemann entführt, eine Million Lösegeld. Nur: Ursula hat gar keinen Ehemann. Grund genug, ihr kriminalistisches Talent auszuschöpfen und sich in ein abstrus herrliches Abenteuer zu stürzen.

Krokodilstränen
Der Schauplatz: die Altstadt von Montevideo. Der Coup: ein Überfall auf einen gepanzerten Geldtransporter. Die Besetzung: Germán, gescheiterter Entführer. Ursula López, resolute Hobbykriminelle. Doktor Antinucci, zwielichtiger Anwalt. Und schließlich Leonilda Lima, erfolglose Kommissarin mit einem letzten Rest von Glauben an die Gerechtigkeit.

Der Ursula-Effekt
Die resolute Ursula hat kurzerhand einen vermasselten Raubüberfall übernommen und sich die gesamte Beute unter den Nagel gerissen. Nur sind ihr jetzt die eigentlichen Verbrecher auf den Fersen. Aber Ursula ist in kriminalistischen Dingen verflucht begabt, und mit ein wenig Glauben an die Dummheit der anderen wird sie das Ding doch wohl schaukeln?

Mehr über Autorin und Werk auf *www.unionsverlag.com*

Michael Dibdin im Unionsverlag

Aurelio Zen ermittelt

Commissario Aurelio Zen zieht durch ganz Italien, von Fall zu Fall. »Unter den britischen Krimiautoren kann es keiner mit Michael Dibdin aufnehmen. Keiner reicht an seinen grandiosen Stil, seine Imaginationskraft und seinen Umgang mit den Abgründen der menschlichen Seele heran.« *The Times*

Entführung auf Italienisch Aurelio Zen ermittelt in Perugia

Vendetta Aurelio Zen ermittelt in Sardinien

Himmelfahrt Aurelio Zen ermittelt in Rom

Tödliche Lagune Aurelio Zen ermittelt in Venedig

Così fan tutti Aurelio Zen ermittelt in Neapel

Schwarzer Trüffel Aurelio Zen ermittelt im Piemont

Sizilianisches Finale Aurelio Zen ermittelt in Sizilien

Roter Marmor Aurelio Zen ermittelt in der Toskana

Im Zeichen der Medusa Aurelio Zen ermittelt in Südtirol

Tod auf der Piazza Aurelio Zen ermittelt in Bologna

Sterben auf Italienisch Aurelio Zen ermittelt in Kalabrien

Mehr über Autor und Werk auf *www.unionsverlag.com*

Jörg Juretzka im Unionsverlag

»Deutschlands witzigster, respektlosester und originellster Autor von Kriminalromanen.« *Welt am Sonntag*

»Jörg Juretzka ist der Mann für den Spaß, seine kleinen Helden um den abgehalfterten Privatdetektiv Kryszinski sind die wahren Stehaufmännchen des deutschen Krimis.« *Günther Grosser, Berliner Zeitung*

»Juretzka schreibt, als ob er gemeinsam von Quentin Tarantino und Charles Bukowski in kreativem Schreiben unterrichtet worden wäre.« *Stern*

Kristof Kryszinski ermittelt

Brav ist der Detektiv Kristof Kryszinski sicher nicht: Ermittelt wird ohne Rücksicht auf Gefahr und Gesetzbuch, und mithilfe wunderbar schräger und zwielichtiger Charaktere aus seinem Bekanntenkreis. Frech-witzig und aktionsreich!« *Annette Kiehl, Westfälischer Anzeiger*

Prickel
Sense
Der Willy ist weg
Fallera
Equinox
Bis zum Hals
Alles total groovy hier
Rotzig & Rotzig
Freakshow
TaxiBar
TrailerPark
TauchStation
Nomade

Mehr über Autor und Werk auf *www.unionsverlag.com*